KB053355

아픔과 상실을 겪은 어린아이와 가족, 공동체의 회복을 위한 치유 이야기 모음

아픔과 상실의 밤을 밝히는 치유 이야기

수잔 페로우 짓고 엮음   김훈태 옮김

1판 1쇄   2024년 4월 16일

펴낸이   [사] 발도르프 청소년 네트워크 도서출판 푸른씨앗

편집 백미경, 최수진, 안빛 | **디자인** 유영란, 문서영
번역 기획 하주현 | **홍보마케팅** 남승희, 이연정 | **운영지원** 김기원
등록번호 제 25100-2004-000002호 **등록일자** 2004.11.26.(변경 신고 일자 2011.9.1.)
주소 경기도 의왕시 청계로 189-6 **전화** 031-421-1726
카카오톡 @도서출판푸른씨앗 **전자우편** gcfreeschool@daum.net

www.greenseed.kr   @greenseed-book

값 25,000원
ISBN 979-11-86202-77-7 (03800)

아픔과 상실의
밤을 밝히는
치유
이야기

수잔 페로우 짓고 엮음

김훈태 옮김

나의 어머니, 나의 장미

감사의 글

이 책을 만드는 데 여러 해가 걸렸다. 정말로 소중한 이 이야기 모음집에 대한 책임감으로 고생스럽기는 했지만, 다른 이들의 기여와 내 이야기에 대한 긍정적 반응들, 치유 이야기 세미나에서 만난 개인적 경험들이 나를 앞으로 나아가도록 힘을 주었다.

시간을 내어 자신의 이야기와 결과물을 공유해 준 전 세계의 교사, 심리학자, 사회복지사, 작가, 부모와 조부모 서른네 분에게 감사드린다. 그리고 이 모음집에 '우리 아이들 프로젝트(러스모어 베이스 병원)'의 치유 이야기를 실을 수 있도록 허락해 준 벤저민 아우크랍, 오스틴 클라크-스미스, 케이티 헵튼에게도 깊은 감사를 표한다.

이 책을 만드는 긴 여정에서 어깨 안마를 해 주며 오랜 시간 인내하고 지지해 준 사랑하는 남편 콘 애덤에게 진심으로 감사드린다. 그리고 이야기에 대한 나의 열정에 지속적인 사랑과 격려를 보내 준 아들 딸과 손주들, 특히 디자이너의 '눈'으로 표지를 만드는 데 도움을 준 막내아들 제이미 페로우에게 깊은 감사를 전한다.

나와 내 작품을 신뢰해 준 출판인 마틴 라지, 내가 보낸 많은 이메일에 신속하게 답장을 보내 준 클레어 퍼시벌, 예술적 형식을 갖추도록 도와준 케이티 버번, 아름다운 표지 그림으로 재능을 발휘한 루시 거노, 그리고 서문과 관련해 유용한 제안을 해 준 앨러다 거시를 비롯해, 꼼꼼하고 고무적인 교열 과정 내내 관대함과 통찰력을 보여 준 리처드 하우스에게 특별한 감사의 말씀을 전한다. 리처드는 이 책이 세상에 나가 빛날 수 있도록 다듬는 일에 도움을 주었다.

이 모음집은 여러 동료와 친구들의 헌신적인 멘토링과 안내가 필요했다. 특히 이야기를 모으는 데 따르는 민감한 문제에 대해 논의해 준 폴라 볼스(호주 심리 학회 회원)에게 감사드린다. 그리고 피드백과 의견을 준 줄리 맥베이, 더 켈러, 마거릿 킹에게 감사드린다.

마지막으로 각별한 모임인, 바이런 작가 모임 <징클링스Zinklings>의 린턴 버거, 제나 카길 스트롱, 비키 킹, 미첼 켈러, 제이 매켄지, 애나 데이비스에게 크나큰 감사를 드린다. 이들은 내가 글을 쓰면서 겪는 우여곡절에도 나를 가족처럼 돌봐 주었다.

차례

영국에서는 매년 약 4만 명의 아이가 엄마나 아빠의 죽음이라는 슬픈 소식을 듣는다. 더 많은 아이가 형제나 자매, 조부모, 선생님, 친구 또는 몹시 사랑했던 반려동물의 죽음을 맞닥뜨린다. 이 아이들은 사별한 것이다. 많은 아이가 사별을 경험하지만, 이 아이들이 자기에게 소중했던 누군가의 부재를 이해해야 하는 것에 대한 일반적인 인식은 실제로 매우 제한적이다. 많은 자원 봉사 단체가 매년 <굿 그리프 트러스트Good Grief Trust>가 주도하는 '전국 비통 인식 주간'과 같은 사업을 통해 이를 변화시키려고 노력 중이다. <비통 마주하기Grief Encounter>나 <윈스턴의 소망Winston's Wish>과 같이 우수한 전문적 지원/훈련 기관이 있다. 그러나 공공 영역에서는 진적이 더디다. 현재 영국의 교사 중 10% 미만이 사별을 경험한 아이들에게 필요한 구체적인 도움에 관한 훈련을 받고 있으며, 전체 학교의 20%에만 전문적 지원이 있다고 한다.

국제적인 상황도 비슷하거나 더 나쁘다. 전 세계 학교의 모든 교실에는 최근에 부모나 형제자매의 죽음을 경험한 아이가 적어도 한 명 정도는 있을 것이다. 자세히 들여다보면 훨씬 더 많은 아이가 가까운 이의 죽음이나 비통한 상실 또는 고통스러운 이별에 몹시 슬퍼하고 있을 것이다.

상실, 죽음, 애도, 비통은 출생, 학습, 일상, 전학, 따분함, 흥분만큼이나 어린 시절을 차지하는 커다란 부분이다. 그러나 산업화된 세계에서 어른들 대부분은 아이들의 어린 시절을 근심 걱정 없이 완벽하게 순수한 시간으로 만들어 줘야 한다는 문화적 압박을 느끼고, 그로 인해 아이들은 대체로 세상을 떠난 이들에 대한 가족 간의 대화에 함께하지 못한다. 또한 장례식이나 묘지에서 멀리 떨어져 있어야 할 수도 있다. 죽음, 상실, 비통이라는 현실로부터 아이들을 보호하려는 선의가 아이들의 사별 경험을 더 어렵게 만들고 있다.

사회적 침묵 또한 비통에 잠긴 아이들이 죽음이나 다른 소중한 무언가의 상실로 생긴 긴급한 질문에 답을 찾지 못하게 한다. 아이들은 무슨 일이 일어났는지, 이제 무슨 일이 일어날지, 누가 무엇을 알았는지, 왜 좀 더 일찍 말해 주지 않았는지, 자기도 병들어 죽는 것인지, 다른 누군가도 떠나게 되는지, 그리고 무엇보다 지금 자기를 돌봐 줄 사람이 누구인지 알고 싶어 한다. 신뢰할 수 있는 어른이 이러한 질문에 정직하게 답해 주면 아이들의 불안은 크게 줄어들 수 있다. 그렇지 않으면 이처럼 많은 질문은 슬픔의 허공 속에 남게 될 것이다. 그런데 특정한 문화권이나 가족들의 경우 아이들에게 그러한 일에 대해 말해 주거나 애도 의식이나 슬픔을 나누는 자리에 아이들을 참여시키기도 한다. 이것은 분명히 도움이 된다.

소중했던 사람의 죽음, 또는 심각한 상실에 대한 경험은 어른에게도 연쇄적 고통이 따른다. 중대한 내적 고통과 대인관계에서의 고통을 유발하는데 사망자가 어릴 경우, 또는 그 죽음이 너무 이르거나 폭력적이고 갑작스럽거나 예상치 못한 경우, 아니면 여러 사람이 한꺼번에 사망하는 경우에는 더욱더 상처가 크다. 어른도 이러한 슬픔과 비통을 극복하는 것은 정말로 힘들다. 하물며 아이들은 얼마나 힘들겠는가. 신체 장애나 학습 장애, 빈곤 또는 불안정한 가정과 같이 이미 다른 어려운 문제에 직면해 있는 경우에는 더욱 그렇다. 아이가 겪은 부정적인 생애 사건의 수가 많을수록, 소중했던 누군가의 죽음과 그로 인한 많고 복잡한 상황에 대처하기는 더욱 어려울 것이다. 그러나 인생은 계속될 것이며 새로운 역경과 더불어 새로운 행복 또한 아이에게 주어질 것이다.

이 책에 나오는 이야기들은 상실, 죽음, 임종, 사별에 관한 대화를 시작하려는 어른들에게도 도움이 될 수 있다. 많은 사람이 행동은 고사하고 시작조차 매우 어렵다고 여기는 그 대화 말이다.

연쇄적 고통이 따르는 죽음, 상실, 사별

심각한 경제 문제가 있을 때 연쇄적 고통의 직접적 영향은 더욱 크다. 망자를 성대하게 떠나보내고 싶은 마음에 많은 유족이 갚기 어려운 빚을 지기도 한다. 설상가상으로 부모 중 한 명이 사망하면 배우자/파트너/보호자의 수입이 크게 감소하는 경우가 많다. 아이들은 경제적으로 걱정거리가 있다는 걸 금세 알아차린다. 이 상황은 이미 불안해진 아이를 더욱 겁먹게 만들 수 있다. 남겨진 한쪽 부모는 대부분 얼마 지나지 않아 자녀에게 도움이 필요하다는 것과, 그것에 대처하는 것이 매우 어렵다는 걸 알게 된다. 이때 깊은 우울증에 빠지거나 하루하루를 버티기 위해 마약이나 알코올에 의존하기도 한다. 그러나 필사적으로 새로운 시작을 원하는 이들도 있다. 이들은 집을 옮기고, 다른 직업을 찾거나, 새로운 파트너를 찾기로 결심한다. 그런데 교통사고로 엄마를 잃은 외동딸 에밀리(8살)에게 다음과 같은 일이 벌어졌다.

　갑작스럽게 엄마를 잃은 지 1년 만에 에밀리의 아빠는 온라인 데이트 서비스를 통해 누군가를 만났고, 서로를 사랑하게 되었다. 어느 날 아빠는 에밀리에게 자신의 새로운 파트너가 남자라고 말했다. 엄마와 결혼하기 전에도 아빠가 남자와 함께 살았다는 사실을 에밀리는 몰랐다. 아빠의 새로운 파트너는 160km쯤 떨어진 마을에 살았고, 여러 이유로 이사를 올 수 없었다. 에밀리의 아빠는 파트너의 마을에서 새로운 일자리를 찾기로 마음먹었다. 아빠가 새 일자리를 얻었을 때, 두 사람은 에밀리에게 함께 가정을 꾸리고 싶다고 말했다. 집을 보러 다니면서 그들은 에밀리가 같이할 수 있도록 세심하게 배려했고, 에밀리는 씩씩하게 지냈다. 그러나 이사한 지 얼마 되지 않아 에밀리는 아빠와 파트너의 애정 어린 관계를 무척 혼란스러워하며 깊은 상실을 느끼기 시작했다. 에밀리는 이전 소꿉친구들, 학교와 체육관, 친숙했던 이웃과도 연락이 단절된 상태였다. 바로 근처에 살면서 사랑을 많이 베풀어 주신 외할머니, 외할아버지와의 일상적 연락도 끊겼다. 대체로 에밀리는 혼자서 많은 일을 감당해야 했다.

학교는 에밀리를 전문 지원팀에 연결시켜 주었다. 그들은 함께 이야기를 만들고, 공예 활동을 하며 대화를 나눴다. 몇 달 후 에밀리는 새로운 균형을 찾을 수 있었다. 에밀리는 비교적 운이 좋았다. 경제적으로 어렵지도, 건강에 이상이 있지도 않았다. 게다가 아빠의 새 파트너와도 잘 지냈다. 에밀리는 새 학교가 마음에 들었고, 얼마 지나지 않아 새 친구들을 사귈 수 있었다. 시간이 흐르면서 에밀리는 예전 친구들, 할머니, 할아버지와 정기적으로 연락을 유지하는 새로운 방법을 찾았다. 물론 에밀리는 계속해서 엄마가 그리웠고, 때로는 몹시 고통스러웠다. 새로운 도시로 이사를 한다는 건 의심의 여지 없이 무척 힘든 일이다. 그러나 사별의 아픔을 극복한 대부분의 아이처럼 에밀리는 점차 자신의 이전 경험 세계와 현재 경험 세계 사이에 정서적, 인지적 연결을 만들 수 있었다. 정서적 행복을 향한 에밀리의 길에는 많은 돌부리가 있었다. 그러나 그것은 예상할 수 있는 일이었다. 에밀리가 그러한 돌부리에 잘 대처하게 된 데는 에밀리가 가진 슬픔의 복잡성을 기꺼이 해결하려는 학교와 새로운 부모의 공동의 의지가 큰 몫을 했다.

큰 토끼 헤어Hare의 교훈

살면서 언젠가 우리는 사랑하는 사람이나 동물의 죽음을 마주해야 한다. 죽음이 일어나지 않는 척한다거나 적어도 사랑하는 이에게 그런 일이 일어나지 않을 것처럼 억지를 부리기보다 죽음, 탄생, 거듭남이 보편하게 존재한다는 사실을 정직하게 마주 대할 때 우리는 삶에서 더 큰 회복과 기쁨을 경험할 가능성이 커진다. 죽음에 대해 알게 되면 우리는 더 이상 위네바고족 트릭스터 전설Winnebago Trickster-Cycle의 위대한 문화 영웅인 큰 토끼 '헤어'처럼 되지는 않을 것이다.

> "죽음을 처음 발견한 큰 토끼 헤어는 여행을 멈추고 살던 곳으로 달려가 울부짖었다. '내 친구들이 죽어서는 안 돼!' 그리고는 '언젠가는 모든 것이 죽을 텐데!'라는 생각과 함께 살아 있는 모든 것을 상상하기 시작했다. 그러자 절벽과 바위는 굴러떨어졌고, 큰 산들은 무너져 내렸다. 땅속에 사는 모든 존재는 더 이상 움직이지 못하고, 하늘 높이 나는 새들은 날갯짓을 멈추고 땅에 떨어져 죽는 것이 아닌가. 헤어는 집에 틀어박혀 이불을 뒤집어 쓴 채 하염없이 울었다. 그러다 죽어가는 모든 이를 구할 완벽한 땅은 이 세상에 없다는 것을 알게 되었다. 그는 이불에 몸을 묻고, 아무 소리도 내지 않았다."

죽음은 피할 수 없고 어디에나 존재한다는 깨달음에 압도당한 큰 토끼의 반응은 사별을 경험한 아이들을 위해 이야기를 들려줄 때 중요하게 생각해야 하는 점이 무엇인지 알려 준다. 첫 번째는 어른들이 아이 내면의 '헤어'를 위로하기 위해 무엇을 할 수 있는가이다. 이것은 어른이 아이의 슬픔을 중심에 두고 배려의 방식으로 함께하기 위해서 필요한 것이다. 두 번째는 그러한 어른들이 진정으로 아이를 위해 함께 있고 싶어 하며, 아이가 나누고 싶은 이야기를 듣고 싶어 한다는 것을 아이에게 어떻게 전달하느냐 하는 것이다.(A.Gersie, 1992, 1997)

이러한 상황에 가능한 답변의 핵심은 심리적, 사회적 회복력에 있다. 회복을 뜻하는 여러 정의에는 공통된 요소들이 있는데 비교적 쉽게 회복하는 아이와 어른은 다음과 같은 것이 가능하다.

· 충격을 받아들이고 회복한다.
· 규모, 형태, 시기 면에서 비정상적인 위협 및 사건에 대해 직면한다.
· 변화와 종종 위협적인 상황에 적응한다.
· 살고자 하는 의지를 끌어모은다.
· 공유된 가치들을 위해 힘을 합친다.

그러나 큰 토끼 헤어처럼 겁에 질려 압도당하거나 슬픔에 잠긴 아이와 깊은 교감을 나누기 위해서는 회복적인 반응 습관, 적극적으로 경청하기 위한 준비, 친절한 의도 외에 또 다른 무언가가 필요하다. 그 무언가는 아이들의 물리적 필요를 충족시켜 주는 것, 아이들을 돌보며 학대나 착취로부터 보호해 줄 어른과 안전한 환경이 있어야 한다는 것, 그리고 사별을 경험한 아이들을 이해하려는 진정한 의지이다.

슬픔에 잠긴 아이들에게 가장 필요한 것

우선 핵심적 요구 사항이 채워지면 대부분의 아이는 새로운 관계 형성, 사회적 지원 및 중요한 의사결정에 참여하는 것이 절실하게 필요하다. 아이들은 또한 극도로 동요했을 때 스스로를 진정시키는 법을 다시 배워야 한다. 이것은 아이들의 문화적 배경, 가족의 경제·사회적 지위 또는 종교적 성향과는 무관하다. 다음에 아이들에게 핵심적으로 필요한 것 몇 가지를 제시한다.

- 이 아이들은 신뢰할 수 있고, 이야기를 들어 주고 수다를 떨 수 있으며, 놀이를 하고, 함께 무언가를 만들고, 책을 읽고, 추억거리를 살펴보고, 자기를 지지해 주는, 친절하게 일상을 유지하도록 돕는 친숙한 언니 오빠(누나 형) 또는 어른들과 정기적으로 만나는 것이 필요하다.
- 이 아이들은 또한 자신의 비통에 대한 반응을 정상으로 여길 필요가 있

다. 슬프거나 화가 나고 죄책감을 느끼는 것과 같이 격렬하고 종종 빠르게 요동치는 감정이 정상적이며 문제가 없다는 걸 알아야 한다. 이 아이들은 한동안 혼란스럽고 뭔가를 잘 잊어버리며 주의력에 어려움을 겪을 수 있다. 대부분의 아이가 악몽과 수면 장애가 비통의 과정 중 일부인지를 알고 싶어한다. 아이들은 어른들이 자신의 새로운 괴로움과 아픔을 굉장히 심각하게 받아들이길 원하기도 하지만, 이러한 아픔이나 식욕 부진이 비통에 빠진 다른 아이들에게도 일어난다는 사실을 확인하고 안도하고 싶어 한다. 무엇보다 아이들은 계속 놀고, 울고 웃으며, 벌어졌던 일을 잠시나마 잊는 데 도움이 되는 장난을 쳐도 괜찮다는 말을 들어야 한다.

- 덧붙여, 사별을 경험한 대부분의 아이는 근본적으로 통제 불가능한 사건이 있을 수밖에 없다. 그러나 어느 정도 통제가 가능한 경우, 예를 들어 식탁 차리기, 쇼핑이나 식사 준비 돕기, 또는 누군가의 생일을 위한 그림 카드 만들기 등 할 수 있는 일을 부탁받을 수 있다는 걸 상기시키는 것이 좋다. 그런 행동은 또한 아이에게 아무도 어찌할 수 없는 것, 어른들이 할 수 있는 것, 그리고 아이들이 할 수 있는 것 등을 구분하는 데 도움을 줄 것이다.

- 끝으로, 사별을 경험한 모든 아이는 주변의 어른들이 자신은 물론 어른 스스로를 잘 보살피고 있다는 것을 확신할 필요가 있다. 사별을 경험한 아이들에게는 돌봐 주는 어른들 스스로가 잘 지내는 것이 중요하다. 이것은 어려운 과제일 수 있다. 남겨진 가족들은 친척, 이웃, 동료, 친구로부터 많은 지원을 받을 자격이 있다. 그러나 그러한 도움은 즉각 이뤄지지 않을 수 있고 가능하지 않을 수도 있다. 이런 경우 아이들의 학교, 직장, 지원 단체, 종교 단체 또는 헌신적인 조직에 지원을 요청할 수 있어야 한다. 비통은

그 자체로 충분히 고독한 경험이지만 그것을 혼자서 견딜 필요는 없다. 우리가 사는 곳 어디에서든 우리는 도움을 받을 수 있다.

이 책의 이야기들과
이야기 들려주기가 도울 수 있는 것

이 책에 나오는 이야기와 활동은 평범한 어른들에게 어린아이와 청소년들이 심각한 상실이나 사별을 경험할 때 생기는 공통된 어려움을 덜어줄 수 있는 용기를 북돋운다. 이야기는 소박한 선물이다. 그 이상도 이하도 아니다. 이러한 이야기와 활동에는 적어도 다음과 같은 3가지 기능이 있다.

첫째, 아이가 만일 이야기를 좋아한다면(여기에서는 '만일'이 중요하다), 이야기 들려주기 자체가 친밀한 대인 관계를 경험하는 것이 된다. 소중한 사람이 세상을 떠났거나 커다란 상실을 포함하여 원치 않은 변화로 인해 삶이 흔들릴 때 더욱 그렇다.

둘째, 이야기는 아이를 혼란스럽게 하는 깊은 상실의 경험을 정상화하고자 한다. 또한 아이에게서 슬픔의 짐을 덜어 준다.

셋째, 이야기는 아이들뿐 아니라 아이들의 가족과 공동체에 어떻게 해야 그들이 적절한 시기에, 커다란 상실을 안고서도 잘 살아갈 수 있는지를 살필 수 있게 한다. 많은 이야기가 사람들에게 상실이 어떻게 그들의 가벼운 일부가 되고 또 그들을 더욱 강하게 만들 수 있는지를 보여 주고자 노력한다. 아이들에게 이야기를 자주 들려주는 것 역시 아이와 슬픔에 대해 이야기할 때 덜 난감하고 말문이 덜 막히도록 돕는다. 이것은 종종 어른들에게 자신의 아픔에도 불구하고 슬픔에 빠진 아이를 도울 수 있다는 믿음(처음에는 나약했던)을 키워 준다.

이 책에 수록된 치유 이야기들은 다른 모든 이야기처럼 시작과 중간, 끝이 있다. 사람, 동식물의 삶도 마찬가지이다. 비록 모든 이야기에 끝이 있지만, 아이든 어른이든 이야기가 세상을 떠난 사람에 대한 기억처럼 각자의 내면세계에서 계속 살아갈 것임을 알고 있다. '기억 속에서 살아가기'는 우리를 안심시킨다. 이야기와 이야기 들려주기, 이야기 기억하기는 흔들리는 삶 속에서 청자와 이야기 들려주는 사람이 새로운 친밀감과 견고함을 찾는 데 도움을 준다. 이것은 이루 말할 수 없이 중요한 일이다.

엔필드에서, 2020년 12월
앨리다 거시 박사*

---

* 『더 푸르른 세상을 위한 이야기 들려주기 : 환경, 공동체, 이야기에 기반한 학습Storytelling for a Greener World : Environment, Community and Story-based Learning』(Hawthorn Press, Stroud, UK, 2014)의 저자 및 공동 편집자

~~~~~~

참고 도서

『죽음에 대한 아동의 발견The Child's Discovery of Death』 S. Anthony, 아동심리학 연구,
London: Routledge and Kegan Paul, 1940

『영아기와 유아기의 비통과 애도Grief and mourning in infancy and early childhood』 J. Bowlby,
아동정신분석학 연구, No. 15, pp. 9-52, 1960

『슬픔에 잠긴 아이들: 성인을 위한 핸드북Grief in Children: A Handbook for Adults』 A.
Dyregrov, London: Jessica Kingsley Publishers, 2008

『사별을 겪고 있는 사람들의 이야기 만들기: 용들은 초원에서 싸운다Storymaking in
Bereavement: Dragons Fight in the Meadow』 A. Gersie, London: Jessica Kingsley Publishers,
1991

『치유 이야기 만들기에 관한 고찰: 집단에서의 이야기 활용Reflections on Therapeutic
Storymaking: The Use of Stories in Groups』 A. Gersie, London: Jessica Kingsley Publishers,
1997

들어가는 글

말과 이야기의 치유력

어머니가 돌아가시기 몇 주 전부터, 나는 '나의 어머니, 나의 장미'라는 제목으로 어머니에 대한 나의 사랑과 감사를 몇 가지 이미지로 담아내는 작업을 했다. 어머니의 병원 침대 곁에 앉아 있는 동안, 의식이 있으실 때나 없으실 때나, 나는 그 시를 읽어 드렸다. '어머니는 내 인생의 정원에 피어 있는 장미입니다…'

어머니가 돌아가신 뒤, 어머니가 더 이상 내 인생 정원에 '살아 있는 장미'가 아니라는 현실을 받아들이기 위해 발버둥 칠 당시에는 미처 알지 못했지만 이러한 이미지들은 나에게 매우 중요한 영향을 미쳤다. 특히 한 대목이 어두운 밤 같기만 하던 나의 슬픔에 한 줄기 빛을 비춰 주었다. 이 작은 빛은 내가 앞으로 나아갈 길을 천천히 찾을 수 있도록 도왔고, 아이들의 어머니이자 한 학교의 관리자로서 책임을 다할 수 있도록 힘을 주었다.

> "나 그것이 갈색으로 시들도록
> 두지 않으려 하지만
> 언젠가 그날이 와
> 정원에 핀 장미가 떨어지더라도
> 달콤한 꽃잎의 추억은
> 비단결 같은 실안개에 싸여
> 내 생애가 다하는 날까지
> 가슴 깊이 가져가리라."

30년이 지난 지금도 '비단결 같은 실안개에 싸인 달콤한 꽃잎의 추억'이라는 이미지는 나를 상실로 인한 막막한 슬픔에서 벗어나게 해 준다. 그리고 지금도 나는 장미꽃 한 다발이 생기면 꽃병에 한참을 두었다가 시들 무렵, 꽃잎을 그릇에 모아 상징적으로 정원에 뿌린다.

어머니와 헤어지기 몇 해 전, 개인적으로 다른 종류의 상실을 경험했을 때, 나는 말words의 힘에 큰 도움을 받은 적이 있다. 당시 나는 인생에서 중요한 기로에 서 있었다. 의사 결정에 있어서 심각하게 불안해했고, 자신감 상실과 싸우고 있었다. 내 마음을 따를 것인지, 남들의 기대에 부응할 것인지… 이것이 열아홉 살 때 나의 딜레마였다.

그즈음 리처드 바크의 『갈매기의 꿈』이라는 작은 책을 선물 받았다. 하늘 높이 날아오르는 갈매기의 이야기는 내 마음이 가리키는 방향을 따를 수 있는 힘과 자신감을 주었다. 무리나 부족 또는 이웃이 당신의 꿈을 위협한다 할지라도 당신 삶의 더 높은 목적을 추구하라는 이 현대적 고전을 나는 늘 고맙게 생각한다. 대부분의 갈매기에게 중요한 것은 나는 게 아니라 먹는 것이다. 그러나 주인공 갈매기 조너선에게 중요한 것은 먹는 게 아니라 나는 것이었다.*

1671년, 존 밀턴은 『실락원』에서 다음과 같은 말을 했다.

"… 상황에 적합한 말은
상처받은 마음을 두드려서 변형시키는 힘이 있다.
마치 곪은 상처에 바르는 향유처럼."**

* 『갈매기의 꿈』 리처드 바크Richard Bach
** 존 밀턴John Milton의 시집 『실낙원』

밀턴이 말의 치유력에 관한 이 금언을 쓰기 거의 2천 년 전, 람세스 2세는 책을 보관하는 이집트 궁전의 왕실 입구 위에 석판을 하나 걸었다. 세계에서 가장 오래된 도서관의 격언으로 여겨지는 그 석판의 문구는 '영혼을 치유하는 집'이다.

치유 목적으로 특정한 글을 읽는 것을 포함해서, 창조적 예술 과정인 '독서 치료bibliotherapy'*의 존재에 대한 최초의 기록 증거로서 이것을 독서 치료사들은 열렬히 공유한다.

그러나 말과 이야기를 통한 치유는 시, 노래, 이야기가 기록되기 훨씬 이전으로, '독서 치료'라는 용어가 등장하기 훨씬 이전으로 거슬러 올라간다. 전 세계의 토착 문화에 대한 깊은 경의로, 그들의 훌륭한 구전 역사를 기리는 것은 이 책의 도입에서 매우 중요하다.

책이 나오기 전에… 문자가 등장하기 전에… 수천 년 동안 이야기 들려주기는 우리 인류에게 없어서는 안 될 일이었다. 나이지리아의 시인이자 소설가인 벤 오크리는 "우주는 하나의 이야기로 시작되었다… 우리는 인류의 일부인 동시에 이야기들의 일부다."라고 웅변한다.**

---

*   그리스어로 책을 뜻하는 '비블리온biblion'과 치유를 뜻하는 '테라페이아therapeia'에서 유래한 독서 치료Bibliotherapy는 책, 시 및 기타 글의 내용과의 개별적 관계를 치료에 활용한다. 1916년 8월 월간지 〈애틀랜틱〉의 한 기사에 새뮤얼 맥코드 크로더스Samuel McChord Crothers가 이 '독서 치료'라는 용어를 만들어 사용한 후, 이 용어는 의학 사전에까지 등장하게 되었다. 책 치료, 시 치료 또는 이야기 치료라고도 불리는 독서 치료는 오늘날 전 세계적으로 타인을 돕는 직군에서 많이 활용되고 있으며, 상담, 교수법, 의료 과정 등에 통합하여 진행하는 훈련이 늘어나고 있다. 일부 훈련은 시 치료를 전문으로, 다른 경우에는 책 치료를 전문으로 한다. 또 내가 하고 있는 훈련을 포함하여 다른 훈련에서는 이야기 치료를 전문으로 하는데, 특정한 도전적 행동과 도전적 상황에 대한 짧은 이야기를 만드는 데 중점을 둔다.

** 「천국의 새들Birds of Heaven」 벤 오크리Ben Okri (Weidenfeld & Nicolson, London, 1996, p.22)

그 옛날 이야기꾼은 민속과 도덕의 전달자이자, 교사이며, 치유자였다. 이야기꾼의 말은 아이와 어른 모두에게 위로와 힘이 되고 동기를 부여하는 향유와 같았다.

지금도 그렇지만 많은 토착 문화에서 '이야기'는 모든 생명, 유대감, 자연, 공동체 등 모든 것을 포용하고 있고 이야기와 이야기꾼은 동물, 새, 나무, 산, 구름, 별, 달, 해와 같은 자연 세계의 이미지와 모티브를 주로 사용하여 생명과 목적의식, 땅과 하늘을 다 함께 엮었다.

아픔과 상실의 시간에도 별에서 힘을 얻고 강가에 앉아 위안을 얻으며, 숲을 걸으면 고통이 줄어든다. 이렇게 치유의 여정에 자연의 실타래를 엮은 이야기가 만들어져 들어왔고 지금까지도 이 치유 작업의 뜨개질은 계속되고 있다.

세상은 이 지혜로부터 배울 것이 너무나 많다.

돕고자 하는 겸손한 의도

말과 이야기가 가지고 있는 치유력이 아픔과 상실에 대한 이 '치유 이야기 모음집'의 기본 전제이다. 다만 '치유'라는 말을 '돕고자 하는 겸손한 의도'로 이해하는 것이 중요하다. 이 작업은 겸손하게 접근해야 한다.

아픔에 대한 가장 효과적인 지원은 여러 선택지를 제공하는 것인데, 그 어느 것도 '치유'라고 주장할 수 없다. 대부분의 아픔은 치유될 수 없지만 지원과 간호, 도움을 받을 수는 있다.

심적 아픔은 고도로 개별화된 경험이다. 나이, 민족, 문화에 따라 다양한 방식으로 비통해하며, 지원의 세부 사항에 대해서도 개별적이고 서로 다른 방식으로 반응한다. 최근 수십 년 동안에는 정서의 중요성에 초점을 맞춘 전통적 관심뿐 아니라 인지적, 사회적, 문화적, 정신적 차원을 고려하는 연구로 관심이 확대되었다.*

비통을 극복하는 핵심 과정은 상실로 인해 어려움을 겪은 내면 세계를 재확인하거나 재구축하려는 시도이다.** 이러한 과정에 치유 이야기는 개인 상담, 집단 지원, 공동체 지원, 의례, 심리-교육 프로그램, 온라인 지원 등과 함께 도움을 줄 수 있다.

치유 이야기는 깊은 상실과 함께 오는 감정을 탐색하는 데도 도움이 될 수 있다. 진실에 저항하기보다 수용하고, 그것에 상상의 옷을 입힘으로써(74쪽, 「진실과 이야기」 참고), 이야기는 진실을 일상생활 전체로 엮어내는 여정에 도움을 줄 수 있다. 아픔과 상실을 위한 이야기는 상실의 경험으로부터 주의를 딴 데로 돌리기 위한 것이 결코 아니며, 그 경험의 탐색 과정이 가능할 수 있도록 하는 것이다.

"진실과 사람을 가장 가까이 연결하는 것이 이야기이다."

앤서니 드 멜로***

---

* 크리스토퍼 홀Christopher Hall_ 호주 비통과 사별 센터의 소장, 〈퀴블러-로스Kübler-Ross를 넘어서: 비통과 사별에 대해 최근에 새롭게 전개된 이해〉 (MAPS, inPsych, Vol.33, Issue 6)

** 『비통 치료의 기법: 평가 및 개입Techniques of Grief Therapy: Assessment and intervention』 R. A. 네이마이어R. A.Neimeyer 편집 (Routledge, New York, 2016)

*** 앤서니 드 멜로Anthony de Mello(1931~1987)_ 인도 예수회 신부, 심리 치료사, 작가, 대중 연설가

개요

나라마다 구전되거나 책으로 전해져 온 이야기의 역사적 원천이 이 이야기 모음집에 수록된 94개의 이야기를 풍부하게 해 주었다. 내가 쓴 이야기도 있지만 많은 이야기가 여러 대륙과 문화권에서 글쓴이들이 기꺼이 보내 준 것이기 때문이다. 창조성이 거미줄처럼 내가 있는 호주에서 시작해 인도로, 덴마크에서 불가리아로, 스코틀랜드에서 케냐로, 슬로베니아에서 영국으로, 스페인에서 중국으로, 미국에서 크로아티아로, 루마니아에서 필리핀으로, 일본에서 멕시코로, 다시 호주로 확장된 것이다.

이 중 34명이 나눠 준 이야기는 개인적 상황과도 강하게 연결되어 있어서 이야기마다 그 이야기가 대상으로 하는 연령대와 상황에 대한 설명을 덧붙였다. 이 이야기들은 심리학자, 사회복지사, 간호사, 교사, 부모, 조부모, 그리고 '우리 아이들_사랑의 말로 치유하기'라는 병원 프로젝트(만성 중증 질환을 앓고 있는 어린이들을 위한 창조적 글쓰기 프로젝트)의 세 아이가 전 세계에서 만들어서 보내 준 것이다.

글쓴이들 중에는 여러 편의 치유 이야기를 써 본 경험이 있는 사람도 있지만, 나머지 대다수는 첫 번째 시도였음에도 불구하고 자신의 이야기를 공유해 주었다.

몇몇 이야기에는 치유에 도움이 되는 활동을 포함시켰다. 추억의 보물 상자 만들기, 모빌, 부직포 별, 손뜨개질한 담요, 스크랩북, 콜라주, 색깔 돌, 사진 앨범, 직조, 나무 심기 등이다. 독자 또는 청자가 각자의 방식으로, 각자의 시간에 소화하고 작업할 수 있도록 간단한 안내도 달았다.

이렇듯 다양하면서도 개별적인 이야기에서 독자가 자신의 개인적 상실의 상황, 또는 의뢰인이나 가족, 학교, 공동체의 개별적 상황에 공감할 수 있는 이야기를 찾을 수 있기를 바란다.

이 책이 나오기까지

오랫동안 나는 국내외에서 치유 이야기 세미나를 진행해 왔다. 참가자가 적게는 6명에서 많게는 100명에 이르기까지 거의 모든 세미나에 아픔과 상실이라는 주제가 있었다. 어린이, 청소년, 성인 등 다른 누군가를 위해, 또는 트라우마나 상실로 고통받는 집단을 위해 이야기를 썼다. 때로는 슬픔에 빠진 참가자들이 그들 자신을 위해 이야기를 써 왔다.

"이 주제를 다루는 책은 언제 나오나요?" 종종 이런 질문을 받았다. 나는 이에 대한 책임감 때문에 고심했고, 다른 이들의 진심 어린 기여와 이야기에 대한 긍정적 반응들이 이 책이 탄생할 수 있도록 격려했다.

더불어 다양한 의료 전문가가 여러 번 '임상clinical'을 하지 않았어도 아픔과 상실을 주제로 한 책을 낼 수 있다고 말해 주었을 때는 자신감이 커졌다. 나는 심리학자는 아니지만 이야기를 쓰는 재능이 있고, '언제, 어디서, 누군가를 위해, 무언가를 위해, 그다음에 무슨 일이 일어났는지' 등에 대해 최선을 다해 기록으로 남기고 있다. 이러한 기록은 치유 이야기 쓰기에서 필수적인 일이다.

따라서 나는 이 이야기 모음집과 그에 대한 해설이 임상적이거나 명시적으로 심리치료적, 이론적인 관점에서가 아니라 기록된 생생한 경험으로 썼다는 점에 대해 조금도 거리낌이 없다. '이야기'에 대한 좀 더 명시적이고 임상적인 치료 및 이론적 접근을 원하는 독자는 다음 저자들의 책을 참고하는 것이 좋겠다. Denborough(2014), Gersie(1997), Golding(2014), Jones & Pimenta(2020), Marr(2019), Mellon(2019), Bassil-Morozow(2020), Boyd(2010), Bruner(2002), Kearney(2001), Rose & Philpot(2004)

또한 이 이야기 모음집은 이전의 동화집과 달리 어린아이만을 위한 것이 아니다. 이 책의 집필에 대해 고민한 순간부터 모든 연령대를 위한 이야기를 한데 모으는 것에 그 중점을 두고자 했다. 아픔과 상실의 경험에는 경계가 없다. 누군가 세상을 떠나면 나이와 상관없이 가까운 가족과 친척, 친구들과 공동체가 모두 관련되기 마련이다.

예를 들어, 사랑하는 사람을 잃었을 때 가족 구성원 중에 어린아이나, 좀 더 큰 아이들을 위한 또는 청소년과 어른을 위한 각기 다른 종류의 이야기가 필요할 수 있다. 이 모음집에서 어린아이들과 함께할 수 있는 이야기 중에는 「작은 양초」, 「엄마 루와 아기 루」, 「노래하는 아기 토끼」 등이 있다. 더 큰 아이들을 위해서는 좀 더 복잡한 줄거리를 가진 이야기로 「할머니가 돌아가신 날」, 「멋쟁이 비행기」, 「잘 가, 가비야」 등이 있다. 「고래와 진주」, 「검은 돌」, 「아기 조개와 춤추는 진주」, 「정원」, 「라벤더 둥지」 등이 특별히 청소년과 어른들을 위해 만든 것이다. 어떤 이야기들은 가족의 모든 연령대와 함께하기 위해 썼다. 「추억의 보물 상자」, 「추억의 담요」, 「가족의 배」 등이 그런 이야기들이다.

'삶의 순환과 변화'를 주제로 한 이야기들, 그리고 환경 파괴로부터 오는 아픔과 상실에 대한 이야기들은 가족, 학교, 공동체 모임을 위한 토론의 발판이 될 수 있다. 코로나19 팬데믹으로 인한 어려움에 대해 쓴

「집에만 있어야 했던 꼬마 요정」 같은 그런 이야기들은 '엄마 나무'의 보호가 절실히 필요한 모든 연령대의 어린아이(아주 어린 아이들을 제외한)에게 들려주면 좋다.

이 책을 활용하는 방법

이야기 만들기에 관심 있는 분들을 위해 책 머리에 다양한 종류의 치유 이야기와 치료적 글쓰기 과정에 대한 주석, 그리고 은유와 상상에 대한 견해를 실었다. '치유 이야기 만들기'를 소개하기 위해 나의 경험을 담은 수많은 통찰과 예시가 독자에게 도움이 되길 바란다.

　이 책은 앉은 자리에서 처음부터 끝까지 한 번에 읽을 수 있는 책이 아니다. 필요할 때마다 참고할 수 있는 다양한 예시와 이론이 있는 '자료집'이라고 할 수 있다. 여러분은 한 가지 이야기만 찾아서 읽어 보길 원할 수도 있고, 관심이 생기거나 실천해야 할 필요가 있을 때 한참 뒤에 다시 책을 읽어 보고 싶을 수도 있다. 또한 이 모음집에 나오는 94개 이야기가 결코 완전한 제안이 아니라는 점을 이해해 주었으면 한다. 아픔과 상실을 위한 치유 이야기는 수천 가지가 있을 수 있다. 여기에 수록된 것들은 어떤 가능성의 작은 본보기일 뿐이다.*

　이 책에 소개하는 모든 이야기는 실질적으로 아이부터 어른까지 모

---

* 만약 여러분이 비통과 상실의 상황에 도움을 주기 위해 글을 썼고 그 글이 어떤 효과가 있었는지 공유하고 싶다면, 이 책의 두 번째 판에 담길 수 있을지 그 가능성을 검토하기 위해 저에게 보내 주길 바란다.

두에게 적합하다고 볼 수 있다. 그럼에도 불구하고 각 이야기를 시작할 때 권장 연령대를 추천하고 있기는 하다. 이 이야기들을 다른 방식으로 분류하는 것은 적절치 않아 보인다.

그리고 여러분이 이야기를 만들거나 들려주려 할 때 도움이 되도록 각 장은 배경에 대한 간단한 설명과 함께 이야기들의 목록으로 시작한다.

사랑하는 사람과 이별한 이야기 이 이야기 모음에서는 형제자매나 쌍둥이, 부모나 조부모를 잃은 아이를 위한 이야기, 신생아를 잃은 가족을 위한 이야기, 자녀를 잃은 부모를 위한 이야기, 친구가 질병이나 사고로 세상을 떠난 학교/공동체를 위한 이야기 등을 찾을 수 있다.

달라진 가족 관계에 대한 이야기 이 모음에는 부모가 별거한 아이들을 위한 이야기, 입양되어 키워진 아이들을 위한 이야기, 여러 이유로 가족과 함께 지낼 수 없는 가족 구성원들을 위한 이야기가 담겨 있다.

반려동물을 떠나보내는 이야기 이 모음에는 이야기가 3개뿐이지만, 각각의 이야기와 제안들은 사랑하는 반려동물의 죽음과 관련된 다양한 상황을 비롯해 건강을 회복시키기 위해 간호하던 새나 동물에게 작별 인사를 해야 하는 상황에 맞게 수정해서 사용할 수 있다.

건강과 행복을 상실한 이야기 여기에는 장기간의 질병, 질병에 대한 불안, 이동 능력의 상실, 목소리의 상실(선택적 무언증을 포함하여), 시력의 상실 등에 대한 이야기를 담고 있다.

소중한 장소의 상실 여기에서는 산불, 홍수, 그 외 다른 환경 재해로 집을 잃은 어린아이, 가족, 공동체에 대한 이야기, 다양한 이유로 고국을 떠나 다른 곳에 정착해야 했던 사람들을 위한 이야기를 찾을 수 있다.

환경 파괴로 인한 슬픔과 상실감 이 모음에는 다양한 환경 주제를 다루는 8개의 이야기가 있다. 탐욕과 관리 소홀로 시작해 희망적인 나눔과 보살핌으로 끝맺는 여정의 이야기를 포함해, 해양 오염과 멸종이라는 끔찍한 상황으로 깊이 빠져들었다가, 귀 기울여 듣고 행동할 것이라는 희망의 메시지를 가능성에 대한 암시로 끝을 맺는 이야기들이다. 환경 파괴로 인한 아픔과 상실감은 오늘날 우리 시대의 슬픈 현실이다. 나는 이 주제에 대한 '치유 이야기'가 더 많아졌으면 한다. 이 이야기들은 존스톤과 메이시가 '적극적 희망'*이라고 부르는 긍정적 방향으로 나아가는 데 기여할 수 있기 때문이다. 제인 구달Jane Goodall 박사는 기후 변화에 대해 어떻게 효과적으로 말할 수 있는가라는 질문에 이렇게 답했다. "이야기 들려주기의 힘을 사용하세요… 당신이 해야 할 일은 마음속에 들어가는 것입니다. 어떻게 들어가냐고요? 이야기와 함께 해야지요."**

다른 상실들 지금까지의 범주에 속하지 않는 다른 종류의 상실이 많이 있다. 신뢰의 상실, 협력의 상실, 조절의 상실, 균형의 상실, 존중의 상실 등에 대한 이야기를 담는 것도 중요하다고 느꼈다.

삶의 순환과 변화를 다룬 이야기 이 모음에는 나비로 탈바꿈하는 애벌레, 계절의 순환, 물의 순환과 눈송이의 여정 등 삶의 순환에 대한 '더 큰 그림'을 나누는 이야기가 담겨 있다. 세계 각지의 몇몇 전통적인 이야기의 지혜가 영감을 주었다.

》 몇몇 이야기에는 도안을 이용한 [만들어 보기] 같은 활동을 덧붙였다.

* 「액티브 호프Active Hope: How to Face the Mess We're in without Going Crazy」 조애너 메이시 Joanna Macy & 크리스 존스톤Chris Johnstone (양춘승 옮김, 벗나래, 2016)

** 제인 구달Jane Goodall, 세계 경제 포럼(스위스 다보스, 2019)

치유 이야기
만들기와 들려주기

치유 이야기는 어떤 문제가 생겼을 때 어린이, 청소년, 성인이 강의를 듣거나 그 문제를 직접 다루는 방식이 아니라, 상상이라는 여정을 통해 치유를 돕는 매개체이다. 듣는 사람이 주인공 또는 등장인물에 동화되어 장애물을 극복하고 해결할 수 있는 힘을 얻는 것이다. 이야기 치유는 온화하고 무난해 보이는 방법이지만 폭력적인 행동과 어려운 상황에 효과적으로 대처할 수 있는 수단이 된다.

창조적 여정과 은유라는 특별한 선택과 함께 작업을 하는 치유 이야기의 접근법은 균형을 벗어난 행동이나 상황을 온전함 또는 균형으로 되돌릴 수 있는 잠재력을 지니고 있다. 그 도움이 크든 작든 이야기는 위로를 주고 동기를 부여하며 결의를 다지게 하고 미래의 변화를 위해 귀중한 씨앗을 뿌릴 수 있도록 돕는다.

처음 펴낸 두 책 『마음에 힘을 주는 치유동화』(푸른씨앗, 2016), 『아이들 마음을 치유하는 101가지 이야기』(고인돌, 2014)에서는 이야기 만들기의 기본이 되는 3가지 틀인, '은유', '여정', '해결'에 대해 자세히 소개했다.(『마음에 힘을 주는 치유동화』 100쪽부터 참고)

이 두 책에서 제시하는 여정이 '치유 이야기'를 형성해 가는 부분이 된다. 다사다난한 여정은 이야기가 전개됨에 따라 긴장감을 조성하는 방식으로, '불균형' 행동을 통해 줄거리를 이끌어 나가고, (죄책감을 유발하지 않는 방법으로) 다시 건강하고 능동적인 해결로 이어지게 한다.

그러나 이 책에서는 다음 사항을 강조하고 싶다. **비통함과 상실감에 빠져 있는 이들을 위해 '치유 이야기'를 쓰려고 할 때는 특정한 틀 또는 방법**

을 제공하는 것이 가능하지 않거나 적절하지 않다. 이야기의 여정이 '건강하고 능동적인 해결'로 이어질 수 있다고 단정하는 것은 신중하지 못한 태도이다. 이야기로 '치료'될 수 있다고 주장하는 것 역시 부적절하다. 이토록 힘겨운 시기에는 좀 더 섬세하고 암시적이며 직관적인 접근이 필요하다.

'치유 이야기'가 할 수 있는 일은 오직 위로와 지지를 속삭이는 것이다. 그러나 이 속삭임이 가능하다면 창조적 노력을 기울일 가치는 충분하다.

함께 '현재에 존재하기'의 중요성

이 모음집의 이야기는 모두 각기 다른 경로, 다른 여정, 다른 스타일을 가지고 있다. 그럼에도 이 이야기들은 관찰과 경청을 바탕으로 쓰여졌다는 공통된 특성이 있다. 각각의 이야기는 개인(들)의 아픔과 상실의 상황에 철저하게 '현재에 존재하기'를 통해 만들어졌다. 이러한 '현존'의 중요성에 대한 통찰력은 다음의 정의에서 얻을 수 있다. '치료therapy라는 단어는 그리스어와 라틴어의 기원 모두에서 유래하며(현대 라틴어 – therapia, 그리스어 – therapeia), 의료, 치유, 참석, 기다림, 보살핌, 봉사 등과 같은 의미를 갖는다.'* 이것은 우리에게 아픔과 상실을 위한 치유 이야기를 쓰는 데 중요한 단서를 제공한다. 우리는 그 상황에 '참석할' 시간이 필요하다. 그리고 이를 위해 우리는 함께 '현재에 존재하기'의 특성인 '경청'이

---

* 　https://www.etymonline.com/word/therapy 참고

필요하다.*

- 우리는 비통과 상실의 상황을 조용히 경청하고 관찰할 필요가 있다.
- 우리는 시간을 내어 관련된 어린이, 성인, 가족 또는 공동체를 관찰하고 '함께 현존할' 필요가 있다.
- 우리는 관련된 어린이, 성인, 가족 또는 공동체의 종교적, 철학적 믿음에 귀 기울이고 존중할 필요가 있다.(이를 염두에 두고 이야기를 만들어야 한다)
- 우리는 우리의 직관에 귀 기울일 필요가 있다.
- 우리는 우리의 상식에 귀 기울일 필요가 있다.

우리는 또한 아이디어를 자유롭게 떠올리고, 이야기를 '한번 써 볼' 용기를 내고, 적절한 때가 되었을 때 다른 사람들과 이야기를 공유하기 위해서는 오랜 시간 참고 인내해야 한다.

---

* 미국 컬럼비아 대학교에서는 2019년부터 '환자의 이야기를 듣는 일'에 중점을 둔 '내러티브 의학 석사 과정'을 개설했다. 내러티브 의학은 의료 서비스를 받거나 제공하는 모든 사람의 필요를 충족시키기 위해 인문학과 예술로부터 근본적인 경청과 창조성의 강력한 내러티브 기술을 제공하는 학제 간 분야로 정의할수 있다. 내러티브 의학은 치유를 촉진하는 방법으로써 임상 실습, 연구 및 교육에서 사람들의 내러티브를 활용하는 의학적 접근이다. 그것은 환자의 개별적인 이야기를 다루려는 시도이자, 신체적 질병과 함께 발생하는 관계적, 심리적 차원을 다루는 것을 목표로 한다. 이를 통해 내러티브 의학은 환자의 경험을 인정할 뿐 아니라 의사 내면의 창조성과 자아성찰을 장려하고자 한다.

'치유 이야기'를 나누기에 적절한 순간과 장소

치유 이야기를 나누기 위한 적절한 순간과 장소를 찾는 데에는 감수성이 필요하다. 정확한 지침은 있을 수 없다. 위에서 언급했듯이 여러분은 상황에 대해 귀 기울여야 한다. 언젠가 사고로 아이를 잃은 친구를 위해 이야기를 쓴 적이 있다. '이야기'를 나누기 위해 그 친구의 집을 처음 방문했을 때 나는 시기가 적절치 않다고 느꼈다. 거의 일 년이 지나서야 '적절한' 순간이 찾아왔다.

여러분이 쓴 이야기를 아무도 보거나 들을 수 없을지도 모른다. 그렇더라도 슬픔에 잠긴 개인이나 가족, 공동체에 자신의 이야기를 강요하지 않도록 주의해야 한다. 그러나 이런 순간이 오지 않더라도 이야기는 여러분 자신에게 도움이 되고, 여러분을 지탱해 줄 것이다. 때로는 지금의 아이디어가 미래 다른 이야기의 씨앗이 될 수도 있다. 여러분의 이야기나 이 모음집의 이야기를 숲속을 걷거나, 공원에 앉아 있거나, 모래밭에서 놀거나, 함께 그림을 그리거나, 잠들기 전 촛불 옆에 조용히 있는 동안 어린아이나 가족과 나눌 수 있는 적절한 때가 올 것이다.

때로는 추도식이나 공동체 모임에서 이야기를 소리내어 읽거나 들려줄 수도 있다. 또는 상자에 담거나 예쁘게 포장해서 친구나 가족에게 선물로 줄 수도 있다.

때로는 이야기를 들려줄 상황이 빨리 찾아와서 많은 독자와 청자에게 집, 교실, 치료 클리닉 또는 공동체 모임에서 인쇄물이나 구두 형식으로 다가갈 수 있는 길이 열리기도 한다.

주의할 점

- 아이들과 '이야기'를 나눌 때, 종종 아이들이 여러분을 이끌어 줄 것이다. 이야기가 재미없거나 불편하게 느껴질 경우, 아이들은 대개 그것에 대해 소통하고자 할 것이다. 그러나 아주 어린 아이들의 경우, 어른으로서 여러분은 아이의 연령에 적합한 이야기를 선택해야 한다.[*] 요컨대, 어린 아이들에게는 주제나 여정이 순조로울수록 더 적합하다.(장애물을 만나게 되면 듣는 사람의 영혼을 무겁게 짓누를 수 있다) 어려움이나 여정이 크고 복잡한 이야기일수록 더 큰 아이들에게 적합하다.(부정적인 인물 또는 장애물과의 대결은 강하고 도전적이며, 여정 중에 더 많은 우여곡절을 만들 수 있다)

- 이야기에 나오는 인물의 이름을 고를 때 주의하라. 나는 대체로 '사람' 이름을 최대한 피한다. 예를 들어, 아기 캥거루를 '아기 루'라고 부르지, 로지(Rosie) 루라고 하지 않는다. 이렇게 해야 듣는 사람이 은유를 실제 삶, 실제 사람과 연결하는 걸 방지할 수 있다. 수년 전, 내가 '치유 이야기'와 관련된 일을 막 시작했을 때, 아무 생각 없이 이야기 속 인물의 이름으로 아이의 실제 이름을 사용한 적이 있다. 이것은 이야기를 간접적 표현(은유적 이야기의 여정을 통해 다른 사람의 어려움을 나누는 것)에서 직접적 표현으로 바꾸어 버리는 결과를 낳았다. 그 아이는 이야기의 중심이 자신이라는 걸 알아채고는 더 이상 전체 이야기를 듣고 싶어 하지 않았다. 치료적 가치를 모두 잃어버린 것이다.

- 어떤 종류의 것이든 치유 이야기에 해석이나 닫힌 의미를 부여하지 않도록 주의하라. 이야기가 자기 일을 하도록 내버려 두라. 여러분의 견해는 치료적 가치를 방해하거나 더 심하게는 파괴할 수도 있다. 그러나 청자나 독자(어린아이 또는 어른)가 이야기에 대해 말하고 싶어 한다면, 여러분이 토론을 주도할 것을 제안한다.

---

[*] 『마음에 힘을 주는 치유동화』에서 6장 전체를 이야기 만들기와 들려주기를 위해 연령에 적합한 상세한 안내를 제공하는 데 할애했다.

- 치유 이야기를 특정 연령대를 위해 특별히 썼다 하더라도, 때로는 다른 연령대에 들려줄 수 있다. 이 가능성을 열어 두라. '이야기'의 본질은 적정 나이라는 상자 속에 가둬지는 것을 거부한다. 치유 이야기의 은유는 종종 다른 방식으로 다른 연령대에 말할 수 있는 유동적 특성을 가지고 있다.

다양한 유형의 이야기

아픔과 상실에 대한 치유 이야기를 만드는 정해진 방법이나 공식은 없다. 하지만 이 모음집을 준비하면서 이야기를 몇 가지 유형으로 분류해 보았다.

거울처럼 반영하는 이야기/ 열린 결말의 이야기/ '다른 형태의 사랑'을 전하는 이야기/ 아픔과 상실로 인한 어려움을 다루는 이야기/ 이야기 속 상징물과 실용적 확장이 있는 이야기 등은 아픔과 상실의 상황에서 치유 이야기를 만들고자 할 때 참고하면 좋은 방법이다.

거울처럼 반영하는 이야기

때로는 단순히 이미지를 사용하여 상황을 인정하거나 거울처럼 반영하는 것이 도움이 될 수 있다. '반영'은 안전하면서도 미묘한 방식으로 상황에 깊이와 의미를 부여할 수 있는 문학적 장치 또는 기법이다. 설교하거나 훈계하지 않고, 어렵고 민감한 주제를 다룰 수 있도록 해 준다. 이야기의 여정과 은유는 진실을 적나라한 형태가 아니라 상상의 옷감으로 옷을 입혀 보여 준다.

스페인의 한 교사가 겨우 며칠밖에 살지 못한 쌍둥이 조카 중 한 명인 토마스의 죽음에 대한 이야기를 썼다. 이야기(「별나라 둥지」 80쪽)는 이 세상에 살기 위해 저 높은 별나라 둥지에서 내려오기로 한 새 피오피오와 쿠쿳에 관한 것이다. 피오피오는 세상의 모든 새로운 모험을 즐기고 있지만, 쿠쿳은 조심스럽고 불편해하며 따뜻한 별나라 둥지가 그리워 돌아가고 싶어 한다.

> "쿠쿳은 하늘로 휠, 휠, 휠… 날아올랐습니다. … 밤이 되면 피오피오는 초원에서 별들을 올려다보았습니다. 쿠쿳도 둥지에서 같은 별들을 바라보았지요."

교사는 이야기를 그림책으로 만들어 온 가족에게 힘이 되길 바라는 마음으로 선물로 주었다. 그는 또한 다섯 살 난 아들에게 어린 사촌의 안타까운 소식을 전하며 이 이야기를 들려주었다. 거울처럼 비춰 주는 이 이야기의 이미지는 아이가 이 상황을 이해하는 데 도움이 되었다. 아이의 응답은 즉각적이었다. "이제 토마스는 저 위에서 별들을 보고, 파블로는 아래에서 볼 수 있겠네요."

다른 종류의 이야기 여정이지만, 비슷하게 높은 둥지에 있는 새의 이미지를 사용한 이야기가 어린 소녀의 아버지를 위해 쓰여졌다. 그것은 주기적으로 만나기는 하지만 떨어져 있는 시간을 견디기 어려워하는 상황이 반영되었다. 아버지는 숲에서 일을 해야 하기 때문에 딸과 아주 멀리 떨어져 지내야 했다. (「산지기와 파랑새」 172쪽)

거울처럼 반영하는 이야기를 위해 선택할 수 있는 이미지는 매우 많다. 아래의 예에서 글쓴이들은 다음 같은 이미지를 사용했다.

- 양초 (「작은 양초」 87쪽)
- 보글거리는 샘 (「보글보글 아가씨」 107쪽)
- 대나무숲 (「대나무 가족」 231쪽)
- 토마토 모종 (「뿌리가 뽑히다」 252쪽)
- 바위 웅덩이 속 작은 물고기 (「반짝이의 두 집」 145쪽)
- 엄마 캥거루와 아기 캥거루 (「엄마 루와 아기 루」 147쪽)
- 노란 기차와 파란 기관차 (「노란 꼬마 기차」 152쪽)
- 부엌 찬장에 있는 컵들 (「컵으로 쌓은 탑」 164쪽)
- 도형의 나라에 사는 세 동그라미 친구들 (「동그라미 친구들」 316쪽)
- 재봉사와 자수刺繡 기모노 (「꽃이 만발한 기모노」 245쪽)
- 달콤하고 과즙이 풍부한 오렌지 (「간난 오렌지」 167쪽)

반영이라는 접근법은 때때로 슬픔에 빠져 있는 가족에게 생기는 어려운 질문에 답을 주기도 한다. 불치병으로 죽어가는 어린 소년을 위해 쓴 이야기 「꼬마 늑대의 고향으로 가는 길」(82쪽)에서, 꼬마 늑대의 '알고 싶은 것'("저는 어디에 묻히게 되나요?")에 대한 답이 이야기 여정 속에 담겨 있다.

"… 다음 날 아빠 늑대는 꼬마 늑대의 어려운 질문에 잠이 깼습니다. "아빠, 제 뼈와 몸을 어디에 묻어 주실 거죠?" 엄마 늑대는 아빠 늑대를 보고 고개를 끄덕이며 말했습니다. "아름다운 산을 바라볼 수 있는 오래된 삼나무 아래는 어떠니?"
꼬마 늑대가 말했습니다. "좋아요. 오늘 가서 그곳을 보여 줄 수 있으세요?" 아빠 늑대는 부엉이 할아버지의 말씀을 떠올렸습니다. 꼬마 늑대가 가족을 준비시키기 위해 올바른 질문을 할 거라는 말씀을요."

'반영'은 때때로 긍정적인 빛만큼 어두운 경험을 거울처럼 비춰 줄때도 필요하다. 중국에서 쌍둥이를 입양한 덴마크인 어머니 니나는 쌍둥이를 위해 유모차에서 떨어진 아기 생쥐 두 마리의 여행에 관한 이야기(「틈」 159쪽)를 썼다.

> "아기 생쥐 두 마리는 땅바닥의 틈 속으로 빠져 버렸습니다. 갑자기 모든 것이 보이지 않았고 주위는 온통 차가운 흙뿐이었습니다. 다행히 둘은 서로의 꼬리를 잡고 있었습니다. 아기 생쥐들은 그렇게 어둠 속에서 두려움에 떨며 서로를 향해 몸을 웅크렸습니다."

니나는 두 아이가 끔찍한 시간에 대해 반복적으로 듣는 것만으로도 얼마나 큰 카타르시스를 느꼈는지 설명했다. "아이들은 몇 번이고 다시 아동 보호 시설에 외로이 남겨졌을 때로, 어둡고 희망이 없는 곳에서 느꼈던 감정으로 돌아가야 하는 것 같았어요."

열린 결말의 이야기

때로는 이야기가 열린 결말을 요구하기도 하고, 마지막에 제안을 위한 암시를 남길 수도 있다. 이야기 여정에서 해결이나 결론을 내리는 것이 필요치 않거나 가능하지 않거나 적절하지 않을 수 있다.

자그레브Zagreb*에서 한 어머니가 이야기 치료에 관한 세미나에 참석했다. 친구와 함께 그녀는 근육 위축증으로 고통받고 있는 17살 딸을 위한 이야기를 만들었다. 딸아이는 더 이상 혼자 걸을 수 없었지만 휠체

---

* 옮긴이 크로아티아의 수도

어 타기를 거부하고 있었다. 「검은 돌」(222쪽) 이야기는 놀라운 영향을 미쳤고, 몇 해가 지난 지금 그 딸아이는 크로아티아의 장애인 복지 서비스의 개선을 주창하고 있다.

다음은 이야기의 마지막 문단이다. 이러한 내용은 앞으로 나아갈 수 있는 길을 밝히는 데 도움이 되었다.

> "… 넘어지면서 돌이 손에서 미끄러지고 말았습니다. 땅에 떨어진 돌은 반으로 갈라졌습니다. 그러자 안쪽에서 눈부신 보라색 빛이 새어 나왔습니다. 그 빛은 소녀를 환하게 밝혀 주었습니다. 덕분에 소녀는 자기 삶의 여행을 계속할 수 있었습니다."

이 이야기는 휠체어를 사용해야 한다는 설교나 그런 종류의 메시지로 끝나지 않는다. 전체 이야기에서 휠체어에 대한 언급은 없다. 사실 '설교'나 '선생님 말씀'은 이야기 치료에 속하지 않는다는 점에 주목할 필요가 있다. 「검은 돌」 이야기는 10대 딸아이가 스스로 결론을 내릴 수 있는 방식으로 구성되었다.

열린 결말 이야기의 또 다른 예로는 환경 파괴와 관련한 슬픔과 상실에 대해 내가 쓴 이야기가 있다. 「모래 위의 메시지」(273쪽)에서는 기하급수적으로 증가하고 있는 괴물, 즉 바다의 오염 상태를 표현하기 위해 여러 개의 팔, 여러 개의 입을 가진 괴물을 묘사했다. 해결책이 없는 것 같은 상황에서 할머니 거북은 모든 거북이가 인간에게 중요한 메시지를 전달할 수 있는 방법을 제안한다. 그 메시지가 전달되어 행동하기를 바라면서 말이다. 이 이야기는 가능성에 대한 암시로 끝난다. 다음 날 아침 사람들이 찾을 수 있도록 모래 위에 글자가 남겨져 있다. 그 글자들은 아주 잠시만 거기에 있다가, 밀물에 씻겨 사라지고 만다.

'변형된 사랑'을 전하는 이야기

소설가 프란츠 카프카*는 어느 날 산책을 나온 공원에서 한 어린 소녀를 만났다. 소녀는 인형을 잃어버리고 너무 슬퍼서 울고 있었다. 카프카는 그 순간 소녀에게 무슨 일이 일어났는지를 설명하기 시작했다. "네 인형은 여행을 떠났단다." 놀란 소녀가 그 사실을 어떻게 알게 되었냐고 묻자, "인형이 나에게 편지를 썼거든. 내일 가지고 올게."라고 대답했다.

집에 돌아오자마자 카프카는 편지를 썼고, 다음 날 공원에서 소녀를 만나 읽어 주었다. "나 때문에 슬퍼하지 마. 나는 세상을 둘러보기 위해 여행을 떠난 거야. 내가 모험한 이야기를 너에게 편지로 보낼게." 이것이 많은 편지의 시작이었다. 카프카는 어린 소녀를 매일 만나 사랑하는 인형의 상상 속 모험 이야기를 읽어 주었다. 아이는 위안을 받았다. 아이의 상실은 다른 현실로 대체되었다.

여기에서 '카프카가 소녀에게 거짓말을 했는가?'라는 질문이 생길 수 있다. 아니다. 소설의 법칙에 따르면 카프카의 접근 방식은 진실했다고 주장할 수 있다. 비록 편지 속 이야기가 진짜 모험과는 달랐지만(아무도 알 수 없다), 인형은 정말로 모험을 떠난 것이다.

얼마 후, 카프카는 아이에게 원래의 인형과 분명히 다르게 생긴 다른 인형을 선물했다. 함께 주었던 편지에는 이런 설명이 있었다. "여행이 나를 바꾸었어…"

실제 이야기는 이 부분에서 다소 불분명하지만, 일설에 따르면 수년 후 성장한 소녀가 카프카에게 받았던, 무척 사랑하게 된 인형 안에서 또 다른 편지를 발견했다고 한다. 요약하면 이렇다. "사랑하는 모든 건 결국

---

* 프란츠 카프카Franz Kafka(1883~1924)_ 체코의 소설가

잃어버리기 마련이야. 하지만 사랑은 다른 형태를 하고 다시 돌아올 거야."

비록 이야기가 꼭 이런 식으로 일어나지는 않았을지라도, 카프카의 행동에 담긴 지혜는 치유 이야기를 쓰는 우리에게는 매우 흥미롭다. 카프카는 '변형된 사랑'을 찾는 방법을 찾아냄으로써 인형을 잃어버린 어린 소녀를 도우려고 했다.

이 이야기에서 우리는 물리적으로 무언가를 잃어버렸을 때 어떻게 대처하는지에 대한 중요한 점을 배울 수 있다. 지나치게 그러한 상실에 몰두하다 보면 팔이 닿을 만큼 가까이 있는 삶의 멋진 모습을 놓칠 수 있다는 것이다. 카프카는 뛰어난 감수성을 보여 주었을 뿐 아니라 소녀에게 "언제든 다른 인형을 찾을 수 있다."고 말하지 않을 만큼 지혜로웠다.

「잘 가, 가비야」(123쪽) 이야기에서 제니는 빠르게 밀려오는 밀물에 소중한 조가비를 잃어버렸다. 그때 할머니는 제니를 조심스럽게 위로해 주었다.

"할머니는 끝까지 '넌 언제든 다른 조가비를 찾을 수 있을 거야.'라는 말씀은 하지 않았습니다. 제니는 할머니가 지혜롭다는 사실이 너무 기뻤습니다. 그런 말은 아무런 도움이 되지 않을 테니까요."

다음은 이 모음집에서 '변형된 사랑'을 담고 있는 이야기들이다.

「첫새벽」(179쪽) 이 이야기는 유기견과 특별한 관계를 맺고 지내다 이사를 하면서 헤어지게 된 그 유기견을 그리워하는 뭄바이의 한 소년을 위해 썼다. 소년의 가족은 다른 지역의 도시로 이사했다. 이제 소년은 외부 세계와 연결되는 것이 오직 발코니 하나뿐인 고층 아파트에 살게 되었다. 이야기 여정을 통해 소년의 사랑과 애착은 '새'로 옮겨졌다. 이것은 새로운 환경에서 가능한 일이었다. 소년은 발코니에 씨앗을 놓기 시작했고, 이 씨앗은 근처 나무들에 사는 앵무새를 불러들였다. 새 관찰은 지금도 소년의 취미이다.

「천국의 마법」(90쪽) 이 이야기는 1년 전 익사 사고로 아버지를 잃은 중국의 소년 타오타오를 위해 썼다. 타오타오는 막 입학을 앞두고 있었고, 어머니는 타오타오가 애착 담요와 떨어질 수 없는 것을 걱정하고 있었다.(아이는 이 일로 이미 놀림을 받고 있었다) 이야기 여정에서 천국의 마법이 담요를 담요 가방으로 바꾸었다. 타오타오가 어디를 가든지 손쉽게 함께할 수 있는 가방이었다.

「비버와 떡갈나무」(103쪽) 이 이야기는 교통사고로 할아버지와 사촌을 잃은 두 소년을 위한 이야기이다. 숲속에 있는 한 웅장하고 아름다운 나무가 번개로 인해 쓰러지면서 이야기가 시작된다. 나무는 새, 동물, 곤충 등 많은 숲속 친구의 집이었다. 이제 그 친구들이 살 곳이 없어진 것이다. 어느 날 비버들이 그곳으로 왔고, 비버들은 노래를 부르며 바쁘게 일을 시작했다. 쓰러진 나무를 갉고 다듬으며 숲속의 친구들을 위해 새로운 집을 지었다. 웅장하고 아름다운 나무가 주었던 그 모든 사랑이 이제 다른 형태로 바뀌었다.

아픔과 상실로 인한 어려움을 다루는 이야기

이 모음집의 몇몇 이야기는 아픔과 상실의 상황에서 그 결과로 발생한 다양한 행동 문제를 다루고 있다. 이러한 상황을 개선하기 위해 '치유동화' 만들기의 기본 구조*가 사용되었다. 관련된 이야기들은 균형에서 벗

---

* 『마음에 힘을 주는 치유동화』와 『아이들 마음을 치유하는 101가지 이야기』에서 많은 도표와 사례 연구를 포함하여 이 기본 구조를 자세히 살펴보았다.

어난 행동이나 상황을 균형 상태로 되돌리는 데 도움이 되었다.

치유 이야기를 쓰기 위한 이 기본 구조는 '은유', '여정', '해결'의 틀로 작업한다. 이야기를 완결하기 위해 이것들을 복잡하게 엮어 만든다 해도, 개별적으로 하나씩 확인하고 논의하는 것이 도움이 된다.

여기에 제시된 틀은 여러 접근법 중 하나일 뿐이다. 이 책에서 만나게 되는 많은 이야기는 이러한(또는 다른) 토대를 바탕으로 쓴 것이 아니라 그 이야기들만의 직관적인 길을 따랐다. 중요한 것은, 여러분이 치유 이야기를 쓸 때 어떤 목적을 이루고자 하는지를 분명히 할 필요가 있다는 것이다. 행동 문제를 도와주거나 치유하기 위해 이야기를 만든다는 것은 어린아이 또는 청소년/어른이 경험한 충격적인 상황에 전체성 또는 균형을 찾아 주고자 하는 시도에 관한 것이다. 그렇기 때문에 이들의 행동이 관계적이고 맥락이 있다는 것을 이해하는 것이 중요하다.

그러나 균형을 잃은 어떤 행동도 한 방법으로는 효과적으로 해결하기 어렵다. 문제 행동을 할 때 이야기를 만들고 들려주는 것은 가능한 수많은 접근 방식과 전략 중 하나이다. '치유 이야기'는 전체 구조에서 하나의 실마리일 뿐이다.

이야기 만들기의 기본 구조

해결

치유 이야기에서 해결이란 망가지고 균형이 깨진 상황이나 행동이 조화와 균형을 회복하는 것이다. 해결을 위해서는 죄책감을 유도하기보다 확신을 주는 것이 중요하다. 해결은 이야기의 끝부분에 등장하지만, 구상할 때 보통 다른 무엇보다 먼저 이것에 대해 생각하는 것이 도움이 된다. 해결이 명쾌하지 않으면, 여러분의 이야기 여정과 은유가 무엇을 향해 가는지 알기 어렵다.

여정

이야기 만들기의 기본 구조 중 하나인 여정은 '치유 이야기'에서 뼈대가 되는 부분이다. 이야기가 전개될 때 다사다난한 여정은 '긴장감'을 구축하는 데 도움이 된다. 어린아이들을 위한 이야기*는 보통 단순한 사건들로 인한 가벼운 긴장감만으로도 충분하지만, 더 큰 아이들을 위해서는 더 상세하거나 복잡한 사건들로 여정을 펼치면서 더 큰 긴장감을 만드는 게 좋다.

은유

장애물과 도움을 은유를 사용해 여정과 복잡하게 연결할 수 있다. 긴장이나 갈등(활시위를 당기는 것처럼)은 보통 장애물과 관련된 은유를 통해 구축되고, 해결은 도움과 관련된 은유를 통해 그 목적이 이루어진다.

　이 세 가지 기본 구조가 적절히 쓰인 이야기 3편을 요약해서 소개해 본다.

---

* 3~4살 아이들 대부분과 일부 5~7살 아이들. 이야기에 적합한 연령을 결정하는 엄밀한 방법은 없으며 일부 민감하거나 상상력이 풍부한 아이들은 어린아이들을 대상으로 한 이야기에 여전히 완전하게 빠져든다.

「발레리나와 오르골」(89쪽)

5살 여자아이에게 잠에 대한 두려움을 극복하도록 도와주는 이야기이다. 한 달 전에 아이의 아버지가 병으로 갑작스럽게 돌아가셨다. 아버지는 집에서 잠을 자다가 세상을 떠났기 때문에 아이는 잠드는 걸 극도로 두려워했고, 어머니가 잠드는 것도 힘들어 했다.

균형이 깨진 상황 : 수면 부족, 수면에 대한 두려움
좀 더 균형 잡힌 상황 : 건강한 수면 패턴, 수면에 대한 자신감*

「멋쟁이 비행기」(119쪽)

교통사고로 아버지를 비극적으로 잃은 네덜란드의 10살 남자아이를 위한 이야기. 이 이야기는 벌어진 일에 대한 아이의 분노(어머니를 향한 분노)를 미래를 위한 생산적인 무언가로 바꾸는 데 도움이 되었다.

균형이 깨진 상황 : 분노, 의욕 상실
좀 더 균형 잡힌 상황 : 분노 감소, 새로운 프로젝트에 대한 동기 부여

「아기 조개와 춤추는 진주」(224쪽)

이 이야기는 슬로베니아의 한 여성이 스스로를 치료하기 위해 쓴 것이다. 그녀는 3살 때 한쪽 시력을 잃는 등 평생 극심한 어려움을 겪고 있다.

균형이 깨진 상황 : 죄책감, 분노, 수치심, 고통
좀 더 균형 잡힌 상황 : 자신감 회복, 분노 감소

상징물

때로는 상징물이 이야기의 여정에서 중요한 역할을 한다. 보통 광물(예:

---

* 이 이야기에 대한 자세한 분석은 '은유에 대한 고찰'(53쪽)에서 볼 수 있다.

보석), 식물(예: 네잎 클로버), 동물(예: 깃털) 같은 자연물로 나타나는 상징물은 치료 경험을 강화한다. 상징물은 이야기와 함께할 때 소유하고 있는 사람에게 특정한 힘이나 에너지 또는 특별한 도움을 가져다 주는 마법의 속성을 지닌다.

대부분의 어린아이는 자연 세계에 대해 더욱 개방적이고 정신적인 관계를 가지며, 그러한 자연물과의 연결을 의심의 여지없이 받아들인다. 어떤 이들은(나를 포함하여) 그 상징물을 성인이 될 때까지 갖고 있다. 조가비, 깃털, 돌멩이, 잎사귀, 진주 등을 늘 주머니나 핸드백, 여행 가방 등에 휴대하거나 장신구로 착용기도 한다.

사회 과학과 의학계에서도 스트레스를 일으키는 조건과 상황에서 상징적 물건과 그것이 마법적 힘이 있다고 믿는 것이 통제감, 위안, 안심 등을 줄 수 있다고 본다.*

상징물은 치유 이야기와 함께 선물하면 좋다. 다음은 이야기에 냐오는 상징물이다.

- 「검은 돌」에 나오는 '자수정 반지'(222쪽)
- 「무지개 비둘기」의 '깃털'(130쪽)
- 「무지개 조약돌」에서 '색칠한 돌들'(306쪽)
- 「산지기와 파랑새」를 위한 작은 '유리 파랑새'(172쪽)

---

* 스튜어트 비세Stuart Vyse_ 심리학자, 작가. 『마법을 믿다: 미신의 심리학Believing in Magic: The Psychology of Superstition』 Oxford University Press, Oxford, 2013

실제 활동이 이야기의 중심 구성이 된 이야기

때로는 이야기의 여정이 실제 활동을 중심으로 구성되거나 포함할 수 있다. 예를 들어, 근래에 친구나 가족이 질병 또는 사고로 사망한 사람들을 위한 「추억의 보물 상자」(131쪽)에서는 고인을 추모하며 특별한 물건을 만들고 수집했던 일, 또 그것에 대해 추억의 이야기를 나눈 일을 특별한 추억 상자에 보관했던 이야기를 담고 있다.

실제 활동을 이야기의 중심 구성으로 삼은 다른 예는 다음과 같다.

- 어느 마을(최근에 산불로 위기 상황이 된 마을)의 학교 어린이들이 그해의 추억을 담아 뜨개질로 조각을 만들어 붙여 담요를 만드는 이야기(「추억의 담요」 240쪽)
- 아버지의 1주기 기일을 맞은 케냐의 두 자매에게 용기를 주기 위해 재스민으로 화관을 만드는 이야기(「타지 라 우펜도(사랑의 화관)」 92쪽)
- 죽음을 맞이한 반려동물을 잊지 않기 위해 노래를 부르며 나무를 심는 의식에 대한 이야기(「도나와 강아지 스크러프」 177쪽)
- 이야기 마지막에 사진첩을 선물 받는 「아기 루에게 작별 인사를 해야 할 시간」(183쪽)
- 폭풍으로 인해 둥지를 잃은 황새들이 서로 도와 가며 풀잎과 라벤더로 둥지를 짠 이야기(「라벤더 둥지」 260쪽)

다양한 상황에 맞게 이야기 조정하기

여러분이나 여러분의 자녀, 가족, 의뢰인, 학급, 공동체가 공감할 수 있는 방식으로 이 모음집의 이야기를 활용하는 걸 환영한다. 상황에 맞게 이야기를 약간 변형해야 할 것이다. 인물을 변형할 수도, 이야기의 여정을 단순화하거나 더 복잡하게 만드는 것도 가능하다.

여러분이 이 책에서 여러분의 상황에 맞는 어떤 예를 찾아 약간의 변형을 하고 싶으면, '시적 허용' 안에서 사용하기를 권한다. 하지만 동시에 이야기의 진실성과 긍정적 의도를 지켜 나가도록 노력하길 바란다.

슬픔과 상실의 시기에 '치유 이야기'로 도움을 주고자 한다면, 이야기를 만들 때 조심스러워야 한다. 희망을 속삭이면서도 그 속삭임이 위압적이거나 선을 넘지 않아야 한다.

> "희망은 지금 이 순간 견뎌야 할 어려움을 줄여 줄 수 있기 때문에 중요하다. 만약 내일은 더 나아질 거라고 믿는다면, 우리는 오늘의 고난을 견뎌 낼 수 있다."*

은유에 대한 고찰

간단히 말해서, 은유는 우리에게 무언가를 다른 방식으로 보여 준다. 은유는 그런 식으로 우리가 세상을 보는 방식을 확장시키고, 지속적으로 우리의 인식을 신선하고 활기차게 만든다. 라코프Lakoff와 존슨Johnson이 '마음의 기초 메커니즘'으로 간결하게 설명한 바에 따르면, 은유는 우리가 육체적, 사회적 경험으로 알고 있는 것을 통해 수많은 다른 주제를 이해할 수 있도록 해 준다.**

---

* 틱 낫 한Thich Nhat Hanh(1926~2022)_ 베트남의 불교 승려, 시인, 평화 운동가

** 조지 라코프George Lakoff와 마크 존슨Mark Johnson_ 『우리가 살아가는 은유Metaphors We

입말이든 글말이든 그림 이미지를 매개체로 사용하는 은유는 이 성적 두뇌를 우회해 우리의 상상에 직접 말을 건다. 이러한 은유적 샛길과 오솔길은 우리에게 이성적 사고의 배후에 있거나 그 너머에 있는 아이디어, 힘, 능력을 탐구할 수 있게 해 준다. 은유는 인식의 고정된 한계와 종종 거추장스럽거나 서투른 일상적 인간의 언어를 극복함으로써, '고차적' 또는 더 온전한 인식의 형태를 제공한다. 켄 디베네데트Ken DiBenedette는 이렇게 말한다.

> "은유는 고차적, 원형적 개념들을 드러내기 위해 익숙한 개념들을 나란히 배치한다. 이러한 고차적 개념들은 익숙한 언어로 직접 표현할 수 없기 때문이다. 고차적 개념들은 '이름 붙일 수 없는' 것들이다. 이러한 '관념적 존재'는 단 하나의 단어로 정의 내릴 수 없다. 또한 추상적, 논리적 추론 역시 불가능하다. 은유는 익숙한 개념들을 능숙하게 다루어서 사고와 언어로 구체화하는 시적 직관이다."[*]

은유적 언어는 상상의 영역에 거주한다. 그것은 인식의 영역만큼이나 앎에 도움을 준다. 알베르트 아인슈타인은 이것을 아주 분명히 이해했다. 그는 "논리가 당신을 A에서 B로 데려다준다면, 상상은 당신을 어디로든 데려갈 수 있다."라고 말한 것으로 유명하다.

은유는 직유와 다르다. 직유가 무언가를 다른 것과 비교하면서 '- 같다'라는 단어를 사용해 유사성을 강조한다면('너의 미소는 아침 햇살

Live By』 University of Chicago Press, Chicago, 2003. 이 최신 판본에서 저자들은 자신들의 은유 이론이 인지학적으로 어떻게 발전하여 우리의 사고방식과 생각을 언어로 표현하는 방법에 대한 현대적 이해의 중심이 되었는지를 조사한 후기를 제공한다.

[*]　켄 디베네데트Ken DiBenedette_ '문지방으로서의 비유Metaphor at the Threshold', 2005

같다'), 은유는 무언가를 다른 것으로 바꿔 버리는 마법적 변형을 이뤄 낸다. 비교하자면 직유가 좀 더 이성적 두뇌, 사고 과정과 관련되고, 은유는 우리 영혼의 저 깊은 상상 속에 다다른다는 것, 다시 말해 '우리의 가슴에 닿는다'는 것이다.

이러한 이유로 은유는 오랫동안 신비주의자, 영적 스승, 시인, 이야기꾼, 그리고 다른 표현 예술가들의 언어였다. 은유는 우리의 이성적 사고 뒤에 숨어 있는 아이디어, 힘, 능력 등을 탐구하는 데 도움이 되는 핵심 도구이다.

<런던 아동 정신 건강 센터>의 교육 훈련 책임자인 마고 선덜랜드 Margot Sunderland는 은유(그림 언어)와 이야기가 아이들의 정서적 소화 기관을 건강하게 만든다고 주장한다. 마고 선덜랜드는 아이들이 느끼는 자연 언어란 융통성 없는 일상 언어, 즉 사고 언어가 아니라 이미지, 은유, 이야기 같은 상상 언어라고 믿는다.[*]

이야기나 그림 언어는 문장의 한 단어 또는 한 구절처럼 단순할 수 있다. 아들의 치아를 때우기 위해 치과에 갔을 때다. 치과 의사가 아이에게 "이를 튼튼하게 하려면 은빛 별이 들어가야 해."라고 하자 이전에는 꺼려했던 아이가 (별이 치아에 들어갈 때 조금 아플 거라고 치과 의사가 주의를 주었음에도 불구하고) '은빛 별'을 받으려고 입을 크게 벌렸다.

이것이 그림 언어가 얼마나 강력한지에 대한 첫 번째 경험이다. 그런 뒤 양육과 교육에서 그것을 실험하기 시작했다. 나는 치유 이야기에 있

---

[*] 『어린이를 위한 치료 도구로써 이야기 들려주기의 활용Using Storytelling as a Therapeutic Tool with Children』 마고 선덜랜드Margot Sunderland, Speechmark Publishing, Milton Keynes, 2016

어서 그림 언어를 사용할 때 성공 확률이 훨씬 더 높다는 것을, 신발에 대해 '단짝 친구'라고 말하는 것이 정리 정돈과 물건 관리의 중요성에 대해 훈계하는 것보다 훨씬 더 효과적인 접근법이라는 것을 알게 되었다. 그 결과 아이들은 신발을 발로 차서 아무 데나 두지 않고 문 앞에 가지런히 놓아두게 되었다.

온라인으로 내 강의를 들은 한 중국인 부모는 여덟 살짜리 아들이 화가 날 때마다 '피뢰침'이 되라고 격려했다. 아이는 발을 바닥에 단단히 붙인 다음 손바닥을 마주 대고 두 팔을 머리 위로 높이 뻗었다. 이 '그림'은 공격적이고 파괴적인 상황에 고요함을 가져다 주었다. 아이가 이 작업을 하기 전에는 화가 나는 감정을 어떻게 다뤄야 할지 몰라서 종종 다른 가족을 때리거나 가구를 발로 찼다.

그림 언어나 이야기 언어는 우리의 일상생활에 녹아들어 삶을 풍부하게 하며, 어린아이뿐 아니라 누구와도 아주 많은 방식으로 작업을 할수 있다! 심리학자 수잔 랭Susan Laing[*]은 6개월 동안 슬픔에 빠져 있는 아기 엄마를 상담하고 있었다. 아기는 건강했지만 엄마는 계획했던 자연 분만이 아니라 제왕 절개로 아기를 낳았다는 사실에 매우 불행해하고 있었다. 수잔이 그녀에게 물었다. "만일 문이 잠긴 방에 갇힌다면 어떻게 하시겠어요?" 아이의 엄마는 곧바로 "당연히 창문 밖으로 기어나가야죠."라고 대답하고 미소를 지었다. 그림 언어는 그녀를 깊이 감동시켰고, 그녀의 슬픔이 서서히 사라지도록 도왔다.

한 심리학자는 감옥에 있는 내담자와 연결될 수 있는 매우 효과적인

---

[*] 수잔 랭Susan Laing은 아동 및 가족과의 창조적인 작업으로 잘 알려진 호주의 심리학자이다.(http://www.creativelivingwithchildren.com/ 참고)

은유를 찾았다. 그 내담자는 만취한 상태에서 차를 몰다가 나무에 부딪혀 친구 3명을 죽게 한 17살 청소년이었다. 유일한 생존자인 그 소년은 심각한 우울증 상태였다. 별 진전 없이 몇 차례 방문한 뒤, 심리학자는 자기 병사들을 전투로 이끈 지휘관에 대한 이야기를 하기 시작했다. 모든 병사가 사망했다. 지휘관이 내린 잘못된 결정의 결과였다. 그러나 지휘관은 의사가 총알을 찾을 수 없을 정도로 깊은 부상을 입은 채 살아남았다. 지휘관은 '숨은 총알'을 찾아서 변형시키는 임무를 가지고 집으로 돌아왔다. 심리학자는 그 소년을 위해 빈 일지를 남겨 두었다. 다음 방문 때 그는 일지에 많은 글이 쓰여 있는 것을 보았다. 소년은 그가 그 일지를 읽는 것을 허락했다. 소년은 임무를 완수하기 위해 지휘관이 해야 할 많은 작업을 은유적으로 표현했다. 그 표현에는 전사한 군인들의 가족을 돕는 다양한 방법이 포함되어 있었다.

어떤 의사는 책상 위에 사람, 동물, 나무, 집, 동화 속 인물들에 대한 미니어처들을 올려놓는다. 환자들이 은유적인 방식으로 자신의 신체적, 감정적 상태에 연결될 수 있도록 보조 도구로 이것들을 사용한다고 했다. 환자들은 자신의 독특한 상황에 대한 자기만의 은유를 찾는 데 도움을 받는 것이다. 그 의사는 이 상징적 접근법이 환자를 더욱 효과적으로 이해하는 데 도움이 되며, 환자는 의사가 진정으로 자신의 상황을 '경청'한다고 느낀다고 보고한다.

은유 치료

위의 예들은, 의식적이든 무의식적이든, 의도적이든 의도적이지 않든, 사람들이 자기 경험을 상징적으로 표현하는 데 도움이 되는 도구로서 은유를 사용하는 심리 치료의 한 종류인 은유 치료 양식이다. 은유는 삶을 유추하는 것이 아니라 지나간 것과 새로운 것, 단순한 것과 복잡한 것, 피상적인 것과 심층적인 것을 결합하는 것이다.

칼 융Carl Jung은 자신이 집필한 『인간과 상징Man and His Symbols』에서 인간의 이해 범위를 넘어서는 많은 것이 있다고 설명한다.* 따라서 우리는 완전히 이해하거나 정의할 수 없는 개념을 표상하기 위해 자연스럽게 그리고 지속해서 상징 용어를 사용한다.

신경-언어 프로그래머(NLP)이자 작가인 데이비드 고든David Gordon은 은유를 '우리의 경험'으로(단지 우리의 경험을 직접적으로 말하는 방식이 아니라), 우리가 세상을 인식하고 이해하기 위해 설정한 필터로 묘사한다. 이러한 이유로 은유는 지각, 경험, 행동을 움직일 수 있는 강력한 지렛대 역할을 할 수 있다는 것이다. 그는 '치료적 은유'가 직접적인 접근 방식으로는 얻을 수 없는 좀 더 깊은 연관성과 통찰력을 제공한다고 주장한다. 은유는 치료사와 내담자 사이에 공유된 언어로 새로운 세계를 만든다. 공유된 세계 안에서는 문제에 대한 의사 소통이 더 쉬워지고 영향력이 큰 해결 방법이 생긴다. 더욱이 일단 창조된 은유적 세계는 당사자에게 문제에 대한 자기만의 해결책을 발견하는 무언가가 될 수 있다.**

이 은유적 언어는 동료 사이에, 친구 사이에 또는 가족 안에서 공유될 때 서로에게 도움이 된다. 비록 그 효과가 미미하더라도 충분한 가치가 있다.

---

* 『인간과 상징Man and His Symbols』 칼 융Carl G. Jung(이윤기 옮김, 열린책들, 2009)

** 『치료적 은유: 거울을 통한 조력Therapeutic Metaphors: Helping Others through the Looking Glass』 데이비드 고든David Gordon, 2017(개인적으로 출간함)

이야기 들려주기 속 은유

은유를 사용하는 것은 치유 이야기를 만드는 데 필수적인 요소이다. 은유는 듣는 이로 하여금 스스로 자연스럽게 상상력에 연결되도록 돕는다. 간접적인 방식으로 이야기의 메시지를 전달하는 데 중요한 역할을 하며, 수치, 판단 또는 창피를 피하도록 해 준다. 모든 초점이 이야기 속 등장인물과 그 인물의 여정에 맞춰져 있기 때문에 듣는 이와 그의 상황에 집중되지 않는다. 마고 선덜랜드는 이야기의 힘과 안전함 그리고 지혜가 여기에 있다고 말한다.[*]

이야기의 여정이 문제에서 위기로, 해결로(또는 열린 결말로) 진행되는 과정에 은유는 부정적 역할과 긍정적 역할을 모두 할 수 있다. 즉, 장애물이나 방해물, 조력자나 안내자가 되기도 하고 옮겨 주거나 이어 주는 역할을 한다.

이야기 안에서 통합된 은유는 이야기를 들려줄 때 정신적인 글과 시에서처럼 때로는 미묘하고 때로는 강력한, 치유 효과가 있는 신비와 마법을 가져온다. 여러 은유는 생동감 넘치는 상호 작용을 통해 서로에게 생기를 불어넣고 에너지를 얻게 한다. 이 과정을 통해 효과적인 이야기 치료제를 만들어 낼 가능성이 생긴다.

인생에서 여러 차례 겪은 상실(첫 번째는 남편, 그다음은 직장)로 인해 우울증으로 고통받는 55세 여성이 크로아티아에서 열린 치유 이야기 세미나에서 자신을 위한 이야기를 썼다. 요약하면 다음과 같다.

~~~~~~

[*] 선덜랜드, 55쪽 각주, pp. 16~18 참고

"… 반딧불이는 빛을 잃고 자기가 누구인지, 어디에 있는지도 모른 채 어두운 동굴 속을 혼자 날아다니고 있었습니다. 그러던 어느 날 우연히 동굴 위 작은 틈 사이로 은빛 달이 보였습니다. 달빛은 반딧불이를 환하게 비춰 주었습니다. 그러자 반딧불이는 다시 빛을 발하게 되었습니다."

이 짧은 이야기는 그 여성이 우울증의 어둠으로부터 벗어나는 데 도움을 주었고, 오지 여행과 캠핑을 하도록 독려했다. 그때까지 친구와 가족이 그녀에게 산책을 하고 자연으로 나가라고 강권했지만, 그녀는 그들의 조언을 무시해 왔다. 그녀에게 깊은 인상을 준 것은 이야기 속 은유와 상상력 풍부한 여행이었다.

동유럽을 방문했을 때 불가리아에서 심리학자들과 치유 이야기 세미나를 진행한 적이 있다. 한 모둠은 아버지를 갑작스럽게 잃은 5살 여자아이(앞에서 언급한 아이)를 위해 이야기를 만들었다. 아버지가 집에서 잠을 자다가 돌아가셨기 때문에 아이는 잠드는 것을 극도로 두려워했고, 어머니가 잠드는 것도 참을 수 없었다. 아이는 깨어 있기 위해 할 수 있는 모든 걸 했다. 집을 여기저기 뛰어다니고, 소리를 지르며 울고, 눕는 걸 거부했다. 그리고 완전히 지쳐서 잠들었을 때조차 잠시 뒤에 일어나 어머니를 깨웠다.

슬픔과 수면 부족에 시달리고 있던 어머니는 별표 스티커, 초콜릿 보상, 합리화("아빠는 널 내려다보고 계셔. 네가 잘 자고, 그래서 다음 날 학교에서 잘 생활할 수 있다면 무척 기뻐하실 거야.") 등 여러 방법을 시도했지만 아무런 효과가 없었다.(어머니는 앞에서 말한 '사고 언어'를 사용하고 있었다) 어머니는 도움을 청하기 위해 심리학자를 방문했다.

이 심리학자는 우연히 그 주말에 나의 치유 이야기 세미나에 참석하게 되었다. 그녀는 모둠에서 다른 사람들과 함께 여자아이가 '잠을 자고 싶도록' 하는 데 도움이 되는 이야기를 작업했다.

여러분은 이 이야기를 어떻게 시작해야 할지 궁금할 수 있다. 나는 출발점으로 소녀가 관심 있어 하는 발레, 음악, 인형을 권했다.* 작업을 시작한 지 얼마 되지 않아 참가자 중 한 명이 오르골 안에 사는 발레리나에 대한 아이디어를 냈다. 이것은 이야기의 여정에 딱 맞았다. 뚜껑을 열고 닫는 것, 그리고 이어지는 발레리나의 춤과 휴식은 깨어 있음과 잠 사이의 균형을 훌륭하게 표현했다. 그 모둠은 가족을 나타내기 위해 다리가 4개인 탁자를 도입했다. 이것은 굉장히 특이한 은유였지만, 그들은 남편을 잃은 뒤 어려운 상황을 헤쳐 나가고 있는 어머니에 대한 존중으로 '세 다리로도 균형을 잡는' 탁자를 선택했다고 했다.

「발레리나와 오르골」이라는 제목으로 완성된 이 이야기는 이 책 89쪽에 수록되어 있다. 3주가 지나고 소피아에 사는 그 심리학자로부터 다음과 같은 이메일을 받았다.

> "이 이야기는 놀라운 일을 했습니다. 여자아이는 이야기를 정말 좋아했고 어머니에게 몇 번이나 들려 달라고 한 뒤에 깊이 잠들곤 했습니다. 이야기는 아이의 긴장과 불안을 크게 줄여 주었어요. 아이가 꿈의 요정에 대해 많이 물어보았다고 해서 우리는 소피아의 예술 대학에서 공부하고 있는 학생에게 부탁해 아이의 침대 위 벽에 꿈의 요정을 그려 주었습니다. 이 요정 그림은 아이가 동화 속에 있는 것 같이 느끼게 해 주었습니다. 수면 문제는 해결된 것 같아요."

---

* 이야기를 위해 은유를 선택하는 다양한 팁과 기술은 「치유동화」와 「101가지 이야기」에서 광범위하게 탐구하였으므로 이 책에서는 반복하지 않았다.

이런 상황에서 선택한 은유(발레리나, 오르골, 탁자, 폭풍, 부러진 다리, 꿈의 요정 등)는 이야기의 여정에서 함께 작용하며 효과적인 이야기 치료제를 만들어 냈고 아이가 두려움을 극복하고 매일 밤 잠들고 싶어하는데 도움이 되었다.

북미의 한 워크숍에서는 이야기 여정에 자연의 순환을 주제로 한 은유를 선택해 사용한 모둠이 있었다. 이 모둠에 요구된 해결책은 아버지가 자살하고 남겨진 가족이 새로운 힘과 삶을 찾는 것이었다. 이야기는 강력한 폭풍우에 쓰러진 튼튼한 떡갈나무에 관한 것이었다. 뿌리가 뽑힌 자리에 아기 도토리가 떨어졌다. 껍질의 품에 안긴 채, 어두운 땅속에서 홀로, 도토리는 천천히 싹을 틔우기 시작했다.

이 상황은 불가리아의 상황과 상당히 다르다. 불가리아의 경우 이야기가 주로 어머니를 위한 것이어야 했고, 어머니가 어린아이를 안아 주고 부양할 힘을 찾도록 격려하는 것이 중요했다.

잘 선택된 은유는 매우 다양한 상황에서 남녀노소 모두에게 도움을 줄 수 있다. 케냐의 한 남성(22세)은 나이로비의 <국경 없는 의사회>에서 치료를 받고 있었다. 살 날이 몇 달 남지 않은 그는 자기 삶에 대해 솔직하고 중요한 말을 하기 위해 토끼 가족의 이야기를 썼다. 어머니와 여동생을 학대한 아버지에 관한 상당히 충격적인 이야기였다. 무려 6쪽이나 되는 분량의 이 이야기는 문화적으로 사실 그대로 설명하는 것을 용납하지 않았을 그 지역에서 카타르시스를 느끼기에 충분했다.

포르투갈에서 열린 '동화와 이야기 치료' 콘퍼런스에서는 여성 6명으로 구성된 모둠이 존중과 도움을 받지 못하고 있는 서로의 상황에 대한 이야기를 썼다. 모두 억압받고 혹사당하며 과소평가되고 있었다. 이들은 이야기를 연극으로 만들어 공연했다. 중심 은유로 사용한 하프는 이들에게 상당히 큰 힘을 주었고, 그 이미지는 오랫동안 그들과 함께할 것이었다. 요약하자면 다음과 같다.

"옛날에 큰 집의 한가운데에 아름다운 하프가 있었습니다. 하프는 튼튼하게 만들어졌고 아름다운 소리가 났습니다. 가족과 친구들 모두 그 하프를 연주하고 싶어 했습니다. 심지어 강아지도 그러고 싶어 했지요. 하프는 너무 무리를 했고 결국 몇 가닥 현이 끊어졌습니다. 이제 쓸모없어진 하프는 집 밖으로 쫓겨나 마당 한쪽에 놓였습니다. 가을부터 겨울 내내, 비가 오나 눈이 오나 늘 거기에 있었습니다. 그러던 어느 봄날, 밤꾀꼬리가 날아와 하프 꼭대기에 앉았습니다. 밤꾀꼬리는 정말로 아름다운 노래를 부르기 시작했습니다. 하프 내면의 깊은 무언가가 그 노래와 함께 울려 퍼지면서 다시 부드러운 소리를 내기 시작했습니다. 가족과 친구들은 그 소리를 듣고 하프를 다시 집 안으로 가져와 광택을 내고 현을 모두 교체했습니다. 하프는 다시 아름다운 소리를 낼 수 있게 되었지만, 이번에는 스스로를 돌보는 법을 알았습니다.(새의 노래에 지혜로운 비밀이 담겨 있었지요) 하프를 연주하고 싶은 사람은 누구나 먼저 물어봐야 했습니다. 이제 하프는 "아니, 지금은 안 돼요.", "내일 다시 와요.", "좋아요, 그런데 잠깐만.", "그래요, 하지만 아주 조심스럽게."라고 말한답니다."

오늘날 사람들은 연령대를 불문하고 이야기 치료가 필요하고 그에 대한 갈증을 느끼고 있는 것이 현실이다.

상상에 대한 고찰

이야기로 치유 작업을 하고자 할 때는 상상을 통해 인식을 얻는 방식에 대한 존중과 '상상이란 무엇인가?'라는 질문에 대해 탐구하는 자세가 기본이 되어야 한다.

　이야기는 우반구, 우뇌 또는 균형 있고 온전한 존재 방식을 뜻하는 우리의 상상적 인식 능력에 말을 건다. 한때 인간성의 핵심이라고 칭송받던 상상력이 지금은 과학이 지배적 세계관으로 등장하면서 슬프게도 그 중요성이 축소되고 평가절하되고 있다. 일부 몇몇 교육학자와 철학자가 이러한 상황을 우려하는 데에는 그럴 만한 이유가 있다. 라크만Lachman 은 자신의 저서 『상상이라는 잃어버린 지혜』에서, 좀 더 나은 미래를 위해 우리는 상상력을 되찾고 상상과 과학 사이에서 영향력의 균형을 바로잡아야 한다고 주장한다.[*]

　맥길크리스트McGilchrist는 이러한 불균형을 담아 내기 위해 자신의 저서에 『주인과 심부름꾼』이라는 신랄한 제목을 사용했다.[**] 그는 사람들의 좌뇌가 지나치게 지배적이 되면서 원래 인간을 통제하는 '주인'인 우뇌와의 접촉이 끊긴 결과로 우리 사회가 고통받고 있다고 주장한다. 이로 인해 발생한 모든 종류의 어려움이 서구의 문화 전통은 물론 세계적으로 영향을 끼쳐 왔다는 것이다.

---

[*]　『상상이라는 잃어버린 지혜Lost Knowledge of the Imagination』게리 라크만Gary Lachman, Floris Books, Edinburgh, 2017

[**]　『주인과 심부름꾼The Master and His Emissary』이언 맥길크리스트Iain McGilchrist(김병화 옮김, 뮤진트리, 2014)

나는 이야기 들려주기 과목을 교사 연수 과정에 포함시켜야 한다고 주장한다.* 교육 과정에 이야기 들려주기 같은 표현과 상상에 관한 과목을 더 많이 넣음으로써 지나치게 많은 이성과 논리에 관한 과목(내가 '지배적 남매'라고 부르는 과목) 사이에 균형을 맞출 필요가 있다. 은유적으로 표현한다면, 균형 잡힌 가족이라고 할까! 나는 지역의 대학에 이야기 들려주기 과목을 선택 과정에 포함시키도록 설득했고, 20년이 지난 지금도 운영하고 있다.** 이 작은 발걸음이 불균형의 회복을 돕고, 배움의 효과적인 방법으로써 상상을 소중히 여기는 길이다.

가능하면 언제든지, 어떤 과목을 가르치더라도 교사가 자신의 교실에 이야기 들려주기를 가져온다면, 아이들의 상상력에 불을 밝힐 수 있다. 나는 이것이 상상력이 불균형하게 기울은 저울의 반대편 접시에 이야기의 기본 요소로서 이야기-모래알을 더하는 작업이라고 생각한다. 치유 이야기가 세계 어딘가에서 긍정적인 효과로 경험될 때마다 나는 또 다른 모래알 하나가 더해지는 그림을 그려 본다.

'상상'에 대한 상상적 그림 구축하기

'상상'이라는 단어의 사전적 정의는 '감각적으로 실제 존재하지 않는 것을 마음속 이미지로 형성하는 능력, 현실에 없는 것을 마음속으로 그리는 능력, 새로운 것을 생각하는 능력'이다. 그러나 이러한 정의는 상당히 제한적이고 건조해 보일 수 있다. 개념적이지 않은 것에 대해 개념적으로

---

* 『아프리카 교사 훈련에서 이야기 들려주기: 교차 문화 연구Storytelling in African Teacher Training: A Cross-Cultural Study』 수잔 페로우, LAP Lambert Academic Publishing, 2009

** https://www.scu.edu.au/study-at-scu/units/eng00355/ 참고

말하는 것이다. 나비를 이해하려면 잠자리채로 나비를 잡을 게 아니라, 나비와 함께 움직이며 춤을 추어야 한다.

다양한 문화적, 시적 관점에서 나는 '상상이란 무엇인가?'라는 질문과 함께 춤을 추고 싶다. 여기에서 나는 상상을 정의 내리려 하기보다, '상상'에 대한 상상적 그림을 떠올려 보고자 한다.

문화적 통찰

『마음에 힘을 주는 치유동화』가 여러 언어로 번역되면서 나는 운 좋게도 많은 지역을 여행할 수 있었다. 아프리카, 중국, 유럽, 북미에서 아주 많은 시간을 보내게 되었고 덕분에 서로 다른 문화에 대한 이해를 심화시킬 수 있었다. 이 과정을 통해 이야기와 상상력에 대한 각 나라와 문화에 깊은 경외감과 존경심을 갖게 되었다.

동아프리카에서 일하는 3년 동안, 종종 처음 보는 사람에게 내가 이야기를 쓴다고 하면 스와힐리어로 이런 대답을 듣곤 했다. "마와조 니 므왕가 카티카 우시쿠.(상상력은 밤을 밝히는 빛이다)" 또는 "하디티 므왕가 우시쿠.(이야기는 밤을 밝혀 준다)"

남아프리카에 머물 때는 산족(부시맨)에게 상상력을 나타내는 단어가 없다는 것을 알았다. 그들에게 '이야기'는 모든 것을 포괄한다. 그들이 말하기를 "이야기는 바람과 같다. 그것은 머나먼 곳에서 왔고, 당신은 그것을 느낀다." 부시맨들은 사막과 초원을 가로질러 지루한 여행을 할 때 자녀에게 '이야기'를 들려준다고 한다. "천 걸음만 세어 보자." 또는 "목적지에 도착하면 맛있는 것을 사 줄게." 같이 사실적이고 이성적인 대화는 없다. 저 바위, 이 덤불, 저 도마뱀, 그 구름의 이야기(더욱더 많을 것이다!)처럼 상상의 나래를 펼쳐 보여 준다.

내 고향인 호주의 토착 문화에서도 '이야기'는 모든 것을 포용하고 연결한다. 수천 년 전 꿈의 시대부터 전해오는 세상의 창조와 그에 대한 이야기들에서 이야기와 상상력은 하나다.

북미 원주민의 두 언어인 라코타Lakota어와 오지브웨Ojibwe어에서 '상상하다'라는 말은 '꿈꾸다'라는 말과 같다. 이 문화권에서 꿈은 상상과 치유 사이의 흥미로운 연결 고리로 예언적 힘과 치유적 힘을 가진 것으로 여긴다.

중국에서 열린 세미나에서 "상상이란 무엇인가?"라는 질문을 던졌을 때 주로 들었던 대답은, 중국 문화에서 상상이란 정의하기 어렵긴 하지만 만물 뒤에 숨어 있는 보이지 않는 힘이자, 만물의 균형 잡힌 상태이며, 자연의 핵심적 힘으로서 도道에 견주어 보는 것이 가장 타당하다는 것이었다. 상상과 자연의 연관성에 대해 한 중국 학자는 다음과 같이 주장한다. "만약 나무와 꽃이 대화할 수 있다면, 그 존재들은 당연히 '이야기'로 말할 것이다!" 고대 중국화를 연구했던 또 다른 학자는 그림의 여백에 대해 말하는데, 여백을 상상의 여지를 남기기 위해 의도된 것으로 이해했다.

시적 통찰

시대를 거쳐 시인들은 논리보다 상상의 중요성을 높이기 위해 노력했고, 이미지와 은유의 신성함을 깊이 존중해 왔다. 영국의 낭만주의 시인 윌리엄 워즈워스William Wordsworth는 '가장 고양된 기분에 잠긴 이성'을 믿는 것처럼, 정신적 사랑은 상상 없이는 존재할 수 없다고 믿었다.

> "이 정신적 사랑은 생겨날 수도 없고 존재할 수도 없네,
> 사실상, 절대적 힘과 가장 투명한 통찰,
> 확장된 마음, 그리고 가장 고양된 기분에 잠긴 이성의
> 또 다른 이름에 다름아닌 상상 없이는"*

워즈워스의 고전 시 '나는 구름처럼 외로이 헤맸네'를 읽는 것만으로도 사랑과 경이에 흠뻑 빠져 자연의 아름다움에 매료되는 것을 느낄 수 있다. 워즈워스의 시는 우리를 일상에서 더 정신적이고 더 고차적인 영역으로 데려가는 것 같다.

내가 평범하고 일상적인 것을 초월할 수 있도록 도와준 또 다른 시인은 철학자이기도 한 오웬 바필드이다. 상상에 대한 시적 이해를 탐구하던 중 바필드의 저서를 읽으면서 흥미로운 발견을 하게 되었다. '물질, 상상, 정신'**에 관한 에세이에서 바필드가 이야기하고자 한 것은 정신적인 것과 물질적인 것, '숨겨진 것'과 '일상적인 것'이라는 두 가지 현실이었다. 그러면서 그는 어른이 된 우리에게 그 둘 사이의 다리, 즉 한 곳에서 다른 곳으로 여행하는 법을 알려 주고 있다. 물질과 정신 사이의 이 다리가 '상상'이라는 것이다. 바필드가 '상상 활동의 무지개 다리'로 아름답게 묘사하고 있는 이것이 바로 이야기의 영역, 은유의 영역, 상징의 영역이다.

---

* 윌리엄 워즈워스William Wordsworth(1770~1850)의 '서곡' 7절
** 『의미의 재발견 및 기타 수필The Rediscovery of Meaning and Other Essays』 오웬 바필드Owen Barfield, Barfield Press, London, 1977, pp.143-154

이러한 시적 사고를 염두에 두고 이제 "왜 이야기 언어(이야기, 시, 노래)가 아이들에게 그토록 자연스러운 언어일까?"라는 질문을 살펴보자. 선덜랜드*가 아이들의 정서를 건강하게 발달시키기 위해 이야기 언어를 사용해야 한다고 한 이유는 무엇일까? 바필드의 생각에 비추어 볼 때 답은 아주 간단해 보인다. 아이들이 무지개 다리를 건너온 지 얼마 되지 않았기 때문이다. 아이들은 '일상'의 세계에 도착한 지 얼마 되지 않았다는 것이다. 아이들에게는 상상의 세계가 더 가깝고 현실적이다.

아이들에게 상상과 정신의 세계는 일상의 물리적 세계만큼 현실적일 수 있다. 아이들에게는 두 세계를 나비처럼 오갈 수 있는 능력이 있는 반면, 대부분의 어른은 거추장스럽게 다리가 많이 달린 애벌레처럼 이곳에서 저곳으로 힘겹게 나아간다.

상상은 흥미로운 현상이다. 인간은 성장하면서 신체적, 사회적, 의식적으로 대부분 강해지지만 상상력은 점점 더 약해지며, 정신적인 것과의 연결 역시 대체로 약화된다. 그렇기 때문에 성인이 상상력을 꽃피우기 위해서는 명상, 시, 이야기, 음악 같은 예술적 수단을 통해 열심히 노력해야 한다.

아이들에게는 자연스럽지만, 어른인 우리는 상당히 희미해진 상상과의 연결 고리를 만들기 위해 노력해야 한다는 것이다. 여기에 교사, 치료사, 부모로서 우리가 직면해야 할 과제가 있다. 어떻게 해야 아이들에게 가장 친숙한 언어를 사용하여 아이들과 함께 작업할 수 있도록 우리의 상상력을 다시 계발하고 강화할 수 있을까?

~~~~~~~~
*   55쪽 각주 참고

상상력을 키우고 강화하는 방법

다양한 정신 수련을 오랫동안 공부해 온 나로서는 정신적 지각 기관으로서 상상, 영감, 직관(3I)*을 발달시키기 위한 정신과학**의 방법에 특히 관심이 많다. 그러나 나는 이러한 발달의 고차적 단계에 이르지 못했음을 고백한다. 수련에는 주의사항이 따른다. 수련은 길고 힘들며 고된 과제이다!

그러나 누구든 힘들지만 뚜벅뚜벅 이 길을 걸어가는 중이라면, 내가 소문자를 써 '3i'로 부르는 것, 즉 우리의 일상생활과 일상적 인간성에 속하는 상상, 영감, 직관을 인식하고 존중하는 것이 중요하다고 생각한다. 우리는 때때로 어딘가로부터 무언가를 감지한다. 때때로 우리는 더 큰 무언가가 우리를 통해 일하고 있다고 느낀다. 때때로 우리는 정신세계로부터 선물과 은혜를 받는다. 우리는 심지어 "직관적 느낌이 들어." 또는 "영감이 왔어."라고 할 때도 있다.

나는 '3I'와 '3i'가 연결되어 있다고 확신한다. 개인적 경험으로 볼 때 이렇게 더 확장된 인식은 나에게 이야기를 쓸 수 있는 창조적 용기를 주었다. 예전에 "고차적 지각 기관을 발달시키지도 않은 당신이 어떻게 치유 이야기를 쓴다고 할 수 있나?"라는 질문을 맞닥뜨리고 놀란 적이 있다. 나는 이렇게 답했다. "우리가 사는 세상은 이야기가 필요하고 그 이야기는 많을수록 좋기 때문에 감히 그렇게 할 수 있다."

나는 여러분이 경험하는 '3i'에 대해 생각해 볼 것을 권한다. 아마도

---

* Imagination, Insperation, Intuition_영어권에서는 이를 흔히 첫 글자를 따서 'The three I's(3I)'로 표현한다.

** 루돌프 슈타이너Rudolf Steiner의 『인지학, 영혼학, 정신학』(GA115, 푸른씨앗, 2023)

내가 그런 것 처럼, 여러분이 알고 있는 것보다 더 자주 그 3가지 빛이 여러분의 일상생활을 비추고 있다는 사실에 놀랄지도 모른다. 하지만 이 '3i'라는 선물이 때때로 우리 삶을 밝혀 준다는 걸 알았다고 한들, 어떻게 해야 그것들을 키우고 강화할 수 있을까? 특히 우리의 '상상'으로, 특별히 이야기를 만드는 것과 관련해서 어떻게 하면 더 밝고 자주 빛날 수 있는 방법을 찾을 수 있을까?

다음은 도움이 될 만한 7가지 방법이다.

읽기 이야기를 많이 읽어라. 민담과 동화, 신화와 전설의 이미지, 모티브, 리듬에 깊이 빠져들면 좋다.

듣고 관찰하기 대자연이 말하게 하라. 자연은 엄청나게 많은 것을 나누어 준다. 숲, 해변, 공원을 걷고, 정원이나 화분이 놓인 발코니에 앉아 관찰하고 연구하면 그 모든 것이 정보가 될 수 있다. 나비는 어떤 꽃에 앉나? 거북이는 어떻게 모래를 가로질러 가는가? 또 무엇을 먹고, 어디에 알을 낳는가? 이야기의 은유에 대한 아이디어는 아주 특이한 지점에서 나올 수 있다. 예를 들어, 협력에 대한 은유로 쓰레받기와 빗자루를 이용할 수 있다. 집 안과 정원 밖, 도시의 거리와 숲속 모든 곳에서 관찰을 통해 무언가를 발견할 수 있다는 건 놀라운 일이다.

걷기 시인과 철학자들은 걷기가 우리의 창조적 사고에 미치는 긍정적 영향을 입증해 왔다. 브루스 챗윈*은 지난 세기의 유명 여행 작가로 호주와 파타고니아와 남아메리카를 걸어서 횡단했다. 그는 사람들이 충분히 걷는다면 종교가 필요치 않을 것이라고 믿는다. 그의 글에는 걷기가 창조적 능력과 정신적 성장에 얼마나 많은 영향을 주는지에 대한 성찰

* 찰스 브루스 챗윈Charles Bruce Chatwin(1940~1989)_영국의 여행 작가이자 소설가, 저널리스트였다. 파타고니아에서 쓴 그의 첫 번째 책은 챗윈을 여행 작가로 인정받게 했지만, 그는 자신을 이야기꾼으로 여기고 유별난 이야기들을 소개하는 데 관심을 가졌다.

이 들어 있다. 나 역시도, 이야기에 대한 대부분의 영감이 걷는 과정에서 떠올랐다. 내가 영감을 떠올리며 걸은 길을 합하면 '세븐 마일 해변'*보다 멀고 길 것이다.

다양한 예술 양식을 통해 상상력이 풍부한 영감 탐색하기 소묘, 회화, 조소, 춤, 음악, 드라마 등 창조적 인식을 위한 길은 아주 많다. 각각의 예술 양식은 다양한 개별성과 기질을 자극하는 힘이 있다. 앱스**는, 이상적인 세계라면 '6개의 위대한 예술'로서 시각 예술, 드라마, 춤, 음악, 영화, 문학이 모든 교육 과정에 포함되어야 한다면서 이상적인 세계에서는 이러한 조언을 읽을 필요도 없을 것이라고 했다. 교육을 받았다면 누구나 상상 지능이 길러졌을 테니까!

이야기 쓰기를 놀이로 연습하기 이야기 쓰기를 놀이처럼 한다는 것은 충분히 가지고 놀 수 있을 만큼 탄탄한 구조가 형성된다는 것을 의미한다. 또한 이야기 쓰기 놀이는 논리적 사고를 우회하는 데도 도움이 되기 때문에 여러분의 상상력이 날개를 펴고 날아오르게 할 수 있다. 내 두 번째 책***에서 이 연습을 많이 찾아볼 수 있으며 이 책에 추가한 것도 있다.('무작위 이야기 쓰기 연습', 358쪽)

재우기 여러분의 창조적 사고가 발전하고 흐를 수 있는 시간을 허용하라… 여러분의 영감에 대해 생각하고 하룻밤 잠을 자고 더 생각하라… 그리고 잠을 자고 꿈을 꾸라. 그리고 더 자라.

세상으로 내보내기 이야기를 만들었다면 공유할 수 있는 방법을 찾아라.

---

* 옮긴이 세븐 마일 해변Seven Mile Beach은 호주 뉴사우스웨일스주의 숄헤이븐 지역에 있는 길이 7.8마일(12.5km)의 긴 해변이다.

** 피터 앱스Peter Abbs의 「흐름을 거슬러: 예술, 포스트모던 문화, 교육Against the Flow: The Arts, Postmodern Culture and Education」, Routledge, London, 2003. 이 책에서 앱스는 학교 교육 과정에서 6대 예술의 중요성에 대해 다음과 같이 주장한다. "자율성과 실천성이 크다면, 모든 작업은 심미적으로 이루어지고, 상상력을 다루며, 인간 의미의 상징적 구현과 관련하여 구성된다."

***「아이들 마음을 치유하는 101가지 이야기」에서 '상상력이 풍부한 과즙'을 얻을 수 있는 다른 많은 연습을 찾을 수 있다. 각 이야기 모음의 끝에 '이야기 뼈대 만들기' 연습이 있다.

가능한 한 매끄럽게 다듬어라, 동시에 완벽한 것은 없다는 사실도 받아들여라. 레너드 코헨의 노래 '송가'의 후렴구가 용기를 줄 것이다. "어디에든 금이 간 곳이 있기 마련. 빛은 그곳을 통해 들어온다."

위의 지침들을 사용하여 작업하면 상상력을 훈련하고 강화하는 데 도움을 받을 수 있다. 이것은 은유를 창조적으로 선택하고 치유 이야기를 위한 상상의 여정이라는 글쓰기에 도움이 될 것이다.

하지만 이러한 지침이 레시피가 되어서는 안 된다. '치유 이야기'나 '치유동화' 같은 글쓰기 장르는 요리 수업이 아니기 때문이다. 나는 세미나 참가자와 나에게 도움이 되었던 이야기 쓰기의 큰 틀과 많은 요령, 그리고 기법을 제공해 왔다. 그러나 대부분의 노력은 여러분으로부터 나와야 한다. 즉 놀이, 탐색, 시도와 재시도, '3i' 사용, 그리고 자기만의 고유한 자아 성장의 길을 뚜벅뚜벅 걸어가는 것 말이다.

오늘날에는 상상의 여정과 특별히 선택한 은유를 이용하여 상황에 맞게 만들어진 이야기에 도움 받을 수 있는 사정과 상황이 아주 많다. 나는 교사, 치료사, 상담사, 부모, 그리고 지역 사회의 복지사로서 이러한 도전을 하는 것이 우리의 임무라고 믿는다. 비록 우리의 글이 민담이나 전래 동화의 아름다움과 깊이에 비하면 단지 '말 더듬기'에 불과할지라도, 나는 우리 모두가 계속해서 '말 더듬기'를 하도록 권하고 싶다.

그리고 우리가 '말 더듬기'를 하면서 부족하다고 느낄 때, 비교 신화학의 세계적 권위자인 조셉 캠벨의 사고에서 힘을 얻을 수 있다. 그는 우리의 세계가 새로운 신화, 새로운 이야기를 필요로 한다고, 즉 우리에게 근본적인 힘을 키워 주고, 자연과 우주에 유의미하게 연결되도록 하며, 동시에 우리의 일상적인 문제를 다룰 수 있는 희망과 용기를 주는 이야기가 필요하다고 말한다. 이것은 우리가 곰곰이 생각해 볼 격려의 메시지이다. 그는 또한 현시대에 걸맞은 우리의 도덕적 질서를 '찾아내는' 일의 중요성을 강조했다. 캠벨은 '옛 신화대로 사는 것은 오늘날 적합하지 않다.'*고 말한다.

끝으로 내가 서문에서 사용한 상을 다시 떠올려 보자. 치유 이야기 또는 다른 어떤 종류의 이야기이든 글을 쓰기 위해 상상력을 사용할 때마다, 상상력이 불균형하게 기운 저울을 맞추기 위해 또 다른 이야기-모래알이 더해진다는 것을 명심하라.

진실과 이야기

나는 이 이야기를 중국 선전에서 열린 콘퍼런스에서 한 여성 참가자에게 처음 들었다.(그녀는 그 전 해 콘퍼런스에서 이스라엘 교사에게 들었다고 한다) 원작 이야기를 찾지 못해 당시에 적어 둔 내용을 바탕으로 다시 만들었다. 아픔과 상실의 밤을 밝히는 이야기 모음집인 이 책을 시작하는 첫 번째 이야기로 이 이야기를 나누고 싶다.

옛날 옛날에 모든 게 완벽해 보이는 나라가 있었습니다. 먹을 것이 충분했고 햇빛도 충분했으며 비도 충분히 내렸습니다. 사람들 모두 평화롭게 잘 살았지요. 하지만 좋은 것이 영원히 지속되는 일은 없다지요.

---

* 『신화의 힘』_ 다큐멘터리로 제작된 조셉 캠벨Joseph Campbell과 빌 모이어스Bill Moyers의 대화를 책으로 출간.(21세기 북스, 2020)

어느 날, 낯선 이가 찾아와 사람들 사이를 돌아다녔습니다. 흰머리를 길게 늘어뜨리고 벌거벗은 채 다니는 노인이었습니다. 노인이 가까이 올 때마다 사람들은 기겁을 하며 달려가 집에 숨었습니다. 노인은 사람들과 만나고 싶어 여기저기를 헤맸지만 사람들은 벌거벗은 노인이 두려워 달아났습니다.

그때 또 다른 낯선 이가 아름다운 옷을 입고 나타났습니다. 많은 새와 동물, 꽃이 그려진, 근사하게 찰랑이는 망토를 입은 사람이었습니다. 이 아름다운 사람을 보자마자 사람들은 우르르 달려와 가까이 앉아서, 낯선 이의 많고 많은 이야기를 열심히 들었습니다. 사람들은 그의 이야기를 무척 좋아했고, 발길을 옮기는 곳마다 따뜻한 환대가 있었습니다. 사람들이 망토에 있는 그림을 무엇이든 가리키면 기다렸다는 듯이 이야기가 흘러나왔습니다.

어느 날 숲속에서 벌거벗은 노인과 망토를 입은 이야기꾼이 만났습니다. '진실'이라고 불리는 노인은 아름답게 차려입은 이에게 어떻게 하면 그렇게 사랑받을 수 있는지, 또 어떻게 해야 사람들이 이야기를 듣고 싶게 할 수 있는지를 물었습니다. 이야기꾼은 미소를 지으며 망토를 벗어 반으로 잘랐습니다. 그리고 그 절반을 '진실'에게 주었습니다.

"내 이야기 망토를 걸치면 사람들이 '진실'의 이야기를 듣고 싶어할 거요. '진실'은 너무 충격적이고 강렬하고, 또 무서울 수 있어서 사람들은 이야기 망토 없이 듣고 싶어 하지 않지요."

그날부터 지금까지 '진실'은 이야기를 겉에 두른 지혜를 나누며 방방곡곡을 여행하고 있습니다.

사랑하는 사람과 이별한 이야기

이 이야기 모음에서 여러분은 쌍둥이를 비롯한 형제 자매, 부모 또는 조부모를 잃은 아이를 위한 이야기, 갓난아기를 잃은 가족을 위한 이야기, 자녀를 잃은 부모를 위한 이야기, 그리고 구성원 중에 누군가가 질병이나 사고로 숨진 학교 또는 공동체를 위한 이야기를 만날 수 있다.

이 이야기들은 세심하고 예의에 어긋나지 않는 한에서, 상황에 맞게 이야기 주인공들의 성별을 반대로 하여 사용할 수 있다.

예를 들어, 두 마리 수컷 아기 새에 관한 첫 번째 이야기인 「별나라 둥지」는 암컷 아기 새들로 바꿀 수 있다. 「꼬마 늑대의 고향으로 가는 길」도 주인공이 수컷 아기 늑대지만 암컷 아기 늑대로 바꿀 수 있다. 「할머니의 빛의 망토」 역시 할아버지의 빛의 망토로 바꿀 수 있다.

이야기 소개

「별나라 둥지」 쌍둥이 사촌 동생을 잃은 5살 남자아이를 위한 이야기

「꼬마 늑대의 고향으로 가는 길」 불치병을 앓고 있는 3살 남자아이의 투병 과정을 함께하는 가족을 돕기 위한 이야기

「작은 양초」 최근에 아버지가 돌아가신 5살 여자아이를 위한 이야기

「발레리나와 오르골」 아버지가 잠결에 갑작스럽게 돌아가신 5살 여자아이를 위한 이야기

「천국의 마법」 아버지가 익사 사고로 돌아가신 5살 남자아이를 위한 이야기

「타지 라 우펜도(사랑의 화관)」 1년 전 아버지가 갑자기 심장마비로 돌아가신 두 여자아이(3, 7살)를 위한 이야기

「실비아의 인형」 마을이 습격당해 온 가족을 잃고 나이로비 'SOS 어린이 마을'에 있는 5살 여자아이를 위한 이야기

「할머니의 빛의 망토」 할머니를 잃은 어린 소녀가 쓴 이야기로 조부모나 연로한 친척이 돌아가신 어린아이들을 위한 이야기

「아기 사슴과 절친나무」 삼촌이 오랫동안 투병하다가 암으로 돌아가셔서 슬픔에 잠긴 7살 여자아이를 위한 이야기

「비버와 떡갈나무」 할아버지와 사촌을 교통사고로 잃은 두 남자아이(6, 9살)를 위한 이야기

「실비와 반짝 별 가족」 어머니가 불치병에 걸렸거나 최근에 돌아가신 아이들(6~10살)을 위한 이야기

「보글보글 아가씨」 이모가 돌아가신 8살 쌍둥이 형제를 위한 이야기

「꾀꼬리와 벚나무」 친구가 교통사고로 숨진 초등학교 학생들을 위한 이야기

「장미 공주와 정원의 여왕」 어머니가 난치병으로 고생하다가 돌아가신 8살 이상의 여자아이를 위한 이야기

「장미와 가시」 노르웨이 한 초등학교의 요청으로 만든 7살 이상의 아이들을 위한 이야기로, 많은 10대 청소년이 목숨을 잃은 우퇴위아Utøya섬 대학살이라는 충격적인 사건 이후에 작은 희망을 주기 위한 이야기

「할머니가 돌아가신 날」 조부모 또는 대가족의 구성원을 잃은 아동과 청소년을 위한 이야기

「멋쟁이 비행기」 아버지를 교통사고로 잃은 10살 남자아이를 위한 이야기

「잘가, 가비야」 소중한 보물을 잃어버린 어린아이와 가족을 위한 이야기

「머물 수 없는 작은 별」 출산 과정에서 숨진 아기의 부모와 가족을 위한 이야기

「달콤한 꿈의 속삭임」 출산 과정에서 아기를 잃은 부모와 가족을 위해 할머니가 쓴 이야기

「무지개 비둘기」 세상을 떠난 그리운 친구와 가족을 추모하는 모임을 위한 모든 연령대의 이야기

「추억의 보물 상자」 가족이나 공동체 중에 불치병을 앓는 사람이 있는 경우를 위한 모든 연령대의 이야기

「정원」 소중한 아이 또는 사랑하는 친척이나 친구를 잃은 가족과 공동체를 위한 이야기

「그리고 편안한 밤이 찾아왔다」 인도의 고대 경전 중 하나인 '리그베다'에 나오는 신화로, 쌍둥이 중 야마가 인간으로서는 처음으로 죽음을 맞이하고 이를 몹시 슬퍼한 여동생 야미의 고통을 덜어 주기 위해 신들이 밤을 창조했다는 이야기

별나라 둥지

에스터 모레노*

교사인 에스터는 두 아이의 어머니이다. 그녀의 쌍둥이 조카 파블로와 토마스는 조산아로 태어났고 출생 후 며칠 뒤, 둘째로 작게 태어난 토마스가 병에 걸려 세상을 떠났다. 이 일은 가족 모두에게 너무나 힘든 경험이었고, 그 슬픔은 지금까지도 계속되고 있다. 에스터는 이야기를 작은 그림책으로 만들어 파블로와 그의 가족에게 훗날 선물하기로 결심했다. 그녀는 이 이야기가 조카에게 벌어진 모든 일에 대한 이미지, 사랑과 받아들임에 영감을 주는 이미지를 만드는 데 도움이 되기를 바랐다.

이 이야기는 어린 사촌의 슬픈 소식을 들었을 당시 다섯 살이었던 에스터의 큰아들에게 이미 좋은 영향을 미쳤다. 그녀가 이야기를 들려주자마자 아이는 "이제 토마스는 저 위에서 별들을 볼 수 있고, 파블로는 아래에서 볼 수 있겠네요."라고 대답했다.

에스터는 아기방 천장에 걸 수 있는 모빌도 만들었다. "아기가 출산 중에 혹은 출산 후 며칠 뒤 세상을 떠나면, 정서적으로나 물리적으로 갑자기 공허해지죠. 아기와 함께한 기억도 거의 없고, 집(둥지)에는 더 이상 아무 의미 없는 공간이 생깁니다. 아기에 대한 기억이 가족 안에 살아남아 늘 기억되고, 어떻게든 일상생활에서 함께하기를 바라는 소망이 있습니다. 그래서 저는 이 활동이 물리적 공허함을 채우는 행위 그 자체로 이중 치료의 기능이 있다고 생각합니다."

*   실케 로즈 웨스트Silke Rose West_ 유치원 교사이자 〈황금버드나무〉 비통 극복 모임 후원자 (미국 뉴멕시코주 타오스)

옛날 옛날에 숲에서 가장 높은 둥지에 작은 새 두 마리가 살았습니다. 둥지가 있는 키가 큰 그 나무는 하늘까지 닿았고, 둥지는 별들 사이로 뻗은 나뭇가지에 얹혀 있었습니다. 둥지에서는 꽃들이 만발한 아름다운 풍경과 수정처럼 맑은 물이 흐르는 강, 싱그러운 풀이 무성한 초원이 내려다보였습니다.

어느 날 아침, 형인 피오피오가 말했습니다. "우리 둥지를 떠나자! 저 아래로 날아가 꽃향기를 맡고 물놀이도 하고 부드러운 풀밭에서 쉬어 보는 건 어때?" 동생 쿠쿳은 좀 더 조심스러웠기에 둥지에 머물고 싶어 했습니다.

그러던 어느 날 새벽, 둘은 탐험을 떠나기로 마음먹었습니다. 피오피오는 양귀비꽃밭으로 날아가 양귀비꽃의 달콤한 향기로 가슴을 가득 채웠습니다. 쿠쿳은 천천히 날아와 잠시 킁킁거리며 꽃향기를 맡았습니다. 쿠쿳은 그곳이 행복하고 만족스러웠습니다.

다음 날 둘은 강에 내려가기로 했습니다. 피오피오는 너무나 기쁘고 흥분해서 돌에서 돌로 뛰어다니며 물에 머리를 담그기도 했습니다. 쿠쿳은 먼저 발을 적신 뒤 부리를 적셨습니다. 쿠쿳은 행복했지만 물이 너무 차가워서 곧 둥지의 따뜻함이 그리워졌습니다.

며칠 뒤 둘은 풀이 무성한 초원에 갔습니다. 피오피오는 풀들 사이에 숨어 나비들과 신나게 놀았습니다. 쿠쿳은 잠시 쉴 수 있는 평화로운 곳을 찾았습니다. "여기 정말 멋져!" 피오피오가 신이 나서 말했습니다. 쿠쿳이 미소 지었습니다. "응, 그래… 하지만 난 둥지가 그리워. 둥지는 찬바람도 불지 않고 모든 게 부드럽고 따뜻하거든."

피오피오는 쿠쿳이 자기만큼 이 새로운 곳을 즐기지 못한다는 걸 알고 슬퍼졌습니다. 쿠쿳은 피오피오를 사랑하고 아주 잘 알았기에 이렇게 말해 주었습니다. "우리에겐 각자의 길이 있는 것 같아. 난 둥지에서 지내는 게 더 좋아! 거기에서도 꽃이랑 강, 초원을 볼 수 있잖아. 그것들을 볼 때마다 항상 형을 생각할게."

쿠쿳은 하늘로 훨, 훨, 훨… 날아올랐습니다.

그렇게 쿠쿳은 별나라 둥지로 돌아왔고, 피오피오는 세상 여기저기로 여행을 계속했습니다.

밤이 되면 피오피오는 초원에서 별들을 올려다보았습니다. 쿠쿳도 둥지에

서 같은 별들을 바라보았지요. 둘은 하늘 저편에 늘 함께하는 작은 새가 있
다는 사실에 감사해하며 편안하게 잠이 들었습니다.

» 에스터는 이야기를 마무리할 때 멕시코 민요인 '데 꼴로레스(De Colores, 빛
깔들에서)'를 불러 주었다.

꼬마 늑대의 고향으로 가는 길

실케 로즈 웨스트[*]

실케는 유치원 교사이자, 타오스 발도르프학교의 공동 설립자이다. 『아
이들에게 이야기 들려주는 법』의 공동 저자인 그녀는 뉴멕시코주 타오
스에 있는 <황금버드나무 비통 극복 모임>을 지원해 왔고, 이야기 들려
주기와 의례를 통해 자녀 또는 부모를 잃은 가족들이 슬픔을 극복할 수
있도록 돕고 있다.

실케의 서문
꼬마 늑대 이야기는 3살 남자아이가 갑자기 불치병을 앓게 된 가족의
안타까운 사연으로 인해 만들게 되었다. 가족은 이제 막 이사를 했고,
엄청난 용기를 가지고 이 어려운 시기를 헤쳐나가야 했다. 죽음을 맞이
하는 아주 어린 아이와 동행한다는 것은 우리가 하루하루 같이 현존하
면서 이 존재를 마음에 간직할 방법을 찾아야 한다는 것이다. 이 이야기
는 아이의 가족과 우리 공동체에 이 작은 영혼이 얼마나 강인한지, 그리

---

[*] 실케 로즈 웨스트Silke Rose West_ 유치원 교사이자 <황금버드나무> 비통 극복 모임 후원자
(미국 뉴멕시코주 타오스)

고 임종 과정에서 우리가 이 아이를 가장 잘 기리는 방법이 무엇인지를 이해하는 데 도움을 주었다.

　가족 중 누군가의 죽음을 기다리며 함께한다는 것은 그 상황을 직면하는 것이다. 하늘과 땅은 항상 연결되어 있기 때문에 "넌 영원히 우리 곁에 있어."라는 말은 중요하고 진실이라 할 수 있다. 세상 저편을 여행하는 아이는 우리의 일부이며, 삶은 결코 예전 같지 않을 것이다. 그러나 우리는 계속해서 나아갈 것이다. 이때 별은 중요한 연결점이 될 수 있다.

　별은 혼자가 아니다. 우리가 별이 빛나는 밤에 별의 무리 속에 있는 꼬마 늑대를 올려다보면, 꼬마 늑대도 우리를 내려다본다. 꼬마 늑대가 하늘에서 지상의 소중한 날들에 대해 가르쳐 주고 있는 것일 수도 있다. 아픈 아이를 둔 가족에게 어떻게 해야 그들의 가슴에 기쁨을 줄 수 있을까? 무지개 다리를 건너는 정신적 여행을 돕기 위해 무엇을 할 수 있을까? 종종 동물 친구들이 도움이 될 때가 있다. 이야기에서 지혜로운 부엉이는 의사나 호스피스 직원일 수 있다.

아빠 늑대가 어린 늑대 셋을 데리고 산책을 나갔습니다. 따뜻한 여름 햇살 아래서 모두 장난치며 서로를 쫓아다녔습니다. 그때 갑자기 꼬마 늑대가 나무에 부딪혔습니다. 모두가 웃고 있는데 꼬마 늑대는 고개를 저으며 주저앉았습니다. 정말 이상한 일이었습니다.

아빠 늑대는 얼마 전 이사한 새 굴로 어린 늑대들을 데려갔습니다. 정말 아름다운 곳이었지요. 엄마 늑대는 맛있는 아침을 차려놓고 기다리고 있었습니다.

"난 먹고 싶지 않아요." 꼬마 늑대가 바닥에 머리를 찧기 시작했습니다. "그만해!" 아빠 늑대가 소리치자 꼬마 늑대는 울기 시작했습니다. 엄마 늑대는 꼬마 늑대를 안아 올리며 말했습니다. "몸이 좋지 않은 모양이구나."

사흘 내내 이런 일이 벌어졌습니다.

셋째 날 밤, 아빠 늑대는 지혜로운 부엉이 할아버지와 상의하기로 마음먹었습니다. 아빠 늑대는 달 할머니가 비춰 주는 길을 따라 오래된 삼나무까지 걸어갔습니다. 그곳에서 큰소리로 외쳤어요. "저를 좀 도와주세요!"

"누구, 누-가 나를 찾는 거지?"

"저예요, 아빠 늑대입니다. 제 아들이 이상해요. 어떻게 해야 할지 모르겠어요." "아이 이름이 무언가?" 부엉이 할아버지가 물었습니다.

"꼬마 늑대입니다. 하나뿐인 아들이에요."

부엉이 할아버지는 별을 올려다보며 침묵에 잠겼습니다. "꼬마 늑대는 이 땅에 아주 잠깐 내려온 거네. 겨울이 끝나기 전에 별들에게로 돌아가야 해."

"안 돼-", 아빠 늑대는 오랫동안 울부짖었습니다. "안 됩니다. 꼬마 늑대를 이렇게 보낼 수는 없습니다!"

"그건 자네 손에 달려 있지 않아." 부엉이 할아버지가 대답했습니다. "꼬마 늑대는 잠시 내려와 있기로 결정한 거니까. 힘들겠지만 자네는 잘 해낼 수 있을 거네. 엄마 늑대와 다른 아이들이 있는 집으로 가게. 그리고 동물 친구들 모두에게 부탁하게. 이 땅에 온 꼬마 늑대의 삶이 즐겁고 행복할 수 있도록 도와 달라고. 꼬마 늑대에게도 답해 주게나. 그 아이는 자네를 도울 방법을 알고 있을 걸세. 고향으로 가는 길인 무지개가 내려올 때, 자네가 무얼 준비해야 할지 말일세. 그 아이가 좋아하는 노래를 불러 주고, 그 아이보다 먼저 고향으로 돌아가신 조부모님 이야기도 들려주고, 아이가 떠났을 때는 아이를 위해 울어 주게. 아이를 기리며 하루하루 아이의 삶이 자네들 모두를 위한 선물이었다는 걸 기억하게나."

부엉이 할아버지는 '부엉부엉' 하며 달 할머니를 향해 밤하늘로 날아갔습니다.

아빠 늑대의 심장은 무거운 돌이 된 것 같았습니다. 돌아오는 한 걸음 한 걸음이 아주 먼 길을 걷는 것 같았습니다. 아빠 늑대는 굴에 돌아와 엄마 늑대에게 이야기를 전해 주었습니다.

"지혜로운 부엉이 할아버지의 말씀을 들어야 해요. 우리는 꼬마 늑대를 영원히 잊지 않을 거예요." 엄마 늑대는 눈물을 삼키며 말했습니다. 엄마 늑대의 가슴속으로 부엉이 할아버지의 마음이 전해졌습니다.

아침 식사를 마친 뒤 늑대 가족은 오래된 삼나무로 걸어갔습니다. "앉으렴." 아빠 늑대가 말했습니다. "부엉이 할아버지의 이야기를 전해 줄게. 꼬마 늑대는 몸이 좋지 않단다. 그래서 이번 겨울에 무지개 다리를 건너 조부모님을 만나러 가게 될 거야."

"조부모님이 뭐예요?" 꼬마 늑대가 물었습니다.

"무지개 다리를 건넌다는 게 무슨 뜻이에요?" 동생 늑대가 물었습니다.

엄마 늑대는 세 아이를 모두 쓰다듬어 주었습니다. "그건 태어날 때와 같단다. 거꾸로일 뿐이지. 너희가 세상을 떠나면 고향으로 가는 거야. 우리 모두는 언젠가 세상을 떠나 고향으로 돌아가게 돼. 할아버지, 할머니처럼 말이야."

"우리도 꼬마 늑대랑 함께 가는 거예요?" 누나 늑대가 물었습니다.

"아니." 아빠 늑대가 말했습니다. "태어날 때처럼 꼬마 늑대는 혼자 여행을 해야 해. 하지만 고향 가는 길을 안내해 주는 길잡이별이 있단다. 늑대별이지!"

"오늘 밤 늑대 별을 볼 수 있나요?" 꼬마 늑대가 물었습니다.

"응, 볼 수 있어. 늑대 별이 뜨면 우리 모두 함께 달 할머니를 향해 길게 짖을 거란다."

집으로 돌아오는 길에 꼬마 늑대는 더 이상 걸을 수 없어서 업혀야 했습니다. 밤이 되자 늑대 가족은 다시 밖으로 나와 달을 향해 걸었습니다. 엄마 늑대는 꼬마 늑대를 아기 담요에 안고 갔습니다. 늑대 가족은 늑대 별을 향해 정성을 다해 가장 아름다운 노래를 불렀고, 꼬마 늑대는 미소를 지은 채 잠들었습니다. 아름다운 밤이었어요. 부엉이 할아버지는 '부엉부엉' 하며 늑대 가족에게 힘과 용기를 빌어 주었습니다.

다음 날 밤 아빠 늑대는 오래된 삼나무 아래에서 동물 친구들을 불러 모았습니다. 아빠 늑대가 죽어가는 아들의 소식을 전하자 동물들은 모두 달을 향해 소리 높여 함께 울부짖었습니다. 조그만 토끼와 생쥐에게는 살면서 들어 본 가장 슬픈 소식이었습니다.

"아주 중요한 일 때문에 여러분의 도움이 필요합니다!" 아빠 늑대가 말했습니다. "꼬마 늑대가 우리와 함께 이 땅에 있는 동안, 제가 그 아이의 삶을 행복하게 해 줄 수 있도록 도와주세요. 우리 굴 밖에서 여러분이 아는 가장 아름다운 노래를 불러 주셨으면 합니다. 그리고 여러분 중 한 분이 즐거운 이야기를 해줄 수 있다면 방문해 주셔도 좋고요. 머지않아 꼬마 늑대는 더 이상 굴을 나올 수 없게 될 거예요."

토끼가 앞으로 깡충 뛰어나와 무지개 너머의 아름다운 땅에서 이야기를 가져오겠다고 했습니다. 생쥐는 모든 친척에게 문 밖으로 음식을 내놓아 달라고 부탁했습니다. 코요테는 자기가 만든 노래를 들려주겠다고 했습니다. 여우는 늑대 가족을 지키기 위해 보초를 서고 딸들과 놀아 주겠다고 말했습니다.

다음 날 아빠 늑대는 꼬마 늑대의 어려운 질문에 잠이 깼습니다.

"아빠, 제 뼈와 몸을 어디에 묻어 주실 거죠?" 엄마 늑대는 아빠 늑대를 보고 고개를 끄덕이며 말했습니다. "아름다운 산을 바라볼 수 있는 오래된 삼나무 아래는 어떠니?"

"좋아요. 오늘 가서 그곳을 보여 줄 수 있으세요?" 꼬마 늑대가 말했습니다.

아빠 늑대는 부엉이 할아버지의 말씀을 떠올렸습니다. 꼬마 늑대가 가족을 준비시키기 위해 올바른 질문을 할 거라는 말씀을요. 그곳에 도착하자마자 꼬마 늑대가 말했습니다. "여기는 내가 세상에서 제일 좋아하는 곳이에요."

다른 아기 늑대들이 구덩이를 파기 시작했습니다. 땅속 깊은 곳에 사는 뿌리 요정과 대화할 수 있도록 구덩이를 깊게 파 달라고 꼬마 늑대가 부탁했거든요. "뿌리 요정은 좋은 이야기를 많이 가지고 있어."

다음 날 꼬마 늑대는 잠에서 깨어났지만 다리를 움직일 수 없었습니다. 고개를 돌리는 것도 힘들었습니다. "아빠, 저를 산꼭대기까지 데려다주실 수 있어요? 그래야 제 별에 가까이 갈 수 있거든요."

밤이 다가오자, 아빠 늑대는 엄마 늑대의 특별한 선물과 함께 꼬마 늑대를 데리고 산으로 올라갔습니다. 엄마 늑대는 다른 아이들과 함께 집에 머물렀습니다. 그날 여우는 아이들과 놀아 주기 위해 들렀습니다. 수백 마리의 생쥐가 음식을 가져왔고, 엄마 토끼는 보금자리로 사용하던 자신의 부드러운 털을 담요로 쓰라고 엄마 늑대에게 전해 주었습니다.

이것이 꼬마 늑대에게는 마지막 여행이 되었습니다. 달이 여러 번 뜨고 졌습니다. 꼬마 늑대는 잠을 많이 잤습니다.

부엉이 할아버지가 아빠 늑대에게 마지막 시간을 알려주기 위해 날아왔습니다. "마지막 시간이 다가오고 있네!"

엄마 늑대와 아빠 늑대, 그리고 다른 아기 늑대들은 세 번의 밤과 낮 동안 꼬마 늑대와 함께 지냈습니다. "오빠가 눈으로 말하고 있어요." 동생 늑대가 말했습니다. "너는 영원히 우리와 함께할 거야." 누나 늑대가 큰 소리로 말했습니다.

엄마 늑대와 아빠 늑대는 꼬마 늑대의 마지막 숨결을 느꼈습니다. 부드럽고 다정한 봄바람 같았습니다. "아가, 이제 고향으로 가려무나." 엄마 늑대와 아빠 늑대가 말했습니다. "무지개 다리를 건너 네 별을 따라가렴! 우리는 매일 밤 하늘의 별 중에서 널 찾을 거야!"

그랬습니다. 모든 동물이 구덩이를 깊이 파는 걸 도와준 덕분에 아기 담요에 싸인 꼬마 늑대는 땅속 깊은 곳에 사는 뿌리 요정의 이야기를 들을 수 있었습니다. 꼬마 늑대의 정신은 늑대 별을 따라 고향으로 가는 여행을 할 수 있었습니다.

그날 밤 보름달 주위에 무지개가 떴습니다. 모든 동물은 꼬마 늑대에게 노래를 바쳤고, 꼬마 늑대가 이 땅에 왔던 것을 감사해했습니다. "우리는 널 사랑해!" 동물들이 노래했습니다. "우리는 영원히 널 기억할 거야!"

그리고 지금까지도 동물들은 달 할머니가 보름달이 될 때마다 꼬마 늑대를 기리고 있답니다. 오래된 삼나무 아래 땅속 깊은 곳에서는 뿌리 요정이 이야기를 들려주고 있고, 꼬마 늑대의 안식처에는 들꽃들이 자라고 있답니다.

작은 양초

수제트 엘리슨[*]

아버지가 돌아가신 지 얼마 안 된 5살 여자아이를 위해 손수 그림책 형식으로 쓴 이야기이다. 아이의 어머니는 수제트의 정성에 무척 감동받았고 감사해했다. 수제트는 이야기를 쓰고 아이와 나누는 행위가, 아이의 비극적 상실을 알아준 것 자체가 '치유'였다고 기억한다.

수제트는 이렇게 말했다. "나는 상황을 알아준다는 단순한 행위 자체에 치유가 있다고 믿어요. 그런 것이 실제로 한 사람에게 미치는 영향을 확실히 알기는 어렵지만요.(우리가 그걸 어떻게 측정할 수 있을까요?) 하지만 '난 당신을 보고 있어요, 귀 기울이고 있어요, 관심 갖고 있어요'를

---

[*] 수제트 엘리슨Suzette Ellison_ 유치원 교사 (호주)

알게 해서 아이와 가족을 이어주는 방법을 찾아내는 게 정말 중요하다고 생각해요."

옛날 옛날에 한 번도 불을 붙인 적 없는 작은 양초가 있었습니다.

아주 특별한 어느 날 커다란 양초 둘이 작은 양초에게 다가왔습니다. 그들은 아주 가까이에서 맴돌다가 작은 양초에게 부드럽게 입을 맞추었습니다. 작은 양초는 간지러움과 함께 따뜻한 기운을 온몸으로 느꼈습니다. 바로 그 순간, 작은 양초는 그 입맞춤으로 자신의 머리끝에 작은 불꽃이 환하게 피어났다는 걸 알았습니다.

행복한 날들이 이어졌습니다. 작은 양초는 반짝거리며 빛났지요. 사랑의 불꽃이 춤추고 노래하며 신나게 놀았습니다. 그동안 커다란 양초 둘은 작은 양초 뒤에 서 있었습니다. 그들의 불꽃이 작은 양초를 바라보며 지켜 주었습니다.

작은 양초는 커다란 양초 둘이 자기 뒤에서 빛나고 있다는 걸 알았기에 안전하고 따뜻하다고 느꼈습니다.

그러던 어느 날, 작은 양초는 차가운 바람이 휙 스쳐 지나가는 걸 느꼈습니다. 무슨 일이 일어났는지 알기도 전에 바람은 커다란 양초 하나의 불꽃을 꺼 버렸고, 연기 자욱한 심지만 남겼습니다.

주위가 점점 어두워졌습니다. 작은 양초는 춥고 무서웠습니다. 따뜻해지기 위해, 아직 불꽃이 있는 양초에게 더 가까이 다가갔습니다.

얼마 지나지 않아 작은 양초는 하나뿐인 커다란 양초와 함께 새롭고 낯선 빛에 익숙해지기 시작했습니다. 새롭고 낯선 빛에 작은 양초의 눈이 적응하자 저 멀리에 이전에는 전혀 눈치채지 못한 작은 불꽃들처럼 보이는 게 있다는 걸 알아차렸습니다. 작은 양초가 바라볼수록 깜박이는 불꽃들이 점점 더 가까워지는 듯했습니다.

얼마 지나지 않아 작은 양초는 아름답게 반짝이는 수많은 불꽃에 둘러싸였습니다. 작은 양초는 불꽃들이 어디에서 왔는지 궁금해하며 고개를 들어 위를 보았습니다.

놀랍게도 작은 양초는 가장 밝게 빛나는 불꽃을 보았고 희미한 노랫소리를 들을 수 있었습니다.

"사랑의 빛이 희미해지면, 눈을 돌려 바라보아요.
너와 나를 위해 반짝이는 천 개의 촛불.
밤을 밝히는 작은 양초들 모두,
달님과 별님들 속에서 은은한 불빛을 찾아,
우리에게 그 빛을 나누어 주어요."

발레리나와 오르골

이 이야기는 불가리아 소피아에서 열린 이야기 치료 세미나에 참석한 심리학자 모둠에서 만들었다. 한 달 전에 갑작스러운 병으로 아버지를 잃은 5살 여자아이를 위한 이야기이다. 아버지가 집에서 잠을 자다가 돌아가셨기 때문에 아이는 잠드는 것을 극도로 두려워했고, 어머니가 자는 것도 참을 수 없었다. 아이의 침실 벽에 그려 준 '꿈의 요정' 그림은 아이에게 잠드는 것에 대한 신뢰감을 더 높여 주었다. 이야기 쓰기의 과정에 관한 자세한 설명은 '은유에 대한 고찰'(53쪽)에 나와 있다.

다음은 전달된 개요를 바탕으로 내가 완성한 이야기이다.

옛날 옛날에 오르골 안에 사는 아름다운 발레리나가 있었습니다. 오르골은 도시 외곽에 있는 작고 예쁜 집의 튼튼한 탁자 위에 놓여 있었습니다. 날마다 오르골 뚜껑이 열렸고, 발레리나는 빙글빙글 춤을 추었습니다. 정말이지, 발레리나가 춤추는 걸 얼마나 좋아했는지 몰라요. 피곤해지면 오르골 뚜껑이 닫혔고, 발레리나는 쉴 수 있었습니다.

그렇게 하루하루 일상이 계속되었습니다. 발레리나는 춤을 추다가 쉬었고, 쉬고 나서 또 춤을 추었습니다.

어느 날 밤, 아름다운 발레리나의 삶이 통째로 바뀌었습니다. 오르골에서 쉬고 있는 밤에 무서운 폭풍이 몰아친 것입니다. 작고 예쁜 집과 함께 탁자가 앞뒤로 흔들렸고, 탁자 다리 하나가 부러졌습니다. 다리가 떨어져 나갔어도 탁자는 쓰러지지 않았지만 그 충격으로 오르골 뚜껑은 너무 심하게 젖혀져서 다시는 닫히지 않을 만큼 활짝 열렸습니다. 발레리나는 잠에서 깨어 빙글빙글 춤을 추기 시작했습니다. 밤낮을 가리지 않고 춤을 추었습니다. 다음 날에도 빙글빙글 돌면서 춤을 추고 또 추었습니다. 도저히 멈출 수 없었습니다.

어느 날 저녁 꿈의 요정이 작고 예쁜 집 창문 옆을 지나가고 있었습니다. 안을 들여다보니, 한없이 빙글빙글 춤추는 발레리나가 있는 게 아니겠어요. 도움을 주기 위해 안으로 들어간 꿈의 요정은 오르골 뚜껑이 다시 닫힐 수 있도록 특별한 노래를 불러 주었습니다. 그날 밤 발레리나는 길고 긴 휴식을 취할 수 있었습니다.

다음 날 아침 꿈의 요정이 다시 돌아왔습니다. 이번에는 잠을 깨우는 노래를 부르기 위해서였지요. 노래가 들리자 오르골 뚜껑이 열렸고, 발레리나는 빙글빙글 춤을 출 수 있었습니다. 정말이지, 발레리나가 춤추는 걸 얼마나 좋아했는지 몰라요!

이제 발레리나는 원래대로 하루하루를 지낼 수 있었습니다. 날마다 꿈의 요정이 도와주었거든요. 발레리나는 춤을 추다가 쉬었고, 충분히 쉬고 나서는 또 춤을 추었습니다.

천국의 마법

베이징에 사는 5살 남자아이를 위해 만든 이야기이다. 아이의 아버지는 한 해 전 익사 사고로 돌아가셨다. 나는 장난감, 동물처럼 아이가 아끼는 것과 좋아하는 활동 등 아이에 대해 자세히 알아보기 위해 아이의 어머니를 만났다. 아이가 가장 좋아하는 이야기책 중 하나는 토끼에 관한 것이었고, 가장 아끼는 물건은 걸음마를 배울 때부터 쓰던 토끼 담요였다.

또한 나는 시간을 내어 유치원에서 그 아이를 관찰했는데, 아이가 '토끼 담요'와 떼려야 뗄 수 없는 관계에 있다는 걸 알 수 있었다. 아이는 그것을 어디에든 들고 다녔고, 사소한 일로 화가 날 때면 담요로 몸을 감싸곤 했다.

아이의 어머니는 아들이 입학하게 될 학교가 있는 새로운 지역으로 이사할 계획이다. 그녀는 아들이 놀림을 당할까봐 담요 없이 '큰' 학교 (초등학교)에 다닐 수 있게 하는 것이 중요하다고 믿었다. 하지만 지금까지 아이가 담요에 덜 의존하도록 했던 그녀의 시도는 모두 실패했다.

이 이야기의 의도는 두 가지다. 아이를 안심시키는 담요를 두 개의 특별한 가방(하나는 아이를 위한 것, 다른 하나는 아이의 장난감 토끼를 위한 것)으로 바꾸는 것, 그리고 아이와 어머니가 믿는 것처럼 아버지가 건너간 천국과 아이를 연결하도록 돕는 것이었다. 아이가 담요 없이 나들이를 갔을 때, 어머니는 담요를 가방 두 개로 만들고 자투리로 장난감 토끼를 위한 겉옷을 만들 계획을 세웠다. 아이가 집에 돌아왔을 때 아이의 침대에는 '별이 빛나는' 종이로 포장한 특별한 선물이 기다리고 있었다. 이야기는 황금실로 묶은 두루마리로 말려 있었다.

선물을 풀었을 때 아이는 무척 기뻐했다. 어머니는 아이가 아무 의심 없이 가방으로 바뀐 담요를 받아들였다고 전해 주었다.

타오타오라는 아이에게는 특별한 담요가 있습니다. 아이는 자기 담요를 너무나 좋아해서 매일 밤 그 담요를 덮고 잤고, 어디를 가든 가지고 다녔습니다. 담요는 아이의 친구였고, 아이는 담요의 친구였습니다. 아이와 담요는 늘 함께 행복했습니다.

오랜 시간 담요는 이 특별한 우정을 좋아했지만, 타오타오가 커 갈수록 따라다니기가 몹시 어려워졌습니다. 타오타오는 자라나는 다른 소년들처럼 나무 타기와 웅덩이 뛰어넘기, 그네 높이 타기를 좋아했습니다. 이 모든 일을 하기에 담요는 너무 낡고 지쳤습니다. 하지만 담요는 여전히 타오타오의 친구이고 싶었습니다. 키가 더 크고 튼튼한 소년으로 자라는 타오타오를 도와주고 싶었습니다.

이때 타오타오의 아빠도 하늘에서 내려다보며 도울 방법을 찾고 있었습니다. 마침내 아빠에게 멋진 생각이 떠올랐습니다. 아빠는 천국의 마법으로 담요를 가방으로 만들었습니다. 이 가방은 타오타오가 어디를 가든 함께 다녔습니다. 새 가방에는 장난감과 크레용, 책 등 타오타오의 특별한 물건을 넣을 수 있었습니다.

그리고 더욱 놀라운 것은 타오타오의 아빠가 특별한 마법으로 가방을 만들고도 타오타오의 새 장난감 토끼들을 위한 작은 겉옷을 만들 만큼 충분한 천이 남았다는 사실입니다. 작은 겉옷은 아기 토끼의 것이었고, 큰 겉옷은 아빠 토끼의 것이었습니다. 토끼들은 담요 가방 속에서 사는 걸 좋아했고, 모두 함께 좋은 친구가 되었답니다.

타지 라 우펜도(사랑의 화관)

타비타 왕게치-기킹고[*]

이 이야기는 타비타 아줌마가 케냐 키쿠유족 두 여자아이(3, 7살)를 위해 쓴 것이다. 두 아이의 아버지는 1년 전 심장마비로 갑작스럽게 세상을 떠났다. 두 아이 모두 생일 같은 축하하고 기념해 주는 행사를 좋아하는데, 이것이 이야기의 여정을 이끄는 데 도움이 되었다. 아버지가 돌

* 타비타 왕게치-기킹고Tabitha Wangeci-Gikingo_ 유아 교사이자 멘토 (케냐 나이로비)

아가시고 1주기 때 이 이야기를 나누고 아이들과 함께 화관을 엮었다고 한다. 타비타는 해와 달과 별들이 준 선물이 두 아이에게 '영원히 가슴에 남아 있을 것'이라는 느낌을 주었다고 전했다.

옛날 옛날에 기통가라는 한 남자가 있었습니다. 그는 케냐산의 비탈에서 아내 그리고 아름다운 두 딸과 함께 살았습니다. 딸들의 이름은 마케나(행복)와 냠부라(비)였습니다. 아침에는 얼음이 얼 정도로 추웠지만 기통가는 아주 열심히 일했습니다. 새가 지저귀는 소리가 들리면 하루를 준비하였지요. 아름다운 딸들에게 입맞춤을 하고는 커피 농장에 가서 일을 시작했습니다. 기통가는 붉은 열매를 전부 따야 했습니다.

하루하루가 똑같았습니다. 아빠는 커피 농장을 가꾸고, 딸들은 학교에 다녔습니다.

저녁이 되면 아빠와 딸들은 자전거 타는 걸 즐겼습니다. 자전거를 타고 강으로 이어지는 길을 조심스럽게 내려갔습니다. 아버지는 물통에 물을 채운 뒤 딸들의 도움으로 묘목에 물을 주었습니다. 그런 다음 다 함께 강둑에 앉아 세들을 향해 즐겁게 노래했지요.

> "카뇨니 가콰 웨에 히타 히테Kanyoni gakwa wee hitha hithe
>   작은 새야, 작은 새야, 얌전히 숨으렴,
>   보인다면 너는 내 새가 아니란다. 날아, 날아, 높이 날아서
>   무지개 색깔로 춤을 추려무나."

새들에게 노래를 불러 주고 저녁 시간에 맞춰 집에 돌아오면, 어머니는 맛있는 이리오*를 준비해 놓았습니다. 가족이 함께 식사를 즐긴 뒤, 잠자리에 들기 전에는 달을 보러 나갔습니다. 이때가 아이들에게는 마법 같은 순간이었습니다. 아이들은 아버지의 무릎에 앉아 이야기를 들었고, 어머니는 따뜻한 마사이족 담요로 모두를 덮어 주었습니다.

---

*   이리오irio는 옥수수, 감자, 채소로 만드는 키쿠유족의 전통 요리이다.

어느 날 저녁 기통가는 새로운 이야기를 들려주면서, 아름다운 재스민꽃 덩굴로 만든 화관을 딸들의 머리에 씌워 주었습니다. 그 이야기는, 딸들을 너무나 사랑해서 딸들이 원하는 모든 것을 주었던 한 아빠에 관한 것이었습니다. 이제 그 딸들이 아주 특별한 선물을 받을 때가 왔습니다.

> "해에게서는 날마다 마음을 따스하게 해 주는 온기를 받을 것이고,
> 달에게서는 밤마다 잠을 자며 세상을 밝힐 용기를 얻을 것이며,
> 별들은 영원히 너희를 사랑해 줄 많은 친구와 가족을 선물할 것이다."

그리고 기통가는 마케나와 냠부라에게 그 아빠의 여행에 대해 말해 주었습니다. 다시는 돌아올 수 없는, 아름다운 곳으로 떠나기 위해 오랫동안 기다려 온 여행이었지요. 그곳에서도 아빠는 (보이지도, 들리지도 않겠지만) 딸들을 보살피며 한 발 한 발 딸들의 인생길을 함께 걸었습니다.

아빠가 필요할 때마다 그 딸들의 머리에는 눈에 보이지 않는 아름다운 화관이 놓여져 있었지요. 아빠는 그렇게 딸들의 생일과 졸업식, 그리고 다른 특별한 날에도 항상 곁에 있어 주었다고 했습니다.

그날 밤 기통가는 딸들을 재우며 베개 옆에 화관을 놓고, 딸들의 이마에 입을 맞춘 뒤 잠자리에 들었습니다.

그것이 아빠의 마지막 입맞춤이었습니다… 황금으로 만들어진 그의 심장은 더 이상 뛰지 않았습니다. 슬픔이 집안을 가득 채웠습니다.

날마다 추운 새벽이 찾아올 때면 딸들은 따뜻한 태양이 떠오르기를 기다렸습니다. 저녁이 되면 달이 침대를 밝혀 주길 기다렸고, 반짝이는 별들이 자신들을 비춰 주길 기다렸습니다.

이때부터 마케나와 냠부라는 아름다운 모든 추억을 영원히 간직했습니다. 아버지가 천국의 문에서 어린 딸들을 보살피고 지켜 주는 동안 딸들은 마음속으로 용기를 내어 날마다 새로운 하루를 맞이했습니다.

> "카뇨니 가콰 웨에 히타 히테
> 작은 새야, 작은 새야, 얌전히 숨으렴,
> 보인다면 너는 내 새가 아니란다. 날아, 날아, 높이 날아서
> 무지개 색깔로 춤을 추려무나."

실비아의 인형[*]

나의 '이야기 들려주기' 수업에 참여하는 학생 중 한 명은 나이로비(케냐의 수도)에 있는 <SOS 어린이 마을>에서 일했다. 이수 과목 중 하나가 끝날 무렵, 그녀는 나에게 밤마다 잠을 잘 못 이루는 아이를 위한 이야기를 한 편 써 줄 수 있는지 물었다. 실비아라는 여자아이라고 했다. 마을이 습격을 당해 가족을 모두 잃은 이 아이는 다섯 살에 고아가 되었다. <SOS 어린이 마을>에 입양된 이 아이는 18살까지 거기에서 살게 될 것이다.

전체 설명을 들은 뒤 나의 첫 반응은 "아니요, 죄송해요. 아무래도 저는 할 수 없을 것 같아요."였다. 그런 다음 나는 그 학생에게 물었다. "그토록 끔찍한 경험을 가진 아이의 삶에 이야기가 어떤 변화를 줄 수 있을 거라고 생각하나요?" 그 학생은 "치유까지는 아니어도 이야기가 조금쯤 도움이 될 수 있지 않을까요?"라고 간곡히 말했다.

호주로 돌아온 뒤 나는 그 상황에 도움이 되길 바라는 마음으로 간단한 이야기를 써 보았다. 실비아의 가족은 독실한 기독교인이다. 이 정보는 이야기의 여정을 선택하는 데 길잡이가 되었다. 나는 이 이야기를 이메일로 케냐에 보냈고, 실비아의 선생님을 통해 아이에게 전해졌다. 실비아는 다음 날 아침 침대에서 금실과 은실로 수놓은 옷을 입은 인형을 만났다. 이 인형은 실비아의 특별한 친구이자 꿈나라의 동반자가 되었다. 선생님과 실비아의 보호자는 나중에 실비아가 다른 사람들과 잘 놀고 어울릴 수 있게 되었다고 알려 주었다.

이 경험은 나를 겸손하게 해 주었다. 그리고 어떤 이야기는 아주아주

_* 『마음에 힘을 주는 치유동화』 340쪽 참고

작고 미약할지라도 그 상황에 도움이 될 수 있다는 걸 깨닫게 해 주었다. 이것이 가능하다니 얼마나 멋진 일인가.

실비아의 엄마와 아빠는 하늘나라에서 편안하게 살고 있습니다. 형제들도 모두 엄마, 아빠와 함께 살고 있지만, 어린 실비아만은 아직 이곳 땅 위에 남았습니다.

가족들은 모두 깊은 밤이 되면 반짝반짝 빛나는 별빛을 통해 침대에 곤히 잠들어 있는 작은 딸을 내려다본답니다. 실비아가 따뜻하게 보살펴 주는 새엄마와 안전한 새집을 갖게 되어서 정말 기뻤습니다. 하지만 실비아가 가끔씩 슬퍼하고 외로워하는 모습을 보고 가족들은 하늘나라에서 선물을 보내기로 했습니다. 가족들은 실비아와 함께 놀고 밤에 함께 잠들 수 있는 작은 친구를 선물하기로 했습니다.

하늘나라 천사들의 도움을 받아 해님에게서는 금실을, 달님에게서는 은실을 얻었습니다. 그런 다음 하늘나라의 베틀에 금실과 은실을 걸어 작은 인형에게 입힐 특별한 옷을 짰습니다.

인형이 준비되자 하늘나라 천사는 인형을 꼭 안고 별들이 반짝이는 하늘을 지나 인간 세상으로 내려왔습니다. 실비아의 새집에 도착한 천사는 창문을 통해 방으로 들어가 잠들어 있는 실비아의 머리맡에 인형을 살짝 놓아 두었습니다.

다음 날 아침 실비아가 깨어나자 하늘에서 보낸 선물이 반갑게 인사를 했습니다. 인형이 입고 있는 옷은 아침 햇살에 금빛 은빛으로 반짝반짝 빛났습니다. 실비아는 인형을 보며 아주 행복했습니다. 실비아는 그 인형이 하늘나라의 선물이라는 것을 알았습니다. 실비아는 인형에게 '○○○'라는 이름을 붙여 주었고, 실비아의 특별한 친구가 되었습니다.

할머니의 빛의 망토

조부모나 연로한 친척이 돌아가셨을 때 어린아이들과 함께 나눌 수 있는 이야기로, 이 이야기는 최근 한 어르신의 장례식에서 어린 손녀가 낭독한 것이다.

할머니는 정원에서 가장 좋아하는 의자에 앉아 계셨습니다. 인생의 아름다운 순간들을 모두 돌아보는 중이셨지요. 별이 빛나는 천국으로 돌아가실 때가 거의 다 되었거든요. 나비와 새들은 할머니의 주위를 날아다니며 황금빛 햇살로 특별한 빛의 망토를 짜는 중이랍니다. 할머니가 여행 중에 입으실 망토였지요.

하루가 끝날 무렵 해는 잠자리에 들 준비가 되었고, 달이 자기 차례를 기다리고 있었습니다. 할머니는 아직 밖에 계셨습니다. 정원 의자가 너무 편안해서 잠이 드셨지 뭐예요.

엄마 달이 은빛으로 빛나기 시작하자 밤의 요정들은 달빛으로 할머니의 망토를 짰습니다. 그때 작은 별들이 모두 몸을 돌려 망토에 반짝이는 빛을 뿌려 주었어요.

빛의 망토가 준비되자, 할머니는 잠에서 깨어 피곤에 지친 어깨에 망토를 단단히 감싸고는 여행을 떠나셨습니다.

하늘을 건너가던 할머니는 가족 모두에게 마지막 입맞춤을 하지 않았다는 사실을 떠올리시고는 잠시 멈추어 가족들을 향해 입맞춤하셨습니다. 그러자 새벽 구름이 이른 아침의 노을 속에서 할머니의 입맞춤을 붙잡아 주었습니다. 잠에서 깨어난 가족들은 해돋이 속에서 희미하게 반짝이는 할머니의 입맞춤을 볼 수 있었습니다.

아기 사슴과 절친나무

애니 브라이언트[*]

애니의 서문

이 이야기는 아주 가깝게 지내온 소중한 삼촌을 오랜 암 투병 끝에 최근에 떠나보내어 슬픔에 잠긴 7살 여자아이를 위해 썼다. 아이와 어머니, 삼촌, 그리고 조부모는 모두 아주 가까운 사이였고, 아이 삶의 대부분을 함께 보냈다. 삼촌은 아이가 태어나기 직전에 처음 진단을 받았기 때문에 아이의 삶에서 삼촌의 건강 상태는 늘 좋지 않았다.

동물에 대한 아이의 깊은 사랑과 유대감, 삼촌과 공유했던 경험 등을 고려해 나는 이야기의 바탕을 동물의 세계로 골랐다. 아이가 영유아기를 벗어나는 과정에 있다는 걸 반영하여, 아이의 숲속 안식처 깊숙한 곳으로부터 그 너머의 세계를 탐험하려는 열망이 커지는 방향으로 초점을 맞추었다. 아이의 어머니는 가족과 집 바깥의 세계에 대해 관심이 커지는 딸의 모습을 반영할 수 있는 이야기면 좋겠다고 했다.

삼촌과 삼촌의 친한 친구들은 모두 '삼라만상', '절친' 같은 특이한 별명을 가지고 있었는데, 아이는 늘 그런 별명을 듣는 걸 무척 좋아했다. 이야기에서 나는 비슷한 방식으로 등장인물들의 이름을 지었다. 아이의 어머니는 딸에게 이야기를 들려주자, 아이가 자연에서 삼촌이 계속해서 존재한다는 흔적을 더 많이 보고 있다는 걸 알아차렸다. 집과 개울가에 나타난 대머리 독수리 가족, 삼촌이 좋아했던 음악을 듣거나 삼촌에 대해 이야기하는 동안 하늘에 떠오른 무지개 같은 것들 말이다. 아이의 어머니는 이렇게 말했다. "저는 정말로 이야기에 담긴 이 모든 경험이 죽음

---

[*] 애니 브라이언트Annie Bryant_ 전문 이야기꾼이자 음악가 (호주 뉴사우스웨일스주 콰마 Quaama)

98

과 죽음 이후의 삶에 대한 아이의 관점을 변화시켰다고 생각해요. 결코 말로는 설명할 수 없는 방식으로요."

옛날 옛날에 드넓은 숲 한가운데에 빛으로 가득 찬 공터가 있었습니다. 그 곳에는 부드러운 이끼가 땅 위에서 앙증맞게 자라고 있었습니다. 공터의 가 장자리에는 작은 아기 사슴이 살았습니다. 알록달록 부드러운 털은 가늘었 고, 작은 발굽 소리는 마치 종소리처럼 딸랑딸랑 숲을 울렸습니다. 황금빛 착한 마음씨는 숲의 모든 나무와 동물, 새들이 아기 사슴을 사랑할 수밖에 없게 만들었습니다.

아기 사슴은 이 온화한 숲, 특히 공터에 있는 사랑스러운 나무들의 애정 가 득한 품속에서 춤추고 뛰어놀고 꿈을 꾸며 자랐습니다. 강인하고 웅장하며 키가 큰 나무들은 아기 사슴을 정성껏 돌보았습니다.

공터 한쪽에 아름답고 젊은 나무 한 그루가 서 있었습니다. 그 나무는 우아 한 큰 가지와 길게 뻗은 나뭇가지들이 있었고, 가지마다 풍성하게 매달린 나뭇잎은 산들바람이 불면 춤을 추었습니다. 아기 사슴은 밤마다 이 나무 의 푸근한 큰 가지들 품으로 뛰어올라 구르며 노는 것을 무척 좋아했습니 다. 그리고 품에 꼭 안겨 행복하게 잠들었지요. 아기 사슴은 이 나무를 '사 랑나무'라고 불렀습니다.

멀지 않은 곳에 옹이투성이의 고목 두 그루가 나란히 서 있었습니다. 시커멓 고 울퉁불퉁한 나뭇가지들이 오랜 세월 바짝 붙은 채로 자라서 큰 가지 하 나는 어느 나무의 것인지 알 수 없었습니다. 아주 오래된 나무껍질에는 움 푹 파인 데도 있고 주름도 많았는데, 거기에는 놀라운 이야기들이 잔뜩 담 겨 있었습니다. 아기 사슴은 이 두 나무를 '지혜나무'라고 불렀습니다.

그리고 공터 한가운데에는 '절친나무'가 있었습니다. 이 나무의 줄기는 그렇 게 굵지 않고 가지 또한 마르고 가늘었지만 나무들 중에서 가장 키가 컸습 니다. 사실 절친나무의 키가 너무 커서 아기 사슴은 이 나무의 나뭇가지가 하늘 끝까지 뻗었을 거라고 생각했습니다. 절친나무의 몸통 속에는 아기 사 슴이 맞춤하게 들어갈 수 있을 만큼의 구멍이 있었습니다. 아기 사슴은 여기 에 숨어 있는 걸 아주 좋아했습니다. 그 구멍 속에서 아기 사슴은 이따금 절 친나무의 심장 뛰는 소리를 들을 수 있고, 또 그 속에서 마법 같은 빛도 볼 수 있다고 생각했습니다.

절친나무에게는 마법 같은 무언가가 또 있었습니다. 아기 사슴이 매일 매일 얼마나 크게 자라든 상관없이 그 구멍 역시 커지는 것이었습니다. 항상 아기 사슴에게 딱 맞는 크기였거든요. 절친나무는 아기 사슴이 자기 몸통 속으로 기어들어와 수다를 떨고 노래 부르고, 웃고 이야기할 때면 아기 사슴을 사랑할 수밖에 없었습니다. 그리고 아기 사슴도 강인하고 신비로운 절친나무에게 자기의 모든 비밀을 기꺼이 털어놓았습니다.

어느 날 바람이 유난히 까불거리며 아기 사슴에게 속삭였습니다. 머나먼 곳과 특이한 동물과 장소, 물건에 대한 색다른 이야기를 성가실 정도로 많이 해 주었습니다. 그 모든 것이 아기 사슴에게는 별로 무섭지 않았고 무척 흥미진진하게 들렸습니다. 아기 사슴은 안전한 나무 구멍에서만 용기 내어 바람이 들려준 이야기를 속삭였습니다. 절친나무는 웃지도 대답하지도 않았지만 흥분과 두려움이 느껴지는 아기 사슴의 이야기에 귀를 기울여 들어 주었습니다.

"머지않아 네가 너의 진짜 이름을 듣게 되면, 넌 숲 너머의 나라에서 그 특이한 친구들을 만날 준비가 되었다는 걸 알게 될 거야." 이렇게 말하는 절친나무는 그 어느 때보다 밝게 빛났습니다.

"그런데 내 진짜 이름을 어떻게 알 수 있어?" 아기 사슴이 물었습니다.

"내가 긴 여행을 떠나고 나면, 바로 알게 될 거야." 절친나무는 자신의 '긴 여행'에 대해 자주 이야기하곤 했습니다. 꿈속에서 진짜로 숲 위를 날아서, 구름 속에서 춤을 추고, 숲 너머에 있는 놀라운 땅을 바라보며, 원하는 곳이면 어디든지 빠르고 자유롭게 날아오르기 위해 연습을 했습니다. 아기 사슴은 바람이 속삭여 준 것처럼 흥미진진하고 무서운 나라가 그 머나먼 나라인지 궁금했습니다.

"혹시 말야, 나도 긴 여행을 함께 갈 수 있을까?" 아기 사슴이 조심스레 물었습니다.

"아니, 꼬마야. 너도 언젠가는 이 머나먼 나라들을 방문하게 될 거야. 하지만, 내가 높이 날아오르는 동안 너는 숲 너머에 있는 낯선 곳에서 살게 될 거야."

아기 사슴은 이 말을 듣고 흥분했습니다. 하지만 절친나무가 신비한 여행을 위해 자기를 떠난다는 걸 생각할 때마다 슬픔에 빠지곤 했습니다.

며칠 뒤 아기 사슴은 바람을 쫓아 전에는 한 번도 가본 적 없는 숲속 어딘가로 뛰어갔습니다. 아기 사슴은 한참 동안 탐험을 하면서 나무 사이에 앉은 새들과 수다를 떨었고, 근처 덤불에서 발견한 산딸기도 맛있게 먹었습니다. 그런데 갑자기 아기 사슴은 꼼짝할 수 없었습니다. 가까이에서 들려오는 이 상한 소리, 이전에는 한 번도 들어본 적 없는 소리를 들었거든요. 아기 사슴은 쓰러진 통나무 뒤에 조용히 숨었습니다. 숨을 멈추고 지켜보고 있으니까 소리가 점점 더 커졌습니다.

잠시 후 지금까지 본 적 없는 이상한 동물 두 마리가 산딸기 덤불로 뛰어가 마구마구 우적우적 산딸기를 씹어먹는 거였습니다. 그 동물들은 피부 색깔도 이상했는데, 산딸기즙이 자기들 몸 위로 흘러내리자 깔깔대며 웃었습니다. 아기 사슴은 그 동물들이 두 다리로만 서 있다는 걸 깨닫고 깜짝 놀라 숨을 할딱였습니다. 할딱거리는 소리에 재빨리 몸을 돌린 동물들이 자기들을 보고 있는 아기 사슴을 발견했습니다. 아기 사슴은 번개처럼 빨리 안전한 숲속 집을 향해 뛰어갔습니다. 빠른 발굽이 통나무와 개울 위를 뛰어올랐습니다. 바람이 뒤에서 외쳤습니다. "… 기다려… 친구야…" 하지만 아기 사슴은 잠시도 쉬지 않고 달리고 달려 마침내 절친나무의 따뜻하고 안전한 품속에 숨었습니다. 아기 사슴은 절친나무가 진정시키기 전까지 흥분과 두려움, 놀라움으로 가득 찬 말들을 쏟아 냈습니다. 절친나무는 겁에 질린 아기 사슴을 부드럽게 다독이며 잠이 들 때까지 노래를 불러 주었습니다.

아기 사슴은 절친나무가 그랬던 것처럼 하늘을 나는 꿈을 꾸었습니다. 상상했던 것보다 훨씬 더 멋지게 느껴졌습니다. 구름을 뚫고 날아올라 숲속의 집을 내려다본 뒤, 푸른 언덕과 그 너머로 끝없이 반짝이는 강물을 가로질러 날아갔습니다. 아기 사슴은 숲과 머나먼 나라가 이렇게 아름다운지 미처 알지 못했습니다! 구름이 부드럽게 다시 숲으로 안내해 줄 때까지 아기 사슴은 바람처럼 자유롭게 구르며 미끄러지듯 부드러운 구름 사이를 뛰어다니며 춤을 추었습니다. 공터에 가까워지자 귀에 익은 노랫소리가 들렸습니다. 아기 사슴이 아래로, 아래로 내려오는 동안 노랫소리는 점점 더 커졌습니다. 사랑나무가 큰 가지를 쭉 뻗어 주었고, 지혜나무는 지긋이 바라봐 주었습니다. 노랫소리가 아기 사슴을 시원하고 부드러운 숲 바닥까지 데려다 주었습니다. 아기 사슴은 사랑나무의 이끼 낀 뿌리에 안겼습니다.

얼마 지나지 않아 아기 사슴은 웃음 띤 얼굴로 잠에서 깨어났습니다. 그런데 꿈에서처럼 달콤한 노래가 여전히 들려오고 있는 게 아니겠어요. 웃음은 곧 혼란스러움으로 바뀌었습니다. 완전히 잠에서 깨어났지만 노래가 계속되고 있었거든요. 아기 사슴은 마음을 진정시키기 위해 사랑나무를 올려다보았습니다. 아름다운 사랑나무는 그윽한 미소를 지으며 공터 한가운데로 시선을 돌렸습니다. 아기 사슴도 그 시선을 따라갔습니다. 거기에는 부드럽게 타오르는 빛이 절친나무의 가늘고 긴 가지들을 빈틈없이 감싸고 있었습니다. 무척이나 아름다워 보였습니다! 아기 사슴도 함께 노래를 불렀지요. 기쁨이 눈에까지 차올라 행복한 눈물이 뺨을 타고 흘러내렸습니다. 꿈속에서 아기 사슴이 그랬던 것처럼, 따뜻한 빛깔로 멋지게 빛나는 구름이 떠오르고 있었습니다. 점점 더 높이, 빛의 구름은 공터 위로 움직여 잿빛 새벽하늘을 비추며 점점 더 높이 떠올랐고, 마침내 떠오르는 태양의 황금빛과 하나가 되었습니다. 태양이 하늘 높이 떠올라서야 나무들과 동물들은 노래를 멈추었습니다.

바로 그때 아기 사슴은 깨달았습니다. 절친나무가 더 이상 거기에 없다는 것을요. 아기 사슴은 절친나무의 구멍이 있는 곳으로 달려갔지만 찾을 수 없었습니다. 대신에 아기 사슴이 자주 머리를 눕히고 쉬던 조그만 자리에 목걸이가 놓여 있었습니다. 아기 사슴은 숨죽여 덩굴에 매달려 있는 매끄럽고 긴 껍질에 싸인 씨앗 목걸이를 천천히 집어 들었습니다. 그것을 흔들자 안에 있는 작은 씨앗이 덜그럭거리는 소리가 들렸습니다. 뒷면에는 작은 글자가 섬세하게 새겨져 있었습니다.

아기 사슴은 황금빛 햇살 속에서 그 글을 읽었습니다.

"나와 함께 날아 줘서 고마워, 용감한 마음아!"

그날부터 아기 사슴은 자신의 진짜 이름인 '용감한 마음'으로 숲 전체와 그 너머의 많은 나라에 알려졌습니다. 아기 사슴은 많은 모험을 했고, 온갖 종류의 특이하고 놀라운 존재들과 새롭게 친구가 되었습니다. 아기 사슴의 친절함과 다정한 성격에 위로를 받은 친구들은, 고향이면서 위대한 안식 나무인 절친나무가 있던 공터에 아기 사슴이 돌아올 때 치유 받기 위해 동행했습니다.

그리고 밤마다 사랑나무의 부드러운 이끼로 덮인 뿌리 안에 몸을 웅크리고, 지혜나무의 이야기에 잠을 청했습니다. 아기 사슴은 계속 꿈을 꾸었습니다. 하늘 높이 날아올라 절친나무와 함께 웃으며 비밀을 나누는 꿈을요.

비버와 떡갈나무

모히니 프랭클-허턴, 스티븐 샤프*

스코틀랜드 포레스에서 열린 치유 이야기 세미나에서 만들어진 이 이야기는 할아버지와 사촌이 교통사고로 함께 숨진 뒤 슬픔에 빠져 있는 두 남자아이(6살, 9살)에게 들려주기 위해 쓴 것이다.

아이들의 어머니는 이 이야기가 무엇보다 두 아이에게 자연에서 일어나는 생명의 순환에 대한 희망적인 느낌을 주었다고 전했다. 이 이야기에서 숲속 나무들은 자라고, 쓰러지고, 땅 위에 너부러지지만 많은 동물의 집으로 다시 태어난다.

이 이야기는 태아를 예기치 않게 비극적으로 잃은 부모를 비롯해 다른 상황의 갑작스러운 상실에도 사용할 수 있다.

옛날 옛날에 아주 크고 근사한 떡갈나무가 아름다운 숲 한가운데에 서 있었습니다. 오래된 이 나무는 크고 작은 동물들의 집이었습니다. 심지어 이 나무의 몸통을 집 삼아 타고 오르는 붉게 타오르는 빨간 장미도 있었지요.

이 장미에 애벌레 한 마리가 살았습니다. 애벌레는 튼튼하고 믿음직한 나무와 아름답고 가냘픈 장미가 안전하게 보살피는 가운데 고치를 짓고 있었습니다.

무더운 어느 날, 먹구름이 몰려들기 시작했어요. 갑자기 천둥 번개가 내리치더니, 떡갈나무와 장미가 땅에 쓰러지고 말았습니다.

다람쥐, 올빼미, 거미, 개미를 비롯한 크고 작은 동물들 모두 어리둥절하여 한자리에 모였습니다. 대체 어떻게 된 거지? 이제 우리는 어디서 살아야

*   모히니 프랭클-허턴Mohini Frankel-Hutton_ 영적 반응 치료사 (스코틀랜드 핀드혼)
    스티븐 샤프Stephen Sharpe_ 음악가이자 드럼 교사 (스코틀랜드 포레스)

해? 우리의 나무는 어떻게 되는 거야? 왜 아무도 우리에게 조심하라고 하지 않았지? 어린아이들은 이제 어디서 놀아야 해?

새들은 사흘 밤낮을 노래하지 않았습니다… 다람쥐들도 입을 다물었고, 개미들은 가만히 서 있었습니다. 모두 침묵을 지켰습니다.

그런데 얼마 후 비버 두 마리가 나타났습니다… 비버들은 아무 소리도 들리지 않아서 뭔가 잘못되었다는 걸 알았습니다. 그래도 비버들은 노래를 부르며 열심히 일을 시작했습니다.

> "우리는 용감한 비버, 나무를 깎고 갈아요.
> 밤이 가고 낮이 오면, 부지런히 일을 해요,
> 산다는 건 알고 보면 날마다 새로운 날인 거죠."

이렇게 수많은 밤과 낮, 계절이 지나고, 해, 바람, 비, 눈을 맞으며 마침내 비버들은 위풍당당하고 근사한 통나무집을 완성했습니다. 그 통나무 집에는 올빼미를 위한 횃대, 새를 위한 둥지, 토끼를 위한 굴, 다람쥐를 위한 나뭇가지가 있었지요. 모든 동물이 오래오래 함께 살 수 있는 숲속의 안전한 안식처가 생긴 것입니다.

동물들이 다시 모여 살게 된 첫날을 축하하며 즐거운 저녁 시간을 보내고 있을 때 무슨 소리가 들렸습니다. 쓰러진 장미에 붙어 있던 번데기가 드디어 아름다운 나비로 변한 것이었습니다. 동물들은 모두 하늘 높이 날아가는 나비를 나뭇가지 사이로 올려다보았습니다!

실비와 반짝 별 가족

이본 도너휴[*]

어머니가 불치병에 걸렸거나 최근에 돌아가신 어린이(6~10살)를 위한

---

[*] 이본 도너휴Yvonne Donohoe_「삶과 일의 코치life and business coach」작가 (호주 뉴사우스웨일스주 노스 코스트)

이야기. 아들이 갑작스러운 사고로 사망했을 때, 이본 도너휴는 자기 목숨보다 더 소중한 존재를 잃었다. 그 후 몇 년 동안은 그녀가 비통을 치유하는 힘에 대해 깨닫는 시간이 되었다. 그녀는 자신의 책 『벌거벗은 영혼 – 비통으로부터의 성장Soul Stripped Bare-Growing through Grief』에서 깊은 상실을 겪은 뒤의 삶을 도와주는 '이야기'를 나누고 있다. 이본은 이 모음집에 이 이야기와 「잘 가, 가비야」를 아낌없이 내주었다.

옛날 옛날에 실비라는 어린 소녀가 있었습니다. 실비는 가파른 바닷가 절벽 위에 있는 아름다운 오두막집에서 엄마, 할머니와 함께 살았습니다.

밤마다 실비는 침실 창밖으로 별들을 바라보았습니다. 별들은 마치 깊고 어두운 바다 위를 뒤덮은 빛의 담요처럼 보였습니다. 실비는 별들이 만드는 무늬를 무척 좋아했습니다. 잠자리에서는 별들에 관한 이야기를 혼자 만들어 보곤 했습니다. 실비가 특히 좋아하는 별들은 노랑 별, 반짝 별, 그리고 밝은 별이었습니다. 실비는 그 별들이 자기 가족처럼 반짝 별의 가족이라고 상상했습니다.

노랑 별은 할머니, 반짝 별은 여자아이, 가장 밝은 별은 엄마입니다. 실비는 푹신한 베개에 졸린 머리를 파묻고, 반짝 별 가족이 떠나는 놀라운 모험을 상상하곤 했습니다. 그러다 보면 실비는 깊고 평화로운 잠 속으로 빠져들었지요.

어느 날 실비는 누군가의 낮은 울음소리에 잠에서 깼습니다. 부드러운 산들바람 소리일까, 가만히 귀를 기울여 보니 숨죽여 말하는 어른들의 목소리였습니다. 할머니와 엄마가 이야기를 나누고 있었습니다. 실비가 일어나 다가가자, 할머니는 엄마가 많이 아프다고 알려 주었습니다. 어린 실비는 너무나 슬펐습니다. 엄마가 아프지 않기를 바랐거든요. "실비가 집을 정돈하고 설거지를 하면 엄마가 아프지 않을까요?" 할머니는 슬픈 미소를 지었습니다. "얘야, 네 엄마가 다시 좋아질 수만 있다면 우리가 뭐라도 할 텐데, 가끔 이 세상 모든 사랑, 소망, 정리정돈이 아무 일도 못할 때가 있단다."

엄마가 머리를 끄덕이며 실비를 꼭 안아 주었습니다. "자 이제부터 우리, 앞으로 몇 달 동안 멋진 추억을 만들어 보는 건 어때?"

할머니와 엄마와 실비는 특별한 하루하루를 보냈습니다.

엄마는 가장 자신 있는 요리법을 실비에게 가르쳐 주었습니다. 실비와 함께 반짝이는 하트가 가득한 예쁜 담요를 만들기도 했습니다. 엄마 품처럼 부드 럽고 포근한 담요였습니다. 사진첩이 엄마와 실비의 특별한 사진들로 가득 채워졌습니다. 엄마는 실비를 위한 이야기와 달콤한 시도 지었습니다.

겨울이 다가오자 엄마는 점점 더 쇠약해졌습니다. 실비는 엄마가 곧 떠날 것 을 알았습니다. 뜨거운 눈물이 볼을 타고 흘러내렸습니다. 엄마는 실비를 꼭 껴안고 달래 주었습니다.

엄마는 별나라로 돌아가더라도 밤마다 실비를 지켜볼 거라고, 처음에는 많 이 슬프겠지만 시간이 지나면 다시 행복해질 거라고 말해 주었습니다. "그 리고 말이야." 엄마가 말했습니다. "네 가슴엔 언제나 엄마의 사랑이 있을 거란다."

엄마는 실비의 목에 아름다운 하트 모양의 목걸이를 걸어 주었습니다. "슬 퍼질 때마다 이 작은 하트를 손에 쥐고 웃어 봐. 눈을 꼭 감고 말이야. 그러 면 엄마가 별나라에서 실비에게 사랑과 입맞춤을 보내 줄게. 볼 수는 없겠 지만, 엄마의 사랑을 느낄 수 있을 거야."

그날 밤 실비가 침실 창밖으로 반짝 별 가족을 바라보고 있을 때 밝은 '엄 마' 별이 깜박이며 빛나기 시작했습니다. 그러다 갑자기 별똥별이 되어 떨어 졌습니다. 별똥별은 밤하늘을 가로지르며 아주 밝게 빛났습니다. 별똥별이 어둠 속으로 사라지는 순간 실비는 엄마의 목소리를 들었습니다. "안녕, 아 가. 엄마는 영원히 널 사랑할 거야."

실비는 너무나 슬펐습니다. 방문이 조용히 열리고 할머니가 들어와 실비 옆 에 가만히 누웠습니다. 실비와 할머니가 눈물을 흘리며 누워 있을 때, 밤하 늘에 마법 같은 일이 벌어졌습니다. 창문 앞에 새로운 별이 나타난 것입니 다. 실비는 자기를 지켜보고 있는 저 별이 엄마라는 걸 알았습니다.

실비는 슬픈 미소를 지었습니다. 엄마의 하트 목걸이를 만지며 밤하늘에 속 삭였습니다. "고마워요, 엄마. 저도 엄마를 영원히 사랑할 거예요."

보글보글 아가씨

아나의 서문

나는 워크숍에 참석한 한 선생님의 요청으로 아주 친하게 지내던 이모를 최근에 잃은 초등학교 2학년(8살) 쌍둥이 형제를 위한 이야기를 썼다. 아이들의 엄마와 전화 통화를 하면서 아이들이 이모와 매우 가깝게 지내왔다는 것을 알게 되었다. 이모는 아이들과 산책을 하고, 마당에서 많이 놀아 주었다. 아이들과 함께 비눗방울을 쏘아 터뜨리는 비디오 게임도 하고, 함께 피자를 먹으며 온갖 이야기를 나누었다.

이모는 보통 부모가 하지 못하게 하는 것, 예를 들어 비디오 게임 좀 더 하기, 장난치기, 멀리 걸어갔다 오기 등을 하게 해 주었다. 그러다가 투병을 시작했다.

이모는 오랫동안 암과 싸웠다. 아이들은 마지막 순간까지 그녀의 곁을 지켰다. 아이들은 이모가 더 이상 말을 할 수 없을 때도 침대에 누워 있는 그녀를 꼭 껴안아 주곤 했다. 아이들은 어머니에게 물었다. "세상에 이모 같은 사람이 또 있을까요?"

나는 이 이야기를 써서 아이들의 선생님에게 보냈다. 선생님은 반 전체 학생들 앞에서 소리 내어 이야기를 읽어 주었다. 그런 다음 이야기를 듣고 어떤 느낌을 받았는지 아이들에게 물었다. 쌍둥이 중 한 아이가 눈물을 흘리며 말했다. "사랑스럽고 슬픈 이야기예요." 그 아이는 또한 보글보글 아가씨에게 뛰어드는 자신의 모습을(이야기 속 인물이 아니라, 아이 자신!) 그림으로 그렸다. 쌍둥이 중 다른 아이는 보글보글 아가씨와 함께 노는 이야기 속 인물들을 그림으로 그렸다. 그 아이의 그림에서는

---

[*]   아나 바리시치Ana Barišić_ 작가이자 교육자 (크로아티아 리예카Rijeka)

소년들이 뛰어내리는 바위가 웃고 있었다.

몇 달 후 아이들의 어머니가 선생님께 감사 편지를 보냈다. 그녀는 선생님이 교실에서 이야기를 읽어 준 것과 아이들에게 관심을 가져 준 것이 자신과 쌍둥이에게 큰 도움이 되었다고 했다.

마법의 나라 가이저리아* 해안가의 작은 오두막집에 워터스 가족이 살았습니다. 엄마의 이름은 워터린, 아빠의 이름은 워터포드이고, 쌍둥이 아들은 워터리와 워터비였습니다. 근처에는 사랑하는 할아버지, 할머니 그리고 가족과 가깝게 지내는 친구들이 많았습니다.

워터리와 워터비는 가이저리아의 다른 소년들처럼 피부는 엷은 푸른빛이고 머리는 푸르스름한 왕관 모양을 하고 있었습니다. 팔과 몸통 사이에는 얇게 접힌 막이 있었습니다. 날고 싶을 때는 막이 날개처럼 펼쳐졌고, 맑은 물속으로 뛰어들면 막 덕분에 더 빨리 헤엄치고 더 깊이 들어갈 수 있었습니다.

가이저리아는 햇살이 내리쬐는 초록 언덕들로 가득한 나라입니다. 언덕마다 시냇물이 흐르고 폭포에서 쏟아지는 폭포수가 작은 강을 이루고 있습니다. 수많은 가이저리아 가족이 이 폭포 옆에 작은 오두막을 짓고 살아갑니다. 가이저리아 가족들은 저마다 자기들만의 오두막이 있고, 집 옆에는 땅속에서 솟아나는 하얗고 푸른빛의 아름다운 샘물이 있습니다. 샘은 저마다 특별하고 살아 있는 존재입니다. 가족들이 그 속에서 헤엄칠 때마다 샘은 그들과 함께하는 것을 좋아하고 기뻐합니다. 가이저리아 사람들은 몸속이 온통 물이어서 샘과 쉽게 소통할 수 있습니다. 그들은 샘이 보글거리는 소리를 완벽하게 이해한답니다.

워터스 가족의 샘은 집 바로 뒤에 있었고, 이름은 보글보글 아가씨였습니다. 아침마다 침대에서 일어나자마자 워터리와 워터비는 보글보글 아가씨에게 달려가 놀았습니다. 날마다 축제였지요. 수정처럼 맑은 보글보글 아가씨는 부드러운 이끼로 뒤덮인 비탈을 따라 흘러내렸습니다. 쌍둥이는 언덕

_____

* 옮긴이 가이저리아Geyseria는 간헐천을 뜻하는 'geyser'에서 따온 말이다.

꼭대기까지 올라가서 이 부드러운 물 미끄럼틀을 타고 내려오곤 했습니다. 쌍둥이는 허공으로 날아올라 빙글빙글 돌며 수정처럼 맑은 샘물 속으로 떨어지기도 했습니다. 그러고는 물 위로 올라와 깔깔대며 웃었지요.

보글보글 아가씨는 함께 웃으며 물풍선을 만들어 아이들을 더욱 즐겁게 해주었습니다. 쌍둥이가 가장 좋아하는 놀이는 '물풍선 타기'였습니다. 아이들은 언덕 꼭대기에서 물풍선이 보일 때까지 기다렸다가 그 위로 뛰어오르곤 했습니다. 때로는 물풍선이 아이들을 너무 높이 들어 올려서 오두막집이 아주 작게 보이기도 했습니다. 보글보글 아가씨가 가끔 신나는 노래를 부를 때면 아이들은 춤을 추기도 했습니다. 음악에 빠져서 리듬에 맞추어 행복한 시간을 보냈습니다.

놀다가 지칠 때면, 쌍둥이는 보글보글 아가씨 옆에 앉아 마음속에 떠오르는 것들을 이야기하곤 했습니다. 보글보글 아가씨는 아이들과 이야기 나누는 걸 무척 좋아했습니다. 이따금 워터리는 샘가에 혼자 앉아 자기의 비밀을 들려주었습니다. 보글보글 아가씨는 이야기를 주의 깊게 듣고는 마법의 손으로 아이를 껴안아 주었습니다. 가끔은 워터비도 보글보글 아가씨에게 비밀 이야기를 들려주고 비밀스러운 기쁨을 나누었습니다. 워터리와 워터비, 그리고 워터스 가족 모두는 보글보글 아가씨를 무척 사랑했고, 보글보글 아가씨도 그들을 사랑했습니다.

그런데 어느 날 가이저리아에 큰 지진이 났습니다. 땅이 굉장히 심하게 흔들려서 지하수의 흐름이 어지러워졌습니다. 보글보글 아가씨의 샘도 한 곳에 금이 가서 개울물이 점점 줄어들었습니다.

워터리와 워터비가 찾아왔을 때, 보글보글 아가씨가 말을 거의 하지 못하고 피곤해하는 걸 알 수 있었습니다. 물은 초록 언덕에서 계속 흘러나왔지만 갈수록 조금씩 줄었습니다. 쌍둥이는 더 이상 언덕 꼭대기에서 뛰어내릴 수도, 보글보글 아가씨에게 뛰어들 수도 없었습니다. 그저 보글보글 아가씨에게 말을 걸고, 샘가에 누워서 점점 작아지는 보글보글 아가씨의 속삭임에 귀를 기울일 수밖에 없었습니다. 그러던 어느 날 아침, 사랑하는 보글보글 아가씨에게 달려갔을 때 거기에는 더 이상 물이 없었습니다. 단 한 방울도요.

워터리와 워터비, 그리고 워터스 가족 모두 너무나 슬펐습니다. 그들은 보글보글 아가씨가 몹시 그리웠습니다. 슬픔에 잠긴 그들의 볼을 타고 눈물이 흘러내려 마른 땅을 적셨습니다. 그러자 흙이 속삭였습니다. "눈물을 주셔서 고마워요."

시간이 흘렀습니다. 워터리와 워터비는 가이저리아에서 엄마, 아빠, 할머니, 할아버지, 가족의 친구들, 그리고 다른 아이들과 함께 놀았습니다. 한번은 엄마가 워터리를 꼭 껴안고 행복감에 눈물이 그렁그렁해졌습니다. 그때 기쁨의 눈물이 한 방울 땅에 떨어졌습니다.

땅이 속삭였습니다.

"기쁨의 눈물을 주셔서 고마워요. 이제 가장 큰 비밀을 여러분과 함께 나눌 수 있겠네요. 지진이 일어나 보글보글 아가씨가 사라졌던 그날을 기억하시나요? 보글보글 아가씨의 물이 지금 어디에 있는지 궁금하지 않으세요? 보글보글 아가씨의 물은 다른 마법의 장소로 옮겨갔답니다. 제 안의 깊은 곳에는 많은 물이 흐르고 있어요. 이 물은 어두운 땅을 지나 멀리, 햇살 가득한 초록 언덕에 다시 나타나지요. 여러분이 누군가를 그리워한다는 건 여전히 사랑하기 때문이에요. 그리움이 남아 있는 거죠. 여러분이 누군가를 너무 사랑했는데, 그 누군가가 떠났다면 정말 슬플 거예요. 슬퍼서 울기 시작하겠죠. 그 누군가가 곁에 있었다는 게 참 감사하고, 그만큼 아주 많이 사랑했기 때문에, 그럴 때마다 여러분의 눈에 눈물이 고이는 거예요. 그 사랑의 눈물이 떨어져 제 안의 물이 되는 거랍니다.

여러분이 흘린 사랑의 눈물도 보글보글 아가씨의 일부가 된답니다. 서로를 사랑하면 할수록, 너무나 사랑해서 눈물이 나오고, 그 사랑의 눈물이 흐르고 흘러 보글보글 아가씨에게 가 닿으면 아가씨는 더욱 행복해지지요. 그래서 사랑하는 사람의 기쁘거나 슬플 때 차오르는 눈물 속에서 보글보글 아가씨를 언뜻 볼 수 있답니다."

꾀꼬리와 벚나무

이 이야기는 싱가포르의 한 여학교에서 열린 워크숍에서 만든 것이다. 워크숍 일주일 전에 이 학교에서 한 학생이 비극적으로 사망하는 사건이 있었다. 추모식의 일환으로 조례 시간에 모든 아이에게 들려준 이 이야기에는 벚나무가 나온다. 학교 정원에 아름다운 벚나무가 한 그루 있었기 때문이다. 그 소녀는 모든 학생에게 인기가 있었고, 학교에서 리더로 활동했다.

이야기를 들은 뒤 아이들은 선생님들과 함께 이야기에 연결되는 노래 가사를 쓰기 위해 교실로 돌아갔다. 다음 조례 시간에 아이들은 다른 학교 구성원들에게 그 노래를 불러 주었다.

옛날 옛날에 많은 새와 곤충이 노래하고 붕붕 대며 날아다니는 넓은 정원이 있었습니다. 정원 한가운데에는 아름다운 벚나무 한 그루가 자라고 있었습니다. 아이들은 벚나무 그늘에서 노는 것을 무척 좋아했습니다. 특히 여름날 가지마다 잔뜩 매달려 있는, 잘 익어서 빨갛고 과즙이 풍부한 버찌를 아주 좋아했습니다.

벚나무는 자기 주위에서 노는 모든 새와 곤충 그리고 아이들과 즐겁게 지냈습니다. 그런 벚나무에게 황금 꾀꼬리라는 특별한 친구가 있었습니다. 이 아름다운 새는 나무 꼭대기의 가지에 둥지를 틀고 온종일 달콤한 노래를 불렀습니다.

그러던 어느 날 밤, 돌연히 거센 폭풍이 정원을 덮쳤습니다. 천둥 번개가 내리치고 비와 함께 강한 바람이 불었습니다. 번쩍! 번개가 벚나무 꼭대기에 떨어지자, 황금 꾀꼬리가 번개에 맞아 결국 숨을 거두고 말았습니다.

폭풍이 지나간 뒤 벚나무와 정원의 친구들은 모두 황금 꾀꼬리의 죽음을 슬퍼했습니다. 벚나무는 사랑하는 친구를 잃었다는 사실에 너무 화가 나서 이듬해 봄에 꽃을 피우지 않기로 마음먹었습니다. 그런데 꽃이 없으면 여름에 버찌도 없을 것이었습니다.

벚꽃에서 꽃가루를 얻어야 하는 꿀벌들이 주위를 돌며 벚나무에게 특별한 노래를 불러 주었습니다. 곧 정원의 다른 친구들, 개미, 잠자리, 나비, 새와 아이들 모두 이 노래를 따라 불렀습니다.

노래는 벚나무가 꽃 피울 힘을 되찾는 데 큰 도움이 되었습니다. 그리고 이듬해 여름 벚나무에는 잘 익어서 빨갛고 과즙이 풍부한 버찌가 잔뜩 열렸습니다.

장미 공주와 정원의 여왕

길고 힘든 병으로 엄마를 잃은 어린 소녀(8~12살)를 위한 이야기이다. 이 이야기는 어른이 된 나에게도 어머니의 상실(아주 오래전에 돌아가셨다)을 받아들이고 내가 '앞으로 나아갈 길을 찾는' 데에 도움을 주었다.

이 이야기는 각자의 상황과 이야기를 나누는 대상에 따라 '아름다운 장미 향이 공기를 가득 채웠습니다.'로 끝날 수도 있고, 아니면 '장미 공주가 이제 정원의 새 여왕이 되었습니다.'라는 문장을 덧붙일 수도 있다.

옛날 옛날에 따뜻하고 부드러운 흙에 사는 작은 분홍 장미가 있었습니다. 바로 옆에는 엄마인 붉은 장미가 있었습니다. 장미 화단은 무지갯빛 온갖 색의 꽃들로 둘러싸인 커다랗고 둥근 정원 한가운데에 있었습니다.

정원은 정말 아름다운 곳이었습니다. 공기에서는 달콤한 향기가 나고, 새들은 명랑하게 노래 불렀습니다. 나비들은 팔랑팔랑, 벌들은 붕붕거리며 꽃잎 안팎을 날아다녔습니다.

날마다 이 정원을 가꾸는 분은 할머니 정원사입니다. 할머니는 아무도 기억할 수 없을 만큼 오랫동안 그곳에 살았습니다. 가장 좋아하는 꽃이 장미였기 때문에 할머니는 장미 화단 가까이에 직접 나무 벤치를 만들고는 날마다 거기에 앉아 한참 동안 장미의 달콤한 향기를 즐겼지요.

할머니 정원사는 정원 한가운데에 있는 화려한 붉은 장미를 정원의 여왕이라고 불렀습니다. 붉은 장미 옆에 있는 작은 분홍 장미는 장미 공주였지요.

정원에서의 삶은 오랫동안 행복하고 평화로웠습니다. 사랑으로 꽃들을 돌보는 할머니 정원사 덕분에 장미와 다른 많은 꽃의 향기가 정원을 가득 채웠습니다.

그런데 어느 날 모든것이 달라졌습니다. 장미 공주가 엄마를 올려다보았을 때 이상한 반점이 보였습니다. 할머니 정원사 역시 정원의 여왕에게서 이러한 반점을 발견하고 곧바로 특별한 치유 오일을 혼합해 잎사귀에 문질러 주었습니다.

처음에는 반점이 몇 개 정도였지만 날이 갈수록 점점 더 많아졌습니다. 금세 반점들은 잎이 무성한 가지 대부분에 퍼졌습니다. 오일은 아무런 도움이 되지 않았고, 할머니 정원사는 더 이상 무엇을 해야 할지 몰라서 무척 화가 났습니다.

장미 공주는 엄마가 무척 아프다는 것을 알 수 있었습니다. 잎사귀가 땅에 떨어지기 시작했고, 한때 곧고 강했던 가지는 이제 아래로 축 늘어졌습니다. 그리고 무엇보다 심각한 것은 장미 여왕의 꽃들이 채 피기도 전에 짙은 색의 붉은 꽃잎을 차례차례 떨구는 것이었습니다.

장미 공주는 혼란스러웠습니다. 엄마가 영원히 살아 있을 거라고 생각했기 때문입니다. 어찌 되었든, 엄마는 정원의 여왕이니까요!

장미 공주는 슬퍼하며 꽃잎을 웅크렸습니다.

그때 위에서 조용히 노랫소리가 들렸습니다.

"고개를 들어, 장미 공주야,
 엄마의 붉은 장미의 향기를 들이마시렴.
 고개를 들어, 장미 공주야,
 엄마의 붉은 꽃잎의 마지막 아름다움에 흠뻑 빠져 보렴.
 네가 앞으로의 길을 찾는 걸 도와줄 추억이 될 테니.
 네가 앞으로 나아가는 걸 도와줄 추억이 될 테니."

장미 공주는 쉽지 않았지만 차분한 노래의 가사를 따르려고 애썼습니다. 엄마의 마지막 아름다운 향기를 들이마셨고, 마지막 붉은 아름다움에 흠뻑 빠졌습니다.

얼마 지나지 않아, 할머니 정원사는 정원의 여왕을 땅에서 파내어 안식처에 데려갈 때가 되었음을 깨달았습니다.

장미 공주는 혼자 남았습니다.

하지만 오래는 아니었습니다. 할머니 정원사는 이 작고 여린 장미를 정성스럽게 가꾸기 위해 돌아왔습니다. 날마다 물을 주고, 조심스럽게 잡초를 뽑고 좋은 흙을 덮어 뿌리를 보호해 주었습니다.

천천히, 아주 천천히, 장미 공주의 줄기가 자랐고 가지는 여러 방향으로 넓게 뻗었습니다. 몇몇 가지는 엄마가 있던 빈자리를 채웠습니다.

마침내 장미 공주를 덮고 있던 분홍색 꽃봉오리들이 사랑이 많은 할머니 정원사의 보살핌으로 세상을 향해 그 꽃잎을 열었습니다. 아름다운 장미 향이 공기를 가득 채웠습니다.

장미 공주는 정원의 새 여왕이 되었습니다.

장미와 가시

노르웨이의 한 초등학교의 요청으로 7살 이상의 어린아이들을 위해 쓴 이야기이다. 2011년 7월 22일 우퇴위아섬에서 77명이 희생된(대부분이 10대였다) 충격적인 대학살 사건 이후에 어떤 희망을 주는 것이 이 이야기의 목적이었다. 이야기 속 이미지들은 국가 차원의 충격 속에서 결속과 희망을 되찾기 위해 오슬로에서 열린 '장미 행진' 추모제에서 영감을 받은 것이다. 당시 노르웨이 총리였던 스톨텐베르그는 장미를 든 군중에게 이렇게 말했다. "악이 한 인간을 죽일 수는 있어도 결코 우리 민족의 정신을 말살할 수는 없습니다."

옛날 옛날에 아름다운 정원으로 둘러싸인 성에 왕자와 공주가 살았습니다. 이 정원에는 많은 종류의 화초가 자랐지만, 그중에서 가장 아름다운 것은 장미 나무였습니다. 장미 나무는 다른 식물들과 달랐습니다. 결코 시들지 않을 것 같아 보이는 완벽한 붉은 장미가 한 송이 있고, 매끄러운 초록색 줄기와 가지에는 가시가 없었습니다.

이런 완벽함을 보기 위해 멀리서 사람들이 찾아왔습니다… 가시가 없는 장미는 죽지 않고 영원할 것 같았습니다! 날마다 왕자와 공주는 자신들의 정원을 산책했고, 이 장미의 경이로움과 아름다움에 감사를 표하기 위해 잠시 멈추어 서곤 했습니다.

그런데 장미 나무 줄기의 깊은 안쪽에 길고 날카로운 가시 하나가 숨어 있었습니다. 그 가시는 뚫고 나올 길만 찾고 있었습니다. 아주 오랫동안 장미 나무 속에 살면서, 느릿느릿 천천히 줄기 끝을 향해 자라고 있었습니다. 가시는 초록색 줄기를 따라 올라가다 나무의 가장자리에 부딪히기도 했지만 뚫고 나오기에는 껍질이 너무 단단했습니다.

그러던 어느 날 길고 날카롭게 자란 가시가 장미 나무의 줄기 끝에 다다랐습니다. 그곳에는 부드러운 붉은 장미가 햇빛을 받아 빛나고 있었지요. 길고 날카로운 가시가 쉽게 뚫고 나갈 수 있는 곳이 바로 여기였습니다! 가시는 붉은 장미의 심장을 꿰뚫고 햇빛이 비치는 밖으로 나왔습니다.

가시가 장미의 심장을 뚫고 나오자 붉은 꽃잎은 모두 떨어져 땅에 흩날렸습니다. 그날 느지막이 정원을 산책하던 왕자와 공주는 그 모습을 보고 충격을 받았습니다. 그들의 아름다운 붉은 장미가 죽은 것입니다. 장미 꽃잎은 모두 정원에 흩어졌고, 줄기와 가지는 갈색으로 시들었습니다. 늦은 오후의 석양 아래 유일하게 반짝이는 것은 하늘 높이 뾰족하게 튀어나온 은빛 가시뿐이었습니다.

왕자와 공주는 재빨리 성의 정원사들을 불러 죽은 장미 나무를 파내도록 명령했습니다. 그리고 아름다운 붉은 장미의 죽음을 애도하기 위해 성으로 돌아왔습니다. 그날 밤부터 짙은 안개가 정원을 덮었습니다.

낮과 밤이 바뀌고 또 바뀌었습니다. 여름은 가을 속으로, 가을은 겨울 속으로 빨려 들어갔습니다. 짙고 무거운 안개 때문에 성과 정원은 사라지고 없는 것 같았습니다.

봄이 되어 따뜻한 햇살이 내리쬐기 시작하자, 겨울 안개는 밝고 새로운 빛 속에서 서서히 사라졌습니다. 어느 화창한 봄날 아침, 창밖을 내다보던 왕자와 공주는 몹시 놀라운 광경을 마주했습니다. 장미 꽃잎이 떨어진 자리마다 장미 나무가 뿌리를 내린 것입니다. 장미 나무는 크고 튼튼하게 자라 꽃봉오리들을 맺고 있었습니다.

해가 하늘을 가로질러 높이 오르자, 새로운 장미꽃 봉오리들이 색색의 빛깔로 피어나기 시작했습니다. 노랑, 주황, 파랑, 보라, 분홍, 빨강, 하얀 장미들이 다채로운 향기와 함께 피어났습니다. 정원을 거니는 왕자와 공주의 가슴에 기쁨과 희망이 깃들었습니다. 장미의 경이로움과 아름다움에 감사를 표하기 위해 멀리에서 많은 사람이 정원을 다시 찾았습니다.

할머니가 돌아가신 날

디아나 페트로바[*]

디아나 페트로바의 『모든 가족을 위한 이야기: 어린아이와 부모를 위한 불가리아 치유 동화집』에 실린 이야기로 어린아이와 청소년에게 적합하다.

　디아나의 책에 담긴 이야기들은 아동 발달 심리 센터, 사회 교육 재단, 입양아와 입양인 협회에서 사용한다. 어려운 주제를 다루거나 부모와 자녀 간에 토론을 할 때 기초 자료로 도움을 받을 수 있다.

할머니가 세상을 영원히 떠나셨을 때, 나는 썰매를 가지고 막 집을 나서는 중이었다. 엄마에게 무슨 일이 일어났는지를 듣자마자 외투만 입고 집을 나섰다. 썰매는 가지고 가지 않았다. 무작정 거리를 걸었다. 햇빛에 반짝이는 고드름 몇 개가 어느 집 창틀 아래 매달려 있었다. 고드름이 녹아서 물방울이 떨어지고 있었다. 나는 물방울이 떨어지기 전, 그 물방울이 천천히 커지는 것을 지켜보았다. 마치 눈물 같았다.

고드름 하나를 부러뜨렸다. 다른 고드름도 부러뜨리고 하나 더 부러뜨렸다. 나는 그것들을 손에 들고 집으로 돌아왔다. 집 안에 들어와서 냉동실에 그것들을 넣어 두었다.

엄마는 부엌 식탁에 앉아 울고 계셨다. 나는 울지 않기로 결심했다. 내가 우는 걸 엄마가 본다면 상황이 더 나빠질 테니까. 엄마는 나에게 뭔가 말을 하기 시작했지만 내가 말할 기분이 아니라는 걸 알고는 다시 한번 두 손에 얼굴을 파묻었다.

나는 내 방 침대에 가서 누웠다. 책을 읽어 보려 했지만 소용없었다. 단 한 가지 생각만이 머리를 맴돌았다. 할머니는 지금 어떤 모습일까? 외숙모와

---

[*]　디아나 페트로바Diana Petrova_아동 문학 작가이자 편집자 (불가리아 소피아)

외삼촌이 도착했다는 것을 알았지만 인사를 하러 일어나지는 않았다. 그저 살짝 열어 둔 문 사이로 외삼촌이 엄마를 껴안는 모습을 보았다. 잠시 뒤 외삼촌이 의자에 앉아 식탁에 그려진 무늬를 내려다보는 동안, 엄마와 외숙모는 조용히 이야기를 나눴다. 엄마는 외숙모에게 집 열쇠를 주었다. 그리고 내 방에 들어와 나에게 입을 맞추고는 꽉 껴안아 주었다. 나는 잠깐 숨을 참았다. 엄마는 차마 나를 쳐다보지 못하고 뒤로 물러나 아빠와 함께 방을 나갔다.

삼촌도 곧 떠났고 나는 외숙모와 함께 남았다. 외숙모는 보드게임을 하자고 했지만 나는 하고 싶지 않았다. 잠깐 멈칫하더니 외숙모가 말했다.

"네가 원한다면 할머니에 관한 이야기를 나눠도 좋을 것 같아."

"좋아요."

우리는 한동안 침묵을 지키다가 할머니에 관한 여러 가지 추억을 이야기했다. 할머니의 요리에서 시작된 추억은 할머니가 코바늘로 뜨개질했던 셔츠와 식탁보로 이어졌다. 할머니는 주름진 손으로 정말 아름다운 꽃과 다양한 무늬로 수를 놓으셨다. 우리는 할머니가 어떻게 다림질을 했는지, 그리고 어떻게 그것들을 가게에 가져가서 팔았는지를 떠올렸다.

할머니는 말씀하시는 걸 좋아하셨다. 동네 사람들이 무엇을 하고 있는지, 누가 가게에 갔고 무엇을 샀는지를 다 아셨다. 항상 바쁘게 뜨개질을 하고 있는 할머니가 어떻게 그런 세세한 것들까지 다 알 수 있는지 궁금했다. 아프시고 나서야 비로소 할머니는 쉴 수 있었다.

우리는 이야기를 계속했다. 그러는 동안 나는 배가 아프기 시작했다. 외숙모는 내게 화장실에 가고 싶은지를 물었다. 나는 여러 차례 화장실에 가야 했고 완전히 지쳐 버렸다. 외숙모는 내가 가장 좋아하는 토마토와 치즈를 얹은 토스트를 만들어 주었다.

좀 먹고 마셨더니 졸렸다. 나는 침대에 누웠고, 외숙모가 옆에 있어 주셨다. 외숙모는 창밖을 바라보며 아무 말도 하지 않았다.

나는 내 머리를 쓰다듬는 외숙모의 손길에 잠에서 깼다. 일어나서 잠옷으로 갈아입을 시간이었다. 아까와 달리 일어났을 때 기분이 좀 나아졌다. 하지만 얼마 지나지 않아 나는 할머니가 생각나 슬픔에 잠겼다.

늦은 시간인데 엄마는 돌아오지 않았다. 외숙모는 엄마가 할머니 댁에서 하룻밤 묵을 거고, 내일 거기에서 엄마를 볼 거라고 말해 주었다. 우리는 함께 그림을 그렸고 외숙모가 저녁을 차려 주셨다. 우리는 일찍 잠자리에 들었다. 외숙모는 접이식 침대를 꺼내 내 침대 곁에 놓고는 자는 동안 내 손을 잡아 주었다. 나는 잠을 잘 못 잤다. 목이 말라 몇 번을 깼다. 그때마다 외숙모가 물을 가져다 주고, 내 등을 쓰다듬어 주셔서 다시 잠들 수 있었다.

아침이 되었는데도 나는 침대에서 일어나기 싫었다. 아직 배가 아팠다. 외숙모가 나가기 전에 장미 열매 차를 끓여 주겠다고 해서 나는 정확히 설탕 세 덩이를 넣어 달라고 부탁했다. 나는 외숙모가 엄마와 통화하는 것을 들었다. 내가 가야 할지에 대해 이야기 나누는 것이었다. 부엌으로 달려가 할머니를 마지막으로 꼭 보고 싶다고 말했다. 외숙모는 수화기를 내려놓고 고개를 끄덕이셨다.

할머니 댁 앞에는 사람들이 많이 있었다. 할머니의 친구들과 친척들이었다. 그리고 그 사람들은 모두 내 머리를 쓰다듬고 싶어 했다. 나는 짜증이 나서 사람들이 빨리 가길 바랐다.

안에 들어서자 아빠가 먼저 보였다. 아빠는 내 이마에 입을 맞추셨다. 바로 그때 전화벨이 울렸고, 아빠는 전화를 받기 위해 일어났다. 우리는 할머니 방으로 갔다. 그 어떤 것도 더 이상 똑같지 않았다. 낯선 사람들이 신발을 벗지 않고 오가고 있었다. 복도의 거실장은 치워졌고, 옷걸이에는 코트가 잔뜩 걸려 있었다. 무엇보다 촛농 냄새가 여기저기서 났다. 나는 할머니가 안치되어 있는 가운데 방으로 들어갔다. 약간 야위어 보였지만 할머니는 깊이 잠든 것처럼 차분한 표정이었다. 언제 오셨는지 엄마가 내 손을 잡았다. 우리는 할머니에게 더 가까이 갔다. 엄마는 할머니가 어떻게 천국으로 돌아가셨는지를 이야기하기 시작했다. 나는 하나도 이해할 수 없었다. 천국에서 오신 게 아니라면 어떻게 돌아갈 수 있을까?

할머니는 예전에 당신이 직접 수놓은 장미꽃 셔츠를 입고 계셨다. 나는 셔츠의 장미꽃에 손을 얹었다. 무척 차가웠다. 전에는 이렇게 차가운 적이 없었다. 할머니의 얼굴을 들여다보았다. 할머니는 당신이 어디로 가는지 모를 리가 없었다. 할머니는 항상 모든 걸 알고 있었으니까. 정말, 이제 나는 엉엉 울 수밖에 없었다. 엄마가 날 보고 있더라도 상관없었다. 엄마는 어제처럼 나를 꽉 끌어안아 주었다.

얼마 지나지 않아 외숙모가 나를 데리러 왔다. 다행이었다. 더 이상 거기에 서 있을 수 없었기 때문이다. 날씨가 점점 따뜻해져서 외숙모와 나는 집까지 걸어가기로 했다. 우리는 학교에 대해, 그리고 내가 다음 날 다시 올지에 대해 이야기했다. 외숙모는 나에게 너무 많은 질문을 하지 않고, 딱 내가 말하고 싶은 만큼만 말하게 했다. 모든 일이 끝나서 이제 기분이 좋아졌다. 잘

버텨 낸 나에게 칭찬을 해 주고 싶다는 생각이 들었다. 배도 더 이상 아프지 않았다.

집에 돌아오자마자 나는 냉장고에서 고드름을 꺼냈다. 방으로 그것들을 가져와 창밖에 두었다. 창문을 닫고 책상 뒤에 앉았다. 선물로 받은 새 책을 넘겨 보았는데 좋은 냄새가 났다. 나는 창턱을 내다보았다. 고드름이 녹아서 방울방울 떨어지기 시작했다. 저 아래에 작은 웅덩이가 생기는 것이 보였다. 고드름은 사라지지 않았다. 그저 모습이 바뀌었을 뿐이다. 할머니도 그럴 것이다.

나는 몸을 숙여 공책에 이렇게 썼다. "할머니는 천국에 있지 않아. 할머니는 내 마음속에 있어."

그리고 공책을 덮었다. 나는 외숙모가 무얼 하고 있는지 보러 가기로 했다. 외숙모는 한 시간이 지났는데도 나를 보러 오지 않았다. 내가 부엌에 들어갔을 때 외숙모는 오븐 옆에 서 있었다. 외숙모는 소리 없이 흐느끼고 있었다. 고드름이 녹아내리듯 외숙모의 뺨을 타고 조용히 눈물이 흘러내렸다. 나는 외숙모를 껴안아 주었다.

엄마가 집에 돌아올 시간이었다.

멋쟁이 비행기

교통사고로 아버지를 비극적으로 잃은 10살 소년을 위한 이야기이다. 이 이야기는 소년의 분노(어머니를 향한 분노)를 미래를 위한 생산적인 무언가로 바꾸는 데 조금이나마 도움이 되는 것을 목표로 했다. 소년이 아버지와 함께 무선 조종 비행기 날리는 것을 가장 좋아했다는 점에 초점을 맞추었다.

이 이야기는 소년의 할아버지의 부탁으로 만들어졌다. 할아버지는 네덜란드에 사는 소년의 어머니에게 아들을 위해 읽어 주라고 이 이야기를 보냈다. 이야기를 들은 소년은 호주에 계시는 할아버지와 매우 열광적으로 통화를 했다. 이야기를 자기 나름대로 해석한 소년은 아버지가 발명가였고(어떤 면에서는 그렇기도 하다) 비행기를 만들었으며 아버지와 자신이 그 비행기와 함께 굉장히 즐거웠다고 말했다. 그리고 비행기는 추락했다··· 소년은 그 사건으로 아빠가 돌아가셨다고 했다··· (이것은 내가 이야기의 은유와 여정을 선택할 때 상상했던 것과는 아주 다른 흥미로운 해석이다)

할아버지는 손자가 한 말이 '잔인할 정도로 솔직하고 감동적'이라고 생각했다. "나도 발명가가 되고 싶어요! 아버지처럼 말이에요." 할아버지는 소년의 아버지가 쓰던 연장을 모두 담아 보냈다. 이제 그 연장의 주인은 소년이니 발명품을 만드는 데 쓰면 좋겠다고.

할아버지는 손자의 해석이 정말로 듣기 좋았다고 전해 왔다. 그리고 소년은 영감을 받아 이제 아버지처럼 발명가가 될 거라고 했다! 소년의 태도는 분노에서 의욕으로 바뀌었다.

옛날 옛날에 이것저것 고치고 만들며 열심히 일하는 발명가가 멀고 먼 어떤 나라에 살았습니다. 발명가는 자기를 도와주는 어린 조수를 곁에 두고, 많은 시간을 작업실에서 금속판과 철사 조각, 나뭇조각을 가지고 이것저것 고치고 만들며 열심히 일했습니다. 그는 특히 탈것을 만드는 걸 좋아했습니다. 조그만 것, 큰 것, 느린 것, 빠른 것 가리지 않았죠. 길과 도로에서 다닐 수 있는 전기 자전거와 자동차를 만들고, 눈과 얼음에서 달릴 수 있는 썰매(태양열 난로와 썰매 날이 있어요), 화창한 여름날 운하와 하천을 떠다닐 풍력 보트를 만들었습니다.

하지만 발명가가 가장 아끼고 사랑하는 최고의 발명품은, 애정 어린 이름으로 부르는 '멋쟁이 비행기'였습니다. 지금 만들고 있는 이 멋쟁이 비행기는 기획하고 설계하는 데만 몇 년이 걸렸습니다. 어린 조수는 날마다 일찍 출근해 철사를 자르고, 여기저기에 구멍을 뚫고, 완벽하게 균형 잡힌 비행기를 만들기 위해 금속판을 분류하여 다시 붙이는 여러 가지 작업을 했습니다. 일단 완성되면 높이 날 수 있는지, 안전하게 돌아올 수 있는지 수차례 시험도 해야 합니다. 멋쟁이 비행기는 특별히 하늘 저 높이에서 사진을 찍을 수 있는 고성능 카메라를 가지고 있었습니다.

마침내, 여러 복잡한 시행착오를 거친 뒤 멋쟁이 비행기는 구름 위로 아주 높이 날 수 있었습니다. 계곡과 언덕을 지나 바다를 건널 수 있을 만큼 아주 멀리 날기도 했지요. 나는 동안 기계의 많은 부분이 윙윙거리고 똑딱거리며 휙휙 돌아갔습니다. 그 사이에 카메라는 찰칵찰칵 소리를 내며 아름다운 사진을 찍었습니다. 하루를 마칠 때마다 발명가와 조수는 큰 화면으로 깃털 구름, 둥근 무지개, 바다의 물결, 황금빛 긴 해변, 햇빛에 반짝이는 구불구불한 강 등 하늘 높은 곳에서 찍은 사진을 보며 얼마나 기뻐했는지 몰라요.

그러던 어느 날 멋쟁이 비행기가 저 높이 구름 속에 있을 때, 갑자기 끔찍한 폭풍 한가운데에 갇히고 말았습니다. 강력한 번개가 내리치고 비행기는 산산조각이 났고, 바다에 그 조각들이 떨어졌습니다.

멋쟁이 비행기의 조각들 중 일부는 파도 아래 깊이 가라앉았습니다. 하지만 다른 것들은 물 위를 떠다니다가 파도에 밀려 해안으로 떠밀려 왔습니다. 그날 아침 우연히 해변을 걷던 발명가의 친구가 남은 조각들을 모두 주워 왔습니다.

비행기의 조각들이 돌아왔지만, 소중했던 멋쟁이 비행기에 생긴 일 때문에 발명가는 너무나 화가 나고 속상해서 그것들이 보고 싶지 않았습니다. 발명가는 그 조각들을 작업장의 어두운 벽장 가장 높은 선반에 두었습니다. 그러고는 벽장문을 닫고 작업실 문도 닫았습니다. 몇 주가 지났습니다. 한때 분주했던 작업실은 조용하고 잠잠했습니다. 작업대 벤치와 연장들에 서서히 먼지가 쌓였습니다. 금속과 나무 조각들은 어두운 벽장에 가만히 놓여 있었습니다.

발명가는 집에 틀어박혔고, 어린 조수는 할 일이 없었습니다.

시간이 지나자 조수는 점점 지루해졌습니다. 이것저것 고치고 만들며 바쁘게 일을 할 때가 그리웠습니다. 그래서 어느 이른 아침, 조수는 작업실에 돌아와 조용히 문을 밀었습니다. 작업실에 들어가서는 벽장에서 멋쟁이 비행기의 오래된 부품들을 꺼내왔습니다. 그리고 조심스럽게 작업대 위에 그것들을 올려놓은 뒤 새로운 비행기를 만들기 시작했습니다. 조수는 날마다 작업실에 와서 열심히 일했습니다. 철사를 자르고 여기저기에 구멍을 뚫고 금속판을 분류해 다시 붙였습니다. 조수는 자기가 무엇을 하고 있는지 정확히 알지 못했지만, 꼭 해내고 싶었습니다. 완성되었다고 생각했을 때 그는 비행기에 새 카메라를 달았습니다. 그런 다음 첫 번째 시운전을 하기 위해 작업실 뒤의 정원으로 비행기를 가져갔습니다.

발명가는 부엌에 앉아 조용히 차를 마시고 있었습니다. 시끄러운 소리가 들려서 밖을 내다보니 멋쟁이 비행기와 비슷한 것이 작업실 지붕 위로 높이 솟아오르는 게 아니겠어요. 그것이 좀 더 높이 올라갔다가 천천히 다시 내려오는 걸 보고는 깜짝 놀랐습니다.

발명가가 작업실 뒤편의 정원에 왔을 때, 작은 멋쟁이 비행기는 다시 땅 위에 내려와 있었습니다. 조수는 스패너를 들고 여기저기 조각들을 맞추기 위해 분주했습니다. "정말 죄송해요. 예전 비행기처럼 작동시킬 수가 없네요." 조수가 말했습니다.

발명가는 따뜻한 미소를 지었습니다. "하지만 넌 최선을 다했어! 굉장한걸. 정말 대단해. 계속 고치고 손질하면 다음에는 좀 더 높이 날 수 있을 거야." 발명가가 말했습니다.

발명가는 작업실로 돌아와 주머니에서 꺼낸 열쇠로 새로운 재료로 가득 찬 벽장을 열었습니다. "여기 있는 건 마음대로 써도 돼."라고 말하며 조수에게 열쇠를 건넸습니다.

여러 종류의 새로운 재료들로 조수는 계속해서 새로운 시도를 했습니다. 시운전을 할 때마다 비행기는 하늘로 점점 더 높이 날아올랐고, 점점 더 멀리 여행할 수 있었습니다. 처음에는 나무들을 넘었고 그다음에는 마을을 가로질렀습니다. 그리고 언덕을 지나더니 바다를 건넜습니다. 비행기는 항상 정확히 돌아왔습니다.

시간이 흐르고 계절이 바뀔 때마다 조수는 발명가에게 자부심과 기쁨을 안겨 주기 위해 멋쟁이 비행기의 디자인을 더 멋지게 하고자 노력했습니다. 몇 년이 지난 뒤 비행기는 아주 높이 멀리 날아올랐고, 카메라에 찍힌 아름다운 깃털 구름과 둥근 무지개, 바다의 물결, 황금빛 긴 해변, 햇빛에 반짝이는 구불구불한 강의 모습을 세상 사람들에게 보여 줄 수 있었습니다.

잘 가, 가비야

이본 도너휴[*]

가장 소중한 보물을 잃어버린 아동과 가족을 위한 이야기이다. 아들이
갑작스러운 사고로 사망했을 때, 이본 도너휴는 자기 목숨보다 더 소중
한 존재를 잃었다. 그 후 몇 년 동안은 그녀가 비통을 치유하는 힘에 대
해 깊이 깨닫는 시간이 되었다. 그녀는 자신의 책『벌거벗은 영혼 – 비통
으로부터의 성장』에서 깊은 상실을 겪은 뒤의 삶을 도와주는 '이야기'를
나누고 있다. 이본은 자신의 짧은 이야기를 이 모음집에 아낌없이 내주
었다.

제니는 해변을 무척 좋아했습니다.

발가락 사이로 느껴지는 따뜻한 모래와 얼굴에 뿌려지는 바닷물이 얼마나
좋았는지 모릅니다. 갈매기 소리를 좋아했고, 바위 웅덩이를 탐험하는 걸
즐겼습니다. 그리고 햇빛이 물 위에서 춤추는 걸 볼 때마다 늘 인어들이 수
많은 다이아몬드를 흩뿌리는 거라고 상상했습니다.

할 수 있다면 날마다 해변을 찾았겠지만, 제니는 해안에서 아주 먼 농장에
서 살기 때문에 그럴 수 없었습니다. 침실 창문을 통해 보이는 것은 모래 언
덕과 돌고래들이 아니라 목장과 말들이었습니다. 지금, 제니는 농장에 새
로 온 강아지 푸름이가 트랙터에 있는 아빠를 향해 뛰어나와 신나게 짖는
걸 보고 있습니다. 아빠는 강가에 수박을 심고 계셨습니다. 몇 달 후에 수박
이 익으면 여름이 된다는 걸 알았기 때문에 제니는 가슴이 뛰었습니다. 여름
은 해변에 사시는 할아버지 할머니 댁에 가는 것을 의미했으니까요.

제니는 숙제를 해야 했지만 자기에게 가장 소중한 물건, 그러니까 지난여름
해변에서 찾아낸 커다란 조가비를 보고 있습니다. 제니는 보물을 찾기 위해

해변 구석구석을 샅샅이 살피는 걸 좋아합니다. 그 조가비를 처음 보았을 때 제니는 자기 눈을 믿을 수 없었습니다. 조가비는 아침 썰물에 씻겨서 분홍과 진주 빛깔을 띠었는데, 이제껏 본 것 중 가장 아름다운 조가비였습니다. 할머니는 제니가 해변에서 가져갈 수 있는 것에 대해 늘 엄격했습니다. 해변이 조가비들의 집이기 때문에 제니는 자기 보물들을 대부분 그곳에 놔두어야 했습니다. 할머니는 제니에게 바다 생물들의 서식지와 생태계에 대해 가르쳐 주셨고, 제니도 환경을 보호하는 걸 좋아했습니다. 하지만 제니가 그 조가비를 얼마나 좋아하는지를 보고는 가져갈 수 있게 허락해 주셨습니다. 딱 한 번이었습니다.

연휴가 끝나고 농장에 돌아올 때 제니는 그 조가비를 가져왔습니다. 엄마가 발레 드레스를 만들고 남긴 부드럽고 반짝이는 공단으로 작은 상자를 채웠습니다. 그리고 조심스럽게 공단 위에 조가비를 올려놓았습니다. 상자를 책상 위에 두고는 날마다 오후가 되어 숙제를 할 때면 조가비를 보고 미소를 지었지요. 심지어 조가비에게 "7 곱하기 8은 뭐지?" 같은 질문을 던지기도 했습니다. 물론 조가비는 대답할 수 없었지요. 하지만 조가비는 제니가 답을 찾는 데 늘 도움을 주는 것 같았습니다.

밤마다 제니는 그 상자를 침대 옆 탁자로 가져와 잠들기 전에 조가비를 귀에 대고 바닷소리를 들었습니다. 눈을 감고 자기가 해변에 있고, 조가비가 바다에서의 모험 이야기를 들려주고 있는 상상을 하곤 했습니다. 자기가 발견하기 전에 조가비가 가 보았던 모든 곳이 궁금했습니다. 얘는 열대 섬에 가 본 적이 있을까? 인어 공주가 아름다운 진주를 담기 위해 얘를 사용하진 않았을까? 아마도 얘는 해적들과 함께 모험을 한 적이 있을 거야!

제니는 조가비를 그림으로 그리고 '가비의 모험'(가비는 제니가 붙여 준 이름)이라는 짧은 이야기책도 만들었습니다. 제니는 가비에게 자신의 비밀을 털어놓기도 했습니다. 그러고 나면 늘 기분이 좋아졌습니다. 걱정거리가 사라지는 것 같았고, 두려움도 멀리 달아나곤 했습니다. 가비는 제니의 가장 친한 친구였답니다.

곧 여름이었습니다. 제니는 해변에 가기 위한 짐을 꾸리기 위해 목록을 만들고 있었습니다. '수영복, 모자, 오리발, 옷, 칫솔', 그리고 '가비'는 특별히 글자를 크게 썼습니다. 제니의 엄마는 조가비를 정말로 해변에 가져갈 필요가 있는지 물어보았습니다.

"엄마, 제발요. 가비가 6주 동안 나 없이 여기에 있으면 외로울 거예요." 제니가 애원했습니다. 엄마가 "좋아, 근데 너 좀 애기 같다."라며 특이한 표정을 짓자, 제니는 벌떡 일어나 엄마를 꼭 껴안았습니다. 바로 다음 날, 긴 여행 끝에 제니는 할아버지, 할머니를 기차역에서 만났습니다. 제니는 곧장 바다로 달려가 파도 속에서 첨벙거렸습니다. 해변에 돌아올 수 있어서 정말 정말 행복했습니다. 옆집에 새 가족이 이사를 왔는데, 제니와 같은 또래의 여자아이가 있었습니다. 이름은 매디였고, 곧 둘은 떼려야 뗄 수 없는 사이가 되었습니다.

하루는 파도가 너무 거칠어 수영을 할 수 없었습니다. 그래서 제니와 매디는 지금까지 없던 최고의 모래성을 쌓기 위해 오랜 시간을 보냈습니다. 모래성에는 많은 방과 방이 연결되는 터널이 있었고, 성 주변을 도는 거대한 해자가 있었습니다. 제니는 가비를 조심스럽게 모래성 위에 올려놓고는, 마치 가비가 바다의 여왕인 것처럼 해 주었습니다. 제니는 작은 조가비를 잔뜩 모아서 가비 주위에 놓아두었습니다. 마치 작은 조가비들이 앉아서 가비의 모험을 넋 놓고 듣고 있는 것처럼요.

둘은 바위 웅덩이들을 탐험하기로 마음먹었습니다. 할머니는 제니가 가장 좋아하는 해변 의자에 앉아 쉬고 있었지요. 할머니는 책에서 눈을 떼고 바위 웅덩이로 가는 아이들이 모자를 쓰고 있는지 확인했습니다. 제니와 매디는 함성을 지르며 해변의 반대쪽 끝으로 달려갔습니다. 바위 웅덩이마다 신기한 바다 생물이 가득했습니다.

제니와 매디는 아주 오랫동안 바위 웅덩이를 탐험했습니다. 제니는 뾰족한 성게를 발견했고, 매디는 재미있게 생긴 해삼을 발견했습니다. 그리고 그곳에는 수백 개의 작은 고둥이 있었습니다. 고둥은 제니가 가장 좋아하는 바다 생물이었습니다. 제니는 고둥들이 조그마한 뚜껑으로 껍데기를 닫는 걸 보는 게 좋았습니다. 제니는 늘 (진짜 과학자처럼) 진지하게 관찰하고 주의 깊게 살펴보았습니다. 제니와 매디는 바다 생물들을 보는 데 정신이 팔려서 시간 가는 줄 몰랐습니다. 밀물이 들어오고 있다는 걸 알아차리지 못했을 정도로요.

제니가 몸을 들었을 때, 정말 빨리 밀려오는 파도가 보였습니다. 해변을 따라, 할머니가 앉아 있는 곳으로 돌아오자 사람들은 밀물이 더 올라오기 전에 수건과 가방을 챙겨 서둘러 떠나고 있었습니다. 순간 제니는 이것이 무엇을 의미하는지 깨달았습니다. 자기들이 만든 모래성이 씻겨나갈 수 있었던 것입니다.

"달려, 매디, 달려. 파도가 가비를 데려가기 전에 우리가 구해야 해."

두 소녀는 바람처럼 뛰었습니다. 최대한 빨리 달리면서 제니는 너무 늦지 않을까 걱정했습니다. 100m 정도 남았을 때, 거대한 파도가 해변으로 밀려와 모래성이 완전히 무너졌습니다.

"안 돼!" 제니는 계속 뛰면서 소리쳤습니다. 모래성이 있던 곳에 도착했을 때, 모래톱은 평평해졌고 작은 거품들이 제니의 발밑에서 뽀글뽀글 터지고 있었습니다. 가비는 어디에도 없었습니다.

제니는 미친 듯이 모래를 파헤치고 파헤치고 또 파헤쳤습니다. 그리고 바닷물 가까이 달려갔습니다. 여기저기 보고 또 보았지만 가비는 어디에도 보이지 않았습니다. 밀려오는 밀물 때문에 결국 포기할 수밖에 없을 때까지 계속 찾고 또 찾았습니다. 제니는 눈물을 흘리며 할머니에게 돌아갔습니다.

"무슨 일이니?" 할머니가 물었습니다. 제니는 펑펑 울면서 무슨 일이 있었는지 설명했습니다. 할머니는 가비가 제니에게 얼마나 특별했는지 알고 계셨습니다. "가비가 모래성에 있는 줄 할머니가 몰랐구나. 알았다면 제니 널 위해서라도 가비를 구했을 텐데."

제니는 할머니 무릎에 올라가 울었습니다. 자기가 열한 살이고 곧 5학년이 된다는 건 상관없었습니다. 자기가 우는 걸 누가 보든 말든 신경 쓰지 않았습니다. 제니는 망연자실했고, 심장이 산산조각 난 것 같았습니다.

할머니는 손녀를 달래 주었습니다. 제니를 안고 가만히 흔들어 주면서 조그맣게 자장가를 흥얼거렸습니다. 흔들거림에 기분이 나아졌지만 여전히 슬펐습니다. 이런 슬픔을 마지막으로 느낀 건 나이든 반려견 허니가 죽었을 때였습니다. 할머니는 아주 차분하게 이야기하셨습니다. "아이구, 제니야. 정말 미안하구나. 가비가 너에게 얼마나 소중한지 알고 있단다. 있잖아, 가비와 함께했던 아름다운 추억을 넌 영원히 간직할 수 있을 거야." 할머니는 제니가 지난여름 가비를 처음 만났을 때 그렸던 그림을 액자에 넣어 주기로 약속했습니다. "액자는 벽에 걸 수 있어. 그걸 볼 때마다 가비와 함께했던 즐거운 시간이 모두 다 기억날 거야." 그리고 할머니는 정말 뜻밖의 말씀을 해주셨습니다. "제니야, 가비가 네 곁에 있는 건 아니지만, 어딘가에 있지 않겠니. 그러니 넌 언제나 가비에게 사랑과 행복한 생각을 전해 줄 수 있단다."

"할머니는 가비가 바다로 돌아가서 행복할 거라고 생각하세요?" 제니가 조용히 물었습니다.

"가비는 널 그리워할 게 분명해. 하지만, 할머니 생각에 가비는 새로운 모험을 시작해서 무척 기쁠 것 같아. 가비는 잠깐 너에게 온 거지만, 가비의 진짜 집은 바다잖니."라고 할머니가 말씀하셨습니다.

제니는 가비의 모습을 상상하기 시작했습니다. 새로운 모험을 떠나는 가비의 모습을 말이죠. 거북이 등에 올라타거나 형형색색의 말미잘을 가지고 노는 모습을 생각하면서 제니는 미소를 지었습니다. 인어들과 함께 있는 가비의 뒷모습을 상상하기도 했습니다. 아마도 가비는 인어들의 보석이나 특별한 머리빗을 보관해 주고 있을 거예요. 제니는 가비가 정말 보고 싶어질 거라는 걸 알고 있었지만, 가비가 행복할 거라고 생각하니 기분이 조금 나아졌습니다. 제니는 가비와 함께한 시간을 떠올릴 때마다 늘 기쁠 것입니다.

할머니는 끝까지 "넌 언제든 다른 조가비를 찾을 수 있을 거야."라는 말씀은 하지 않았습니다. 제니는 할머니가 지혜롭다는 사실이 너무 기뻤습니다. 그런 말은 아무런 도움이 되지 않았을 테니까요. 제니는 다른 어떤 조가비도 원치 않았습니다. 제니에게 가비는 언제까지나 특별한 존재니까요.

머물 수 없는 작은 별

패멀라 셀레스틴 퍼킨스[*]

이 이야기는 출산한 지 얼마 되지 않아 아기(노라)를 잃은 부모(와 그 가족)를 위해 썼다. 노라와 지금 우리를 비추고 있는 다른 모든 작은 별을 위해 헌정한 이 이야기는 미국의 한 병원에 있는 신생아 집중 치료 시설에서 치료 과정의 일부로 사용되고 있다.

자원봉사자들은 아이를 감싸 줄 수의를 뜨개질하여 만들고, 펠트로 작은 아기 별들(어머니가 가져가길 원할 경우)을, 플란넬로 '사랑이'를 만든다.

어두운 밤하늘에서 반짝이며 빛나는 수천 개의 별을 올려다볼 때가 있지요.

---

* 패멀라 셀레스틴 퍼킨스Pamela Celestine Perkins_ 교육학 석사, 교육자, 작가, 인형극 공연자 (미국 버몬트주)

여러분은 그 별들 중 일부가 여기 지상에서 우리와 함께 잠시 살았다는 사실을 알고 있나요?

아주 적은 수의 특별한 별들은 어려우면서도 중요한 임무를 맡는다고 해요. 그 별들은 사람의 마음속에 큰 사랑의 씨앗을 심어야 한답니다. 이 큰 사랑은 무척 깊고 심오해서 수많은 사람의 삶이 그 빛에 의해 영원히 바뀌게 된다고 해요.

그 빛은 아주 우아하고 아름답지만, 너무 밝아서 바라보는 게 기쁨이면서도 커다란 고통이기도 해요. 사람들은 이따금 그 경험을 천사의 손길에 닿은 것처럼 이야기하죠.

그러니까 말이죠, 이 특별한 별들은 아주 잠깐 조그마한 아기의 모습으로 우리에게 다가와 빛을 선물로 남기고는, 다시 그 깊고 무한한 미지의 세계로 돌아가야 한답니다. 하지만 별들이 선물로 남긴 사랑의 빛은 영원히 빛날 거예요.

여러분이 어느 맑은 날 밤 밖에 있다면, 경외와 경의의 마음으로 하늘 위를 올려다보세요. 지구 너머의 신비 속에서 한때 지상의 엄마와 가족에게 왔지만 오래 머물 수 없었던 작은 별이 빛나고 있을 테니까요. 이제 그 별은 열린 마음을 가진 모든 이를 위한 선물로, 자기의 사랑과 빛을 비추고 있답니다.

[만들어 보기]
달 주머니는 연보라색(또는 원하는 다른 색상) 펠트를 보름달과 반달 모양으로 오린 다음 두 개를 포개어 꿰맵니다. 작은 별은 달 주머니에 들어갈 수 있는 크기로 황금색 펠트 2장을 별 모양으로 오려서 서로 맞대어 꿰매어 만듭니다. 360쪽을 참고하세요.

달콤한 꿈의 속삭임

린 매코믹*(찰스 킹즐리의 『물의 아이들』** 중에서)

이 이야기는 작지만 완벽한 갓난아기의 탄생과 죽음을 동시에 추모하기
위한 모임에서 아기의 할머니 '린'이 말씀하신 내용을 담은 것이다.

"지금 내 눈에는 내가 짠 빨간 담요에 싸여 돌아가신 내 아버지 품에 안겨
있는 아기가 보이는구나. 그리고 그 주위로 아기보다 먼저 세상을 떠난 가
족들이 서로를 바라보고 또 아기를 보고 있는 것도 보인단다…. 정말로 멋진
황금빛에 둘러싸인 채 말이지…

내가 마음이 쓰이는 건 너희들이란다. 한 아이의 엄마 아빠로서도 미처 준
비되지 않았는데… 나는 오늘 너희가 희망과 사랑으로 이 슬픔을 극복할
수 있기를 바라는 마음뿐이다.

나의 사랑스러운 손주, 그리고 너희 둘에게 내 사랑과 위로를 충분히 표현
할 수 있는 말을 찾을 수가 없구나. 대신에 찰스 킹즐리의 『물의 아이들』에
나오는 이야기를 들려주고 싶단다."

물의 아이들의 여왕님이 물었습니다… "그 여자아이는 어디에 있었던 거
지?" 요정이 대답했습니다. "그 아이는 아픈 사람들의 베개를 반듯하게 펴
고 그들의 귀에 달콤한 꿈을 속삭이고 있었어요." 요정은 이야기를 계속했
습니다. "그런데요, 여왕님, 제가 새로운 남동생을 데려왔어요. 그 아이가 여
기까지 무사히 잘 오는지 지켜보면서요." 그러자 요정들은 남동생이 온다는
말에 기뻐서 모두 소리내어 웃었습니다.

그 작은 아이는 너무나 덥고 목이 마르고 힘들어서 서둘러 맑고 시원한 개

* 린 매코믹Lyn McCormick_ 교육자 (호주 뉴사우스웨일스주 오션쇼어스Ocean Shores)

** 『물의 아이들』(찰스 킹즐리Charles Kingsley, 1863 / 김영선 옮김(시공주니어, 2006)에 나오
는 이야기와 이미지를 포함하고 있다.

울 속으로 퐁당 뛰어 들어갔습니다. 그리고 물에서 나와서는 2분도 지나지 않아 인생 최고의 단잠에 빠졌답니다. 정말로 조용하고 따뜻하고 아늑한 잠이었지요. 온갖 꿈을 꾸었지만 아무런 꿈도 꾸지 않았습니다.

그런데 왜 잠이 들었을까요? 아주 쉬워요… 요정들이 데려왔으니까 그렇죠.

어떤 사람들은 요정이 없다고 생각해요. 하지만 세상은 넓고 요정들이 있는 곳도 많답니다. 물론 그 사람들은 요정들이 있는 곳을 본 적이 없지만요. 여러분이 알고 있는 세상에서 가장 멋지고 가장 이상한 것들은 아무나 볼 수 없는 것들이에요. 여러분 안에는 생명이 있지요. 여러분을 자라게 하고 움직이고 생각하게 만드는 게 여러분 안의 생명이에요. 하지만 여러분은 그걸 볼 수가 없어요. 이처럼 세상에는 요정들이 있을 수 있는 거죠. 세상을 돌아가게 만드는 요정들 말이에요. 하지만 요정들은 아무나 볼 수 없답니다. 마음이 그들과 똑같은 노래에 맞춰 살아가는 사람들만 요정을 볼 수 있으니까요.

아, 이제 이 멋진 이야기의 가장 멋진 부분이 나오네요. 그 작은 아이는 잠에서 깨어났습니다. 아이들은 항상 알맞게 자고 나면 일어나지요… 아이는 자기의 딱딱하고 부드러운 껍질이 전부 벗겨졌다는 걸 알았어요. 아름다운 이 아이는 나비가 고치 밖으로 날아갈 때처럼 자기 껍질을 완전히 벗어 버린 거예요.

무지개 비둘기

각별히 친한 친구가 비극적인 화재로 딸을 잃었다. 친구의 딸은 다른 사람들을 도우며 삶의 더 깊고 정신적인 측면을 탐구하는 데 헌신했던 아주 뛰어난 젊은이였다. 딸의 아름다운 특성을 담아내기 위해 '무지개 비둘기'의 이미지를 사용했다. 이 이야기는 그 친구와 가족을 위해 여러 곳에서 열린 추모 모임에서 사용되었다. 한번은 참석한 모든 이에게 아름다운 색깔의 깃털을 나누어 주기도 했다.

옛날 옛날에 언제나 높이 날고 싶어하는 아름답고 하얀 비둘기가 있었습니다. 다른 비둘기처럼 먹이를 찾아다니거나 숲의 나뭇가지 사이를 들락날락하는 대신, 그 비둘기는 하늘의 비밀을 찾는 데 더 관심이 있었습니다.

마침내 하얀 비둘기는 무지개 꼭대기에 닿을 정도로 아주 높이 날았습니다. 그곳에서 색의 지혜를 가르쳐 주는 무지개 요정을 만났습니다. 이 새로운 지혜를 사용하여 하얀 비둘기는 자신의 하얀 깃털을 모두 무지개 깃털로 바꿀 수 있었습니다. 정말로 행복했지요!

하얀 비둘기는 숲으로 다시 날아와 나무들 사이를 들락거리며, 가족과 친구들을 위해 아름답게 빛나는 자신의 새로운 깃털들을 남겨 두었습니다. 영원히 남게 될, 다채로운 색깔의 보물 깃털들을 그들이 찾을 수 있도록 말이지요.

그리고 하얀 비둘기는 무지개 날개를 퍼덕이며 해님을 만나기 위해 하늘 높이 날아올랐습니다.

[만들어 보기]
정원, 공원, 숲에서 깃털을 모아 모빌을 만들거나 '드림캐처'의 장식으로 사용하세요. 또는 특별한 항아리나 꽃병에 추억의 깃털을 모아 보세요.

추억의 보물 상자

불치병을 앓는 사람이 있거나 최근에 질병이나 사고로 조부모, 부모, 친구 또는 친척을 잃은 가족이나 공동체를 돕기 위한 이야기이다.

특히 서양 문화에서 죽음은 자주 언급되지 않아 소외되기 쉬운 주제이다. 친구들과 가족이 추억을 공유할 수 있는 이야기는 상실을 겪은 뒤 오랫동안 큰 도움이 된다. 어떤 가족이나 공동체는 추억의 보물 상자뿐 아니라 추억을 담은 책을 만들기도 한다.

나는 아주 어릴 때 아빠(내 동생)를 잃어버린 두 조카를 위해 그런 책을 만들었다. 그 책은 그림과 글을 통해 아빠의 삶에 대해 더욱 폭넓고 풍부한 그림을 갖게 하는 데 도움을 주었다. 내 동생은 젊었을 때 워낙 떠돌이였기 때문에 무엇을 하고 살았는지, 어디를 다녔는지에 관한 기록이 없어서 모든 걸 담아내기 무척 어려웠다. 그래서 나는 그 책을 '추억의 조각보'라고 불렀다.

추억을 간직한다는 건 인간의 심원한 특성이다. 동굴 벽화에서 현재 우리 집의 사진 콜라주까지, 추억의 보물을 소중히 여기고 보존하는 방법을 찾는 것은 중요하다. 어떤 문화권에서는 바느질꾼quilter이 가족의 이야기와 추억을 담기 위해 바늘과 실, 천 등을 이용하고, 전통적인 러그 장인들은 양탄자에 양모로 이야기들을 엮어 넣고, 수를 놓는 사람들은 색실로 가족의 추억을 수놓았다. 추억이 어떤 방식으로 보존되든지, 이와 같은 이야기들은 누군가 어쩌면 고립되어 있을 시간에 추억과 대화하도록 격려하는 데 도움이 될 것이다. '왕비'는 상황에 따라 '왕'으로, '손녀'는 '손자' 등으로 바꿀 수 있다.

왕비님이 몹시 아팠습니다.

왕은 온 가족을 성으로 불렀습니다. 왕국의 최고 의사들로부터 왕비님의 살 날이 얼마 남지 않았다는 말을 들었거든요.

자녀와 손주들이 왕국 여기저기에서 출발해 도착했습니다. 어른들은 어머니의 침대 곁을 지켰고, 손주들은 성 안팎에서 놀이를 하며 시간을 보냈습니다.

하지만 막내 손녀는 금세 놀이가 지겨워져 정원 구석에 가 혼자 앉았습니다. 놀이를 하기에는 너무나 슬프고 혼란스러웠습니다. 할머니를 사랑했기 때문에 할머니가 아프지 않기를 바랐습니다. 그런데 할 수 있는 게 아무것도 없다는 말을 들었지요.

정원에 앉아 있는데 황금 깃털 하나가 땅으로 하늘하늘 떨어져 발 위에 내려앉는 게 아니겠어요. 아이는 그 깃털을 집어 들어 손에 쥐었습니다. 그 깃털은 할머니가 건강했을 때 할머니와 함께 산책했던 기억을 떠올리게 해 주었습니다. 할머니와 함께 숲을 걸을 때 황금빛 햇살 같은 날개를 가진 새가 산책길 위를 가로질러 날아간 적이 있거든요.

아이가 깃털을 손에 쥐고 있을 때 정원사가 다가왔습니다. 아이는 정원사에게 자신의 특별한 추억에 대해 말해 주었습니다. 정원사는 아이를 데리고 자신의 작업장으로 갔습니다. 그리고 커다란 나무 상자를 꺼냈습니다. 나무 상자는 튼튼한 뚜껑과 번쩍이는 황동 걸쇠가 달려 있었습니다. "이 상자를 가져가세요. 여기에 할머니와 함께한 추억을 가득 채워 보세요. 그러면 할머니가 세상을 떠나신다 해도 할머니를 가깝게 느낄 수 있을 거예요." 정원사가 말했습니다.

아이는 정원사에게 감사 인사를 하고 황금 깃털을 상자에 넣었습니다. 그리고 상자를 조심스럽게 들고 성으로 돌아왔습니다. 다른 아이들이 그 상자를 보고 어떤 상자인지 궁금해했습니다. 보물 같은 추억들을 보관하는 상자라는 말을 듣고 아이들은 저마다 할머니와의 추억을 떠올리기 시작했습니다. 곧 상자는 온갖 종류의 특별한 물건들로 가득 찼습니다. 한 아이가 반짝이는 푸른 돌을 가져왔습니다. "이건 할머니의 반짝이는 눈동자를 생각나게 해." 막내 손녀는 그 돌을 상자에 넣었습니다. 또 다른 아이는 큰 종이에 크레용으로 성의 연못에서 할머니와 노를 저으며 놀았던 추억을 그림으로 그렸습니다. 그 아이에게는 그때가 할머니와 가장 좋았던 추억이었습니다. 오래전 추억이 많은 맏손주는 상자 안에 넣을 콜라주*를 만들었습니다. 얼마 후 어른들도 이 상자가 무엇인지 알고 싶어했습니다. 그러고는 팔찌, 찻잔, 일기장, 책, 색칠한 돌 등 특별한 추억의 보물들을 넣기 시작했습니다… 상자는 가득 찼습니다.

왕비님이 돌아가시고 오랫동안 온 가족이 보물 상자 주위에 함께 앉아, 눈물을 흘리며 각자의 특별한 추억에 대해 이야기를 나누었습니다.

---

* 옮긴이 콜라주collage_ 화면에 종이, 인쇄물, 사진 따위를 오려 붙이고, 일부에 가필하여 만드는 작품 또는 기법

[만들어 보기 1]
· 가족이 함께하는 목공 프로젝트로 보물 상자를 만들어 보세요.
· 중고 상점이나 시장에서 나무 상자를 구입하는 방법도 있습니다.
· 골판지로 된 신발 상자를 사용할 수 있습니다. 상자에 그림을 붙여 장식해 보세요.

[만들어 보기 2]
추억의 콜라주를 만들어 보세요. 아래는 콜라주를 만들기 위해 필요한 재료들입니다.
· 단단한 골판지 또는 공작용 판지 또는 두꺼운 종이
· 가위, 풀
· 모든 종류의 색 종이 - 티슈, 셀로판지, 종이접기용 색종이
· 잡지, 사진(잘라서 사용할 수 있어요)
· 천 조각, 리본, 단추
· 작은 자연물 - 나뭇잎, 깃털, 눌러 말린 꽃
· 크레용, 색연필, 연필, 매직펜

정원

폴라 볼스[*]

소중한 아이나 사랑하는 친척 또는 친구 등 사랑과 관심을 기울였던 사람을 잃은 가족들을 위해 쓴 치유 이야기. 폴라는 이 이야기의 효과에 대해 진심 어린 인사를 보내왔다. "상실의 고통과 비통함을 겪은 저에게 이 이야기는 언젠가 삶을 새롭게 세워야겠다는 생각이 들도록 도와주었습니다. 그것은 유기적이고 점진적으로 (올바른 시기에 말이죠) 성장하는 삶입니다. 소중한 추억에 대한 지지, 사랑과 헌신으로 만드는 삶입니다."

[*] 폴라 볼스Paula Bowles_ 심리학자, APS(Asia Pacific Studies) 상담 심리 학회 회원 (호주 뉴사우스웨일스주 바이런 셔Byron Shire)

옛날 옛날에 아름답고 커다란 정원이 있었습니다. 그 정원의 꽃들은 늘 화사하게 빛나서 산책하는 사람들에게 희망을 주었습니다. 꽃향기는 강렬하고 감동적이었습니다. 정원사는 정원을 아주 세심하게 관리해 완벽한 상태로 유지했습니다. 새들은 정원 주위의 나무에 둥지를 틀고 온종일 서로에게 노래를 불러 주었습니다. 저녁마다 꽃과 나무는 석양에 아름답게 물들었습니다.

봄날에 피는 꽃들은 그 나라에서도 가장 훌륭했습니다

이 정원이 얼마나 아름다웠냐면 그저 산책을 하기 위해 멀리에서 찾아오는 사람들이 있을 정도였습니다. 해마다 더 많은 사람이 찾아왔습니다. 그러나 누구보다 먼저 아침 일찍 정원을 찾은 사람은 정원 바로 맞은편에 살고 있는 정원사였습니다. 물론 마지막으로 정원을 찾는 사람도 정원사였지요. 모두가 그곳을 좋아했지만 정원사만큼은 아니었습니다.

그렇게 계절이 바뀌고 세월이 흘렀습니다. 그러던 어느 겨울날, 바다에서 만들어지기 시작한 폭풍이 온종일 육지를 향해 나아가면서 점점 그 힘이 강해졌습니다. 폭풍 경보가 발령되었습니다. 안전하려면 모두들 매우 조심해야 한다고 했습니다.

폭풍이 육지를 강타했습니다. 건물 잔해가 사방으로 날아갔고, 나무가 쓰러져 도로를 막는 등 극심한 피해가 발생했습니다.

폭풍은 정원도 덮쳤습니다. 나무들이 부러져 꽃들 위로 쓰러졌습니다. 비가 너무 많이 와서 물이 넘쳤고, 새와 동물들은 피할 곳을 찾아 도망쳤습니다. 폭풍은 며칠 동안 계속되었고, 가는 곳마다 황폐해졌습니다.

폭풍이 지나가고 물이 빠진 뒤, 정원사는 완벽하게 유지하던 정원에 무슨 일이 일어났을지 걱정하며 정원을 찾았습니다.

정원에는 아무것도 남아 있지 않았습니다.

정원사는 크나큰 슬픔에 잠겼습니다. 모든 기쁨이 사라졌습니다. 자신이 기울였던 모든 관심과 사랑이, 그동안 고생했던 모든 것이 전부 무용지물이 되었고 헛수고처럼 느껴졌습니다. 쓰러진 나무들을 옮기는 일은 불가능했습니다. 홍수로 풀과 흙이 씻겨 나가 자갈투성이 땅만 남았습니다. 정원사는 정원의 나무 문을 밖에서 걸어 잠갔습니다. 다시는 그곳을 들여다보고 싶지 않았습니다.

이 소식을 전해 들은 사람들은 믿을 수 없을 정도로 슬펐습니다. 그리고 정원사에게 깊은 위로의 마음을 전하고 싶었습니다. 사람들이 찾아와 쓰러진 나무를 옮기자고 했지만 정원사는 아무것도 하고 싶지 않았습니다. 땅이 황무지처럼 되었기 때문입니다.

일 년이 흘렀습니다.

어느 겨울날, 정원사는 먹을 걸 사러 나갔다가 동물들이 풀을 뜯고 있는 작은 풀밭을 발견했습니다. 관리가 되지 않아 풀이 제멋대로 자란 풀밭이었습니다. 정원사는 울타리까지 걸어가 땅을 보았습니다. 잡초가 무성했습니다. 정원사는 그 풀밭에 대해, 그리고 풀밭의 주인이 누구인지를 알아보았습니다. 풀밭 주인은 이사를 갔다고 들었습니다.

정원사는 며칠 후에 다시 그 풀밭으로 가서 키가 큰 잡초들을 베어내고 구근 몇 개를 심었습니다. 아직 겨울이었습니다.

한두 달이 지난 뒤 정원사는 그 풀밭을 찾아가 보았습니다. 구근은 아름다운 봄꽃으로 변했습니다. 꽃들은 잡초 사이에서 무척 예뻐 보였습니다. 이 일이 있은 뒤로 정원사는 풀밭 주인에게 연락을 취했고, 놀랍게도 풀밭 주인은 마을 사람들을 위해 풀밭을 내놓을 수 있게 되어 기쁘다고 말했습니다.

정원사는 꽃을 몇 송이 더 심었고 허브도 심었습니다. 꽃과 허브는 서로에게 도움을 주기 때문에 관리에 신경을 덜 써도 됩니다. 허브의 향기가 꽃을 먹는 곤충을 쫓아주기 때문입니다.

마을 사람들이 정원사를 도우러 왔습니다. 그들은 정원사가 한 모든 일을 감사해했습니다. 그 땅이 친절하게도 기부되었다는 소식을 듣고 마을 사람들도 무척 행복해했습니다. 마을 사람들 대부분이 텃밭을 갖지 못했기에 그곳에서 먹을거리를 키울 수 있다는 게 무척 기뻤습니다.

사람들이 힘을 합쳐 농작물과 화초를 가꾸는 걸 보고 정원사는 행복했습니다.

일 년 뒤 어느 봄날 우연히 정원사는 창문 밖을 내다보았습니다. 그런데 아이들 몇이 울타리를 넘어 오랫동안 황량했던 정원에 들어가는 게 아니겠어요. 그 모습은 긴 세월 동안 잊었던 추억을 다시 떠올리게 해 주었습니다. 잠시 후 아이들은 울타리를 다시 넘어와 행복하게 가던 길을 갔습니다.

정원사는 길을 건너와 오래된 나무 문 너머를 바라보았습니다. 자갈과 잔해들 사이에서 아름답게 피어난 야생화가 보였습니다. 정원사의 얼굴에 미소가 번졌습니다.

그리고 편안한 밤이 찾아왔다

반다나 바수[*] (번역하고 다시 씀)

반다나의 서문

이것은 인도의 고대 경전 중 하나인 '리그베다'에 나오는 신화 이야기이다. 리그베다는 베다 산스크리트 찬가의 모음으로, 신적 존재 또는 지구를 구성하는 존재자에 대해 설명하는 이야기와 해설이다.

'앎에 대한 찬사'를 뜻하는 리그베다는 고대 인도의 전통에서 4대 베다 또는 신성한 인도-아리아 경전 중 첫 번째이다. 이 이야기는 모든 사람에게 지혜와 의식을 온화하게 전해 준다. 여기에서는 원래 이야기를 아동 및 청소년의 필요에 맞게 수정하였다.

원래 이야기는 '죽음에 맞서다'이다. 야마와 야미는 지상에서 첫 번째로 태어난 쌍둥이 남매였고, 야마는 최초의 필멸하는 인간이 되었다. 야마는 죽음을 맞이한 첫 번째 필멸자로 죽음을 불멸의 관문으로 경험한 그는 자기 힘으로 신성한 지위를 얻고, '죽음의 신'이 된다.

이 이야기는 영원히 지속되는 현재에 대해, 그리고 시간의 흐름과 비통으로부터 치유를 허락하는 밤의 창조에 대해 노래한다.

옛날 옛날에 세상에서 첫 번째로 태어난 소년과 소녀가 있었습니다. 야마와 야미라는 쌍둥이였습니다. 이 땅에 살고 있는 사람은 둘뿐이었습니다. 야마와 야미는 서로를 무척 좋아했고 함께 행복하게 놀았습니다.

둘은 세상 어디에서든 놀 수 있었습니다. 강, 나무, 숲, 동물, 새, 곤충, 꽃 등

---

[*]　반다나 바수Bandana Basu_ 작가, 시인, 블로거, 인도 시샤아 학교의 교사 멘토이자 고문 (인도 뭄바이)

등 야마와 야미는 모두와 함께하는 것을 좋아했습니다. 그 당시에는 하루가 저물지 않아서 재미있는 일이 끝도 없이 이어졌습니다. 먹고 싶은 만큼 먹었고, 마음껏 놀았으며, 행복한 노래를 불렀습니다. 태양은 둘에게 항상 밝은 빛을 비춰 주었습니다. 영원한 낮이었지요. 달과 별들은 밝게 빛나는 하늘 뒤에서 밖을 내다볼 기회조차 없었습니다.

어느 날 동물들과 놀고 나서 과일을 먹고 있을 때, 둘은 나무에 앉아 노래를 부르고 싶다고 생각했습니다. 야마가 나무를 오르려 할 때, 야미는 아름답고 작은 새가 그 나무에 앉아 있는 것을 보았습니다. 새는 무척 화려했고 정말로 아름다운 노래를 부르고 있었습니다. 야미는 너무나 매력적인 새의 노래를 조금 더 듣고 싶었습니다. 그런데 야마가 나무에 오르자마자 새는 날아가 버렸습니다.

"멈춰, 야마! 오르지 마!" 야미가 소리쳤습니다. 하지만 이미 새는 날아간 뒤였습니다.

"저것 봐, 저 작은 새가 날아갔잖아!" 야미는 실망했습니다. "나는 저 새랑 좀 더 오래 놀고 싶었다고."

"저기 다른 나무에 앉아 있는 게 보이는데. 그러면 저기에 가서 그 새랑 놀지 않을래?" 야마가 말했습니다. "그럼 나랑 같이 갈 거야?" 야미가 야마에게 물었습니다.

"아니, 별로. 가서 너 혼자 놀아. 난 이 나무에서 노래 부를 거야. 넌 저 나무에 가서 그 새를 보렴. 나중에 같이 놀자."

야미는 그 제안이 마음에 들었습니다. 그리고 나무를 또 옮겨 날아가는 작은 새를 따라갔습니다. 야미는 새의 노랫소리가 너무 좋아서 그 노래를 따라 불렀습니다. 멜로디가 참 듣기 좋았거든요. 야미는 새가 멀리 날아갈 때까지 오랫동안 따라다녔습니다. 더 이상 볼 수 없을 때까지요. 새를 더 이상 볼 수 없다는 아쉬움에 한숨을 폭 내쉬며 주위를 둘러보니 야마가 있는 곳에서 너무 멀리 왔다는 걸 깨달았습니다. 그래서 야미는 야마를 만나기 위해 다시 여행을 시작했습니다. 야미는 정말 행복했습니다. 아름다운 새의 노래를 야마에게 불러 주어야겠다고 마음먹었습니다.

야미가 돌아왔을 때 야마는 마치 잠이 든 것처럼 나무 아래 누워 있었습니다. 이름을 속삭여 보았지만 야마는 대답하지 않았습니다. 야미는 야마 옆에 앉아 아름다운 노래를 불러 주었습니다. 하지만 야마는 움직이지 않았습니다. 가만히 이름을 부르며 흔들어도 여전히 아무런 반응이 없었습니다. 잠을 깨우기 위해 더 세게 흔들었습니다. 그제야 야미는 야마의 숨이 멎었고, 몸이 차갑게 식었다는 걸 알아차렸습니다.

야미는 깊은 슬픔에 빠졌습니다. 야마가 죽은 것이었습니다! 야미는 주위를 둘러보았지만 이제 무엇을 해야 할지 알 수 없었습니다. 자기가 얼마나 외로운지를 깨닫기 시작했지요. 그것이 야미를 더욱 슬프게 했습니다. 비통함은 시간이 갈수록 커져만 갔습니다. 야미는 큰 소리로 울부짖었습니다. "야마가 죽었어! 야마가 오늘 죽었다고!"

새, 꽃, 곤충, 동물들이 모두 지켜보았지만 아무도 야미의 비통함을 달래줄 수 없었습니다.

야미의 슬픔은 바다처럼 깊었습니다. 비통해할 때마다 야미의 눈에 눈물이 고였고 눈물은 곧 뺨을 타고 흘러내렸습니다. 더는 울음을 참을 수 없었습니다. 야미의 눈물은 온 세상을 채우기 시작하여 천천히 땅을 물바다로 만들었습니다. 땅에 사는 모든 존재가 허둥지둥 달아나기 시작했습니다. 홍수에 나무들은 뿌리째 뽑혔고 동물들은 휩쓸려 갔습니다. 야미의 눈물을 흐르지 못하게 막을 방법이 없었습니다. 그래서 홍수를 멈출 방법도 없었습니다.

땅을 돌보는 신들과 천사들은 이제 야미와 땅 모두를 걱정했습니다. 모두를 보호하기 위해 하늘에서 내려와 야미를 안아 주었습니다. 온갖 방법으로 위로하려 했지만 야미의 비통함은 끝이 없었습니다. 야미는 야마 없이 어떻게 살아갈지 상상할 수 없었고, 계속 "야마가 오늘 죽었어!"라며 울부짖었습니다.

신들과 천사들은 어떻게 해야 야미를 도울 수 있을지를 몰라 절망하기 시작했습니다. 그들은 야미가 다시 행복하게 살도록, 벌어진 일을 모두 잊어버리길 간절히 바랄 뿐이었습니다. 갑자기 한 천사가 말했습니다. "오늘 하루가 끝나서 야미의 비통함도 끝나고 기분이 나아졌으면 좋겠어요."

신들은 그제야 이 땅의 하루가 영원하고 끝나지 않는다는 걸 깨달았습니다. 야미는 오로지 오늘만을 알았습니다. 어제도 없었고 내일도 없었습니다. 야미의 고통이 가라앉기 위해서는 오늘이 끝나고 내일이 시작되어야 했습니다. 그래서 그들은 오늘을 끝내야 한다고 결론지었습니다. 이것은 해넘이를 만드는 것으로 시작되었습니다. 그렇게 태양이 하늘에서 조금씩 빠져나오자, 은은한 푸른색이 퍼졌고 밝은 하늘 뒤에 숨어 있던 아름다운 달과 별들이 모습을 드러냈습니다.

이것을 본 야미는 깜짝 놀랐습니다. 하늘을 바라보며 밤이 가져온 아름다움에 넋을 잃었습니다. 달은 구름과 놀았고, 구름은 별들과 놀았으며, 바람은 이제 한결 시원해졌습니다. 야미는 시원한 밤바람이 자신의 얼굴을 어루만지는 걸 느꼈습니다. 그리고 천천히 눈꺼풀이 무거워지는 것을 느꼈습니다. 야미는 자기에게 무슨 일이 일어나고 있는지 몰랐지만 기분이 좋았습니다. 서서히, 알아차리기도 전에 야미는 처음으로 잠에 빠져들었습니다. 어두운 하늘이 야미를 감쌌고, 야미는 부드러운 밤의 품에 안겨 몸을 웅크렸습니다. 기분 좋게 잠이 왔습니다.

야미가 잠들자 눈물이 그쳤습니다. 땅을 휩쓸던 홍수도 잠잠해졌습니다. 동물과 새, 벌과 곤충들 모두 편안하게 잠이 들었습니다.

이튿날 아침, 야미는 얼굴에 햇살의 따뜻함을 느꼈습니다. 새들이 지저귀는 소리와 벌들이 윙윙거리는 소리가 들려왔습니다. 눈을 뜨고 주위를 둘러보자 조금 다른 느낌을 받았습니다. 야미는 오늘이 새로운 날임을 깨닫고 '야마가 어제 죽었다는 것'을 떠올렸습니다. 야미는 여전히 슬펐지만 다행히 어제만큼 고통스럽지는 않았습니다. 조금쯤 가벼워진 것 같았습니다. 야미는 여러 가지 일을 하느라 이곳저곳을 바쁘게 돌아다녔고, 나중에는 날이 저물기를 기다리며 하늘을 올려다보았습니다. 편안한 밤은 야미의 비통함을 부드럽게 덜어 주었습니다. 날이 갈수록 야미는 전보다 기분이 더 좋아졌습니다.

그 이후로 이 땅에서의 하루는 늘 모든 슬픔과 비통을 천천히 치유해 주는 평화롭고 편안한 밤으로 이어졌습니다.

달라진 가족 관계에 대한 이야기

이 장에는 부모가 별거한 아이들을 위한 이야기, 입양아와 위탁 아동을 위한 이야기, 그리고 여러 이유로 가족 중 일부와 제한된 시간에만 함께할 수 있는 가족 구성원을 위한 이야기가 수록되어 있다.

이야기 소개

「**반짝이의 두 집**」 가족이 별거 중인 어린아이(3~5살)를 위한 이야기

「**엄마 루와 아기 루**」 4살 여자아이가 되돌릴 수 없는 변화와 이별을 '수용'할 수 있도록 돕기 위한 이야기. 아이의 어머니는 가정 폭력을 피해 주기적으로 이사를 했다.

「**곰 세 마리와 배 두 척**」 아버지를 한 번도 만난 적이 없는 4살 남자아이를 위한 이야기. 아이가 이제 "아빠는 어디 있어요?" 하고 묻기 시작했다.

「**코알라를 위한 세 번째 침대**」 부모의 침대 또는 침실을 떠나 자기 침대와 침실에서 자는 것에 분리 불안을 느끼는 어린아이를 돕기 위한 이야기

「**노란 꼬마 기차**」 뇌성 마비에 걸린 오빠와 전처럼 지낼 수 없어 하는 4살 여자아이를 위한 이야기

「**아기 새와 아빠 새**」 아버지가 감옥에 있는 5살 남자아이를 위한 이야기

「**가족의 배**」 다른 나라에서 남자 아기를 입양한 가족을 위한 이야기. 6살 때 아이는 자신의 출생에 대해 알게 되었고, 원래 집으로 돌아가고 싶어 했지만 불가능한 일이었다.

「**틈**」 여전히 과거의 경험에 대한 두려움과 분노에 시달리고 있는 입양한 쌍둥이 남자아이들(6살)에게 들려주기 위해 어머니가 쓴 이야기

「**꽃을 꿈꾸는 씨앗**」 생후 5개월 때 입양된 여자 아이가 여섯 살이 되자 자신의 출생과 어린 시절에 대해 알고 싶어 한다. 급하지 않게 상상의 방식으로 진실을 전달하는 데 도움이 되는 이야기를 요청했다.

「**컵으로 쌓은 탑**」 부모가 별거 중인 9살 여자아이를 위한 이야기

「**간난 오렌지**」 부모의 별거 이후 기숙 학교에 맡겨진 14살 소녀를 위한 이야기

「**고래와 진주**」 불안정한 생활 환경에서 살아가는 10대 입양아를 위한 이야기

「**산지기와 파랑새**」 직장 때문에 어린 딸과 함께 지낼 수 없는 아버지에게 희망과 힘을 주기 위한 이야기

반짝이의 두 집

가족이 별거 중인 어린아이(3~5살)를 위한 이야기. 이야기의 끝에 부르는 노래는 아이에게 일관성을 주기 위해 양쪽 집의 부모 모두 불러 주는 것이 좋다.

옛날 옛날에 작은 물고기 가족이 해변의 큰 바위 웅덩이에 모여 살았습니다. 온종일 물고기들은 바위 웅덩이 집에서 이리저리 헤엄치고 미끄러지고 빠져나가며 행복하게 놀았습니다.

반짝반짝 빛나는 조그만 물고기의 이름은 '반짝이'였습니다. 오늘 반짝이는 웅덩이의 가장자리에 있는 산호 바위에서 언니와 오빠에게 침대 만드는 법을 배우고 있었습니다. 언니와 오빠는 먼저 해초 모으는 법을 가르쳐 줍니다. 해초는 반짝이가 밤에 아주 포근하게 잘 수 있도록 침대를 푹신하게 만들어 주겠지요.

> "반짝반짝 휙휙, 물고기 반짝이는
> 가족과 같이 놀고 같이 쉬어요,
> 반짝반짝 휙휙, 물고기 반짝이는
> 푹신푹신 포근한 해초 침대에서 잠을 자지요."

어느 날 아침, 반짝이가 언니 오빠와 놀고 있는데 하늘에서 우르르 쾅쾅 요란한 소리가 들렸습니다. 처음에는 무슨 일이 일어나는지 몰랐습니다. 반짝이는 언니 오빠와 함께 무슨 일인지 알아보기 위해 물 위까지 헤엄쳐 올라갔습니다.

하늘에 먹구름이 몰려오기 시작했습니다. 금세 번개가 치더니 우르르 쾅쾅 천둥소리가 들렸습니다. 비가 쏟아지고 바람이 불자, 물고기들은 웅덩이 한

가운데에 모두 모여 폭풍이 지나가기만을 기다렸습니다. 아주 조용히 말이에요.

그때 엄청나게 큰 파도가 갑자기 밀려와 웅덩이가 크게 출렁거렸습니다. 계속해서 파도가 바위 웅덩이에 부딪혔습니다. 파도가 너무 세서 산호 바위의 절반이 떨어져 나갔습니다.

한참 뒤에야 겨우 파도가 잦아들고 웅덩이의 물이 맑아졌습니다. 물고기 가족은 그제서야 무슨 일이 벌어졌는지 살펴볼 수 있었습니다.

산호 바위가 많이 부서져서 물고기 가족 중 몇몇은 근처에 있는 다른 바위 웅덩이에 가서 새로 침대를 만들어야 했습니다. 다행히 폭풍은 첫 번째 웅덩이에서 다른 웅덩이로 이어지는 물길을 만들어 놓았습니다.

'이 물길을 따라 다른 웅덩이에 놀러 가는 것도 꽤 재미있겠는걸' 하고 반짝이는 생각했습니다. 혹시라도 새 웅덩이에서 자고 올지 모르니 반짝이는 해초를 모아 다른 웅덩이에도 푹신한 침대를 만들었습니다.

> "반짝반짝 휙휙, 물고기 반짝이는
> 푹신푹신 포근한 해초 침대가 있어요,
> 반짝반짝 휙휙, 물고기 반짝이는
> 물고기 가족과 두 집에서 같이 살아요."

이제 물고기 가족은 바위 웅덩이 두 개에 나누어 삽니다. 조그만 물고기 반짝이는 침대가 두 군데에 다 있어서 어느 웅덩이에 있든 언제나 푹신한 침대에서 포근하게 잠을 잡니다. 물길을 따라 지나갈 때마다 반짝이는 포근한 자장가를 부른답니다.

> "반짝반짝 휙휙, 물고기 반짝이는
> 푹신푹신 포근한 해초 침대가 있어요,
> 반짝반짝 휙휙, 물고기 반짝이는
> 물고기 가족과 두 집에서 같이 살아요."

[만들어 보기]
펠트로 물고기 만들기, 362쪽 참고

엄마 루와 아기 루

4살 여자아이가 계속되는 변화와 이별을 '수용'할 수 있도록 돕기 위해 쓴 운율이 강한 이야기이다. 아이의 어머니는 가정 폭력을 피해 주기적으로 이사를 다녔다. 그리고 일을 해야 했기 때문에 아이는 종종 다른 보호자와 함께 지냈다. 아이의 어머니는 딸에게 들려주기 전에 이미 이 이야기를 통해 스스로 위로와 힘을 받았다고 전해 주었다. 어린이를 위해 썼지만 어른에게도 도움이 될 수 있는 치유 이야기의 한 예이다.

엄마 루는 아기 루를 정말 정말 사랑했어요! 이따금 엄마 루는 자신의 사랑이 너무 커서 터질 것 같다고 생각했지요. 물론 그런 일은 절대 일어나지 않을 거라는 걸 잘 알고 있지만요! 엄마 루는 강해져야 했어요. 아기 루를 주머니에 넣고 뛰어야 했으니까요. 날마다 언덕을 넘고 들판을 지나 저 멀리, 무슨 일이 있어도 함께, 어찌됐거나 함께 말이죠.

엄마 루는 늘 아기 루와 함께 살기에 가장 좋은 곳을 찾아다녔어요. 맛있는 풀과 달콤한 물이 있는 안전한 집 말이에요. 어떤 집에서는 바람이 휘몰아치고 소용돌이쳐서 엄청나게 많은 먼지가 불어왔어요. 엄마 루와 아기 루는 새집을 찾으러 떠났지요. 엄마 루는 뛰면서 아기 루에게 노래를 불러 주었어요.

> "언덕을 넘어, 들판을 지나, 저 멀리
> 무슨 일이 있든, 날씨가 어떻든, 우리는 날마다 함께하지."

어떤 집에서는 폭풍이 엄청나게 많은 비를 몰고 와 온통 진흙투성이를 만들었어요. 엄마 루와 아기 루는 새집을 찾으러 떠났지요. 엄마 루는 뛰면서 아기 루에게 노래를 불러 주었어요.

"언덕을 넘어, 들판을 지나, 저 멀리
   무슨 일이 있든, 날씨가 어떻든, 우리는 날마다 함께하지."

이따금 엄마 루는 할 일이 많아 무척 바빴어요. 그래서 아기 루를 다른 캥거루 친구들과 함께 두고 떠날 때가 있었지요. 아기 루는 새로운 친구들과 함께 놀았어요. 와, 온종일 노는 걸 아기 루가 얼마나 좋아했는지 몰라요! 나중에 엄마 루가 돌아오면, 아기 루는 엄마와 함께 뛰면서 노래를 불렀어요.

"맛있는 풀과 달콤한 물,
   날씨가 어떻든 함께 행복해,
   무슨 일이 있든 우리는 날마다 함께하지!"

곰 세 마리와 배 두 척

이 이야기는 중국 청두의 치유 이야기 세미나에서 한 번도 아버지를 만난 적이 없는 4살 남자아이의 어머니를 위해 쓴 것이다.(아버지는 아이가 태어나기 전에 사라졌다) 아이가 이제 "우리 아빠는 어디 있어요?"라고 묻기 시작했다고 한다.

어머니는 아들을 위해 자신이 '조화의 섬'을 만들고 있다고 믿었고, 이 조화로움을 지키기 위해 아버지가 어딘가에 살아 있다는 걸 알면서도, 아들에게 아버지는 세상을 떠났다고 말하고 싶은 유혹을 느낀다고 했다. 나는 진실을 담아내면서도 '조화의 섬'을 지키는 데 도움이 되는 이 열린 결말의 이야기를 응원했다. 아이는 평소에 밤마다 갈색 곰 인형을 꼭 껴안고 잔다고 했다.

옛날 옛날에 엄마 곰, 아빠 곰, 아기 곰, 이렇게 곰 세 마리가 살았습니다. 곰 세 마리는 고소한 밤과 호두, 과즙이 풍부한 과일, 달콤한 꿀 등 먹을 게 많은 숲에서 함께 살았습니다. 그런데 먹을 게 점점 줄어드는 게 아니겠어요. 그래서 곰 가족은 어느 날 숲을 떠나 고소한 밤과 호두, 과즙이 풍부한 과일, 달콤한 꿀 등 먹을 게 많은 곳을 찾아 떠나기로 했습니다.

걷고 걷고 또 걸어서 한참 뒤에 바닷가 모래밭에 도착했습니다. 바닷가에는 작은 배 두 척이 있었습니다. 배 하나에는 아빠 곰이 올라탔고, 다른 배에는 엄마 곰과 아기 곰이 올라탔습니다.

파도가 배를 부드럽게 들어 올려 앞으로 뒤로 출렁이기 시작했습니다. 배들은 바닷가에서 점점 더 멀어졌습니다. 바람이 불어서 파도가 더 출렁거렸습니다. 두 배는 서로 다른 방향으로 멀어지기 시작했습니다. 아빠 곰이 탄 배가 보이지 않을 정도로 멀리 가 버렸습니다. 엄마 곰과 아기 곰이 탄 배도 파도에 앞뒤로 흔들리며 여러 날 동안 다른 방향으로 갔습니다.

마침내 엄마 곰과 아기 곰이 탄 배가 어떤 섬의 바닷가에 이르러 황금빛 모래밭에 멈추었습니다. 엄마 곰과 아기 곰은 배에서 내려 모래밭을 가로질러 울창한 숲으로 걸어갔습니다. 그리고 여기에 고소한 밤과 호두, 과즙이 풍부한 과일, 달콤한 꿀 등 먹을 게 많다는 걸 알게 되었습니다.

여기 숲은 먹을 게 아주 많았어요. 큰 바위와 나무뿌리 사이에는 따뜻하고 편안한 쉼터도 있었지요. 엄마 곰과 아기 곰은 이 섬에 새로운 보금자리를 만들기로 했습니다.

그리고 소문에 따르면, 엄마 곰과 아기 곰은 여전히 그곳에 살고 있다고 합니다.

코알라를 위한 세 번째 침대

부모의 침대를 떠나 자기 침대에서 자는 것에 대해 불안을 느끼는 어린
아이들을 돕기 위한 이야기

코알라가 아주 자그마했을 때 첫 번째 침대는 엄마의 주머니 속이었습니다.
주머니 속은 정말 따뜻하고 포근했습니다.

코알라는 잘 자고 쑥쑥 컸습니다. 쑥쑥 크고 잘 잤지요.

몇 달 동안 잘 자고 쑥쑥 크더니 주머니 집에 들어가기에는 코알라가 너무
커졌습니다. 하지만 혼자 잠을 자기에는 아직 너무 어렸어요. 코알라는 어
떻게 해야 할지 몰랐답니다.

그때 엄마가 속삭이는 소리를 들었습니다. "엄마 등에 올라오렴. 이제 엄마
등이 포근한 침대가 될 거야."

아기 코알라는 엄마 등 위로 기어 올라가 엄마의 부드러운 털을 꼭 껴안았
습니다. 정말 멋진 새 침대였어요! 아기 코알라는 엄마가 유칼리나무를 오
르내릴 때 엄마 등 위에서 세상을 바라보는 걸 특히 좋아했습니다. 엄마는
항상 꼭꼭 씹어먹을 새잎을 찾아다녔습니다. 이따금 아기 코알라도 저녁으
로 먹을 아삭아삭한 잎을 따기 위해 손을 뻗기도 했습니다.

엄마가 구부러진 나뭇가지에서 잠을 잘 때면 엄마의 등에서 아기 코알라도
잠을 잤습니다. 엄마랑 아기는 낮에도 밤에도 대부분 같이 잠을 잤습니다.
무언가를 먹을 때 빼고는 늘 잠을 자고 있었지요.

그런데 또 몇 달이 지났습니다. 엄마 등에 올라타기에는 코알라가 너무 커
졌습니다. 엄마는 그 정도로 힘이 세지는 않았어요. 코알라는 더 이상 아기
가 아니었으니까요!

이제 코알라는 혼자서 나무를 타야 했습니다. 저녁 식사를 위해 자기가 먹
을 잎사귀를 직접 따야 했습니다. 잠자리로 삼을 나뭇가지도 직접 찾아야
했습니다.

코알라는 혼자서 나무에 잘 기어올랐습니다. 잎사귀도 잘 따서 먹긴 했지

만… 혼자서는 잘 수가 없었어요. 불편한 게 많았거든요! 나뭇가지가 너무 딱딱했고, 빛도 너무 밝았고, 공기는 너무 더웠습니다.

엄마의 주머니 속에 있을 때는 그런 것들을 알지 못했습니다. 엄마의 부드럽고 북실북실한 등을 껴안고 있을 때도 그런 것들을 알아채지 못했습니다. 더 어렸을 때는 잠드는 게 하나도 어렵지 않았습니다.

코알라는 어떻게 해야 할까요? 코알라는 하루가 다르게 점점 더 지쳐갔습니다. 너무나 잠을 자고 싶었어요! 하지만 잠드는 방법을 찾지 못했습니다.

그때 유칼리나무가 속삭이는 소리를 들었습니다. "코알라야, 나에게 오렴. 내가 편안한 침대를 줄게. 나한테서 구부러진 나뭇가지 하나를 찾아봐. 널 위해 나무껍질을 부드럽게 해 줄게. 나뭇잎들로 강한 빛도 가려 주고 바람을 불러서 네 주위에 시원한 산들바람이 불게 해 줄게."

코알라는 정말로 행복했습니다. 왜 이때까지 유칼리나무의 말을 듣지 못했던 걸까요. 코알라는 구부러진 나뭇가지를 찾았고, 나무는 껍질을 부드럽게 해서 침대를 만들어 주었습니다. 그리고 나무는 낮에도 밤에도 빛을 막아 주기 위해 코알라 위로 푸른 잎들을 모았습니다. 마침 바람이 불어와 코알라 주위를 시원하게 해 주었습니다.

코알라는 길고 깊은 잠에 빠져들었습니다. 그때부터 유칼리나무는 코알라의 침대이자 집이 되고 친구가 되어 주었습니다.

<코알라를 위한 자장가>

잘 자라, 코알라야, 잘 자라
네 지친 머리를 쉬게 하렴
부드러운 나무껍질 침대에 누운 너를
나뭇가지가 잘 붙잡아 줄 거야
잘 자라, 코알라야, 잘 자라
눈을 꼭 감으렴
푸른 잎들이 따가운 햇빛을 막아,
그늘을 만들 거야.
푸른 잎들이 눈부신 달빛을 막아,
그늘을 만들 거야.

노란 꼬마 기차

이 이야기는 4살 여자아이가 오빠와 다시 친해지도록 돕기 위해 썼다. 딸의 거친 행동으로 어려움을 겪고 있는 런던에 사는 파키스탄인 어머니의 요청이 있었다. 오빠는 뇌성 마비로 휠체어를 타야 했고, 오빠를 가장 친한 친구로 여겼던 아이는 오빠와 더 이상 아무것도 하지 않겠다고 결심했다. 이제 더 이상 학교에 다녀와서 오빠에게 그날 있었던 이야기를 들려주거나 함께 놀지 않고 오빠를 무시했다. 또 자기도 아프다고 하면서 관심을 받기 위한 경쟁을 시작했다.

어머니는 딸이 오빠의 장애를 받아들이고 공감하며 더 이상 아픈 척하는 것을 그만두도록 도울 수 있는 이야기를 요청했다.

나는 어머니에게 딸이 좋아하는 것과 흥미로워하는 것에 대해 몇 가지를 물었다. 딸아이는 '기차를 가지고 노는 것'을 좋아하고 가장 좋아하는 색깔은 노란색이라고 했다.

남편과 나는 작년에 피레네 산맥을 여행하면서, 유명한 '노란 르 쁘띠 열차Le Petit Train Jaune'를 타고 산을 가로지른 적이 있다. 이 경험을 이야기의 배경으로 삼아 노란색과 파란색 기차가 서로 돕는다는 설정을 했다.

이야기를 보내고 2주가 지난 뒤 어린 소녀가 휠체어에 탄 오빠를 밀어 주는 사진을 이메일로 받았다. "우리 모두 잘 지내고 있어요. 이 사진을 선생님과 공유하고 싶었습니다. 보내 주신 이야기는 정말 효과가 있었어요… 딸아이는 지금 오빠와 잘 어울리고, 오빠를 기꺼이 돕고 있답니다. 저는 노란색으로 칠한 딸아이의 나무 기차가 등장하는 인형극으로 이 이야기를 여러 번 들려주었습니다. 딸아이는 우리가 파란 기관차로 사용하는 파란색 나무 블록, 차량 기지로 쓰는 빈 상자, 천으로 덮어 산으로 만드는 쿠션, 상점과 주택으로 사용하는 목조 주택 모형을 가지고 있습니다. 저는 제 손을 인형처럼 움직이면서 이야기를 들려준답니다."

저 멀리 바다 건너 나라에, 사람들 모두에게 사랑받는 노란 꼬마 기차가 있었습니다. 이 나라에는 자동차가 달리기에는 너무 가파른 산이 많았습니다. 사람들이 여행할 수 있는 유일한 방법은 노란 꼬마 기차뿐이었습니다. 도시에 사는 사람들은 산으로 휴가를 가기 위해, 산에 사는 사람들은 도시에 가서 필요한 물건을 사기 위해 이 노란 기차를 탔습니다.

꼬마 기차는 밝은 노란색의 객차 안에 다양하고 많은 승객을 태우고 날마다 여행하는 것을 정말 좋아했습니다. 특히 어둡고 서늘한 산속 터널을 빠져나와 높은 다리를 건너 산비탈의 꽃밭을 지나는 모험을 무척 좋아했지요. 여행을 하면서 꼬마 기차는 계속 명랑하게 기적 소리를 냈고, 까만 바퀴들은 기쁨의 노래를 불렀습니다.

> "칙칙폭폭, 칙칙폭폭, 기찻길을 따라 날마다 돌고 도는 우리,
> 칙칙폭폭, 칙칙폭폭, 땅을 가로질러 열심히 달려가지요."

노란 꼬마 기차는 밤마다 차량 기지로 돌아와 깨끗이 청소하고 광택을 내고, 아침까지 그곳에서 쉬었습니다.

차량 기지에는 파란 대형 기관차도 살고 있었습니다. 파란 기관차는 제대로 움직이지 못해서 선로를 떠날 수 없었습니다. 기차 정비사들이 계속해서 기관차의 부품을 손봐 주고 있었습니다. 파란 기관차는 이 모든 과정을 잘 참아 냈습니다.

차량 기지 근처에 사는 아이들은 이따금 파란 기관차 안에서, 또 그 위에 올라가서 놀았습니다. 파란 기관차는 아이들이 놀러 오는 것을 무척 좋아했습니다. 그리고 밤이 되면 노란 꼬마 기차가 들려주는 모험 이야기를 정말로 좋아했습니다. 파란 기관차는 언젠가 자기도 그런 모험을 하고 싶었습니다… 어둡고 서늘한 산속 터널을 빠져나와서 높은 다리를 건너 산비탈의 꽃밭을 지나가는 모험 말이지요.

어느 날 저녁, 노란 꼬마 기차에게 좋은 생각이 떠올랐습니다. 다음 날 아침 기관사가 출근할 때까지 기억했다가 기관사가 운전석에 오르자마자 노란 꼬마 기차는 흥분해서 그에게 속삭였습니다. 잠시 뒤에 기관사는 빙긋 웃으면서 파란 대형 기관차 뒤로 노란 꼬마 기차를 붙였습니다. 노란 꼬마 기차는 아주 천천히, 천천히 커다란 파란 기관차를 차량 기지 밖으로 밀었습니다.

얼마나 멋진 광경이었는지 몰라요. 사람들은 노란 꼬마 기차가 도시 바깥으로, 산 쪽으로 파란 대형 기관차를 밀면서 달리자 환호성을 지르며 손을 흔들었습니다. 파란 대형 기관차는 너무 행복해서 가슴이 터질 듯했습니다. 난생처음으로 기적 소리를 내며 칙칙폭폭 조그맣게 기쁨의 노래를 불렀습니다. 삐걱거리는 바퀴도 노란 꼬마 기차와 함께 흥얼거렸습니다.

"칙칙폭폭, 칙칙폭폭, 기찻길을 따라 날마다 돌고 도는 우리,
칙칙폭폭, 칙칙폭폭, 땅을 가로질러 열심히 달려가지요."

이렇게 둘은 첫 여행을 떠났습니다. 하지만 그리 멀리 가지는 못했어요. 이렇게 커다란 기관차를 밀면서 달리는 건 노란 꼬마 기차에게 힘든 일이니까요! 그리고 또 노란 꼬마 기차에게는 그날 해야 할 일이 남아 있었습니다. 짧은 터널 하나를 빠져나와 높은 다리 하나를 건너 아름다운 꽃밭을 지나 다음 역에서 기관사가 방향을 돌렸습니다. 노란 꼬마 기차는 파란 대형 기관차를 천천히 차량 기지로 밀어 넣었습니다.

파란 대형 기관차는 그 어느 때보다 행복했습니다. 노란 꼬마 기차도 친구와 함께 모험을 할 수 있어서 행복했습니다. 그때부터 노란 꼬마 기차는 여유가 있을 때마다 파란 대형 기관차를 차량 기지에서 밖으로 밀어 작은 모험을 떠나곤 했습니다. 그들이 여행하는 동안 그곳에 사는 사람들은 바퀴들이 노래하는 소리를 들을 수 있었답니다.

"칙칙폭폭, 칙칙폭폭, 기찻길을 따라 날마다 돌고 도는 우리,
칙칙폭폭, 칙칙폭폭, 땅을 가로질러 열심히 달려가지요."

아기 새와 아빠 새

아버지가 감옥에 있는 어린아이(5살)를 위한 이야기. 아이는 너무 속상해서 학교에서 아무것도 하고 싶지 않았고 어떤 일에도 참여하지 않았다. 이야기의 목적은 아이의 삶에 빛과 동기를 불어넣는 것이었다.

아기 새는 날개로 머리를 감싼 채 키 작은 나무의 가지에 앉아 있었습니다. 날고 싶지도 않았고 노래하고 싶지도 않았습니다. 그저 앉아서 아무것도 하고 싶지 않았습니다.

키 작은 나무는 커다란 회색 집 바로 옆에 있었습니다. 아기 새는 아빠 새가 그 커다란 회색 집 새장에 갇혀 있다는 걸 알았습니다. 아기 새가 날개를 펴고 머리를 들어 올리면 창문으로 갈고리에 걸려 있는 대나무 새장을 볼 수 있었습니다. 아빠 새가 새장에서 나와 아기 새와 함께 살 수 있다면 얼마나 좋을까요!

아빠 새는 새장 속 횃대에 앉아 있었습니다. 아빠 새는 어디로든 날아가고 싶었지만 그럴 수 없었습니다. 노래는 부를 수 있었지만 그러고 싶지 않았어요. 노래를 부르기에는 너무나 슬펐으니까요. 아빠 새는 위험한 일을 너무 많이 겪었기 때문에 붙잡혀 새장에 갇혀 있게 된 것입니다.

여러 날, 여러 밤, 그리고 더 많은 날이 지나갔습니다. 아기 새는 키작은 나뭇가지에 계속 앉아 있었습니다… 아빠 새도 새장 속 횃대에 계속 앉아 있었습니다.

그러던 어느 날, 아빠 새가 우연히 창문 밖을 내다보게 되었습니다. 아빠 새는 아기 새가 아무것도 하지 않고 키 작은 나무에 앉아 있는 걸 보고 많이 속상했습니다. 처음에는 자기가 무엇을 할 수 있을지 몰랐습니다. 새장에 갇혀 있기 때문에 아기 새를 만나러 날아갈 수 없었거든요. 그러다가 천천히, 아주 천천히 노래 하나를 떠올렸습니다. 아빠 새는 그 노래를 부르기 시작했습니다… 처음에는 부드럽게, 그리고 더 힘차게, 더 크게 불렀습니다.

"날 수 있다면 높이 날으렴, 높이 날아서 하늘에 닿으렴.
노래할 수 있다면 힘차게 부르렴, 힘차고 즐겁게, 온종일 노래하렴."

아빠 새의 노래는 새장에서 창문을 통해 세상 밖으로 퍼져 나갔습니다. 아기 새는 날개를 펴고 머리를 들어 귀 기울였습니다. 그리고 아빠 새를 따라 노래 부르기 시작했습니다. 처음에는 부드럽게, 그리고 더 힘차게, 더 크게 불렀습니다.

잠시 뒤에 아기 새는 날개를 펼쳐 파닥이며 키 작은 나무에서 날아올랐습니다. 그리고 창문을 지나, 회색 건물의 지붕을 넘어 하늘에 닿기 위해 높이 높이 날았습니다.

"날 수 있다면 높이 날으렴, 높이 날아서 하늘에 닿으렴.
노래할 수 있다면 힘차게 부르렴, 힘차고 즐겁게, 온종일 노래하렴."

가족의 배

이 이야기는 콜롬비아에서 남자 아기를 입양한 호주의 한 가족을 위해 썼다. 5살이 된 아이는 자신의 출생에 대해 알게 되었고, 원래 집으로 돌아가고 싶어 했다.

양부모는 법적 합의에 따라 아이가 18살이 될 때까지 콜롬비아에 있는 아이의 가족과 어떠한 접촉도 할 수 없었다. 이 이야기는 이러한 상황의 한계를 반영하려고 했다. 나는 아이가 자신의 현재 상황을 받아들이고 새롭게 알게 된 것들과 함께 찾아온 아픔과 상실을 천천히 해결해 나가도록 '가족의 배'*라는 은유를 사용했다.

---

* 옮긴이 이 글의 제목은 '가족의 배(family ship)'인데, 'familyship'은 '가족 구성원 간의 유대감'

아이의 어머니는 이 이야기가 가족이 함께 나아갈 길을 찾는 데 도움이 되었다며, 가족 모두에게 '좋은 약'이었다고 전해 주었다.

옛날 옛날에 황금빛으로 빛나는 아름다운 배가 있었습니다. 황금빛 배는 비단 돛을 펼치고 아주 넓은 바다를 건너면서 많은 섬을 찾아가는 긴 가족 여행을 함께하고 있었습니다.

엄마와 아빠는 배의 선장이었고, 아이들은 선원이었습니다. 낮에는 햇빛을 따라, 밤에는 달빛과 별빛을 따라 엄마와 아빠는 번갈아서 배를 몰았습니다.

아이들은 일을 도와야 할 때도 있지만 놀 때도 많았습니다. 돛대에 오르기도 하고, 돛 줄을 흔들기도 하고, 구명정에 타 노를 젓기도 하고, 바다가 잔잔할 때는 황금빛 배 주위를 헤엄치는 등… 신나는 일이 무척 많았습니다.

이 멋진 모험을 함께하며 가족들은 날마다 노래를 불렀습니다.

> "아호이 아히 아호,
> 모험을 떠나요
> 밤낮으로 빛을 따라,
> 아호이 아히 아호.
> 아호이 아히 아호,
> 모험을 떠나요
> 날씨가 어떻든, 헤쳐 나갈 거예요,
> 아호이 아히 아호."

긴 여행 동안 온갖 일이 일어났습니다. 어떤 일은 좋았고 어떤 일은 좋지 않았습니다. 탐험하고 싶은 아름다운 섬들이 있는가 하면, 항해를 방해하는 암초들도 있었고, 높은 절벽과 바위투성이 해안 가까이에서는 아주 조심해야 했습니다.

이라는 뜻이기도 하다.

배와 함께 헤엄치는 은빛 돌고래들은 이따금 아이들을 등에 태워 주기도 했습니다. 갑판 위에 스르륵 미끄러지는 걸 너무 좋아하는 미끌미끌 바다뱀은, 붙잡아 바다의 집으로 돌려보내야 했습니다.

갈매기들은 가끔씩 돛대에 앉아 큰소리로 노래했습니다. 다른 날에는 아름답게 지저귀는 새들이 찾아와 부드러운 노래를 부르고 달콤한 이야기를 나누곤 했습니다.

긴 여행 동안 가족들은 온갖 날씨를 마주해야 했습니다. 거센 바람과 시끄러운 천둥, 번쩍번쩍 내리치는 번개와 함께 폭풍이 몰아치곤 했습니다. 다른 날들은 고요하고 화창했습니다. 해돋이가 아름다운 아침도 있었고 맑은 별이 총총한 밤도 있었지요. 날마다 가족들은 노래를 불렀습니다.

> "아호이 아히 아호,
> 모험을 떠나요
> 밤낮으로 빛을 따라,
> 아호이 아히 아호.
> 아호이 아히 아호,
> 모험을 떠나요
> 날씨가 어떻든, 헤쳐 나갈 거예요,
> 아호이 아히 아호."

노래 덕분에 선장과 선원들은 힘을 잃지 않았습니다. 균형 잡힌 뱃길로 나아갔고, 함께 험한 날씨도 헤쳐 나갔습니다.

아주 아주 긴 여행 끝에 황금빛 배는 바다 건너편 땅에 도착했습니다.

틈

니나 뉴고[*]

니나는 입양한 쌍둥이가 잠자리에 들 때 들려주기 위해 이 이야기를 썼다. 아이들은 덴마크에 있는 니나의 가정에 오기 전까지 아동 보호 시설에 4살까지 있었다. 그곳은 수백 명의 아이들이 있음에도 불구하고 보모는 몇 안 되는 열악한 환경이었다. 쌍둥이는 대여섯 살이 될 때까지 여전히 분노와 두려움에 시달리고 있었다.

몇 년 동안 니나와 남편은 밤마다 한 시간씩 아이들을 진정시키기 위해 안고 흔들어 주어야 했다. 니나는 아이들을 위해 이야기를 만들고 들려주기로 했다. "아이들은 아동 보호 시설에 외롭게 남겨졌을 때로, 어둡고 희망이 없던 곳에서 느꼈던 감정으로 몇 번이고 다시 돌아가야 하는 것 같았어요. 아이들이 여섯 살쯤 되자 자기들이 갓난아기였던 시절에 대해 질문을 많이 했어요. 그래서 제 생각에는, 집에 도착하기까지 길고 좋지 않은 여행이 있었다는 것과 함께 이제는 안정을 찾게 되었다는 이야기가 아이들에게 도움이 된 거 같았어요. 그리고 정말 괜찮아졌어요! 서로의 꼬리를 잡고 있는 생쥐 두 마리는 아이들의 관계를 잘 보여 주는 그림이었어요. 그래서 그 이야기는 그저 있는 그대로를 받아들이는 것에 관한 내용이 되었지요. 두려움을 느끼는 것도 괜찮고, 어두운 감정이 올라오는 것도 괜찮고, 엄마(그리고 아빠) 품에 안겨 있는 자신을 발견하는 것도 괜찮다는 것이죠. 정말 다 괜찮아요!"

니나는 이런 말도 전했다. "어떤 면에서 이야기는 들려주는 사람에게도 효과가 있었어요. 굉장한 인내심이 필요했거든요. 뭐 어쨌든 다 괜찮았어요. 그리고 엄마 쥐가 10 이상을 세지 못하는 대목은 아이들을 웃게 만들었어요. 그래서 아이들은 10 이상까지 세게 되었지요."

* 니나 뉴고Nina Nygaard_건축가이자 이야기꾼, 교사 (덴마크 프레스퇴Præstø)

이 이야기에서는 어둡고 절망적인 시간과 균형을 맞추기 위해 약간의 유머와 가벼움이 사용되었다. 아이들은 생쥐를 너무 많이 낳은 엄마 쥐에 대한 이야기를 특히 좋아한 것 같다. 엄마 쥐는 10 이상을 셀 수 없었기 때문에 자기가 얼마나 많은 새끼를 낳았는지도 몰랐다.

옛날 옛날에 스무 마리가 넘는 많은 아기를 낳은 엄마 쥐가 있었습니다. 사실 엄마 쥐는 열 이상을 셀 수 없었습니다. 그래서 자기가 아기를 몇 명 낳았는지도 알 수 없었습니다.

어느 날 엄마 쥐는 큰 유모차에 아기 생쥐를 모두 태워서 산책을 나갔습니다. 작은 아기 생쥐들은 폭신폭신한 유모차의 쿠션에서 큰 소리로 웃으며 정신 없이 놀고 있었습니다. 그래서 아기 생쥐 두 마리가 유모차 가장자리에서 떨어졌을 때 엄마 쥐는 눈치채지 못했습니다.

아기 생쥐 두 마리는 땅바닥의 틈 속으로 빠져 버렸습니다. 갑자기 모든 것이 보이지 않았고 주위는 온통 차가운 흙뿐이었습니다. 다행히 둘은 서로의 꼬리를 잡고 있었습니다. 아기 생쥐들은 그렇게 어둠 속에서 두려움에 떨며 서로를 향해 몸을 웅크렸습니다.

둘은 오랫동안 그 틈 속에 있었습니다! 다행히 근처에 살고 있던 두더지가 생쥐들을 발견했고, 아주 귀여워했습니다. 날마다 두더지는 생쥐들이 먹을 뿌리를 가져왔습니다. 그리고 잠깐씩 생쥐들을 안아 주었습니다. 아기 생쥐들은 두더지가 안아 주는 걸 무척 좋아했습니다. 두더지가 떠나고 나면 생쥐들은 너무 외롭고 두려웠습니다. 서로의 꼬리를 잡고 어둠을 바라볼 뿐이었지요.

아기 생쥐들은 아주 오랫동안 틈 속에 있었습니다. 어느 봄날 그곳에 사는 농부가 사과나무를 심을 때까지 말이죠. 농부는 그 틈 바로 옆에서 삽질을 했습니다. 흙을 막 퍼냈을 때 농부는 서로의 꼬리를 잡고 있는 아기 생쥐들을 보았습니다. 농부는 생쥐들을 자기 집 헛간으로 데려가 벽에 있는 쥐구멍 앞에 놓아두었습니다. 거기에서 쥐 한 쌍이 들락날락하는 걸 보았거든요. 거기에 살고 있는 또 다른 엄마 쥐는 얼마 지나지 않아 이 아기 생쥐들을 발견했습니다. 엄마 쥐는 아빠 쥐를 불렀고, 엄마 쥐와 아빠 쥐는 처음 보는 이 어여쁜 아기 생쥐들이 무척 사랑스러웠습니다. 정말 잘되었지 뭐예요!

엄마 쥐와 아빠 쥐는 정말로 행복했습니다! 더 많은 아이를 원했거든요! 새 가족이 된 쥐들은 아늑한 집에서 살았습니다. 먹을 것도 풍부했지요. 아기 생쥐들이 틈 속에서 먹던 뿌리보다 훨씬 좋은 음식이었습니다! 엄마 쥐와 아빠 쥐는 아기 생쥐들에게 '보'와 '모든'이라는 이름을 지어 주었습니다. 둘 다 사내아이였거든요.

그러나 '보'와 '모든'은 가끔씩 행복하지 않을 때가 있었습니다. 자기들이 그 어두운 틈 속에서 빠져나왔다는 걸 믿을 수가 없었기 때문이에요. 잠을 잘 때 아직도 틈 속에 있는 꿈을 꾸었습니다. 아니면 틈 속의 흙냄새를 떠올리게 하는 곳에 가기도 했지요. 그러면 엄마 쥐와 아빠 쥐가 아기 생쥐들을 끌어안고 달래 주며, "얘들아 이제 다 괜찮아. 엄마랑 아빠가 너희랑 항상 같이 있어 줄게."라고 말해 주었습니다.

어느 날 생쥐 가족은 틈이 있던 곳에 가 보았습니다. 거기에는 사과나무 한 그루가 자라고 있었습니다. 사과나무는 틈 속에 뿌리를 단단히 내렸습니다. 사과나무 옆에는 두더지의 집이 있었습니다. 엄마 쥐는 달콤한 파이를 구워 두더지에게 편지와 함께 선물했습니다.

> 친애하는 두더지님
>
> 저희 예쁜 두 아들이 틈 속에 빠졌을 때 돌봐 주셔서 감사해요.
> 제가 만든 파이를 맛있게 드셨으면 합니다.
>
> 사랑을 담아, 엄마 쥐 드림

꽃을 꿈꾸는 씨앗

이 이야기는 여자아이를 입양해 키우는 40대 중반의 인도 부부를 위해 썼다.(그 부부에게는 자녀가 없었다) 입양할 때 아이는 생후 5개월이었다. 처음 아기를 보았을 때 너무 작고, 백합처럼 연약해 보였기 때문에 사유리(일본어로 '작은 백합小百合'이라는 뜻)라고 이름 지었다.

이 가족은 발코니는 없지만 제법 큰 창이 있는 7층 아파트에 살고 있다. 창문에는 창살로 보호되는 꽤 넓은 선반이 있어서 사유리는 아침마다 새들에게 먹이를 주기 위해 그곳에 앉았다. 부부는 그곳에 화초도 키운다. 밖에 나가는 걸 좋아하는 사유리는 오디, 블루베리 같은 과일을 키우는 농장에서 살고 싶다고 했다.

여섯 살이 된 사유리는 자신의 출생과 신생아 시절에 대해 알고 싶어 했다. 아이의 어머니는 이에 대해 조금씩 이야기를 나누면서(미성년인 엄마가 낳은 사유리는 태어나 5개월 동안 위탁 가정에 맡겨졌다), 진실을 상상의 방식으로 전달할 수 있는 이야기를 부탁했다. 이야기 속 '바람'은 사유리와 가족을 이어주는 데 도움이 된 위탁 가정과 입양 과정을 나타낸다. 바람을 이용한 것은, 덴마크에서 운 좋게 만난 쌍둥이 모갠과 올랜도 덕분이다. 중국에서 입양된 그들은 자신들의 입양 이야기를 들려주면서 바람을 변화의 계기로 삼았는데, 바로 거기에서 영감을 얻었다. (쌍둥이의 어머니는 이 책에 수록된 「틈」(159쪽)에 자기 가족의 이야기를 담아냈다)

이 이야기와 함께 사유리는 「집에만 있어야 했던 꼬마 요정」(194쪽)을 매우 좋아했다. 꽃을 이야기의 소재로 선택한 이유도 꼬마 요정에 대한 사유리의 특별한 애정 때문이다. 아이에게 그것은 어린 소녀와 식물에 관한 것이 아니라 꼬마 요정과 식물에 관한 것이었다. 그런데 이 이야기들이 겹치면서 어머니는 작은 씨앗의 여정이 아이에게 '심어졌고', 어느 정도 자기가 입양되었다는 걸 알게 되면서 생산적인 대화가 시작되었다고 전해 주었다.

다른 형태도 가능하다. 내 남편도 입양아였는데, 이 이야기를 읽고 씨앗과 바람이라는 주제를 곧바로 연결했다. 남편은 자신의 이야기가 화분 속 꽃씨가 아니라 바람에 실려 다른 정원에서 나무로 자라는 '나무를 꿈꾸는 씨앗'이 되기를 원했다. 다양한 상황에 맞는 다양한 씨앗이 가능한 것이다.

작은 씨앗은 완전히 혼자였습니다. 풀과 바위 사이에 혼자 누워 있었지요. 작은 씨앗은 따뜻한 흙이 자기를 덮어 주고 그 위로 황금빛 햇살이 비추어 주기를 간절히 원했습니다. 그렇게 작은 씨앗은 바들바들 몸을 떨며 깊은 잠에 빠졌습니다.

잠을 자면서 작은 씨앗은 자기가 빛나는 초록 식물로 변하는 꿈을 꾸었습니다. 한 번도 본 적 없는 가장 아름다운 꽃이 핀 식물이었지요.

잠에서 깨었을 때 주위에서 무언가 움직이는 걸 느꼈습니다. 처음에는 이상하다고 생각했지만 잠시 뒤에 속삭이는 소리를 들었습니다. "나는 너의 친구 바람이야. 네 꿈을 이룰 수 있는 곳으로 데려다 주려고 하는데, 날 믿어 주겠니?"

작은 씨앗은 친구가 있다는 사실에 무척 기뻤습니다. 씨앗은 바람이 바위와 풀에서 자기를 들어올리도록 했습니다.

바람은 씨앗을 멀리… 푸른 언덕과 계곡을 지나… 강과 숲을 넘어… 딸기와 블루베리가 자라는 농장을 지나… 아주 먼 곳으로 데려갔습니다.

작은 씨앗은 이렇게 아름다운 세상이 있다는 게 참 놀라웠습니다. 너무나 흥분되어서 몸이 떨렸지요.(추워서 그런 건 아니랍니다!) 그리고 친구가 자기를 어디로 데려가는지 궁금했습니다.

머지않아 바람은 도시에 이르러 고층 빌딩들의 꼭대기를 지나갔습니다. 바람은 이리저리 빙빙 돌다가 한 건물의 창문 안으로 들어갔습니다. 열린 창문 바로 안쪽에 어떤 엄마와 아빠가 함께 화분을 들고 있었는데요… 과연 작은 씨앗이 내려앉을 때까지 기다려 주었을까요?

바람은 아주 부드럽게 화분 위로 불어, 작은 씨앗이 편안히 누울 수 있도록 흙에 움푹 패인 곳을 만든 다음 작은 씨앗을 내려놓았습니다. 그러고는 부드럽게 작별의 입맞춤을 하며 작은 씨앗에게 가끔 찾아올 것을 약속했습니다. 그리고 다른 곳으로 여행을 계속했지요.

작은 씨앗은 화분의 두툼한 갈색 흙 속으로 파고들었습니다. 그리고 곤히 잠들었습니다. 길고 긴 모험을 하고 난 뒤라 무척 피곤했거든요. 엄마와 아빠는 햇살이 내리쬐는 따뜻한 창가에 화분을 조심스레 올려놓았습니다. 작은 씨앗이 잠을 자는 동안 해님은 흙 침대를 따뜻하게 해 주었고, 씨앗의 새 가족은 사랑을 담아 물을 주었습니다.

여러 날이 지난 뒤 작은 씨앗은 활기차게 일어났습니다. 아주 힘차고 행복했습니다. 작은 씨앗은 천천히 뿌리를 흙 속에 내리고 해님을 향해 팔을 뻗었습니다. 기지개를 켜고 화분 위로 나오자 작은 씨앗은 꿈에서 보았던 빛나는 초록 식물로 자기가 변하고 있다는 걸 알 수 있었습니다.

해님은 계속해서 빛을 내리쬐어 주었고, 가족들은 계속해서 흙에 물을 주었습니다. 얼마 지나지 않아 작은 씨앗의 초록 잎사귀들은 세상에서 가장 아름다운 꽃을 품게 되었습니다.

많은 새가 날아와 창턱에 앉았습니다. 그곳에 새롭게 피어난 아름다운 꽃을 위해 노래하기 위해서였죠. 가족들은 보물 같은 그들의 꽃을 정성스레 돌보았고, 온 세상은 날마다 사랑스럽고 아름다운 꽃을 보며 기뻐했습니다.

컵으로 쌓은 탑

페트라 카포비치 비드마르[*]

이 이야기는 부모가 별거 중인 8살 소녀를 위해 썼다.

페트라의 서문

저는 이 이야기를 올해 오파티야[**]에서 열린 수잔 선생님의 치유 이야기 세미나에 참석한 뒤에 썼습니다. 저희 반에는 학생이 24명 있습니다. 그중에서 13명 가까이가 부모님이 별거 중입니다. 저는 그 아이들 모두를 위한 이야기를 쓰고 싶었지만 저마다 상황이 너무 달랐어요. 학생의 어머니 중 한 분이 최근에 이혼과 관련하여 상담을 했는데, 그 과정에서 영감을 얻었습니다. 이 이야기가 그 어머니와 딸아이, 그리고 비슷한 상

[*] 페트라 카포비치 비드마르Petra Kapović Vidmar_ 교육자이자 작가 (크로아티아 리예카)
[**] 옮긴이 오파티야Opatija는 크로아티아 서부 이스트라 반도에 위치한 도시이다.

황에 있는 다른 학생들에게도 도움이 되길 바랍니다.

저는 이 이야기를 미술 시간 전에 작업을 시작하는 모티브를 주기 위해 들려주었습니다. 이야기를 들은 다음 아이들은 모두 그림을 그리고 컵을 디자인하면서 작품을 만들었습니다. 저는 특히 이 이야기가 아주 단정하고 정리정돈을 좋아하는 한 여학생에게 도움이 되기를 바랐습니다. 삶에서 새로운 변화를 준비할 수 있도록 말이지요. 그 학생은 부모님이 별거 중이라는 사실을 알고 있습니다. 외동딸로 지난 8년 동안 부모님과 작은 집에서 살았지만 이제 아버지는 따로 이사를 나갔습니다.

저는 아이의 어머니를 만나 이 이야기를 전해 주었습니다. 여름방학 동안 딸에게 들려줄 수 있게 말이죠. 이야기를 읽고 나서 딸아이와 함께 아버지의 새 부엌에 놓을 컵을 사거나 딸아이의 작품을 아버지에게 선물로 주면 좋겠다고 했습니다. 저는 그 어머니에게 이 이야기가 어떻게 도움이 될 수 있을지 설명했습니다. 한 가지 확신하는 것은 이 이야기가 어머니를(그리고 아버지도) 도왔다는 사실입니다. 때로는 그것도 좋은 출발입니다!

바다가 움푹 들어온 해안가에 작고 예쁜 집이 한 채 있습니다. 빨간 지붕, 하얀 벽, 노란 커튼이 달린 초록색 창문, 발코니에는 온갖 색의 꽃들이 가득한 아름다운 집입니다. 방들은 다 조그맣지만 멋지게 장식되어 있고 아주 깔끔했습니다.

부엌은 작고 햇빛이 잘 들어옵니다. 부엌 찬장, 식탁, 의자는 하얀색인데, 행주와 꽃병 등 다른 소소한 물건은 화사한 색들로 가득해 부엌에 즐거움을 줍니다.

이 부엌에 화사한 색의 컵 여섯 개가 살고 있습니다. 컵들은 찬장에 가지런히 쌓여 있습니다. 여러분은 찬장의 유리문을 통해 컵들을 볼 수 있습니다. 그리고 컵들도 여러분을 볼 수 있지요. 컵들은 부엌에서 무슨 일이 벌어지나, 지켜보고 있는 것 같습니다. 여섯 개의 컵은 저마다의 컵받침과 떨어져 있는데, 찬장이 작아 컵들을 위로 겹쳐 놓았기 때문입니다. 그렇게 그 작은 컵들은 탑을 이루고 있습니다.

가족들은 이 컵들로 아침마다 따뜻한 차를 마시고, 오후에는 우유와 함께 커피를 마십니다. 매일 저녁에는 우유를 마시지요. 그래서 컵들은 날마다 여행을 떠납니다.

여행은 아침에 차를 내놓기 위해 식탁 위에 컵들이 놓이면서 시작됩니다. 빨강, 노랑, 주황의 티백 위로 뜨거운 물이 부어지면 컵들은 정말 뜨거워합니다. 차가 우려지는 동안 컵들의 뺨은 뜨거워져서 장미처럼 붉어집니다. 가족들은 차를 아주 조심스레 마시지요. 차를 다 마셔서 빈 컵이 되면, 컵들은 주방 싱크대로 옮겨져 거품 목욕을 즐깁니다. 다 씻고 말린 다음에는 곧장 찬장으로 돌아갑니다. 오후의 커피 시간까지 쉬는 거죠.

커피 시간이 되면 컵들은 이웃들의 이야기를 듣기도 하고, 자신들의 화사한 색깔에 대한 칭찬을 듣기도 합니다. 커피를 마시면 컵이 많이 더러워지기 때문에 컵들은 싱크대에서 거품 목욕을 좀 더 오래 즐깁니다. 이렇게 컵들은 반짝반짝 깨끗해져서 가족들이 저녁에 우유를 마실 수 있게 준비가 된답니다.

힘들고 지친 하루가 끝나면 컵들은 피곤하면서도 만족스러워서 무척 행복합니다. 컵들은 모두 찬장에 모여 다시 작은 탑을 이룹니다.

어느 날, 컵들은 평소의 아침 여행 대신 커다란 상자에 갇혔습니다. 상자 속 어둠에 놀라고 겁에 질렸지만 곧 운명에 따르기로 마음먹습니다. 상자가 열린 것은 며칠이 지난 뒤였습니다. 눈이 부셔 앞이 보이지 않았지만 컵들은 상자에서 빠져나오게 되어 무척 기뻤습니다. 잠시 후 컵들은 자기들이 머물던 찬장이 없다는 걸 알아차렸습니다. 그 대신 완전히 다른 찬장과 선반이 있었습니다. 컵 세 개는 한쪽 찬장의 컵받침 위에 나란히 놓였고, 다른 세 개는 다른 찬장에 역시 나란히 놓였습니다. 그 전 찬장보다 더 크고 새로운 찬장입니다.

이렇게 컵들이 떨어져 있게 된 건 이번이 처음입니다. 지금은 더 많은 자리가 생겼지만 컵들은 아주 낯설 뿐입니다. 컵들은 유리문이 그립습니다. 이제는 더 이상 부엌에 무슨 일이 벌어지는지 볼 수 없으니까요.

이쪽 찬장에 있는 컵 세 개는 다른 컵 세 개가 저쪽 찬장에서 무얼 하는지 궁금합니다. 컵들은 서로가 너무 보고 싶습니다.

하지만 며칠이 지난 뒤 컵들은 이전과 같이 찬장을 나와 식탁이나 싱크대에서 다른 컵들을 만난다는 걸 깨달았습니다. 아, 컵들이 얼마나 행복해했는지 몰라요! 새로운 찬장에 있다는 것 말고는 달라진 게 없었기 때문에 떨어져 있는 게 그렇게 나쁘지는 않습니다. 그리고 자리가 넓어져 컵들 모두 자기 컵받침 위에 앉을 수 있고 여전히 다른 컵들과 가까이 있기 때문에 그렇게 나쁘지 않습니다.

떨어져 있는 컵들은 여행 중에 거의 날마다 다른 컵들을 만납니다. 컵들이 좋아하는 거품 목욕을 할 때는 예전과 같이 탑을 이룬답니다.

새로운 일들은 정말로 신나지요!

[만들어 보기]
가족들 숫자에 맞게 하나씩 다른 컵을 디자인하세요. 두꺼운 골판지에 직접 디자인하고 잘라 낼 수도 있고, 세라믹 도료를 이용해서 실제 컵에 그림을 그릴 수도 있습니다. 363쪽을 참고하세요.

간난 오렌지

바이 춘 옌 (스칼릿 청* 옮김)

부모가 별거하면서 기숙 학교에 맡겨진 14살 소녀를 위한 이야기이다. 부모 모두 딸을 맡아 키우는 걸 원치 않았다.(소녀는 굉장히 똑똑하고 부지런한 학생이었다) 이 이야기는 소녀에게 다른 방식으로 진실을 전하기 위해 학교의 상담 교사가 썼는데, 소녀의 부모가 상담 교사에게 이 곤란한 소식을 전해주길 요청했기 때문이다. 상담 교사는 소녀에게 소식을 알리면서 이 이야기를 프린트해서 주었다. 상담 교사는 이 이야기가 아이에게 힘을 주는, 붙잡을 수 있는 조그만 무언가가 되었다고 전했다.

----

* 스칼릿 청Scarlet Cheng_ 특수 교사 (중국 베이징), 바이 춘 옌이 만든 이야기를 영어로 옮겨주었다.

중국에는 간난 오렌지*라는 과일이 있습니다. 즙이 많고 단맛이 무척 뛰어나, 수확철이 되면 각지의 상인들이 몰려와 간난 지방에서 세계 곳곳으로 이 오렌지를 가져갑니다. 간난 오렌지들은 모두 이 사실을 자랑스러워합니다.

한 과일 상인이 기차를 타고 가는 길에 아름다운 간난 오렌지 한 개를 꺼냈습니다. 기차 승무원에게 선물로 주기 위해 상자에서 꺼낸 것입니다. 그런데 갑자기 기차가 덜컹 흔들렸습니다. 그 바람에 그만 오렌지가 창밖으로 떨어지고 말았습니다.

오렌지는 철로에서 튕겨 나와 멀리 떨어진 잡초밭으로 굴러갔습니다. 칙칙폭폭 기차가 떠나는 소리를 들으며 오렌지는 자포자기했습니다. 산 너머 풍경을 보면서, 사람들의 찬사를 즐길 기회가 이제는 영원히 사라져 버렸다는 사실에 눈물을 흘렸습니다. 잡초밭에서 외로움과 추위에 떨며 지내야 한다는 것도 알았지요. '이건 너무 불공평해!' 오렌지는 생각했습니다. 지나가던 양치기가 자기의 달콤한 과즙을 즐겨서라도 자기를 여기에서 벗어나게 해주길 바랐습니다.

오렌지는 하루하루 희망과 실망이 뒤섞인 채 살았습니다. 낮에는 햇빛에, 밤에는 찬바람에 서서히 말라가는 자신을 느꼈습니다. 마침내 껍질이 갈라지고 씨앗이 떨어졌습니다. 씨앗은 땅속 작은 틈에 빠졌습니다. 오래전 오렌지가 씨앗이었을 때 자기를 덮어 주던 엄마 나무의 낙엽 이불은 거기에 없었습니다. 고향은 이제 추억에 불과했습니다.

외로움 속에서 오렌지는 고향의 오렌지 과수원을 자주 떠올렸습니다. 깊은 가을이면 낙엽들이 엄마 나무의 발을 수북하게 덮었고, 덕분에 낙엽 아래에 있던 씨앗들은 무척 따뜻하게 지낼 수 있었습니다. 나무들 곁에서 일하는 농부와 농부의 가족은 친숙한 오렌지 향기 속에서, 씨앗들이 땅속으로 깊이 들어가도록 낙엽 위를 걸을 때 탁탁 탁탁 힘 있게 발을 디뎠습니다.

비가 내린 뒤였습니다. 씨앗은 자기가 땅속에 묻혀 있다는 걸 깨달았습니다. 부드럽고 편안한 보살핌을 받지는 못했지만, 자갈과 잡초 뿌리가 뒤섞인 땅에 저항할 수 없는 어떤 매력적인 힘이 있는 것 같았습니다. 씨앗은 땅

속 깊숙이 파고들기 시작했습니다.

갓 나온 뿌리로 땅속으로 파고들면서, 씨앗은 새로운 자유로움을 느꼈습니다. 씨앗의 마음속에는 새로운 희망이 타오르고 있었습니다. 마음속에 두 마디 말이 떠올랐습니다. 뿌리를! 내렸어!

씨앗은 성장의 희망 속에서 겨울을 보냈습니다. 원한과 원망, 슬픔을 뒤로 하고 성장과 변화의 과정에 몰두했습니다. 씨앗은 자신의 힘에 의지하는 것이야말로 자신을 위한 진정한 길임을 깨닫고 있었습니다!

씨앗은 뿌리를 뻗을 기회를 단 한 번도 포기하지 않았습니다. 조용한 땅에서, 매일 매순간 최선을 다하려고 노력했습니다. 언젠가는 싹을 틔워 내리라는 걸 이제 굳건히 믿습니다. 아무도 그걸 막을 수 없습니다.

아! 마침내 황량한 땅에 봄이 왔습니다. 넓은 들판에 부드러운 풀들이 돋아났습니다! 태양이 남아 있던 얼음과 눈을 녹여 주어서 씨앗에게는 마실 수 있는 물이 충분했습니다. 씨앗은 땅속에 오래 머물러 잘 쉬었기 때문에 그동안 쌓아두었던 힘이 이 순간에 모조리 터져 나왔습니다. 마침내 황량한 땅에서 새싹을 틔웠습니다!

태양이 이 새싹을 특별히 어루만지며 온기와 빛을 가져다 주었습니다. 새싹은 땅의 도움과 태양의 부름으로 쑥쑥 자랐습니다.

더운 여름이 오자, 어린 나무가 된 새싹은 사람 키만큼 자랐고, 2년 만에 오렌지 다섯 개가 열렸습니다. 지나가던 양치기 소년에게 신선한 오렌지의 맛을 선사했습니다.

3년 뒤에 나무는 열매가 가득 열렸을 뿐 아니라 양치기 소년이 먹고 씨를 뱉어 낸 덕분에 주변의 황량한 땅에 수많은 오렌지 묘목이 자랐습니다. 모두 첫 번째 나무의 자손들이었습니다.

시간이 흘러 양치기 소년은 어른이 되었고, 과일 장사를 시작했습니다. 그 황량한 땅에 달콤한 오렌지 나무가 과수원을 이루었기 때문입니다.

첫 번째 오렌지 나무와 그 자손 나무들의 과수원은 점점 더 커져서 마침내 이곳의 오렌지는 기차에 실려 전국 각지로 보내졌습니다.

더 이상 슬픈 한숨은 없었습니다. 긍지와 대범함, 그리고 성취감이 있을 뿐이었습니다!

고래와 진주

케이틀린 타이[*]

굉장히 불안정한 생활 환경에 놓인 10대를 위해 쓴 이야기

케이틀린의 서문

내가 이야기를 써 준 15살 소녀는 이 이야기를 무척 좋아했다. 얼마 지나지 않아 아이는 집에서 쫓겨났다. 집을 나오기 전에 소지품 몇 개만 겨우 챙길 수 있었다… 내가 새로운 집을 찾아주기 위해 애쓰고 있을 때, 나는 소녀의 가방에서 그 치유 이야기를 보았다. 내가 그것을 가리키자 소녀가 말했다.

"맞아요, 저는 어디든지 이 이야기와 함께해요."

옛날 옛날에 푸른 바다 저 아래, 깊고 깊은 곳에 고래 한 마리가 살았습니다. 고래가 사는 바다 밑은 너무 어두워 앞이 잘 보이지 않았습니다. 이따금 고래는 칠흑 같은 망망대해를 가로질러 가다가 심각한 어려움에 빠지기도 했습니다.

그날도 고래는 깊은 바다를 즐겁게 헤엄치고 있었습니다. 그런데 그때 갑자기 오래된 낚시 그물에 사로잡혀 엉키고 말았습니다. 억센 그물에 맞서 몸부림치다 보니 너무 무서웠습니다. 고래는 빠져나갈 수 있을 만큼 자기가 강하지 않다는 생각이 들었습니다.

'어쩌면 나는 이 바다 밑 그물에서 영원히 빠져나가지 못할지도 몰라.' 고래는 생각했습니다. 하지만 포기하지 않았습니다. 고래는 그물에 맞서 싸우고 또 싸웠습니다. 마침내… 자유로워질 때까지요. 그물에서 벗어난 고래는 좀

---

[*] 케이틀린 타이|Kaitlyn Tighe_ 사회복지사/아동 안전 책임자 (호주 퀸즐랜드주 중부)

더 밝은 곳을 향해, 어둡고 어두운 바다 밑에서 위쪽으로 헤엄쳤습니다. 드디어 그렇게 어둡지 않은 곳에 다다르자 옆에 있는 물고기들을 볼 수 있었습니다.

얼마 후 고래는 물고기 친구들과 즐겁게 헤엄치고 있었습니다. 그런데 또 이번에는 갑자기 이상한 검은 액체에 사로잡히고 말았습니다. 고래는 그게 기름이라는 걸 금세 깨달았습니다! 기름 때문에 고래는 헤엄을 칠수록 속이 메스꺼웠습니다. 짙은 암흑 속에서 고래는 더 이상 물고기 친구들을 볼 수 없었습니다. 혼자라는 생각에 두려움이 엄습했습니다. 고래는 검은 기름 속에 몇 날 며칠 동안 계속 있은 듯했습니다. 다시는 깨끗하고 푸르른 물을 볼 수 없을 것만 같았지요.

'어쩌면 나는 이 검은 기름에 영원히 갇혀 친구들을 다시는 볼 수 없을지도 몰라.' 고래는 생각했습니다. 다 포기하고 더 이상 헤엄치지 않을까도 생각했습니다.

그때 고래는 저 앞에 작고 밝은 빛이 짙은 기름 사이로 비치는 것을 보았습니다. 그 빛은 아주 멀리 있는 것처럼 보였습니다. 고래는 그것이 무언지 궁금해 빛을 향해 헤엄쳤습니다. 며칠, 몇 주, 몇 달 동안 헤엄치고 또 헤엄쳤습니다. 그 시간이 아주 길고 느리게 느껴졌습니다.

서서히 고래는 빛에 가까워졌습니다. 빛은 점점 더 커지고 물속의 기름은 점점 옅어졌습니다. 마침내 고래는 다시 깨끗한 바닷물에서 헤엄을 치고 있었습니다… 그때 바다 한가운데 작은 섬의 해안가 모래톱에 있는 아름다운 진주가 보였습니다!

고래는 그 진주가 자기 것임을 알았습니다. 진주는 지금까지 고래를 기다리고 있었던 것입니다. 진주는 긴 해초 줄기에 붙어 있었습니다. 고래가 해초를 목에 감자 진주는 고래의 가슴에 자랑스럽게 앉아 앞을 비추기 시작했습니다.

그때부터 고래는 어디를 가든 진주와 함께했습니다. 고래에게는 이제 칠흑 같이 어두운 바다를 헤쳐나갈 수 있도록 안내해 주는 하얀 빛이 있습니다.

산지기와 파랑새

산림 과학자인 아들에게 희망과 힘을 주기 위해 쓴 이야기이다. 아들은 현실적인 이유로 어린 딸과 함께 살지 못하고 있었다. 정기적으로 방문하고는 있었지만 방문하러 갈 때마다 많은 시간을 운전해야 하는 아들에게 유리로 만들어진 작은 파랑새와 함께 이 이야기를 생일 선물로 주었다.

옛날 옛날에 숲을 가꾸는 친절하고 성실한 산지기가 있었습니다. 산지기의 집은 들판과 농장으로 둘러싸인 숲속에 있었는데 바다에서 그리 멀지 않은 곳이었습니다. 산지기는 날마다 숲을 생기 넘치고 건강하게 가꾸기 위해 묘목을 심고, 잡초를 뽑고, 물을 주고, 숲을 지키는 등 필요한 일을 했습니다.

이 숲에는 키 작은 나무와 큰 나무, 굵은 나무, 가는 나무 등 많은 종류의 나무가 자라고 있었습니다. 여유가 있을 때마다 산지기는 나무에 올라가 나뭇가지에 걸터앉는 것을 즐겼습니다. 높은 곳에서는 많은 것을 볼 수 있었습니다. 새소리를 들으며 나뭇잎들 위로 반짝이는 햇빛을 보고 있으면 무척이나 평화로웠습니다.

숲 한가운데에 있는 높은 언덕에는 산지기도 꼭대기 가지를 볼 수 없을 만큼 키가 큰 나무 한 그루가 있었습니다. 키가 너무 커서 나무 꼭대기가 정말 하늘 위로 사라진 것처럼 보일 정도였습니다. 이 거대한 나무는 오르기가 너무 어려워 여러 해 동안 그냥 내버려 두었습니다. 그랬더니 나무의 몸통은 지나치게 울퉁불퉁해졌고, 가지들은 가시투성이에 거칠 대로 거칠어졌습니다. 편안하게 쉴 수 있는 곳이 아니었지요.

그러던 어느 날 산지기는 숲 한가운데에 있는 언덕을 올라가다가 종소리 같은 아름다운 노랫소리를 들었습니다. 고개를 들어보니 가장 키가 큰 나무에 새 둥지가 있었고, 진주처럼 은은히 빛나는 파란색의 작은 새 머리가 둥지 위로 보이는 것이었습니다.

아, 산지기가 이 아름다운 작은 새에게 얼마나 가까이 가고 싶었는지 모릅니다! 새가 날개를 펴자 나뭇가지들 사이에 작은 무지개 두 개가 빛나는 것처럼 보였습니다. 산지기는 그렇게 아름다운 새를 본 적이 없었습니다. 그렇게 아름다운 노래도 들어본 적이 없었지요. 산지기는 이 천국의 새에게 가까이 다가갈 방법을 찾아야 했습니다.

산지기는 나무 몸통을 힘겹게 오르기 시작했습니다. 시간이 아주 오래 걸렸지만, 마침내 작은 새를 분명하게 볼 수 있고 새소리를 선명히 들을 수 있을 만큼 둥지에 가까워졌습니다. 몇 시간 동안 나뭇가지에 앉아서 살면서 처음 보는 아름다움을 즐겼습니다. 한때는 '행복의 파랑새'라는 말이 그저 노래의 한 구절인 줄 알았지만, 이제는 그런 새가 실제로 존재한다는 걸 알았습니다.

이때부터 산지기는 시간이 날 때마다 숲속의 언덕을 찾아 작은 파랑새의 아름다움을 보고 노래를 듣고자 했습니다. 키가 큰 나무를 오르는 데는 늘 오랜 시간이 걸렸습니다. 다시 내려가는 건 더 힘들고 오래 걸렸지만, 나무 꼭대기에서 새로 발견한 보물은 그만한 가치가 있었습니다.

수차례 나무를 오른 뒤, 산지기는 작은 파랑새가 자기를 좀 더 편안하게 느끼고 점점 더 가까이 가도 괜찮아 하는 걸 알았습니다. 얼마 지나지 않아 산지기는 둥지 바로 옆 나뭇가지에 앉을 수 있었습니다.

그러던 어느 날, 아주 아주 놀라운 일이 벌어졌습니다. 진줏빛 파랑새가 날개를 펴더니, 둥지에서 펄럭이며 날아올라 산지기의 어깨에 내려앉는 게 아니겠어요. 어깨에 앉아서 종소리 같은 노래를 산지기의 귀에 들려주는 것이었습니다. 산지기는 자기가 천국에 온 것이 틀림없다고 생각했습니다!

이때부터 작은 파랑새는 산지기가 나무를 오르면 이 새로운 친구를 만나기 위해 아래로 내려왔고, 둘은 나무의 중간쯤에서 만났습니다. 머지않아 새는 땅 아래까지 내려올 만큼 강하고 용감해졌지요.

아, 이 두 친구는 이제 얼마나 멋진 모험을 함께할 수 있을까요?

함께 할 것도, 함께 볼 것도, 함께 탐험할 것도 많고 많았습니다.

파랑새는 산지기가 숲의 이쪽 끝에서 저쪽 끝으로 걸어갈 때, 들판과 농장, 이따금 바다로 가는 길을 따라 걸을 때 산지기의 어깨에 앉아 있었습니다. 날개를 펴야 할 때는 위아래로, 이리저리로 날아다녔고, 쉬고 싶을 때는 산지기의 어깨에 앉아 종소리 같은 노래를 부르며 함께 다녔습니다.

산지기와 진줏빛 파랑새, 이 두 친구 앞에 얼마나 더 행복한 모험이 펼쳐질까요?

반려동물을 떠나보내는 이야기

이 짧은 이야기 모음에는 이야기가 3개밖에 없지만, 각각의 이야기와 그 속에 담긴 내용은 사랑하는 반려동물의 죽음과 관련된 다양한 상황 또는 건강을 되찾은 새나 동물에게 작별 인사를 해야 하는 상황에 맞게 조정할 수 있다.

이야기 소개

「**도나와 강아지 스크러프**」 사랑하는 반려동물을 떠나보낸 아이(그리고 온 가족)와 많은 대화를 하고 애도하는 의식을 행할 수 있기를 바라며 쓴 이야기

「**첫새벽**」 친한 사이였던 유기견과 헤어진 9살 남자아이를 위한 이야기

「**아기 루에게 작별 인사를 해야 할 시간**」 7살 남자아이가 몇 달 동안 돌봐 온 아기 캥거루에게 작별 인사를 할 수 있도록 돕기 위해 쓴 이야기

도나와 강아지 스크러프

이 이야기는 사랑하는 반려동물이 죽은 뒤 아이(그리고 온 가족)와 많은 대화를 하고 애도하는 의식을 행할 수 있기를 바라며 썼다. 고양이나 토끼, 새 등 사실상 모든 반려동물에 관한 이야기로 고쳐서 사용할 수 있다.

최근에 가족처럼 지내던 반려견이 죽은 뒤 손주들에게 이 이야기를 들려 준 한 친구는 이렇게 말했다. "이야기를 나눈 뒤 우리는 산책을 나가 솔방울과 들꽃을 모았어. 그리고 이야기에서 도나가 그랬던 것처럼, 우리 개의 무덤에 있는 꽃병 주위로 솔방울과 들꽃으로 동그라미를 만들었지. 그건 아이들이 처음 겪은 일을 '평범한' 것이 되도록 하는 데 정말 도움이 되었어. 아이들은 이야기 끝에 나오는 짧은 노래를 좋아했는데, 생각을 분명히 하기 위해서 앞으로 내가 집중할 게 바로 이거야."

도나와 강아지 스크러프는 도나가 아기였을 때부터 친구였습니다. 도나가 처음 걸었을 때, 스크러프는 도나 옆에서 걸었습니다. 도나가 처음 달렸을 때, 스크러프는 도나와 함께 달렸습니다. 둘은 모든 걸 함께했습니다. 뒤뜰에서도, 공원에서도, 해변에서도 함께 놀았습니다. 밤에 스크러프는 도나의 창문 밖 베란다에 있는 강아지 바구니에서 잠을 잤습니다. 스크러프는 도나가 매일 아침 일어날 때 처음 인사하는 친구였습니다.

도나는 크면서 엄마가 스크러프의 물그릇을 닦고 새 물을 채우는 걸 도왔습니다. 아빠가 스크러프를 목욕시키는 것도 도왔지요. 아빠와 함께 스크러프를 목욕시킬 때 도나는 둥글고 큰 욕조 옆의 발판 위에 섰습니다… 스크러프의 갈색 털에 비누 거품을 문지르는 게 얼마나 재미있는지 모릅니다. 도나는 목욕을 마친 스크러프가 물방울을 모두 털어내고 햇볕에 몸을 말릴 때, 따뜻하고 부드러운 스크러프의 털에 얼굴을 파묻는 걸 좋아했습니다.

하지만 개는 사람만큼 오래 살지 못합니다. 세월이 흘러, 도나의 키가 자라고 달리기가 빨라질수록 스크러프는 더 느려지고 더 오래 자는 것 같았습니다. 스크러프는 더 이상 도나와 함께 뛰면서 잡기 놀이를 하고 싶지 않았습니다. 주로 베란다에 있는 자기 침대에 누워 있고 싶어했습니다. 다리는 늙고 지쳤고, 뼈는 뻣뻣하고 아팠거든요.

어느 날 아침 도나가 일어나서 "잘 잤니?"라고 불렀지만, 스크러프는 평소처럼 대답하지 않았습니다. 짖지도 않았고, 움직이지도 않았고, 눈도 뜨지 않았습니다. 도나는 아빠와 엄마에게 베란다로 나와 달라고 했습니다. 아빠는 강아지 바구니 옆에 무릎을 꿇고 슬픈 얼굴로 고개를 저었습니다. "우리가 자는 동안 스크러프는 세상에 작별 인사를 한 것 같아. 이제 아프지도 않고 평화로울 거야. 정원에 스크러프를 묻어 주도록 하자."

도나의 눈에 눈물이 고였습니다. 도나는 스크러프를 안고 뒤쪽 계단으로 내려가는 아빠를 따랐습니다. 도나와 아빠는 정원 뒤편의 정자나무로 향했습니다. 도나의 엄마는 한 손에는 큰 삽을, 다른 한 손에는 어린나무가 심어진 화분을 들고 뒤를 따랐습니다. 가족 모두 번갈아 가며 구덩이를 팠습니다. 준비가 되자, 도나는 스크러프에게 마지막으로 사랑을 표했고, 아빠는 조심스럽게 스크러프를 흙 속에 내려놓았습니다.

아빠는 스크러프 위로 흙을 덮고는 그 위에 어린나무를 심었습니다. 그러는 동안 도나와 엄마는 매끄럽고 둥근 돌을 모아 나무 주위에 동그랗게 놓았습니다. 그리고 가족 모두 그 앞에 서서 스크러프와의 좋았던 추억을 차례대로 이야기했습니다. 추억이 정말 많았지요!

추억을 나누는 동안 정원에 솔솔 바람이 불기 시작했습니다. 바람이 불자 도나의 귀에 노래 하나가 속삭이는 것 같았습니다.

"삶의 동그라미 안에서, 우리는 춤을 추며 돌아요. 삶의 동그라미 안에서, 우리는 나타났다 사라졌다 하지요."

도나는 노래를 따라 부르기 시작했습니다.

"삶의 동그라미 안에서, 우리는 춤을 추며 돌아요. 삶의 동그라미 안에서, 우리는 나타났다 사라졌다 하지요."

아빠와 엄마도 노래를 따라 불렀습니다.

"삶의 동그라미 안에서, 우리는 춤을 추며 돌아요. 삶의 동그라미 안에서, 우리는 나타났다 사라졌다 하지요."

잠시 후 솔솔 바람이 정원에서 나와 하늘 높이 올라갔습니다. 바람은 산에서 비구름을 몰고 마을을 가로질러 돌아왔습니다. 도나와 엄마, 아빠가 집으로 들어오자 어린나무 위로 안개비가 내리기 시작했습니다.

그날 밤 가족들은 지붕에 떨어지는 부드러운 빗방울 소리를 들으며 잠이 들었습니다.

시간이 흐르면서 도나는 더 이상 울지 않았고, 어린나무는 튼튼하게 자랐습니다. 스크러프와의 추억은 이따금 도나를 슬프게 했고, 어떨 때는 행복하게 했습니다. 다시는 스크러프와 같은 개를 만날 수 없다는 걸 알고 있었습니다. 하지만 어쩌면… 어딘가에는… 도나의 집에 와서 살았으면 하는 또다른 친구가 있을지도 모릅니다.

도나가 정원에서 놀 때마다, 튼튼하게 자란 나무의 잎들은 솔솔 바람과 함께 춤을 추었고 도나는 노래를 불렀습니다.

"삶의 동그라미 안에서, 우리는 춤을 추며 돌아요. 삶의 동그라미 안에서, 우리는 나타났다 사라졌다 하지요."

[만들어 보기]
정원이나 발코니, 창턱에 있는 화분에 나무나 화초를 심어 보세요.

첫새벽

반다나 바수*

반다나는 이별과 상실을 겪고 있는 9살 남자아이를 돕기 위해 이 이야기를 썼다. 이 아이는 새 아파트로 이사를 갔지만 전에 살았던 집 근처에서 돌보던 떠돌이 개를 몹시 그리워했다. 소년이 개에게 지속적으로 먹이를 주면서 둘은 친구 사이가 되었다. 소년은 친구가 너무 그리워서 새집에 적응하기 힘들어했다.

아이의 어머니는 홀로 아이를 키우고 있었다. 이 이야기는 아이에게

---

* 137쪽 각주 참고

아주 큰 도움이 되었다. 아이는 나중에 자기를 이야기 속 숲에 데려다 달라고 엄마에게 부탁했다.

이야기를 들려주고 아이와 숲에 다녀왔더니 (나비에 관한 이야기인데도)* '새'를 키울 수 있는지 물었다는 것이다. 엄마는 모란앵무 몇 마리를 집으로 데려왔고 아이는 이 새들을 정성껏 돌보았다. 나중에 그들은 근처 나무에 사는 앵무새들을 위해 발코니에 새 모이를 놓아두기 시작했다. 결국 그 앵무새들도 모이를 먹기 위해 발코니를 방문하기 시작했다. 소년은 치유되었다. 새 관찰은 지금도 아이의 취미이다.

반다나는 다음과 같이 썼다. "엄마와 아들이 연결되도록 도왔다는 것(그 아들은 어머니에게 손을 내밀었지요), 또 그들이 함께 자신들의 삶을 다시 일으켜 세우는 데 이 이야기가 도움이 되었다는 것은 놀라운 일이었습니다. 그들이 자신들의 소망을 이룰 수 있는 방법을 찾았다는 것도 훌륭한 일입니다. 뭄바이에서는 공간이 부족하기 때문에 자기만의 정원을 갖는다는 것은 상상하기 매우 어렵습니다. 하지만 대부분의 사람들이 화분으로 가득 찬 발코니를 갖고 있습니다. 그들의 집은 생명과 활기가 가득하고 건강한 초록색 발코니의 집이 되었습니다."

어느 여름 오후였습니다. 아리안은 오두막집 문간에 앉아 먼 도로를 바라보고 있었습니다. 아이의 눈은 사랑하는 작은 친구 선샤인을 찾고 있었습니다. 선샤인이 영영 사라져 버렸다는 것을 알게 된 지난 12일 동안 울음을 그치지 못한 아리안의 눈은 퉁퉁 부어 있었습니다.

아리안은 부모님이 해외에서 일하는 동안 할아버지, 할머니와 함께 살았습니다. 할아버지는 '다두'였고, 할머니는 '탐마'였습니다. 두 달 전 다두가 선

---

* 힌두교 전설에 따르면, 나비는 새로운 시작 또는 그것에 대한 약속을 상징한다. 종종 결혼으로 해석되지만 인생에서 새로운 단계로 나아가는 것과도 관련이 있다.

물한 상자에서 튀어나와 무릎에 올라 아리안의 얼굴을 핥은 것은 강아지였습니다. 태어난 지 18일 된 이 강아지는 황금빛 노란 털을 하고 있어서 '선샤인'이라 불렀습니다. 아리안은 다두로부터 이 부드럽고 푹신하며 사랑스러운 선물을 받았을 때 비명을 지를 만큼 행복했습니다.

그때부터 아리안은 혼자 힘으로 선샤인을 돌보았습니다. 먹이를 주고, 목욕을 시키고, 함께 산책을 했습니다. 아리안은 겨우 여덟 살이지만 이 작은 강아지를 엄청나게 잘 돌볼 수 있었습니다. 가장 즐거운 시간은 둘만의 놀이 시간이었습니다. 선샤인은 딱딱한 것을 물어뜯는 걸 좋아했습니다. 무엇이든 꽉 움켜쥐고 씹었습니다. 그리고 아리안은 선샤인이 깨물고 있는 것을 잡아당기는 걸 좋아했습니다. 잡아당기고 버티는 줄다리기는 아주 재미있는 놀이였습니다. 둘 다 바닥에 뒹굴고 선샤인이 아리안에게 화를 내며 짖기도 했지요. 아리안도 참지 못하고 더 짓궂게 굴었습니다. 하루가 끝나면 둘은 서로 껴안고 잠이 들었습니다. 둘은 서로의 가장 친한 친구이자 떼려야 뗄 수 없는 사이였습니다.

뭔가 불길한 일요일이었습니다. 아리안은 탐마의 심부름으로 빵을 사러 갈 때, 고집을 부려서 선샤인을 가게에 데려갔습니다. 아리안이 가게 주인에게 돈을 내고 있을 때, 선샤인은 도로 건너편에 있는 떠돌이 개를 향해 짖기 시작했습니다. 그 개가 선샤인에게 집적거리며 따라오자, 아리안이 미처 손을 쓰기도 전에 선샤인이 그 개에게 달려들었습니다. 아리안의 눈앞에서 두 마리 개가 차례로 길에서 사라졌습니다. 선샤인이 사라지고 아리안이 소리를 질렀지만, 들리는 것은 선샤인의 짖는 소리뿐이었고, 결국 그 소리도 사라졌습니다.

걱정에 가득 찬 아리안은 한참 동안 가게 계단에 앉아 선샤인이 돌아오길 기도했습니다. 한참 뒤에 다두가 찾으러 오자 아리안은 벌떡 일어나 다두를 안고 울기 시작했습니다. 흐느끼면서 아리안은 다두에게 무슨 일이 있었는지 말했습니다. 두 사람은 손을 잡고 저녁 늦게까지 선샤인을 찾아 거리 여기저기를 걸어 다녔습니다. 하지만 선샤인의 흔적은 찾아볼 수 없었습니다. 밤이 되자 그들은 결국 무거운 마음으로 집에 돌아왔습니다.

그로부터 12일이 지났지만 아리안은 여전히 오두막집 문간에 앉아서 어디선가 선샤인이 뛰어나와 짖어대길 바랐습니다. 아리안은 말도 거의 하지 않았고 밥도 거의 먹지 않았습니다. 다두와 탐마는 걱정이 되었습니다. 아리안이 어서 슬픔을 이겨 내고 일어날 수 있기를 바랐습니다.

그다음 주, 아리안의 담임 선생님이 주말에 자연 산책로에 갈 거라고 했습니다. 아리안은 별로 관심이 없었지만, 토요일 아침 배낭을 쌌습니다. 다두는 아리안을 학교 앞에 내려 주고 잘 다녀오라고 인사를 했습니다. 학생 23명과 선생님은 울창한 숲을 걸었습니다. 아리안은 이 숲이 비록 도시 속에 있지만 완전히 다른 세상 같다고 생각했습니다. 바깥 세상에 비해 훨씬 조용하고 생기 넘쳤으니까요. 선생님은 아이들을 세 모둠으로 나누어 숲 이곳저곳에 가서 주변에 있는 여러 꽃과 다른 생물들을 모두 찾아보라고 했습니다.

아리안은 모둠 친구들과 함께 걸었습니다. 아이들은 안내된 장소에 가서 주변을 둘러보기 시작했습니다. 숲은 곳곳에 피어 있는 아름다운 꽃들 덕분에 아주 향기로웠습니다. 가느다란 햇살이 키 큰 나무들의 나뭇가지 사이로 땅을 비췄습니다. 새들은 숨바꼭질하듯 지저귀며 한쪽 끝에서 다른 쪽 끝으로 날아가 나뭇가지 속으로 사라졌습니다. 작은 나비들은 부드럽게 꽃과 덤불 사이를 팔랑거리며 날아다녔습니다. 그중 몇은 이 꽃 저 꽃으로 팔랑팔랑거리며 함께 놀았습니다. 몇 마리는 멀리 날아가기 전에 아리안의 머리 위를 잠시 맴돌기도 했습니다.

아리안은 나비 하나하나를 눈으로 좇았고, 자기도 모르게 미소 지었습니다. 그리고 재빨리 수첩을 꺼내 자기가 본 것을 모두 적었습니다. 그런 다음 색연필을 꺼내서 본 것들을 그리기 시작했습니다. 울창한 숲 한가운데에서 땅바닥에 앉아 자기가 본 것들에 완전히 빠져 버렸습니다. 잠자리들이 아리안의 주위를 날아다녔고, 우아하고 작은 나비 한 마리가 무릎에 앉았습니다. 아리안은 천천히 손을 들어 손가락으로 그 우아한 날개를 만졌습니다. 나비가 얼마나 앙증맞은지를 처음 깨닫고는 무척 놀랐습니다. 아리안은 나비의 아름다움에 푹 빠졌습니다.

숲에 다녀온 뒤에 아리안은 학교에 돌아와 선생님께 자기가 그린 것을 보여주었습니다. 선생님은 아리안의 그림을 굉장히 좋아했습니다. 다두가 방과 후에 데리러 왔을 때, 다두는 아리안의 활짝 웃는 얼굴과 흥분에 찬 눈을 보고 놀랐습니다. 아주 오랜만에 아리안은 행복했던 자기 자신으로 돌아왔습니다!

다음 날 아침, 다두가 집 주변의 화초에 물을 주고 있을 때 아리안은 다두에게 물었습니다. 나비들을 초대하고 싶은데 뒷마당에 정원을 만들어 줄 수 있는지를요. 다두는 그 말을 듣고 기뻐하며 아리안이 도와줄 것인지 물었습니다. 그렇게 하면 일이 더 빨리 끝날 테니까요. 아리안은 "그럼요!!"라고 외쳤습니다… 그리고 나비처럼 팔을 위아래로 팔랑거리며 집 주변을 돌았습니다.

몇 달 후, 뒷마당은 작은 정원으로 변했습니다. 어느 날 아침 아리안이 꽃나무를 돌보고 있는데, 작은 나비가 날아와 아리안의 팔에 앉았습니다. 아리안은 가만히 서서 반짝이는 눈으로 나비를 바라보았습니다. 아리안은 나비를 정말 정말 사랑한답니다!

[만들어 보기]
발코니나 정원에 화분과 식물 상자로 나비 정원을 만들어 보세요. 또는 다른 가족과 가까운 숲에 다녀와 보세요.

아기 루에게 작별 인사를 해야 할 시간

이 이야기는 여러 달 동안 돌봐 온 아기 캥거루에게 작별 인사를 해야 하는 7살 남자아이를 도와주기 위해 썼다. 다른 동물이나 새가 다시 건강해지도록 간호를 도왔거나 어미 잃은 새끼를 보살펴 주는 등의 일에 짧게나마 참여했던 아이들이 있다면, 그 상황에 맞게 수정할 수 있다. 끝부분에 나오는 사진 앨범은 이야기에 대한 좋은 선물이다. 아이가 앨범 만드는 걸 도울 수도 있고, 이 이야기의 마무리처럼 깜짝 선물로 줄 수도 있다.

재라는 덤불숲에 둘러싸인 농장에서 살았습니다. 숲에 캥거루가 많아 농장 울타리 너머로 캥거루를 자주 볼 수 있었습니다. 재라는 캥거루가 싱싱한 초록빛 새순을 찾아다니는 게 보기 좋았습니다. 특히 엄마의 주머니에서 밖을 엿보는 아기 캥거루는 정말 귀여웠습니다. 가끔 아기 캥거루는 과감히 뛰어

내려 탐험을 조금 하고는 다시 아늑한 엄마의 품속으로 뛰어들었습니다.

재라의 농장은 혼잡한 큰길에 가까웠습니다. 보통 캥거루들은 빨리 달리는 차들을 피해 숲속에서 안전하게 지냈습니다. 그런데 어느 해 여름, 유난히 덥고 건조한 날씨 탓에 덤불숲 풀들이 쉽게 바스라지고 갈색으로 변했습니다. 그래서 캥거루들은 다른 곳에서 먹이를 찾기 시작했습니다. 큰길가에는 아직도 파릇한 풀이 남아 있었는데, 이 때문에 끔찍한 사고가 벌어지곤 했습니다.

재라는 자동차 바퀴가 끼익하는 소리와 함께 쿵 소리를 들었습니다. 무슨 일인지 알아보기 위해 찻길까지 뛰어갔습니다. 끔찍한 장면이 재라를 기다리고 있었습니다. 어미 캥거루 한 마리가 도롯가에서 풀을 뜯다가 과속하는 차에 머리를 치여 그 자리에서 바로 죽은 것입니다.

재라는 죽은 캥거루를 도로에서 옮기는 걸 돕기 위해 아빠를 불렀습니다. 아빠는 큰 삽을 가져와 울타리 근처에 캥거루를 묻을 구덩이를 팠습니다.

그 구덩이 옆으로 캥거루를 옮겼습니다. 재라는 이 모든 걸 지켜보고 있었지요. 그런데 놀랍게도 죽은 캥거루의 배 속 주머니에서 무언가 움직이는 게 보였습니다.

재라는 티셔츠를 벗어 바닥에 깔았습니다. 그리고 주머니 속으로 천천히 손을 집어넣었습니다. 조심스럽게 아기 루를 꺼내어 겁먹지 않게 부드러운 위로의 말을 해 주었습니다. 아마도 충격과 두려움 때문에 그랬겠지만, 다행히도 아기 루는 아주 얌전히 있었습니다. 재라는 아기 루를 부드러운 티셔츠로 감싸 주었습니다. "널 '조이Joey'*라고 부를게." 재라가 속삭였습니다. "조이는 '아기 동물'이라는 뜻이야. 내가 널 해치지 않을 거란 걸 믿어 주렴."

이제 조이는 새로운 주머니 속에 안전하게 싸여 있었기 때문에 재라가 농장으로 데려갈 수 있었습니다. 집에 들어가자마자 재라는 작은 바구니를 꺼내와 거기에 접은 티셔츠를 깔고 조이를 올려놓았습니다. 그리고 바구니를 자기 방으로 가져와 머리맡에 놓았습니다. 곧 조이는 꿈틀거리는 것을 멈추고 깊이 잠들었습니다.

재라는 침대에 누워 책을 읽으면서도 바구니를 계속 지켜보았습니다. 한편 재라의 엄마는 차를 몰고 시내의 수의사를 찾아갔습니다. 엄마는 한 시간 뒤에 특별한 분유와 젖병, 그리고 아기 루에게 먹이를 주고 돌보는 방법에

---

*　옮긴이 'joey'는 캥거루나 주머니쥐의 새끼를 뜻한다.

대한 설명서를 가지고 돌아왔습니다.

그 후 몇 주 동안 재라는 밤새도록 조이를 간호하고 분유를 먹이는 일을 담당했습니다! 다행히 야간 수유가 오래 지속되지는 않았고, 아기 조이는 아침까지 잠을 자기 시작했습니다.

재라의 엄마는 조이를 위해 재봉틀을 돌려 작은 주머니를 만들었습니다. 안감으로는 오래된 파자마를, 바깥쪽에는 두툼한 옥양목을 덧댔습니다. 주머니 윗부분에는 나무 막대를 끼울 수 있도록 한 특별한 바느질 선이 있었고, 나무 막대는 재라의 침대 끝에 있는 갈고리 두 개에 걸었습니다. 물론 그다음 달에는 조이가 더 자라서 더 큰 주머니를 새로 만들어야 했습니다.

조이가 자라면서 분유 대신 풀을 먹어야 했기 때문에 재라는 조이와 함께 잔디밭을 가로질러 정원을 돌아다녔습니다. 조이가 들어 있는 주머니의 나무 막대를 재라가 들고 있으면, 조이는 작은 머리를 내밀어 풀과 나뭇잎의 싱싱한 초록 새싹을 조금씩 뜯어 먹었습니다.

이때쯤 조이는 주머니 밖으로 내려와 모험을 할 수 있을 만큼 컸습니다. 다행히 농장에는 정원 주변으로 높은 울타리가 있어서 아기 루가 아주 멀리 뛰어갈 수는 없었습니다!

재라와 조이는 집 앞 넓은 잔디밭에서 신나게 놀았습니다. 재라는 이 순간들이 끝나지 않기를 바랐습니다.

하지만 조이는 자라고, 또 자라고, 쑥쑥 컸습니다! 결국 조이에게 자유가 필요한 시간이 왔습니다.

재라는 이 순간이 두려웠습니다. "계속 조이와 함께 살 수는 없나요?" 재라는 엄마, 아빠를 졸랐습니다.

엄마, 아빠는 수의사가 준 설명서에 명확한 안내가 있다는 사실에 감사했습니다. 아기 루가 주머니 밖에서 지내고 스스로 먹이를 찾을 수 있을 만큼 커지면 캥거루 무리로 돌려보내야 합니다. "네가 조이를 사랑한다면 놓아줘야 해. 조이를 더 이상 캥거루 가족들로부터 떼어놓는 건 잔인한 일이야." 엄마, 아빠는 거듭 설명했습니다.

다행히 그해에는 비가 적절하게 내렸기 때문에 덤불숲에는 먹을 게 많았습니다. 예정된 날에 재라는 조이를 여러 번 쓰다듬고 껴안은 뒤 친구가 깡총깡총 뛰어가는 걸 지켜보았습니다. 조이는 목장을 가로질러 숲으로 이어지는 농장 문까지 뛰어갔습니다. 재라의 아빠는 문을 열어 조이를 풀어 주었습니다.

잠시 후 조이는 덤불 속 캥거루 무리에 들어갔습니다.

재라는 조이가 없는 생활이 익숙하지 않았습니다. 몇 주 동안, 날마다 학교에 다녀오면 농장 울타리에 앉아 멀리 떨어진 숲에서 캥거루 무리가 풀을 뜯는 모습을 지켜보곤 했습니다.

조이가 이곳에 다가오기 위해 무리를 떠나는 일은 결코 없었지만, 재라는 멀리서 자기가 지켜보고 있다는 걸 조이가 알고 있을 거라고 믿었습니다.

조이가 자유롭게 풀려난 지 몇 달이 지나고 재라의 생일이 되었습니다. 이 특별한 날 아침, 재라의 머리맡 탁자에는 선물이 하나 놓여 있었습니다. 그것은 조이의 오래된 주머니 중 하나에 싸여 있었습니다.

재라가 조심스럽게 주머니를 풀었을 때, 거기엔 놀랍게도 조이와의 추억이 가득 담긴 사진 앨범이 있었습니다. 조이를 집에 데려온 첫날부터 이별의 날 마지막 포옹까지 담긴 사진들이었습니다.

이것은 재라에게 최고의 선물이었습니다.

"평생 간직할 거예요." 그리고 재라는 실제로 그렇게 했습니다!

[만들어 보기]

조이 주머니 만들기: 〈와일드케어Wildcare〉는 아기 캥거루와 아기 왈라비를 위한 주머니 만들기 도안을 제공합니다.(https://wildcare.org.au)

건강과 행복을 상실한 이야기

이 장에는 질병, 병균으로 인한 장기화된 불안, 이동성의 상실, 목소리의 상실(선택적 함구증 포함), 시력의 상실 등에 대한 이야기가 담겨 있다.

이야기 소개

「어린 장미」 아플 때 휴식의 중요성을 다루는 어린 아이들을 위한 이야기

「손수건 친구들이 담긴 상자」 오랜 시간을 침대에서 보내야 하는 어린아이를 위한 활동 이야기

「집에만 있어야 했던 꼬마 요정」 코로나19 팬데믹 동안 집에만 있어야 했던 어린아이들을 위한 이야기(추천 연령: 3~7살)

「아기 주머니쥐를 위한 손수건」 코로나19 팬데믹으로 인해 '병균'과 질병에 대해 지나치게 불안해하는 어린아이들(4~8살)을 돕기 위한 이야기

「노래하는 아기 토끼」 수줍음이 많은 3살 남자아이를 위한 이야기

「아이들과 강」 상황적 함구증에 대한 동아프리카에서 전해 오는 이야기

「공주님과 진주」 선택적 함구증을 가진 6살 여자아이를 위한 이야기

「낱말을 낚는 어부」 '언어 실행증'과 언어 지연이 있는 어린이(및 청소년)의 끈기와 인내를 북돋우기 위한 이야기

「밝은 빛」 퇴행성 눈병을 앓고 있는 8세 여자아이를 위한 이야기

「우리 아이들_ 사랑의 말로 치유하기」 만성 질환을 앓고 있는 아이들이 쓴 '우리 아이들'의 시 3편

「우유 단지에 빠진 개구리」 질병 및 역경에 맞서 싸우는 힘과 투지를 격려하는 짧은 러시아 이야기

「치유된 뼈」 발목이나 다리가 부러져 한동안 움직일 수 없게 된 어린아이와 청소년을 위한 이야기

「검은 돌」 17살 소녀가 휠체어 사용을 받아들일 수 있도록 돕기 위해 쓴 이야기

「아기 조개와 춤추는 진주」 어린 시절에 한쪽 눈의 시력을 잃고 만성 피부병을 앓으며 살아가는 한 여성이 자신을 위해 쓴 이야기

어린 장미

몸이 좋지 않을 때는 쉬어야 한다는, 어린 아이들을 위한 단순한 메시지
가 담긴 쉬운 이야기이다.

어느 이른 아침, 황금빛 나비 한 마리가 꽃 친구들을 찾아 정원에 날아왔습
니다. 그런데 나비가 정원 한가운데에 있는 어린 장미에게 다가갔을 때 뭔
가 평소와 다르다는 걸 알 수 있었습니다.

해님을 향해 분홍빛 꽃봉오리를 들고 있어야 할 어린 장미는 힘없이 축 처
져서 얼른 잠을 자야 할 것 같았습니다.

황금빛 나비는 정원을 가로질러 날아다니며 꽃들에게 속삭였습니다.

"어린 장미는 피곤하고 힘이 없어요.
어린 장미는 잠을 자야 해요."

꽃들은 화려한 꽃잎을 펼치며 위에 있는 나무들에게 속삭였습니다.

"어린 장미는 피곤하고 힘이 없어요.
어린 장미는 잠을 자야 해요."

나무들은 푸른 가지를 좌우로 흔들며 산들바람에게 속삭였습니다.

"어린 장미는 피곤하고 힘이 없어요.
어린 장미는 잠을 자야 해요."

산들바람은 빙글빙글 빙그르르 돌더니 잠시 후 소용돌이치는 바람이 되어
하늘 높이 솟아올랐습니다. 그리고 높은 하늘에서 아침 해님에게 속삭였습
니다.

"어린 장미는 피곤하고 힘이 없어요.
어린 장미는 잠을 자야 해요."

해님은 따뜻한 미소를 지었습니다. 그러고는 어린 장미를 위해 황금빛 햇살을 부드럽게 비춰 주었습니다.

손수건 친구들이 담긴 상자

이 이야기는 나의 어린 시절 경험을 바탕으로 쓴 것이다. 몇 주를 앓았던 적이 있는데 내 최고의 기억(인후통과 병의 다른 불편한 점들보다 중요해 보이는 기억)은 어머니가 준 책이었다. 알록달록한 손수건들이 담긴 상자와 함께, 받은 그 책에는 손수건을 매듭 인형으로 만드는 방법이 담겨 있었다. 건강을 되찾을 수 있게 도와준 것은 바로 그 손수건 친구들이었다고 확신한다!

나에게 몇 시간씩 즐거움을 주었던 그 책은 불행히도 현재 절판이 되어서 골동품 서점에서만 구할 수 있다. 운이 좋다면 중고 서점에서 찾을 수도 있다. 그 책의 제목은 『아라민타, 아라벨라, 아리스티드』이고, 로르나 노스가 쓰고 필리스 하랩이 삽화를 그렸다.*

옛날 옛날에 어린 소녀의 침대 옆 서랍 속에 상자 하나가 있었습니다.

---

* 「Araminta, Arabella and Aristide」 Lorna North & Phyllis Harrap, P.G. Gawthorn Ltd, London, 1955

만약 어떤 어른이 이 상자를 연다면, 단정하게 접힌 손수건들만 보일 뿐이었겠지요.

이 상자의 숨겨진 진실을 아는 유일한 사람은 어린 소녀뿐이었습니다. 소녀는 상자 안에 있는 모든 손수건을 머리맡 친구로 바꾸는 비법을 배웠습니다. 소녀는 아파서 며칠 동안, 때로는 몇 주 동안 침대에 누워 있을 때만 이 비법을 사용했습니다.

상자 안에는 손수건이 열 장 들어 있었는데, 그건 머리맡 친구 열 명을 뜻했습니다. 손수건을 한 번에 한 장씩 꺼내 가운데를 묶어 매듭으로 머리를 만들고, 양 귀퉁이를 매듭지어 양손을 만들기만 하면 되었습니다. 소녀는 손수건 몇 개를 네 귀퉁이를 돌려가며 매듭지어 긴 팔과 긴 다리를 가진 인형을 만들었습니다. 다리가 없는 다른 인형들은 흐르는 듯한 긴 드레스를 입었습니다.

어린 소녀는 날마다 잠들기 전까지 대부분의 시간을 여러 색깔의 손수건 친구들과 놀면서 보냈습니다. 소녀는 침대 시트와 담요를 가지고 언덕과 계곡, 작은 동굴, 긴 터널, 그리고 집과 침실을 만들었습니다. 탐험을 기다리는 온 세상이 거기에 있었지요.

때로는 방에 있는 다른 장난감들이 초대를 받기도 했습니다. 곰 인형과 호랑이 인형, 조그맣고 빨간 자동차, 꽃 모양의 찻잔 세트가 선택받길 바라며 장난감 선반에서 기다렸습니다. 이 친구들은 침대 위가 좁아서 잠들기 전 놀이에 모두가 함께할 수 없다는 걸 알고 있었습니다.

하지만 선택받지 못한다 해도 최소한 선반에서 지켜볼 수는 있었지요.

그렇게 하루하루가 지나갔습니다… 마음껏 놀고, 편안히 쉬고, 오랫동안 자고… 그리고 더 많이 놀고 더 오래 자고, 또 더 많이 놀고 더 오래 자고… 어린 소녀는 다시 건강해지는 데 필요한 시간만큼 충분히 자고 충분히 놀았습니다.

[만들어 보기]
손수건으로 매듭 인형 만들기: 실크 스카프나 손수건 같이 사각형 모양의 조각천은 창조적 놀이를 위한 인형으로 쉽게 바꿀 수 있습니다. 종이 냅킨으로도 잠깐 놀 수 있는 인형을 만들 수 있지요. 필요한 것은 머리로 쓸 작은 양모 공이나 다른 속재료 그리고 묶을 실이나 끈입니다. 사각형 가운데 속을 채운 공을 넣고 머리를 만들어 묶은 다음, 양쪽 두 귀퉁이를 매듭지어 손을 만듭니다. 아니면 머리를 큰 매듭으로 묶고 손을 작은 매듭으로 묶어도 됩니다. 364쪽을 참고하세요.

집에만 있어야 했던 꼬마 요정

이 이야기는 코로나19 팬데믹 동안 집에만 있어야 했거나 자유가 심각하게 제한되었던 어린아이들(추천 연령: 3~7살)을 위해 썼다.(예를 들어, 학교에 다닐 수는 있지만 특별한 모임, 축제, 파티 또는 행사에 참석할 수 없는 경우) 마지막에 나오는 노래는 교사와 부모가 아이들의 아이디어로 더 많은 구절을 만들 수 있도록 남겨 두었다. 이 이야기는 다양한 상황에 맞게 변형 및 편집할 수 있다. 엄마 나무는 아빠 나무 또는 할머니나 할아버지 나무가 될 수 있고, '요정 학교'에 관한 부분은 생략할 수 있다. 주인공도 바꿀 수 있다.(예를 들어, 요정 대신 작은 집에 갇힌 생쥐 또는 둥지에 머물며 쉬어야 하는 새에 대한 이야기가 될 수 있다)

나는 이 이야기를 '거울처럼 반영하는' 구조로 쓰려고 마음먹었다. 여기에서는 단순히 상황을 반영하고 확장하고 있는데, 너무 강력해서 어린아이들에게 직접 말할 수 없는 메시지를 전하는 데 도움이 될 만한 이미지를 사용했다. 글을 쓸 당시에는 어떻게 될지 아무도 몰랐기 때문에 무책임한 행동이 될 것 같아 향후 어떤 일정도 약속하지 않았다. 이 이야기의 목적은 아이들이 현재의 '사회적 거리두기' 상황을 받아들이고, 집 안에서 할 수 있는 활동을 찾아 즐길 수 있도록 하는 데 도움을 주는 것이었다.

나는 이 이야기를 내 웹사이트에 올리고 소셜 미디어에 링크를 올렸다. 일주일 만에 이 이야기는 전 세계로 퍼지며 27개의 언어로 번역되었고, 인형극, 연극, 단편 영화, 심지어는 뜨개질 만화로까지 바뀌었다. 나는 그 반응에 압도당했다. 그것은 오늘날처럼 세상이 어려운 시기에 이야기의 언어가 얼마나 필요한지를 증명해 주었다. 이 이야기는 어린아이들을 위해 썼지만, 집에 '갇혀 있는' 것에 대해 어떻게 긍정적인 태도를 갖도록 도와주었는지에 대한 어른들의 댓글이 많았다. 80세 할아버지인 내 친구는 전화를 해서 "이 이야기는 나를 위한 거야!"라고 말하기도 했다.

꼬마 요정은 이해할 수 없었습니다.

왜 집에만 있어야 하는 거죠?

꼬마 요정이 돌아다니는 걸 얼마나 좋아하는지 다들 알고 있지 않나요!

요정 학교에 갈 수도 없고, 숲에서 친구들과 놀 수도 없고, 친구들이 놀러 올수도 없다니까요.

꼬마 요정은 혼자 나무뿌리 집에 갇혀 있어야 했습니다.

그래도 창문으로 나무뿌리 바깥을 볼 수 있었습니다. 생각보다 볼거리가 무척 많아서 꼬마 요정은 깜짝 놀랐습니다. 작은 개미들이 종종종 걸어갔고, 알록달록 딱정벌레들이 눈길을 끌었습니다. 귀가 접힌 토끼들은 깡충깡충뛰면서 덤불 속을 들락날락, 이리저리 돌아다녔습니다.

이 모든 게 신기하긴 했지만 꼬마 요정은 점점 지루해졌어요. 왜 계속 집에만 있어야 하는 거죠? 왜 돌아다닐 수 없는지 알 수가 없었습니다.

엄마 나무가 속삭였습니다. "모든 게 예전 같지 않지? 하지만 엄마를 믿으렴. 넌 금방 자유로워질 거야. 엄마를 믿으렴. 엄마를 믿어 봐."

꼬마 요정은 언제나 엄마 나무를 마음속 깊이 믿고 따랐습니다.

엄마 나무는 더할 나위 없이 지혜로웠거든요.

엄마 나무는 온 숲의 지혜를 전해 주었죠!

엄마 나무는 모든 걸 알고 있었습니다. 엄마 나무의 친구인 새들과 바람이 날마다 찾아와 먼 곳의 이야기를 전해 주었거든요.

꼬마 요정은 새들이 왔다는 걸 들어서 알 수 있었습니다. 새들이 엄마 나무의 높은 가지 위에서 기뻐하며 노래를 하기 때문입니다.

꼬마 요정은 바람이 불어오는 것도 알 수 있었습니다. 나뭇가지가 때로는 천천히, 때로는 빠르게, 이리저리 흔들리는 걸 볼 수 있었지요. 때로는 바람 친구가 불어닥치면 땅바닥에 먼지와 나뭇잎이 휘날리기 때문에 그때마다 창문을 닫아야 했습니다.

날마다 엄마 나무는 속삭였습니다. "모든 게 예전 같지 않지? 하지만 엄마를 믿으렴. 넌 금방 자유로워질 거야. 엄마를 믿으렴. 엄마를 믿어 봐."

꼬마 요정은 엄마 나무의 말을 믿고 집에서 기다렸습니다. 머지않아 나무 뿌리 속에 있는 집을 자유롭게 나설 수 있다는 걸 알고 있었으니까요. 머지않아 다시 또 숲을 자유롭게 돌아다닐 수 있다는 걸 알고 있었으니까요. 아, 꼬마 요정은 돌아다니는 걸 정말 좋아해요!

꼬마 요정은 기다리는 동안 나무뿌리 집에서 혼자서 할 수 있는 일이 얼마나 많은지를 깨닫고 깜짝 놀랐습니다.

> "꼬마 요정은 춤출 수 있어요
> 꼬마 요정은 노래할 수 있고요
> 꼬마 요정은 그림 그릴 수 있어요
> 그리고 바닥에서 구르기도 할 수 있지요.
>
> 꼬마 요정은 춤출 수 있어요
> 꼬마 요정은 노래할 수 있고요
> 꼬마 요정은 청소하고 요리할 수 있어요
> 그리고 웅크려서 그림책을 볼 수 있지요.
>
> 꼬마 요정은 춤출 수 있어요
> 꼬마 요정은 노래할 수 있고요
> 꼬마 요정은 뜨개질하고 바느질할 수 있어요
> 그리고 밀가루 반죽을 주무르고 빵을 구울 수 있지요.
>
> 꼬마 요정은 춤출 수 있어요
> 꼬마 요정은 노래할 수 있고요
> 꼬마 요정은 망치질하고 나사를 조일 수 있어요
> 자르고 붙일 수 있지요
> 스튜도 끓일 수 있답니다
> 그리고 좀 답답해지면
> 창밖 풍경을 바라봅니다
> 꼬마 요정은 할 수 있는 일이 정말 많아요!"

[만들어 보기]
그림을 그려서 이야기를 그림책으로 만들어 보세요. 인형극을 만들고, 춤을 추거나

연극을 하고, 마지막 노래에 곡을 붙여 보세요.
시에 더 많은 내용을 넣을 수도 있습니다.(집에서 할 수 있는 다른 활동으로 또 무엇
이 있나요?)
꼬마 요정은 … 할 수 있어요
꼬마 요정은 … 할 수 있어요
꼬마 요정은 … 할 수 있어요
그리고 …

아기 주머니쥐[*]를 위한 손수건

코로나19 팬데믹을 겪으며 '병균'과 감염**에 대해 지나치게 불안해하
는 어린아이들을 돕기 위한 운율이 있는 이야기.

　이 이야기에는 '오디숲 주위를 돌자'*** 노래에 맞춰 부를 수 있는 '손
수건 후렴'이 들어 있다. 아니면 여러분이 직접 노래를 만들 수도 있다.

　　아기 주머니쥐는 걱정이 많아요.
　　온종일 그리고 밤새도록 말이죠.
　　숲속 소식과 소문은
　　모두 무섭기만 해요.

모든 나무의 모든 줄기에는
"조심하시오!"라는 표지판이 있어요.
나무껍질에는 큰 글씨로 쓰여 있죠.
"끔찍한 병균이 창궐했음."

아기 주머니쥐는 걱정이 많아요
여기저기서 병균 이야기가 나오는데,
어떻게 마음 놓고 숲속 공기를
마실 수 있겠어요!

엄마 주머니쥐가 말했어요.
"우리 나무에 있으면 안전해,
엄마랑 집에서 놀면,
아무 일도 없을 거야."

하지만 여전히 걱정이 되었어요,
주머니 속에서 나오지 않았죠.
끔찍한 병균이 있는데,
왜 나오려고 하겠어요?

엄마는 날마다 타일렀어요.
"나와서 우리 나무에서 놀아,
가지에서 가지로 뛰어다녀,
자유롭게 지내도 괜찮아."

하지만 여전히 걱정이 되었어요,
나무에서 놀지 않겠다고 말했죠.
온통 이 생각밖에 나지 않았어요.
"병균이 나에게 오면 어떡해!"

그때 산들바람이 나무 주위를 맴돌았어요,
노래를 속삭이며 말이죠.

그 속삭임을 들은 엄마는
행복한 환호성을 질렀어요!

엄마는 거미 친구들을 불렀어요
거미들은 모든 나무에서 살지요.
"우리를 안전하게 지키려면 말이야,
손수건이 많아야 해!"

"병균을 잡는 손수건,
날마다 쓰는 손수건,
숲은 안전하게 해 주고,
걱정은 그치게 해 주지."

그래서 말이죠, 모든 나무에서
숲속 거미들은 일을 했어요,
실을 잣고 천을 짜
거미줄 손수건을 많이 만들지요.

다음 날 아침 아기 주머니쥐가
주머니 밖으로 머리를 내밀었어요.
귀한 선물을 보았거든요
거미줄로 짠 손수건이에요.

곧 모든 주머니쥐가 선물을 받았습니다
병균은 점점 줄어들었어요.
마침내 우리 아기 주머니쥐가
주머니에서 안전하게 나올 수 있을 만큼요.

이제 숲의 모든 주머니쥐는
나무들을 오르내리며 놀 수 있어요.
손수건을 주머니에 넣고
아주 편하게… 쓰면 되니까요.

"병균을 잡는 손수건,
날마다 쓰는 손수건,
숲은 안전하게 해 주고,
걱정은 그치게 해 주지."

손수건을 다 완성했을 때,
거미들에겐 또 다른 일이 생겼어요.
푹신하고 부드러운 수건,
아기 주머니쥐의 발을 닦아 줄 수건을 짜야 했지요.

주머니쥐 숲에 오신다면,
나무를 한번 살펴보세요,
작은 손수건과 수건이 잔뜩
산들바람에 마르고 있답니다!

"병균을 잡는 손수건,
날마다 쓰는 손수건,
숲은 안전하게 해 주고,
걱정은 그치게 해 주지."

노래하는 아기 토끼

베키 위트컴[*]

이 이야기는 부모, 형제, 할머니 외에는 다른 사람들과 말하거나 눈 마주치는 걸 극도로 수줍어하는 3살 남자아이를 위해 썼다. 가정에서는 2개의 언어를 사용하는데, 그것이 이런 행동의 원인이 될 수 있다. 아이

---

[*]　베키 위트컴Becky Whitcombe_ 산후 관리사이자 놀이학교 대표 (호주 시드니)

의 어머니는 아이가 선생님에게, 그리고 놀이를 주도하는 친구들에게 마음을 열지 않는 걸 걱정했다. 아이가 자신의 목소리를 찾아서 어떤 형태로든 사람들과 편안하게 소통할 수 있기를 바랐다… 그래서 이 이야기가 탄생했다.

베키의 말: "저는 그 아이에게 '너의 목소리는 매우 중요하고 아무리 작아도 들을 가치가 있다'는 메시지를 전하기 위해 정말로 노력을 많이 했습니다. 그 아이의 목소리를 듣게 된 다른 아이들이 그 아이의 목소리를 좋아하게 되는 마법은 아이가 말을 할 때 일어날 수 있겠지요… 이야기가 꽤 길지만, 아이는 이야기에 많은 영향을 받았습니다."

아이 어머니의 말: "저는 이 모든 과정이 믿을 수 없을 정도로 다채로웠고 보람되었습니다. 아이와 저에게 큰 도움이 되었고요. 아들은 가족 말고도 다른 사람들에게 말을 하기 시작하더니 이제는 웃으면서 제스처를 취하기도 하고, 고개를 끄덕이고 눈을 마주치며 이전보다 더 많은 의사소통을 하고 있습니다. 또 다른 사람들 앞에서도 가족과 이야기를 잘하는데, 그 이야기를 듣기 전에는 거의 그런 일이 없었어요. 미묘하지만 강력한 변화가 있는 거죠. 처음 그 이야기를 들었을 때 아이는 정말로 이야기에 반응하는 것처럼 보였습니다. 바깥 세계에 마음을 열고 다른 사람들과 비언어적이지만 소통을 하고 싶어 하는 것 같았습니다. 아이는 저와 함께 노래를 부르기도 했어요!"

아이 선생님의 답변: "그 이야기를 듣고 나서 아이를 만났는데, 처음으로 저와 눈을 맞추는 거예요. 이것만으로도 엄청난 일이었죠. 마치 신뢰한다는 표현을 선물로 주는 것 같았어요. 정말 아름다웠죠. 아이는 놀이하는 친구들 앞에서 엄마에게 말한 적이 거의 없어요. 다른 언어로 속삭이는 정도였죠. 이제는 두려움 없이 큰 소리로 말한답니다!"

옛날 옛날에 아주 아늑하고 따뜻한 굴에 토끼 가족이 살았습니다. 엄마 토끼와 아빠 토끼, 그리고 아기 토끼 두 마리였습니다. 토끼들은 모두 황금 갈색과 흰색으로 된 보송보송한 털, 그리고 깨끗하고 밝게 빛나는 분홍빛 코를 가지고 있었습니다.

막내 토끼는 노래 부르는 걸 좋아해서 일어나자마자 노래를 부르기 시작했습니다.

특히 가족 앞에서 노래하는 걸 좋아했습니다. 오직 자기 가족에게만요. 가족들은 굉장히 즐겁고 재미있었지요.

> "랄랄라, 난 노래를 불러요
> 날마다 노래를 부르죠
> 라 다 다, 라 디 디
> 노래 부르는 건 정말 행복해."

토끼 가족이 굴을 떠나 먹이를 찾는 동안에도, 아기 토끼는 깡충깡충 뛰는 가족들 가까이에 앉아 조용히 노래를 불렀습니다.

> "랄랄라, 난 노래를 불러요
> 날마다 노래를 부르죠
> 라 다 다, 라 디 디
> 노래 부르는 건 정말 행복해."

하지만 숲속 다른 동물이 다가오면 아기 토끼는 고개를 숙이고 노래를 멈췄습니다. 그 동물이 멀리 가 버렸을 때만 고개를 들고 깡충깡충 뛰어다니며 다시 노래를 불렀습니다.

> "랄랄라, 난 노래를 불러요
> 날마다 노래를 부르죠
> 라 다 다, 라 디 디
> 노래 부르는 건 정말 행복해."

어느 날, 토끼 가족이 새로운 제철 열매를 찾고 있을 때, 근처에 열매를 찾는 동물이 너무 많아졌습니다. 가족에게 아주 조용히 노래를 불러 주고 있던 아기 토끼는 부끄럽고 힘들어 노래 부르는 걸 그만 멈췄습니다.

그런데 아기 토끼는 자기 목소리에 숲을 무지개 색깔로 빛나게 하는 마법이 있다는 걸 몰랐습니다. 아기 토끼의 노래는 숲과 땅과 하늘을 여행하듯 울려 퍼졌더랬습니다. 기거나 걷거나 날아다니는 동물 모두에게 말이죠.

새와 벌과 꽃과 나무는 모두 그동안 아기 토끼의 노래를 들으며 지냈던 것입니다. 아기 토끼의 목소리는 숲을 빛나게 해 주었습니다. 모든 색깔로요! 그래서 아기 토끼가 노래를 멈췄을 때 숲은 빛을 잃고 색깔도 잃기 시작했습니다.

기거나 걷거나 날아다니는 동물 모두 회색으로 변했습니다.

모든 새와 벌, 꽃과 나무가 회색으로 변했습니다.

그러자 토끼 가족은 서로를 쳐다보았고, 그들 역시 빛과 색을 잃었다는 걸 알게 되었습니다. 그들도 이제 회색이 되었습니다.

색깔이 있는 건 아무것도 없었습니다.

토끼 가족은 열매(열매도 회색이 되었습니다)를 따느라 너무 지쳐서 잠을 자기 위해 굴로 돌아갔습니다.

다음 날 가족이 모두 일어났을 때, 아기 토끼는 다시 노래를 부르기 시작했습니다.

> "랄랄라, 난 노래를 불러요
> 날마다 노래를 부르죠
> 라 다 다, 라 디 디
> 노래 부르는 건 정말 행복해."

갑자기 엄마 토끼가 아주 선명한 갈색과 흰색으로 다시 변하기 시작했습니다. 그리고 멋지게 반짝이는 분홍빛 코도 나타났지요. 엄마는 깜짝 놀라서 아기 토끼에게 말했습니다. "계속 노래해! 계속 노래 부르렴!"

아기 토끼가 계속 노래하자, 온 가족이 아주 깨끗하고 선명한 갈색과 흰색으로 다시 변하기 시작했습니다. 그리고 반짝이는 분홍빛 코도 나타났지요.

엄마 토끼는 아기 토끼를 굴 입구로 데리고 나가 노래를 부르게 했습니다. 그러자 숲의 색깔이 다시 나타나기 시작했습니다. 회색이 사라지고, 잔디는 사랑스러운 초록으로 변했습니다. 꽃들은 빨강, 자주, 분홍으로 화려하게 피었습니다. 노래가 숲 곳곳에 퍼지자 새들은 색색의 날개를 파닥였고, 하늘은 가장 밝은 파랑으로 변했습니다.

엄마 토끼가 돌아서서 아기 토끼에게 말했습니다. "네가 한 거야, 네가 한 거라고! 네 목소리와 노래가 숲 곳곳에 색깔을 주고 있잖아."

그날 이후로 아기 토끼는 자기가 부르는 노래를 아주 자랑스러워했고, 모두에게 노래 부를 수 있어 행복했습니다. 그리고 숲은 그 어느 때보다 예쁘고 다채로웠습니다.

가만히 귀를 기울이면 여러분도 모든 새와 벌의 흥얼거리는 소리를 들을 수 있습니다. 꽃과 나무들은 아기 토끼의 달콤한 노래에 맞춰 흔들흔들 춤을 춥니다.

> "랄랄라, 난 노래를 불러요
> 날마다 노래를 부르죠
> 라 다 다, 라 디 디
> 노래 부르는 건 정말 행복해."

아이들과 강

아넷 무챨라Annet Mukyala의 구술

이 이야기는 아넷 무챨라가 구술하고 글쓴이가 받아적은 것이다. 동아프리카 우간다의 반요로Banyoro 이야기로 상황적 함구증에 대해 전해 내려오는 이야기이다.

옛날 옛날에 남편과 아내, 그리고 네 딸과 아들 한 명이 살았습니다.

엄마와 아빠는 자녀를 잘 돌봤고, 가족을 먹여 살릴 옥수수와 채소를 키우기 위해 밭에서 열심히 일했습니다.

그런데 막내아들이 말을 하지 않는 것이었습니다. 말을 하게 하려고 엄마와 아빠, 누나들이 온갖 노력을 다했지만 소용이 없었습니다.

어느 날 엄마와 아빠가 밭에 일을 하러 갔을 때 아이들은 자기들끼리 우물에서 물을 길어오기로 했습니다. 아이들이 우물에 거의 다 도착했을 즈음, 한 번도 본 적 없는 큰 강을 만났습니다. 아이들은 그 강을 건널 방법이 없었습니다.

맏이가 강 가까이 다가가 노래를 부르기 시작했습니다.

> "마아마 나 타아타 바캄파카나 은탈리겐다 하이지바
> Maama na taata bakampakana ntaligenda haiziba
> 음베레 아마이지 가테 케이레 은얀자 이웨 음피키자 은다베호.
> mbere amaizi gate keire nyanja iwe mpikiza ndabeho.
> 엄마와 아빠는 제가 우물에 가길 원하십니다.
> 강이시여, 제가 지나갈 수 있게 길을 열어 주세요."

그러자 강이 양 갈래로 갈라졌고, 맏이를 위한 길이 나타났습니다. 맏이가 건너가자 강은 다시 닫혔습니다.

그다음으로 둘째가 와서 같은 노래를 불렀습니다.

> "엄마와 아빠는 제가 우물에 가길 원하십니다.
> 강이시여, 제가 지나갈 수 있게 길을 열어 주세요."

다시 한번 강이 갈라지면서 둘째를 위한 길이 열렸고, 둘째가 건너가자 강은 다시 닫혔습니다.

이어서 셋째와 넷째의 차례가 되었습니다. 모두 같은 노래를 불렀더니 강이 갈라져서 길이 생겼고, 건너면 다시 닫혔습니다.

지금까지 한 번도 말을 해 본 적이 없는 막내는 누나들이 했던 것처럼 노래를 부르려고 했지만 말이 나오지 않았습니다. 그러자 물이 무릎까지 차올랐습니다. 두 번째 시도를 했지만 여전히 아무 소리도 낼 수 없었습니다. 그러자 물이 허리까지 차올랐습니다. 세 번째 시도를 했지만 여전히 노래를 부르지 못했습니다. 이번에는 물이 목까지 차올랐습니다.

막내는 입으로 강물을 조금 마셨습니다. 물은 시원하고 상쾌했습니다.

다시 시도를 했을 때, 막내는 제대로 노래 부를 수 있었습니다. 드디어 강이 갈라지고 막내를 위한 길이 만들어졌습니다!

건너편에 가보니 누나들이 모두 기다리고 있었습니다. 누나들이 막내가 우물에서 물을 길어 올리는 걸 도와주었습니다. 그리고 행복하게 집으로 출발했습니다.

돌아오는 길에는 강이 온데간데없었습니다.

엄마와 아빠는 아들이 말을 할 수 있게 되었다는 걸 알고 무척 기뻐했습니다. 큰 잔치를 열고, 가족들은 이 특별한 날을 축하했습니다.

공주님과 진주

이 이야기는 집에서는 말을 하지만 학교에서는 말하지 않는 선택적 함구증이 있는 6살 여자아이를 위해 썼다. 도움이 되는 은유 중 하나인 '나비'는 아이가 그린 그림에서 온 것이다. 아이가 그린 모든 그림에 나비가 있었다.

나는 이 이야기를 아이의 여섯 번째 생일 직후에 주려고 했는데, 그때까지 아이가 자기 생일선물로 진주가 박힌 펠트 왕관을 골랐다는 사실을 알지 못했다. 이따금 이런 동시성이 이야기와 함께 발생한다! 아이는 생일날 왕관을 쓰고 학교에 갔다. 선생님 역시 깜짝 놀랐는데, 그다음 주에 이 이야기를 반 친구들에게 들려줄 계획이었기 때문이다.

선생님은 천천히, 조금씩 아이의 행동에 작은 변화가 관찰되었다고 전했다. 선생님의 말씀에 따르면 이렇다. "그 이야기 덕분에 아이가 학교(교실과 운동장)에서 자기 목소리를 좀 더 자신 있게 들려주더군요. 저를 위해 노래도 하고, 친구들과 얘기하기 시작했답니다."

어머니, 아버지도 읽을 수 있도록 집으로 이야기를 보냈다. 그들은 자기 가족에게 이런 이야기 선물이 주어져서 정말로 행복했다는 말을 전해 주었다.

옛날 옛날에 바닷가 바위 절벽 위에 눈부시게 하얀 성이 있었습니다. 그곳에 공주님이 살았습니다. 공주님은 아침에 눈을 뜨는 순간부터 밤에 잠드는 순간까지 아름다운 진주 왕관을 쓰고 다니는 걸로 유명했습니다.

공주님은 정원에서 나비들과 숨바꼭질을 할 때도 진주 왕관을 썼고, 그네를 탈 때도 진주 왕관을 썼습니다. 바닷가 절벽 위에 풀밭을 뛰어다닐 때도 진주 왕관을 썼습니다.

공주님은 밤마다 잠들기 전에 왕관을 벗어 우윳빛 진주를 닦았습니다. 그리고 아침까지 부드러운 벨벳 상자에 왕관을 넣어 두었습니다.

어느 날 바닷가 절벽 위 풀밭을 뛰어다니던 공주님이 돌부리에 걸려 앞으로 넘어졌습니다. 그때 진주 왕관이 머리에서 벗겨졌습니다. 왕관은 길을 따라 굴러갔습니다. 절벽 끝까지 굴러갔지만 다행히도 바닷가에 떨어지기 직전, 바위에 걸려 멈추었습니다.

공주님은 조심스레 기어가 왕관을 집어 들었습니다. 왕관에 묻은 흙과 풀을 털어내다가 진주가 사라졌다는 걸 알아차렸습니다. 공주님은 주위를 둘러보았습니다. 절벽 꼭대기의 흙과 바위 사이에는 진주가 없었습니다. 공주님은 풀밭 길을 따라 다시 걸었습니다. 길에도, 풀밭에도 진주는 없었습니다. 공주님은 다시 절벽 꼭대기로 기어 올라가 절벽 너머를 바라보았습니다. 저 멀리, 모래톱에 동그랗고 하얀 진주가 놓여 있는 것이 보였습니다. 진주는 햇빛에 반짝이고 있었습니다.

그때 큰 파도가 밀려왔습니다. 파도가 쓸려 내려갔을 때 진주는 사라지고 없었습니다. 파도가 진주를 바닷속 고향으로 데려간 것이었습니다.

공주님은 어찌할 바를 몰랐습니다. 바다는 너무 컸고 자기는 너무 작았으니까요. 잃어버린 진주를 되찾을 수 있을까요? 공주님은 그럴 수 없을 것 같았습니다.

공주님은 성으로 돌아와 부드러운 벨벳 상자에 왕관을 다시 넣었습니다. 진주가 없으니 왕관은 하나도 아름답지 않았습니다. 공주님은 왕관을 다시 쓰고 싶지 않았습니다.

그날 이후, 공주님이 달라졌습니다. 공주님은 정원에서 놀고 싶지 않았습니다. 그네도 타기 싫었고, 풀밭을 뛰어다니는 것도 싫었습니다.

공주님의 그런 변화를 가장 먼저 알아차린 건 나비들이었습니다. 나비들은 공주님이 나와서 자기들과 숨바꼭질하기를 날마다 기다렸습니다. 하지만 이제 공주님은 성안에 앉아 창밖을 내다볼 뿐이었습니다.

나비들은 모든 비밀을 알고 있는 바람에게 자기들의 걱정거리를 속삭였습니다. 모든 비밀을 알고 있는 바람은 공주님이 넘어지던 날 절벽 꼭대기에서 불고 있었습니다. 모든 비밀을 알고 있는 바람은 진주가 왕관에서 빠져 절벽 너머로 굴러떨어지는 걸 보았습니다. 모든 비밀을 알고 있는 바람은 파도가 바닷가로 밀려와 동그랗고 하얀 진주를 바닷속으로 데려가는 것도 보았습니다.

그리고 지금, 모든 비밀을 알고 있는 바람이 나비들에게 이 모든 걸 이야기해 주었습니다.

나비들은 그 순간 무엇을 해야 할지 알았습니다. 팔랑팔랑 날갯짓을 하며 알록달록한 구름처럼 함께 날아올랐습니다. 성의 정원에서 절벽을 넘어, 파도가 출렁이는 바닷가로 날아갔습니다. 나비들은 파도에게 사라진 진주에 대한 이야기를 속삭였습니다. 그러고는 팔랑팔랑 날갯짓을 하며 다시 알록달록한 구름처럼 함께 날아올랐습니다. 절벽을 넘어 금세 정원으로 무사히 돌아왔습니다.

한편, 파도는 돌고래들이 헤엄을 치며 노는 곳까지 바닷물을 통해 속삭임을 전해 주었습니다. 돌고래들은 사라진 진주에 대한 이야기를 듣자마자 진주를 찾기 시작했습니다. 바다 깊이 내려가 이곳저곳을 살피고, 바위 암초 사이를 헤치며, 바다 밑 모랫바닥을 샅샅이 뒤져 보았습니다. 여러 날 동안 돌고래들은 진주를 찾아 헤맸습니다. 그리고 마침내 돌고래 한 마리가 기쁨에 가득 차 물 위로 뛰어올랐습니다. 바닷가를 향해 헤엄치는 돌고래의 입속에는 눈부시게 하얀 진주가 있었습니다.

모든 비밀을 알고 있는 바람은 이 순간에도 바다를 스쳐 지나가고 있었습니다. 파도가 돌고래에게 진주를 받아 모래톱 저 위로 가져다 놓는 것을 보았습니다. 진주는 햇빛을 받으며 반짝였습니다.

모든 비밀을 알고 있는 바람은 재빨리 성을 향해 불어갔습니다. 공주님은 성안에 앉아 창문으로 밖을 내다보고 있었습니다. 모든 비밀을 알고 있는 바람은 공주님의 관심을 끌기 위해 최선을 다했습니다. 창문의 빗장을 덜컹거리게 하고, 유리창에 부딪히고, 나뭇가지를 흔들었습니다. 그리고 화단을 덮은 지 얼마 되지 않은 흙더미를 휘젓기도 했지만 공주님은 전혀 눈치를 채지 못하는 것 같았습니다.

그러자 모든 비밀을 알고 있는 바람에게 좋은 생각이 떠올랐습니다. 성문의 작은 구멍 속으로 비집고 들어간 것입니다. 성안으로 들어간 바람은 공주님 주위를 부드럽게 돌면서 아름다운 노래를 부르기 시작했습니다. 나비들이 도운 일과 파도가 도운 일, 돌고래들이 도운 일에 대해 노래했습니다. 마침내 바람은 모래톱에 놓여 있는 눈부시게 하얀 진주에 대해 노래했습니다.

모든 비밀을 알고 있는 바람의 아름다운 노래를 들은 공주님은 일어나 성문을 열고 밖으로 나갔습니다. 공주님이 정원에 내려가자 친구인 나비들에게 둘러싸였습니다. 팔랑팔랑 날갯짓을 하며 나비들은 알록달록한 구름처럼 함께 날아올랐습니다. 공주님은 알록달록한 구름을 따라 절벽 꼭대기의 풀밭을 가로질러 갔습니다. 바위 절벽 길을 천천히 내려가 바닷가에 이르렀지요. 모래밭에 들어서자마자 공주님은 햇빛에 반짝이는 하얀 진주를 발견했습니다.

이날은 모두에게 정말로 행복한 날이었습니다. 모든 비밀을 알고 있는 바람에게, 나비들에게, 파도에게, 돌고래들에게, 그리고 누구보다 공주님에게 정말 정말 행복한 날이었습니다. 왕관은 최고로 아름답게 고쳐졌고 금세 공주님의 머리 위로 돌아왔습니다.

그리고 알려진 바에 따르면 공주님은 아침에 눈을 뜨는 순간부터 밤에 잠드는 순간까지 계속해서 왕관을 썼다고 합니다. 정원에서 나비들과 숨바꼭질을 할 때도 진주 왕관을 썼고, 그네를 탈 때도 진주 왕관을 썼습니다. 바닷가 절벽 위 풀밭을 뛰어다닐 때도 진주 왕관을 썼습니다.

낱말을 낚는 어부

목소리를 내고 단어를 말하는 데 자주 어려움을 겪는 언어 실행증失行症과 언어 지연이 있는 아이들의 끈기와 인내를 북돋우기 위한 이야기. '얼음 낚시'라는 아이디어는 내 아들 제이미에게서 나왔다. 물, 특히 폭포에 관한 모든 걸 사랑하는 제이미의 6살짜리 아들을 위해 나는 이 이야기를 썼다. 아이가 하려는 말을 부모가 알아듣지 못할 때, 나는 부모에게 '낚시를 계속하라'거나 '구멍을 더 넓고 깊게 파라' 같은 이야기 속 이미지를 적절하게 활용하라고 권했다.

어부에 관한 이 이야기는 알고 있는 단어를 잊어버리곤 해서 힘들어하는 어른들도 사용할 수 있다. 남편과 나는 이제 낚시 은유를 이용해 사고 연습을 한다. 우리는 떠오르지 않는 '낱말'에 대해 서로에게 의지하는 데 익숙해져 있었다. "그거 이름이 기억나요?"라고 물으면 이제 나는 "낚시를 계속하세요."라고 답한다!

옛날 옛날에 낱말 나라가 있었습니다. 그 나라에서는 여러 가지 방법으로 낱말을 찾을 수 있습니다. 때로는 문장 하나 정도 만들 수 있는 낱말을 찾기도 하고, 이야기를 만들기에 충분한 낱말을 찾을 때도 있습니다!

낱말 나라에는 낱말의 숲이 있습니다. 그 숲에는 나무마다 낱말이 나뭇잎처럼 달려 있었습니다. 낱말 해변도 있습니다. 모래 위 바위마다 그 아래에 숨어 있는 낱말을 찾을 수 있었습니다.

그런데 무엇보다 신기한 것은 낱말 나라 한가운데에 있는 낱말 호수입니다. 이 호수에는 작은 물고기들처럼 헤엄치는 많은 낱말이 살고 있었습니다. 사실 세상의 모든 낱말이 이 호수에 살았습니다. 날마다 새로운 낱말들이 폭포에서 호수로 쏟아졌습니다. 호수의 낱말들은 즐겁게 물속으로 뛰어들어 다른 물고기 낱말들과 함께 헤엄쳤습니다.

폭포 옆 호숫가의 작은 집에 어부 소년이 살았습니다. 어부 소년은 날마다 낚시하러 가는 걸 좋아했습니다. 얼마나 많은 낱말을 잡을 수 있는지 알고 싶어 했지요.

때로는 글 한 줄 정도 지을 수 있는 낱말을 잡을 때도 있고, 때로는 이야기 하나 정도 만들 수 있는 낱말을 잡기도 했습니다. 때로는 많은 이야기를 만들기에 충분한 낱말을 잡을 수 있었습니다.

어느 날 낱말 나라에 몹시 추운 날씨가 이어져서 호수가 꽁꽁 얼어붙었습니다. 어부 소년은 낚시를 하기 위해 얼음에 작은 구멍을 내야 했습니다. 그래서 열심히 구멍을 깨고 팠습니다. 그런 다음 아주 따뜻한 외투를 입고 얼음 구멍 옆에 의자를 놓고 앉아 낚시를 했습니다. 하지만 이런 식으로 낱말을 잡는 것이 쉬운 일은 아니었습니다.

낚싯바늘을 물었던 낱말이 달아나기 일쑤였습니다. 다행히 낱말이 낚싯바늘에 걸렸을 때도 얼음 구멍에 비해 낱말이 너무 커서 밖으로 끌어당길 수 없었습니다.

그래서 어부 소년은 낚시 노래를 부르며 구멍을 더 크게 만들기 위해 얼음을 깨고 파고 깨고 팠습니다.

> "낚시, 낚시, 하루 종일 낚시를 해…
> 낱말을 낚아서… 낱말들로 무얼 할 수 있을까?
> 글을 짓고 이야기도 만들지,
> 내가 정말 정말 좋아하는 낱말 낚시!"

글을 짓고 이야기 만드는 걸 좋아하는 어부 소년은 추운 날씨에도 얼음 구멍으로 낱말을 잡기 위해 더 열심히 일해야 했습니다.

구멍을 더 크게 만들기 위해 깨고 파고 깨고 팠습니다. 정말 열심히 일해야 했지요! 어부 소년은 일하면서 낚시 노래를 불렀습니다.

> "낚시, 낚시, 하루 종일 낚시를 해…
> 낱말을 낚아서… 낱말들로 무얼 할 수 있을까?
> 글을 짓고 이야기도 만들지,
> 내가 정말 정말 좋아하는 낱말 낚시!"

드디어 어부 소년은 낱말들을 잡았습니다!

이 어부 소년이 자라서 온 나라에서 사랑받는 이야기꾼 중 한 명이 되었다는 걸 알고 있나요? 왜냐하면 아주 많은 낱말을 잡아서 아주 많은 글을 짓고 아주 많은 이야기를 만들었기 때문이지요.

[만들어 보기]
간단한 단어가 적힌 카드를 많이 준비하세요. 카드에 철제 단추를 붙이고, 긴 막대 끝에 줄을 매달아 줄 끝에 자석을 붙이세요.
카드를 모두 통에 담은 다음 '낚시하러 가세요'. 아이의 나이에 따라 다양한 놀이를 할 수 있습니다. 낡은 낱말을 이용해 이야기를 만들어 보세요.
이 놀이의 변형으로 자음을 적은 카드를 가지고 '낚시하러 가세요'를 해 볼 수 있습니다. '잡힌' 자음을 이용해 다양하고 많은 낱말 또는 낱말의 조합을 만들어 보세요.

밝은 빛

이 이야기는 퇴행성 안질환을 앓고 있는 영국의 8살 여자아이를 위해 썼다. 몇 년 동안 쇠약해진 아이가 용기를 얻는 데 약간이나마 도움을 주는 선물이 되었다. 아이의 길을 안내하는 다른 감각들에 대해 강조하는 이야기이다.

이야기를 구성할 때 아이의 이모가 도움(조카가 여우를 좋아한다는 등)을 주었다.

개인적으로 이 이야기는 나에게도 도움이 되었다. 덕분에 나는 나이가 들면서 약해진 내 눈의 상태를 받아들일 수 있었다. 나는 다른 감각들을 사용해서 시각을 쉬게 하는 방법을 찾아냈다. 가끔 해변에서 산책할 때 인적이 드물어지면, 나는 눈을 감은 채 모래톱을 걸으며 촉각과 청각에 의존해서 나아갈 길을 찾는다. 이따금 눈을 감고 정원에 앉아 새와 곤충의 소리와 피부에 닿는 바람의 감촉을 즐긴다. 또 한밤중에 눈을 반쯤 감은 채 달빛을 본다. 이런 일이 끝날 때면 내 눈은 늘 편히 쉬었고 다시 더 힘차게 일할 준비가 되는 것 같다!

별똥별처럼 밝게 빛나는 눈으로 세상에 태어난 아기 여우가 있었습니다. 엄마와 아빠는 아기 여우의 밝은 눈이 사랑스러워서 이름을 '밝은 빛'이라고 지었습니다. 이 활기찬 아기 여우는 큰 숲 부근에 가족과 함께 살았습니다. 밝은 빛은 밤에는 숲의 요정들과 숨바꼭질을 했고, 낮에는 언니 오빠들과 새로운 놀이를 만들었습니다.

그런데 해가 갈수록 밝은 빛의 눈이 어두워지기 시작했습니다. 눈이 잘 안 보여서 밝은 빛은 무척 화가 났습니다. 요정 친구들과 장난치는 것도 점점 줄었고, 언니 오빠들과 함께 새로운 놀이도 만들지 않았습니다.

어느 날 저녁, 밝은 빛은 나무 아래 혼자 앉아 슬픈 노래를 부르고 있었습니다.

"정말 간절히 원해요, 눈이 예전처럼 되었으면 좋겠어요.
정말 간절히 원해요, 잘 볼 수 있는 새로운 눈이 생기면 얼마나 좋을까.
정말 간절히 원해요, 가슴이 너무나 아파요.
정말 간절히 원해요, 가슴이 터질 것만 같아요."

아기 여우의 슬픈 노래가 숲의 정령의 귀에 들렸습니다. 숲의 정령은 나뭇잎이 무성한 밝은 빛의 집 앞에 나타났습니다. 그리고 선 채로 아기 여우의 고민을 들었습니다. 밝은 빛의 눈은 눈물로 흐려져 처음엔 숲의 정령을 알아차리지 못했습니다. 그때 숲의 정령이 말했습니다.

"사랑하는 밝은 빛은 들으렴." 밝은 빛은 고개를 들었습니다. "네가 원하는 걸 찾으려면 여행을 떠나야 한단다. 오직 너만이 갈 수 있는 여행이지. 그러려면 몇 가지 도구가 필요한데, 네가 이미 가지고 있는 것들이야. 그것들을 '감각'이라고 한단다. 그리고 여기 너를 도와줄 작은 선물이 있단다."

숲의 정령은 밝은 빛의 집인 나무뿌리 속으로 깊숙이 손을 넣었습니다. 그리고 나무들 모두의 지혜로 만든 빛나고 매끄러운 수정을 꺼냈습니다. 그러고는 넝쿨 한 가닥에 수정을 걸어 목걸이를 만들어 밝은 빛의 목에 걸어 주었습니다.

숲의 정령은 밝은 빛이 그전엔 눈치채지 못했던 나무 틈새를 가리켰습니다. "이 길을 따라가면 깊고 넓은 웅덩이가 있는 공터가 나온단다. 네가 원하는 걸 거기에서 찾을 수 있을 거야." 이 말과 함께 숲의 정령은 마법처럼 사라지고, 수정 목걸이와 함께 밝은 빛만 남겨졌습니다.

이제까지 아기 여우는 숲속 깊이 들어가 본 적이 없었습니다. 숲속에 무서운 것들이 있다고 들어서 가까이 가고 싶지 않았지요. 바로 그 순간, 자애로운 달이 나무 사이로 내려와 은색 달빛으로 밝은 빛을 비춰 주었습니다. 자애로운 달이 속삭였습니다. "나도 네 여행을 도와줄 수 있어. 내가 완전히 밝게 빛날 때 내 빛으로 널 안내해 줄 수 있단다."

숲의 정령이 준 선물과 자애로운 달이 비춰 준 빛에 힘을 얻은 밝은 빛은 숨을 깊이 내쉬었습니다. 수정이 아직 목에 걸려 있는지 확인하고는 천천히 길을 따라 걸었습니다. 이상한 소리와 냄새가 아기 여우를 감쌌지만, 앞으로 가야 한다는 걸 알고 있었습니다.

밝은 빛은 바위와 뒤틀린 나무뿌리들을 헤치며 숲속으로 점점 더 깊이 들어 갔습니다. 그때 "우르르 쾅쾅" 하는 천둥소리를 들었습니다. 소리는 점점 더 가까워졌고 점점 더 커졌습니다. '안 돼!' 밝은 빛은 생각했습니다. '빨리 숨을 곳을 찾아야 해. 곧 폭풍이 올 거야!'

아기 여우는 더듬더듬 길을 벗어나 깊고 어두운 굴속으로 들어갔습니다. 조심스레 구멍 속으로 기어들어가 풍성한 꼬리로 몸을 따뜻하게 감쌌습니다. 아무것두 볼 수 없었지만, 적어도 이 굴에서는 안전할 것입니다. 아기 여우의 배가 두려움으로 떨렸습니다. 수정 목걸이를 꼭 쥐고 폭풍이 지나가기를 기다렸습니다. 얼마 후 밝은 빛은 천둥과 바람이 지나가는 소리를 들을 수 있었습니다. 비가 그친 것을 후각과 청각으로 알 수 있었습니다. 밝은 빛의 촉각은 다시 길로 들어설 수 있게 안내해 주었습니다. 와, 이런 감각들이 있다는 게 얼마나 기뻤는지 몰라요!

어두운 굴에서 빠져나온 밝은 빛은 나무 사이로 달빛이 비춰 주고 있다는 걸 알아차렸습니다. 달빛은 밝은 빛이 앞으로 나아갈 길을 찾도록 도와주었습니다. 밝은 빛은 이제야 조금씩 긴장을 풀기 시작했습니다. 비가 발밑의 땅을 매끄럽게 했고, 달은 더 밝게 빛나고 있었습니다. 밝은 빛은 짧은 노랫가락을 흥얼거리기도 했습니다.

그런데 밝은 빛이 그다음 모퉁이를 돌았을 때 숲은 다시 어두워졌습니다. 밝은 빛은 딱딱하고 축축한 무언가에 부딪혔습니다. 폭풍에 쓰러진 큰 나무가 길을 가로막고 있었습니다. 부러진 나뭇가지가 산더미처럼 쌓여 있었지만 밝은 빛은 넘어가야 했습니다. 다른 방법이 없었지요.

밝은 빛의 촉각과 균형 감각이 앞에 나섰습니다. 밝은 빛은 나뭇가지 산을 비틀비틀 오르기 시작했습니다. 나뭇가지가 뒤죽박죽 쌓여 있어서 아기 여우는 넘어지지 않기 위해 자기 몸의 힘살을 전부 다 사용해야 했습니다. 촉각은 조심스레 발을 내딛는 데 도움이 되었고, 균형 감각은 뒤로 넘어지지 않도록 막아 주었습니다. 마침내 밝은 빛은 꼭대기에 올라 숨을 고르기 위해 앉았습니다.

꼭대기에 오르니 달빛이 훨씬 더 밝았습니다. 밝은 빛은 감사한 마음이 들었습니다. "정말 고마워요, 자애로운 달님. 달빛 덕분에 여기까지 올 수 있었어요." 자애로운 달은 미소를 머금고 좀 더 밝게 빛을 내며 속삭였습니다. "힘을 내렴. 밝은 빛, 넌 똑똑한 여우야. 천 년 동안 보았던 아기 여우 중에서 네가 가장 똑똑하고 용감하단다."

자애로운 달의 도움으로 밝은 빛은 나무 산을 안전하게 내려왔습니다. 그리고 구불구불한 길을 따라 계속해서 숲속으로 깊숙이, 더 깊숙이 들어갔습니다. 끝없이 이어질 것 같은 길이었습니다.

걷고 또 걸으면서 밝은 빛은 깊은 생각에 잠겼습니다. 언니 오빠들이 굴에서 아주 행복하고 평온하게 노는 모습을 떠올렸습니다. '왜 나는 이 여행을 떠나야 했을까? 왜 나는 집에서 행복하게 놀 수 없는 거지?'

밝은 빛의 마음속에 그런 생각들이 올라왔습니다. 얼마 지나지 않아 밝은 빛은 슬픈 노래를 부르고 있었습니다.

> "정말 간절히 원해요, 눈이 예전처럼 되었으면 좋겠어요.
> 정말 간절히 원해요, 잘 볼 수 있는 새로운 눈이 생기면 얼마나 좋을까.
> 정말 간절히 원해요, 가슴이 너무나 아파요.
> 정말 간절히 원해요, 가슴이 터질 것만 같아요."

고였던 눈물이 뺨과 수정 목걸이를 타고 흘러내렸습니다. 눈물이 닿자, 수정 목걸이는 더욱 빛나고 따뜻해지기 시작했습니다. 수정에서 흘러나온 사랑과 온기가 천천히 밝은 빛의 몸으로 퍼져 나갔습니다. 수정이 빛나자, 아기 여우는 숲의 정령이 자기에게 속삭이는 소리 들었습니다. "슬픔의 눈물을 흘려도 괜찮아. 살면서 우리는 모두 서로 다른 시간에 울어본 적이 있단다. 우리는 모두 각자의 길, 서로 다른 길을 가고 있는 거지. 우리는 모두 자신의 길을 선택하고, 자신의 산을 오르고, 자신의 모퉁이를 돌면서 자기 자신을 찾아야 해. 낮은 곳 없는 높은 곳도 없고, 내리막길 없는 오르막길도 없단다. 어둠이 없다면 빛도 없는 법이지."

이러한 지혜에 용기를 얻은 밝은 빛은 길을 따라 계속 걸어갔습니다. 길을 가는 동안 수정은 여전히 밝은 빛에게 온기를 주었습니다. 숲은 이제 그 어느 때보다 더 어두워 보였습니다. 으스스하고 무서운 소리가 들렸지만, 밝은 빛은 멈추지 않았습니다. 할 수 있는 한 빨리, 서둘러 모퉁이를 돌면서, 공터가 나올 때까지 길을 따라 달렸습니다.

공터에 들어서자 무서운 소리가 뚝 그쳤습니다. 사실 아기 여우는 아무것도 들을 수 없었습니다. 바람도 나무를 스치지 않았고, 모든 존재가 침묵을 지켰습니다.

밝은 빛은 가만히 서서 너무나 평화로운 이곳을 즐기고 있었습니다. 그러다가 공터 한가운데에 있는 깊고 넓은 웅덩이를 발견했습니다. 자애로운 달이 밝게 빛났고 그 빛으로 웅덩이 물이 반짝거렸습니다.

반짝임에 이끌린 밝은 빛은 웅덩이에 점점 더 가까이 다가갔습니다. 물가에 이르러 물속을 들여다보기 위해 몸을 숙였습니다. 그곳에는 자기를 바라보는 자기의 눈이 있었지요.

이전에는 한 번도 자기 눈을 본 적이 없었습니다. 밝은 빛의 눈은 아름다웠습니다. 정말로 아름다웠습니다.

우리 아이들_사랑의 말로 치유하기

벤저민 아우크람, 오스틴 클라크-스미스, 케이티 헵튼

힐튼 코프 박사는 호주 동부 해안의 뉴사우스웨일스주의 노던 리버스 지역에 기반을 둔 가정의학과 의사이다.

힐튼 코프는 냉정한 과학과 살아 있는 인간적 경험 사이의 간극을 메우는 창의적 글쓰기 프로그램을 개발했다. 그의 워크숍은 환자들이 자신의 의학적 문제를 받아들이는 데 도움을 주었고, 의료 전문가들이 내면으로부터 인간성을 되찾기 위해 고군분투하는 것을 도왔다.

최근 몇 년 동안 워크숍은 만성적이고 심각한 질병을 앓고 있는 사람들에게 적절하도록 맞춰졌다. 힐튼 코프 박사는 어린 환자들에게 글쓰기는 재미있어야 한다고 강조한다. 그는 아이들에게 자신의 병을 한 낱말로 묘사하고, 이 낱말로 짧은 시를 써 보도록 권한다. 다음은 호주 뉴사우스웨일스주 북부의 리스모어 베이스 병원에서 열린 '우리 아이들'

워크숍에서 어린 환자 셋에게 받은 시이다.

7살인 벤저민 아우크람은 척추 갈림증*이 있다. 벤저민은 다리에 '벤의 부츠'라고 부르는 부목을 대고 있다. 아래는 벤저민의 시이다.

　　가끔 아파요
　　그게 날 슬프게 하죠
　　항상 거기에 있어요
　　절대 사라지지 않을 거예요
　　그래도 내가 달리는 걸 막지 못할걸요
　　내가 걷는 것도 막지 못할 거예요
　　그건 날 강하게 만들죠
　　그리고 내가 무얼 하든 절대 막지 못할 거예요.

11살인 오스틴 클라크-스미스는 선천성 부신 과형성증**이 있다. 아래는 오스틴의 시이다.

　　나는 밤낮으로 알약을 먹어요
　　가끔은 조금 다른 느낌이 들기도 해요
　　나는 바라죠, 그게 날 떠나기를
　　그게 날, 나를 만든다는 건 알아요
　　나는 그게 날 지배하도록 두지는 않죠
　　그랬다면 나는 내가 아닐 테니까요.

* 　옮긴이 척추 갈림증spina bifida_ 배아의 발생 과정 중 척추뼈고리의 결함으로 척추 융합이
　　안 된 선천성 기형이다. 척추의 뒤쪽이 빈 공간으로 남게 되어 그 안에 존재하는 척수는 등
　　밖으로 풍선처럼 노출된 상태가 된다.

** 옮긴이 선천성 부신 과형성증congenital adrenal hyperplasia_ 특정 효소의 결핍으로 호르몬이
　　불균형해져서 태아 성기 발달의 장애와 색소 침착, 염분 소실 등의 증상을 유발하는 유전 질
　　환이다. 출생아 1만 4,000명당 1명꼴로 발생한다.

15살인 케이티 헵튼은 근육 장애가 있으며, 네 살 때부터 전동 휠체어를 탔다. 아래는 케이티의 시이다.

우리는 태어난 지 18개월 만에 만났지,
넌 으르렁거리는 소리로 엄마 아빠를 놀라게 했어,
초강력 접착제처럼 날 움켜잡고는, 절대 놓아주지 않았어.
갇혀 있는 기분이야, 네가 날 붙잡고 있으니,
죄책감이나 수치심 따윈 없어, 알지도 못해, 네가 다 가져갔으니.
나 자신을 위해 싸우도록 내버려 둬,
갇혀 있는 기분이야, 네가 날 붙잡고 있으니,
이제 14년이 지났네, 후회도 없고 고통도 없어,
난 하루하루를 마지막인 것처럼 살지,
갇혀 있는 기분이야, 네가 날 붙잡고 있으니,
난 병이 있는데 치료법이 없대,
난 병이 있지만 아직 희망을 갖고 있어.

우유 단지에 빠진 개구리[*]

질병과 역경에 맞서 싸우는 용기와 결단력을 북돋우기 위해 다시 쓴 러시아 동화이다. 어린아이와 가족에게 적합하다.

---

[*]   『마음에 힘을 주는 치유동화』 336쪽 참고

어느 날 개구리 한 마리가 우유 단지 속에 퐁당 빠졌습니다. 개구리는 단지 안에서 이리저리 헤엄치고 우유를 발로 힘껏 차면서, 단지 밖으로 나오려 갖은 애를 썼습니다. 지치고 힘들면 가끔씩 쉬기도 했습니다. 그럴 때면 개구리는 이 곤경에서 정말 빠져나갈 수 있을까 걱정했습니다.

개구리는 우유 단지 속을 헤엄치면서 노래를 부르기 시작했습니다. 노래를 부르면 기운이 난다는 걸 알기 때문입니다.

> "나는야 작은 개구리
> 기운만 잃지 않으면
> 얼마 안 가
> 나갈 방도를 찾을 수 있을 거야."

개구리는 포기하지 않았습니다. 개구리는 헤엄치고 또 헤엄치고, 노래하고 또 노래했습니다. 그렇게 쉬지 않고 계속 헤엄치는 사이에 개구리는 자기도 모르게 우유를 버터로 만들고 있었습니다. 마침내 개구리는 단단해진 버터를 딛고 깡충 뛰어올라 우유 단지 밖으로 튀어 나갈 수 있었습니다. 주인아줌마가 우유 단지를 가지러 헛간으로 들어오기 바로 직전에 말이죠.

치유된 뼈

디디 아난다 데바프리야[*]

이 이야기는 '교육을 향한 길' 프로그램에 참여하고 있는 시리아 난민

---

[*] 디디 아난다 데바프리야Didi A. Devapriya_ 신인본주의 교육자, 아무르텔 회장 (루마니아 부카레스트Bucharest)

아이들을 위해 썼다. 난민 아이들의 가족은 내전으로 위험이 커지자 레바논으로 피신했다. 축구는 그 프로그램에서 아이들이 가장 좋아하는 활동 중 하나였고, 여자아이들도 경기에 참여하는 것을 금세 편안해했다. 이 이야기에 사용된 축구라는 은유는 경기에 대한 아이들의 열정을 반영한 것이다. 갑자기 삶에 지장을 주고 또래보다 뒤처지게 만드는 부상에 대한 은유는 전쟁으로 인해 갑자기 삶이 망가진 시리아 난민 아이들의 상황을 반영하고 있다. 레바논의 학교 체제에 편입될 때, 난민 아이들은 또래에 비해 몇 달 또는 몇 년 늦게 학교를 다녀야 하는 불리한 처지에 놓이게 되었다. 이로 인해 괴롭힘의 대상이 되기도 했다. 깁스를 푼 뒤 약해진 근육을 회복하기 위해 열심히 노력해야 했던 오마르처럼, 아이들은 또래 친구들을 따라잡기 위해 더 많은 노력을 해야 한다.

발목이나 다리가 부러져 한동안 움직이지 못하게 된 어린아이에게도 이 이야기를 들려줄 수 있다.

오마르는 축구를 정말로 좋아했습니다! 해마다 여름 오후에는 학교 운동장에서 동네 친구들과 경기를 했습니다. 나사르, 사메르, 마야는 오마르의 가장 친한 친구들이었고, 늘 같은 팀이었습니다. 네 친구는 동네에서 가장 빨리 달리는 선수들이었습니다. 축구를 할 때 그들은 마치 보이지 않는 끈으로 연결된 것 같았습니다. 오마르는 운동장에서 친구들의 위치를 느낄 수 있었고, 공을 어디로 패스해야 할지 정확히 알았습니다.

어느 날 경기를 하고 있는데, 사메르가 오마르에게 공을 패스했습니다. 공을 차기 위해 오마르가 발을 뻗는 순간 은위와 마리아도 동시에 발을 뻗었습니다. 발이 뒤엉킨 아이들이 땅바닥에 뒹굴면서 소동이 벌어졌습니다. 오마르가 다른 아이들에게 깔렸을 때, 오른쪽 발목이 뒤틀린 채 꺾이면서 금이 갔습니다. 오마르는 날카로운 통증으로 비명을 지르며 바닥에 웅크린 채 울기 시작했습니다. 발을 움직일 수 없었습니다. 멈춰선 다른 아이들이 모두 겁에 질려 오마르의 주위로 모여들었습니다. 모두가 동시에 소리를 질렀습니다. 누군가 어른들을 데리러 달려갔고, 오마르는 곧 응급실로 실려갔습니다. 오마르의 발목은 부러져 있었습니다. 의사 선생님은 오마르의 다리를 석고 깁스로 고정시켰습니다.

처음 며칠 동안 오마르의 발목은 퉁퉁 부어서 고통스러웠습니다. 다행히 통증은 금세 사라졌고, 오마르는 목발을 짚고 집 주변을 걷기 시작했습니다. 오마르는 친구들이 보고 싶었습니다. 쉽지는 않았지만, 친구들을 만나러 가기로 결심했습니다. 절뚝거리며 돌들이 널려 있는 들판을 조심스레 가로질러 동네 아이들이 날마다 모여 노는 곳으로 갔습니다. 오마르는 온종일 햇볕을 쬐어 뜨거워진 바위 위에 앉았습니다. 목발은 옆에 기대어 놓았지요. 친구들은 오마르를 보고 반가워했습니다. 사메르는 오마르를 꼭 안아 주러 왔습니다. 그런데 거기에는 오마르를 보면서 수군대고 낄낄거리는 아이들도 있었습니다. 오마르는 무슨 말인지 알아듣지 못했지만 얼굴이 화끈거리고 빨개지는 걸 느꼈습니다. 그 아이들을 외면하고 친구 사메르와 마야가 뛰는 걸 바라보며 응원하는 데 집중했습니다.

오마르의 뼈가 다 낫기까지 거의 8주가 걸렸습니다. 깁스한 곳은 가렵고 더웠습니다. 오마르는 깁스를 빨리 풀고 싶었습니다. 시간이 너무 느리게 가는 것 같았지요. 다른 친구들은 밖에서 즐겁게 놀고 있는데 그냥 집에만 앉아 있는 건 몹시 지루한 일이었습니다.

마침내 의사 선생님에게 찾아가 깁스를 풀 때가 되었습니다. 의사 선생님은 윙윙 소리를 내며 살갗을 간지럽히는 전기톱을 사용한 뒤 가위로 깁스를 잘라냈습니다. 다리는 시원하고 가벼워졌지만 다른 쪽 다리보다 가늘어져 있었습니다. 실제로 오마르가 걷기 위해 일어났을 때, 약해진 다리 때문에 조심스레 움직여야 했습니다.

의사 선생님은 근육을 단련하고 다리를 원래대로 회복하기 위한 운동을 몇가지 가르쳐 주었습니다. 그건 오마르가 축구 연습을 위해 날마다 하던 준비 운동보다 훨씬 쉬워 보였습니다. 하지만 막상 해 보니 생각보다 훨씬 더어려웠습니다. 오마르는 다시 빨리 달리고 축구 경기를 해야겠다는 생각에계속 연습하고 또 연습했습니다. 날이 갈수록 근육에 힘이 생겼습니다.

여름 방학이 끝났습니다. 오랫동안 밖에서 축구를 하지 못하는 대신 오마르는 더 강해지기 위해 연습하고 또 연습했습니다. 오마르와 동네 친구들은 학교에서 다시 만났습니다. 방과 후에 아이들은 운동장에서 축구를 하기 위해 모였습니다. 드디어 오마르는 친구들과 함께 뛸 수 있었습니다. 아직 빨리 달리지는 못하고, 또 다칠까봐 조금 두렵기도 하지만, 친구들과 함

께할 수 있어서 행복했습니다. 사메르와 마야도 오마르와 함께하는 경기가
그리웠습니다.

마침내 다시 팀이 완성되었답니다!

검은 돌

안드레야 크레네크*, 에리카 카타치치 코지치**

이 이야기는 17살 소녀 크리스티나가 (강력하게 거부하는) 휠체어를 탈 수
있도록 돕기 위해 썼다. 소녀는 근위축증 진단을 받았다. 어느 날 저녁
소녀의 어머니는 자수정 반지와 함께 이야기가 담긴 종이를 딸에게 주었
다. 다음 날 아침 소녀는 어머니에게 휠체어를 타도 괜찮다고 말했다.

6년 후, 내가 자그레브로 돌아와 일하고 있을 때 크리스티나는 장애
서비스의 대변인으로서 자신이 성취한 것들에 대한 소식을 나누기 위해
나를 만나러 왔다. 그녀는 현재 크로아티아의 한 대학에서 공부하고 있
었고, 휠체어의 이동 편의성을 위해 (대단히 성공적으로) 싸워 왔다. 도시
에 경사로와 엘리베이터가 설치되기 시작한 것이다!

할머니는 돌아가시기 직전 검은 돌 하나를 손녀에게 건네주었습니다. 그 돌
은 중요한 비밀을 지키는 파수꾼이기 때문에 무슨 일이 있어도 손에서 떨어
져서는 안 된다고 하였습니다.

---

*   안드레야 크레네크**Andreja Krenek**_ 사무장이자 이야기꾼 (크로아티아 자그레브)

** 에리카 카타치치 코지치** Erika Katačić Kožić**_ 약학 과학자이자 이야기꾼 (크로아티아 자그레
브)

소녀는 어디를 가든 그것을 가지고 다녔지요. 시간이 지나면서 그 돌은 점점 더 무거워지는 것 같았습니다… 소녀는 자신의 생활을 거기에 맞춰 조절하기 시작했습니다. 소녀는 더 이상 스케이트를 탈 수 없었습니다. 그 돌이 자기를 끌어당겨서 넘어뜨릴 테니까요. 소녀는 롤러스케이트도 타지 못했고, 달리지도 못했습니다… 자전거를 탈 수도 없었지요. 혼자 수영하러 갈 수도 없었습니다. 그 돌이 자기를 바닥으로 끌어당길 테니까요… 학교 가는 길에 날마다 오르던 계단은 점점 더 넘기 힘든 장애물이 되었습니다. 눈에 띄지 않게 소녀는 돌의 무게에 맞추어 평범한 일상과 겉보기에 사소한 활동들을 조절하고 있었습니다. 머리도 다르게 빗고, 양치질도 다르게 하고, 먹는 것도 다르게 했습니다… 더욱더 천천히 걸었지만, 포기하지는 않았습니다. 소녀는 할머니의 당부대로 하루도 빠짐없이 돌의 무게를 품위 있게 견뎌냈습니다.

어느 날, 아주 힘들게 천천히 걷다가 그만 발을 헛디뎌 넘어졌습니다. 전에도 넘어진 적이 있지만, 이번에는 넘어지면서 돌이 손에서 미끄러지고 말았습니다. 땅에 떨어진 돌은 반으로 갈라졌습니다. 그러자 안쪽에서 눈부신 보라색 빛이 새어 나왔습니다. 그 빛은 소녀를 환하게 밝혀 주었습니다. 덕분에 소녀는 자기 삶의 여행을 계속할 수 있었습니다.

크리스티나가 보내온 편지

사랑하는 수잔 선생님께

'치유 이야기' 워크숍에 참석한 엄마와 에리카 이모가 선생님의 도움과 배려로 아름다운 이야기를 만들 수 있었다고 들었습니다. 그 이야기가 있었기에 저는 살아갈 힘을 얻었고, 고개를 높이 들 수 있게 되었습니다. 이따금 정말 힘든 날도 있지만, 아침마다 일어나면서 저는 미소를 짓습니다.

우리 각자는 자기 삶에 지니고 다니는 특정한 무게의 돌이 있는 것 같아요. 더 쉽게 그걸 가지고 다니는 일이나, 자기 운명과 평화롭게 지낼 수 있도록 그 돌에서 아름다움을 찾는 일은 오로지 우리 자신에게 달려 있더라고요.

이 이야기에는 저에게 특별한 연결감을 느끼게 하는 어떤 요소가 있습니다. 그래서 저에게 특별하고 매우 소중합니다.

선물을 나눠 주셔서 감사합니다. 선생님의 훌륭한 가르침 덕분에 워크숍 참가자들은 단지 이야기를 쓰는 게 아니라 그 이상의 것을 만드는 것 같습니다. 그들의 이야기에는 다른 것에서 찾아볼 수 없는 특별한 감동이 있습니다.

아기 조개와 춤추는 진주

사슈카 클레멘치치[*]

수년간 비통과 상실을 겪으며 이루어 낸 성장에 관한 이야기이다. 이 이야기의 여정과 은유는 여러 어려운 상황과 다양한 연령대에 도움이 될 수 있다. 사슈카는 슬로베니아 류블랴나에서 열린 <치유 이야기 세미나>에서 이 이야기를 만들었는데, 무작위로 선택한 낱말/상징을 사용해 이야기를 만드는 연습에서 진주와 조개라는 아이디어를 얻었다고 했다.('무작위 이야기 쓰기 연습'은 358쪽 참고)

사슈카: "이 이야기는 저 자신을 위해 썼습니다. 저는 이 이야기를 통해 제가 겪었던 어려움과 도전을 충분히 표현했습니다. 붉은 반점은 최소한 세 가지를 상징합니다. 인공 눈(저는 3살 때 한쪽 눈을 잃었습니다), 아토피성 피부염(주로 얼굴과 손에 나타나곤 합니다), 그리고 감정입니다. 죄책감, 분노, 수치심, 고통 등의 감정은 제가 신뢰할 수 없는 사람들을 믿었기 때문입니다. 저는 그 사람들에게 조종당했고, 많은 돈을 잃었습니다. 어떤 사람들은 가끔 제가 투명 인간 같다고 말하기도 했습니다. 그

---

[*] 사슈카 클레멘치치|Saška Klemenčič_NLP(신경언어학프로그래밍) 실무자 및 코치, 자기 관리 트레이너 (슬로베니아 류블랴나|jubljana)

이유는, 제가… 마음을 열고 싶지 않았기 때문입니다. 받아들여지지 않을까봐 두려웠거든요. 그리고 이따금 강의를 할 때 저는 일관성이 없다는 이야기도 들었습니다… 사람들이 제 진주 대신 붉은 반점을 본다고 생각했습니다… 이제 저는 이 이야기 속에서 답을 찾았습니다."

태어난 지 얼마 되지 않은, 아기 조개의 껍데기 안쪽과 바깥쪽에 커다란 붉은 반점이 나타났습니다. 때로는 더 커지기도 하고, 때로는 더 작아지기도 했지만 사라지지 않고 계속 있었습니다. 붉은 반점은 주위에 있는 누구나 볼 수 있을 정도로 눈에 띄게 자랐습니다. 다른 조개와 바다 친구들은 그것에 대해 물어보고 또 물어봤습니다.

조개가 이렇게 큰 반점을 가지고 있는 건 흔치 않은 일이었기 때문입니다. 아기 조개는 그것에 대해 말하는 게 무척 불편했습니다. 얼마 지나지 않아 아기 조개는 입을 다문 채 어떻게든 눈에 띄지 않는 게 가장 좋은 방법이라는 걸 깨달았습니다. 그렇게 하면 질문에 답할 필요가 없으니까요. 그런데 붉은 반점만큼 관심을 받지는 못했지만 아기 조개도 작은 진주를 가지고 있었습니다.

아기 조개는 입을 다문 채 지내는 데 익숙해졌습니다. 입을 조금이라도 열려고 하면 그 순간 날카로운 돌들의 공격을 받았지요. 이 작은 돌들은 아기 조개를 아프게 했고, 그 아픔은 오랫동안 아기 조개를 괴롭혔습니다. 그래서 입을 다문 채로 지내는 게 더 좋았습니다.

좀 더 커서 다른 조개들이 입을 열고 자기 진주를 보여 주기 시작했습니다. 아기 조개는 진주가 얼마나 아름다운지 알게 되었습니다. 하지만 아기 조개의 입은 계속 닫혀 있었습니다.

가끔씩 남몰래 다른 조개들을 감탄하며 바라보기도 했습니다. 붉은 반점이 없었다면 아기 조개도 남들이 하는 것처럼 자기를 당당히 드러낼 수 있었겠지요.

어느 날 큰 모임이 있어서 조개들이 모두 모였을 때, 아기 조개는 어두운 구석에서 아주 조금 입을 열어 보았습니다. 그저 다른 조개들의 반응을 보고 싶었을 뿐입니다. 그런데 아무도 눈치채지 못했습니다. 마치 투명 조개 같았지요. 여전히 작은 돌들만 입안에 들어와 아기 조개의 아픔을 다시 한 번 일깨워 주었습니다.

아기 조개는 다른 조개들에게 말할 수 없는 걸 그저 혼잣말로 했습니다. 그리고 작은 돌들로 조그마한 진주의 모양을 선명하게 만들었습니다. 진주는 천천히 자랐습니다.

그러던 어느 날 아기 조개는 진주가 너무 커져서 입을 닫고 있는 게 고통스럽게 느껴졌습니다. 누가 뭐라고 하든 이제 자기를 열고 세상에 자기의 진주를 보여줄 때라고 느꼈습니다. 하지만 두려웠습니다. 아기 조개는 날카로운 돌들이 무서웠습니다. 아직 아물지 않은 상처들이 있었기 때문입니다. 그래도 자기의 진주 속에 자기가 세상에 보여주고 싶은 소중한 무언가가 있다는 걸 알았습니다.

아기 조개는 이따금 자기를 열기 시작했습니다. 가끔은 입만 살짝 달싹이기도 했습니다. 이제는 진주가 너무 커져서, 아기 조개가 입을 열 때마다 작은 돌이 몇 개씩 빠져나왔습니다. 덕분에 훨씬 더 편안해졌지요. 하지만 물을 통해 비치는 햇살에 눈이 따가워 금세 입을 닫았습니다.

마침내 아기 조개가 활짝 열릴 때가 되었습니다. 아무도 자기의 붉은 반점을 알아차리지 못하도록 최대한 크게 열려고 애썼습니다. 그런데 그런 행동은 아주 유별난 것이었습니다. 다른 조개와 바다 친구들이 아기 조개를 쳐다보기 시작했습니다. 아기 조개의 아름다운 진주 옆으로 붉은 반점이 보였습니다. 다른 조개와 바다 친구들은 어디를 봐야 할지 몰랐습니다. 진주를 봐야 할까요, 아니면 붉은 반점을 봐야 할까요? 아기 조개가 붉은 반점을 숨기려고 하면 할수록 다들 그것을 더 많이 쳐다보게 되었습니다. 결국 아기 조개의 온몸이 붉게 물들었습니다.

달빛이 비치는 어느 밤, 파도가 아기 조개를 해변 가까이에 데려갔을 때, 어디선가 도와 달라는 외침을 들었습니다. 주위를 둘러보니 바위 사이에 조개 두 마리가 끼어 있었습니다. 그 조개들은 빠져나오지 못하고 있었습니다. 너무 어두워 바위 사이에 있는 작은 구멍을 볼 수 없었거든요.

파도는 아기 조개에게 그들을 도와야 한다고 속삭였습니다. 아기 조개는 안타까운 마음에 붉은 반점은 생각지도 않고 그저 자기를 활짝 열었습니다. 그 순간 밝은 달이 아기 조개의 진주를 비추었고 진주에서 퍼져나온 빛이 물속을 밝혔습니다. 조개 두 마리는 이제 빠져나가는 길을 볼 수 있었습니다. 그들은 아기 조개의 진주에서 퍼져나온 빛을 따라갔습니다. 바위의 좁은 구멍에서 다시 넓은 바다로 헤엄쳐 나오자마자, 그 조개들은 너무 행복해 춤을 추기 시작했습니다.

한편 아기 조개는 물에 비친 자기 모습을 바라보았고, 처음으로 자기의 진주와 붉은 반점을 볼 수 있었습니다. 아기 조개는 붉은 반점이 생각했던 것만큼 보기 흉하지 않다는 걸 알았습니다. 반점의 붉은색은 진주의 빛깔을 더욱 특별하고 독특하게 만들어 주었습니다. 이제는 진주가 너무 커져서 붉은 반점을 완전히 덮을 정도였습니다. 모두가 볼 수 있는 건 아름다운 진주와 작은 붉은색 조각뿐이었습니다. 붉은 반점은 그대로였지만 아무도 관심을 기울이지 않았습니다. 덕분에 아기 조개는 마음이 평화로워졌습니다. 난생처음 자기를 열 수 있었고 기분도 좋아졌습니다. 마침내 모든 게 제대로 된 것 같았습니다.

아기 조개의 도움으로 다시 바다에 돌아온 조개 두 마리가 아기 조개를 향해 자기들의 진주를 보여 주었습니다. 달빛이 그들의 진주를 밝혀 주었습니다. 이제 진주 3개가 함께 빛났습니다. 그들의 빛이 너무 밝아서 붉은 반점의 색깔이 훨씬 더 흐릿해졌습니다. 날카로운 돌들에 의해 생겼던 작은 상처는 모두 아물기 시작했습니다.

밝은 빛이 다른 모든 조개를 이끌었습니다. 하나둘씩 조개들이 입을 열자 각각의 진주가 밝게 빛나기 시작했습니다. 달은 환한 미소를 지으며 조개들을 바라보았습니다. 달빛이 조개들을 감싸 안고 조개들은 자기의 진주를 그 빛으로 채웠습니다. 빛이 가득 차자, 진주들은 껍데기를 벗어던졌습니다. 진주들이 자유롭게 춤을 추기 시작했습니다. 모두 서로의 손을 잡고 행복하게 춤을 추었습니다.

마치 아름다운 진주 목걸이가 반짝이는 것처럼 보였습니다.

소중한 장소의 상실

이 장에는 산불, 홍수 등 온갖 자연재해로 집을 잃은 어린아이, 가족, 공동체를 위한 이야기와 여러 이유로 집을 떠나야 했던 사람들을 위한 이야기, 그리고 고국을 떠나 다른 나라에 정착해야 하는 사람들을 위한 이야기가 담겨 있다.

이야기 소개

「**대나무 가족**」 태풍으로 많은 집과 농장에 큰 피해가 발생한 지역의 어린아이들(4~6살)에게 들려주기 위해 쓴 이야기

「**개미와 폭풍**」 지진으로 피해를 입은 학교의 병설 유치원 아이들에게 들려준 이야기

「**토끼와 산불**」 화재로 집이 반 이상 타 버린 가정의 4살 남자아이를 위한 이야기

「**잉어 왕자**」 2011년 일본 쓰나미 이후에 출판된 치유 이야기 책에 삽입된 용사 인형에 관한 이야기

「**칼라추치 인형**」 자연재해로 장난감, 가구, 가지고 있는 모든 걸 잃은 아이들(4~8살)을 위한 회복적 이야기

「**추억의 담요**」 산불로 많은 것을 잃은 가족과 공동체의 회복을 위한 활동으로 뜨개질한 조각보로 담요를 만드는 이야기

「**삶의 노래, 일의 노래**」 일본 쓰나미 피해 이후 다시 집을 지어야 하는 가족과 공동체의 모든 연령대를 위한 이야기

「**꽃이 만발한 기모노**」 일본 쓰나미 재해로 인한 상실 이후 아동과 청소년, 성인의 회복력을 키우고 희망을 주기 위해 쓴 이야기

「**철새**」 새롭게 정착할 곳을 찾기 위해 고국을 떠나 먼 길을 가야 하는 난민 아이들에게 희망을 주기 위해 쓴 이야기

시리아 난민 어린이들을 위한 두 이야기 「**뿌리가 뽑히다**」와 「**둥지 짓기**」 난민 가족에게 미래에 대한 낙관적 전망과 희망을 주기 위한 이야기

「**린델웨의 노래**」 노래의 치유적 힘에 대한 이야기. 아파르트헤이트*의 압제 기간 동안 남아프리카 공화국 사람들의 투쟁과 회복을 기리기 위해 썼다.

「**라벤더 둥지**」 정성들여 가꾸며 미래를 꿈꾸던 집에서 강제로 이사를 가야 할 위기에 처한 노부부에게 힘을 주기 위한 이야기

---

* 옮긴이 남아프리카 공화국에서 장기간 지속되었던 흑백 분리 및 차별 정책이다.

대나무 가족

에이미 추아*

이 이야기는 태풍 욜란다Yolanda가 필리핀을 강타해 피해를 입은 어린 아이들에게 들려주기 위해 썼다. 많은 집이 피해를 입었고, 태풍의 광범위한 피해는 국가적으로 농어업 분야에 심각한 영향을 미쳤다.

이야기를 인형극으로 만들어 들려주었는데, 최소한의 재료를 사용해 만든 이 인형극에는 아이들이 따라할 수 있는 움직임과 노래가 들어 있다. 현지 방언으로 들려주었기 때문에 원문에는 비, 바람, 파도의 종류에 대한 현지 단어가 들어 있다.

교사는 이 이야기가 아이들의 불안을 줄이는 데 도움이 된 것 같다고 전해 주었다. 아이들은 '투'에게 공감하고, 웃고, 심지어 놀이할 때 투를 흉내 내기까지 했다.

바닷가 작은 공터에 대나무 가족이 살았습니다. 어린 죽순과 어른 대나무가 다 함께 활기차고 즐겁게 지냈습니다. 산들바람이 불면 휘이익, 휘이익, 휘이익 부드럽게 흔들리면서 말이지요. 대나무 가족은 뜨거운 햇볕과 폭풍우를 이겨내면서, 잎과 줄기 사이에 둥지를 튼 작은 새들과 뿌리 근처 구멍에 사는 생쥐들, 그리고 대나무 그늘에 은신처를 둔 개미와 곤충 같은 작은 동물들과 함께 행복하게 살았습니다.

투는 대나무 가족의 어린 죽순입니다. 밝은 초록의 잎과 줄기가 조금 자랐지만 꽤 말랐습니다. 사실 아주 아주 말라서 엄마 엘라는 코코넛 야자잎의 한가운데 있는 잎맥인 투콕tukog의 이름을 따서 투라고 지었습니다. 투는 주위의 사촌들에게 자주 놀림과 괴롭힘을 당했습니다. 산들바람이 잠깐 한

---

* 에이미 추아Aimee C. Chua 박사_ 소아 정신과 의사 (필리핀 일로일로Iloilo)

눈을 팔 때면 투를 마구 밀치고 떠밀었지요. 투는 무척 슬펐지만 엘라는 투에게 인내심을 갖고 참으라고 당부했습니다. "비와 해와 땅이 널 키워 줄 테니 조금만 참으렴. 그러면 너도 다른 대나무처럼 강하고 튼튼해질 거야."

어느 날 대나무 가족은 지금까지와는 사뭇 다른 바람을 느끼며 잠에서 깨어났습니다. 대나무 가족이 사는 곳에는 많은 바람이 불어오기 때문에 대부분의 바람이 아주 친숙했지만, 이 날은 전혀 다른 느낌이 들었습니다. 구름을 하늘 높이 치솟게 하고, 풀과 나무의 잎을 세차게 뒤흔드는 이 특이한 바람은 모든 것을 뒤죽박죽으로 휘저어 놓았습니다. 예상치 못하게 머리가 헝클어지고 화장이 지워진 투의 여자 사촌들은 몹시 화가 났습니다. 곤충과 작은 동물들은 겁을 먹고 모두 도망치고 숨었지만, 투는 그들이 어디로 갔는지 몰랐습니다.

휘잉 휘잉 바람 소리가 거세졌습니다. 바람은 휘몰아치고 또 휘몰아쳤습니다. 바다에서 파도가 처음에는 작은 언덕처럼 커졌다가 다시 산처럼 커졌습니다. 바람은 비를 몰고 왔습니다. 처음에는 부슬비, 다음에는 소나기, 그다음에는 폭우가 쏟아졌습니다. 불어난 빗물과 바닷물이 산처럼 밀려왔다가 밀려갔습니다.

투는 처음엔 넋을 잃고 바라봤지만 금세 겁에 질려 엄마에게 바짝 붙었습니다. 엘라는 투를 달래기 위해 자장가를 불러 주었습니다… "일리, 일리, 툴록 아나이, 아리 디리 이모 나나이(잘 자라, 자고 있으렴, 엄마가 곁에 있으니)…" 결국 투는 "쿨, 쿨, 쿨" 잠이 들었습니다….

몇 시간 뒤 투는 잠에서 깨어 졸린 눈을 떴습니다. 투는 눈앞에 펼쳐진 광경을 보고 깜짝 놀랐습니다. 사촌 대나무들의 줄기가 휘어지고 구부러졌습니다. 삼촌 대나무들은 바다에 휩쓸려갔고, 이모 대나무들도 줄기가 부러졌습니다. 투 자신은 잎이 모조리 뜯겨 단 두 장만 남았습니다. 온몸에 충격이 밀려왔습니다.

불안해서 부들부들 떨고 있는 엄마 엘라를 더 힘들게 할까봐 투는 조용히 흐느꼈습니다. 하지만 엘라는 어린 투가 괴로워하는 걸 느꼈습니다. 그래서 허밍으로 노래를 부르며 몸을 흔들었습니다… "으음…" 엘라 자신도 마음을 가라앉히고, 투가 더 이상 두려워하지 않도록 말이죠.

"으음…" 투도 몸을 흔들며 엘라를 흉내냈습니다. 투와 엘라는 새롭게 펼쳐질 풍경을 축복의 눈으로 바라보았습니다. 휩쓸려 간 삼촌들은 근처에 사는 사람들에게 집이 되어 줄 것이고, 사촌들은 이제 더욱 유연해질 것입니다. 이모들은 새잎을 얻겠지요… 여러분은 또 어떤 축복들이 보이나요?

개미와 폭풍

2008년 5월 중국 쓰촨성의 중심부에 위치한 청두에 진도 7.8의 지진이 발생했다. 한 학교가 피해를 크게 입었지만, 다행히 지진으로 다친 사람은 없었다. 학교는 몇 주 동안 문을 닫았고, 많은 가족이 그들의 집이 수리될 때까지 학교 운동장에 텐트를 치고 살았다.

병설 유치원의 아이들은 학교 건물에서 안전하게 대피했지만 벽이 무너지는 것을 지켜보았고, 땅이 흔들리는 것도 경험했다. 청두에서 열린 이야기 들려주기 교육에서 나는 어린아이들이 충격적인 사건을 이해하고 대처할 수 있도록, 교사들에게 이야기 작업을 권했다. 학교 대지 한가운데에는 큰 연못이 있었다. 어린아이들은 연못가 주변에서 곤충과 새를 찾으며 산책하는 것을 가장 좋아했다. 이것은 이야기를 만들 때 좋은 소재가 되었다. 교사들은 이야기를 복잡하지 않은 인형극으로 만들어 반복해서 들려주었는데, 지진 사건에 대한 아이들의 불안을 줄이는 데 큰 도움이 되었다고 했다.

옛날 옛날에 연못 주변으로 작은 풀집들에 개미 대가족이 살았습니다. 연못 근처에는 아름다운 버드나무가 있었습니다. 꼬마 개미들은 땅에 떨어진 버드나무 잎사귀에서 들락날락하며 놀았고, 버드나무는 작은 집들에 그늘을 드리웠습니다. 개미들이 살기에 참 좋은 곳이었습니다.

그러던 어느 날, 큰 폭풍이 계곡을 가로질러 불어왔습니다. 풀집들의 대문과 창문이 마구 흔들렸습니다. 거센 바람 때문에 땅이 흔들리고 개미들의 집이 다 쓰러져 갈라진 땅속으로 떨어졌습니다.

다행히 엄마 개미들은 이렇게 큰 폭풍이 온다는 걸 미리 알았습니다. 폭풍이 오기 전 엄마 개미들은 아이들을 모두 집 밖에 데리고 나와 연못으로 내려갔습니다. 버드나무는 연못가 물 위로 나뭇잎 배를 잔뜩 떨어뜨려 주었습니다. 개미 가족은 하나둘씩 나뭇잎 배를 타고 물 위에 떠 있었습니다. 엄마 개미들은 편안한 자장가를 불러 주어 아이들을 재웠습니다. 개미들은 밤새 나뭇잎 배에서 안전하게 지냈습니다.

다음 날 아침 개미들이 눈을 떴을 때 비바람은 사라지고 땅도 더 이상 흔들리지 않았습니다. 날이 개어 해가 빛나고 있었습니다. 나뭇잎 배는 다시 연못가로 돌아왔고 개미들은 다시 땅 위로 올라왔습니다. 엄마 개미들은 풀밭에 새집을 짓기 위해 바쁘게 일을 시작했습니다.

얼마 지나지 않아 모든 게 예전과 같아졌습니다. 꼬마 개미들은 땅에 떨어진 버드나무 잎사귀에서 들락날락하며 놀았고, 버드나무는 작은 집들에 그늘을 드리웠습니다. 개미들이 살기에 참 좋은 곳이었습니다.

토끼와 산불

불안한 행동을 진정시키는 데 도움이 되는 이 이야기는 몇 해 전 4살 남자아이 매튜를 위해 썼다. 평소에는 아주 차분했던 매튜가 어느 날 회오리바람처럼 변해서 유치원에 왔다. 매튜는 그날 계속해서 물건을 넘어뜨리고 뒤집어엎었다. 놀이 시간에는 주변의 모든 친구를 극도로 힘들게 만들었다.

매튜의 어머니는 아들의 가방을 사물함에 넣으며, 전날 저녁 집에 불이 나서 집이 반쯤 타 버렸다고 알려 주셨다. 매튜의 가족은 정원으로 뛰어나와 침실이 불타는 것을 지켜보았다. 어머니는 아들에게 보험을 들어놓아서 집을 금방 다시 지을 수 있다고 설명했지만, 매튜는 당연히 엄청난 충격을 받았다. 그날 아침 유치원에서 매튜의 행동은 불길 같았다.

드디어 점심 시간에 이어 낮잠 시간이 되었다. 매튜는 완전히 지쳐서 곤히 잠들었다. 아이들이 자고 있는 동안 이야기 하나가 떠올랐다. 전날 저녁에 겪은 충격적인 사건을 매튜가 좀 더 상상적인 방식으로 이해하는 데에 내가 떠올린 이야기가 도움이 될 거라고 생각했다.

매튜가 가장 좋아하는 동물이 토끼이기 때문에 토끼 가족을 이야기의 주인공으로 삼았다. 내가 은유를 통해 전하려는 메시지는 두 가지였다. 꼬마 토끼들은 안전했다는 것, 그리고 그들의 주변 환경은 천천히 정상으로 돌아간다는 것이다.

이 이야기는 어린아이에게 상상적 설명이 논리적 설명보다 더 강력한 효과가 있다는 걸 보여 주었다.

나는 매튜가 깰 때까지 기다렸다가 부모님이 데리러 오기 전, 베란다에서 아이들을 모두 모아 이야기를 들려주었다. 이야기를 '다듬을' 시간은 없었지만 아이들 모두 그 이야기를 좋아했다. 그 후 2주 동안 아이들은 그 이야기를 다시 들려달라고 자주 부탁했다. 특히 매튜는 계속 반복해서 듣고 싶어 했다.

이야기는 매튜에게 놀라운 영향을 미쳤다. 이야기를 들려준 첫날 어머니가 아이를 데리러 왔을 때, 매튜는 입구로 달려가 어머니의 팔을 토닥이며 이렇게 말했다. "엄마, 걱정 마. 다 잘 될 거야!" 어머니는 나를 보고 "수잔 선생님, 이게 어떻게 된 일이죠?"라고 물었고, 나는 밤에 아이를 재우고 나서 전화하면 그 이야기를 들려주겠다고 했다. 내가 만든 이야기를!

지난 2019년 여름에는 호주에서 발생한 끔찍한 산불이 이어지는 동안 이 이야기를 온라인에 게시했고, 7살짜리 아이를 둔 어머니에게 긍정적인 답변을 받았다. 다음은 그 어머니의 이메일에서 발췌한 내용이다.

"저는 이곳의 고사리와 '뉴 홀랜드' 생쥐를 이용해서 토끼와 산불 이야기를 약간 고쳐 보았어요. 선생님의 이야기 덕분에 제 막내딸은 정말로 치유가 되었답니다. 딸아이는 아침 산책을 하면서 '세상은 고사리로 가득 찰 거야'라고 확신합니다. 산불 이후의 삶에 대해, 그러니까 다시 돌아올 재생력, 그리고 고사리의 싹이 산불 이후 생태계에 얼마나 중요한지, 어떻게 뉴 홀랜드 생쥐 같은 멸종 위기종을 도울 수 있는지 등에 대해서 말하는 거였죠. 그 이야기 덕분에 살았어요!

앞으로 몇 주 안에 집을 잃을 가능성이 매우 높다는 것, 제 건강 때문에 일시적으로 이사를 가는 것, 그리고 우리가 소유한 것이 과연 가치가 있는지 등에 대해 어른들이 대화하는 가운데, 제 막내아이는 고사리의 싹과 재생력, 즐거운 시간을 보내는 조그만 아기 쥐에 대해 생각하고 있습니다."

옛날 옛날에 푸른 풀밭 한가운데에 있는 땅굴 속에 엄마 토끼가 살았습니다. 엄마 토끼는 아기를 많이 낳았습니다. 아기 토끼들은 날마다 집 주변에 길게 자란 풀숲을 들락날락 헤치며 즐겁게 놀고 달리고 뛰었습니다.

어느 날 엄마 토끼는 아기들이 자는 동안 어디를 다녀와야 했습니다. 아기들이 토끼굴 속에서 안전하고 편안하게 자도록 해 주고, 엄마 토끼는 들판을 가로질러 먼지투성이의 길을 따라 바쁘게 움직였습니다. 엄마 토끼가 집을 비운 동안 가까운 계곡에서 산불이 났습니다. 불은 뜨거운 여름 바람을 타고 푸른 풀밭을 휩쓸었습니다.

부지런히 집에 돌아오던 엄마 토끼는 풀밭에 불이 난 걸 보고 너무나 무서웠습니다. 푸른 풀밭은 이제 검게 그을린 그루터기들만 남았습니다. 엄마 토끼가 아기들에게 가기엔 땅이 너무 뜨거웠습니다. '아기들은 안전하게 자고 있을까?' 너무나 불안했습니다.

엄마 토끼가 건너갈 수 있을 만큼 땅이 식었을 때는 해가 진 뒤였습니다. 반짝이는 별빛 아래 조심스럽게 토끼굴 가장자리로 다가갔습니다. 그리고 아래를 내려다보았지요.

아기 토끼들은 그때까지 안전하고 편안하게 잠들어 있었습니다. 엄마 토끼는 그제야 마음이 놓였습니다. 정말로 행복했지요. 엄마 토끼는 토끼굴에 들어가 아기 토끼들과 다음 날 아침까지 푹 잠을 잤습니다.

아기 토끼들은 자기들의 놀이터인 푸른 풀밭이 날마다 조금씩 자라는 걸 지켜보았습니다. 검게 그을린 땅에서 초록빛 작은 싹들이 살짝 나왔습니다. 키 큰 풀로 들판이 가득 찰 때까지 어린 싹들은 쑥쑥 자랐습니다. 그리고 다시, 예전처럼, 아기 토끼들은 집 주변에 길게 자란 풀숲을 들락날락 헤치며 즐겁게 놀고 달리고 뛰었습니다.

잉어 왕자

이 이야기는 2011년 쓰나미로 큰 피해를 입은 사람들을 위해 일본에서 출판한 『아이들의 마음을 성장시키는 이야기』라는 '치유 동화집'에 수록되어 있다. 부서진 인형이 진흙에서 구조되어 새로운 친구를 사귄다는 이 단순한 이야기의 은유적 메시지는 어린아이와 어른 모두에게 위안과 힘을 준다. 장애물을 극복하고, 어려운 과제를 성취하는 과정에서, 등장인물은 더 좋은 모습으로 변화된다.

잉어 왕자는 어린 아기의 침실에 살던 용사 인형이었습니다. 침실에 있는 장난감 중에서 가장 멋진 장난감이었지요. 잉어 왕자는 힘이 아주 세고 잘 생겼습니다. 반짝이는 물고기 비늘 갑옷은 작은 금속 조각들로 만들어졌지요.

그런데 지금은 상황이 달라졌습니다. 큰 파도가 몰려와 땅을 덮쳤고, 잉어 왕자는 침실 창문 밖으로 휩쓸려 나갔습니다. 소용돌이치는 검은 강을 헤맨 뒤 벽돌과 바위, 나무가 뒤엉킨 거대한 진흙더미에 나뒹굴게 되었습니다. 한쪽 다리가 사라졌고, 두 팔과 몸 여기저기에 금이 갔습니다. 잉어처럼 반짝이던 갑옷은 산산조각이 나서 떠내려가고 말았습니다.

잉어 왕자는 더 이상 용사 같지 않았습니다. 며칠 동안 진흙더미에 짓눌려 있다가 머리와 한쪽 다리가 벽돌과 바위, 나무가 뒤엉킨 곳에서 튀어나와 있었습니다. 잉어 왕자는 자신의 멋진 삶이 끔찍하게 끝나 버렸다고 생각했습니다.

그러던 어느 날, 어린 소년이 그 곁을 지나가고 있었습니다. 소년은 지저분한 진흙더미에 인형이 튀어나와 있는 걸 보고 신이 났습니다. 진흙 속에서 인형을 꺼내기 위해 곧장 기어올랐지요. 인형을 집에 가져와서는 깨끗하게 씻겼습니다. 그리고 아버지의 도움으로 두 팔과 몸에 생긴 금을 접착제로 붙였습니다.

소년의 어머니는 가죽 조각으로 갑옷과 모자를 만들어 주었습니다.

잉어 왕자는 금이 가서 추해진 자기 몸이 마음에 들지 않았습니다. 가죽 갑옷과 모자도 썩 내키지 않았습니다. 무엇보다 다리가 하나밖에 없는 게 너무나 부끄러웠습니다. 세상에 외발 용사 인형이 어디 있겠어요?

하지만 소년은 새 인형의 다리가 하나밖에 없다는 것도, 두 팔과 몸에 금이 간 것도 개의치 않았지요. 가죽 조각으로 만든 갑옷도 별로 신경 쓰지 않았습니다.

소년은 큰 파도가 몰려왔을 때 가지고 있던 장난감을 모두 잃어버렸습니다. 다시 가지고 놀 수 있는 장난감이 새로 생겨서 기쁠 따름이었습니다.

단오가 다가오자, 소년은 새 인형을 가지고 밖으로 나왔습니다. 정원에서 색색의 깃털을 찾아 인형의 가죽 모자에 꽂아 넣고 '깃털 모자 왕자'라고 불렀습니다.

용사 인형은 새 이름을 듣고 기분이 좋아졌습니다. 소년은 이제 인형을 '모자 왕자'라고 불렀습니다.

모자 왕자는 금이 간 자기 몸과 가죽 갑옷이 점점 익숙해졌습니다. 다리가 하나뿐인 것도 조금씩 익숙해졌지요.

모자 왕자는 차츰 새로운 주인을 사랑하게 되었고, 소년과 모자 왕자는 오래오래 행복하게 살았습니다.

칼라추치 인형

이 이야기는 필리핀 어린이들을 위해 썼는데, 앞의 '잉어 왕자'를 각색한 것이다. 태풍 욜란다가 지나간 후 심리학자들은 대피소에서 아이들을 위로하기 위해 이 이야기를 사용했다. 기증받은 중고 인형, 봉제 동물인형 등과 함께 이야기를 들려주었다고 한다. '칼라추치Kalachuchi'는 '플루메리아 꽃'을 의미한다.

이 이야기는 다른 충격적인 사건(예를 들어, 산불로 집이 파괴된 경우)에 맞게 고칠 수 있다.

칼라추치는 아기의 침실에 살던 공주 인형이었습니다.

칼라추치는 침실에 있는 장난감 중에서 가장 사랑받는 장난감이었습니다. 너무 아름다워 얼굴에서 햇살이 비치는 듯했고, 노랗고 하얀 드레스는 따뜻하고 사랑스러운 느낌을 주었습니다.

그런데 지금은 상황이 달라졌습니다. 큰 폭풍이 몰아쳐 땅을 덮치자, 칼라추치는 침실 창문 밖으로 휩쓸려 나갔습니다. 소용돌이치는 검은 강을 헤맨 뒤 양철과 바위, 나무가 뒤엉킨 거대한 진흙더미에 나뒹굴게 되었습니다. 한쪽 팔이 어깨에서 사라졌고, 두 다리 여기저기에 금이 갔습니다. 칼라추치의 드레스는 갈기갈기 찢어지고 말았습니다.

칼라추치는 더 이상 공주 같지 않았습니다. 며칠 동안 진흙더미에 짓눌려 있다가 벽돌과 바위, 나무가 뒤엉킨 곳에서 얼굴과 한쪽 팔이 살짝 드러난 채 너부러져 있었으니까요. 칼라추치는 자신의 멋진 삶이 비참하게 끝나 버렸다고 생각했습니다.

그러던 어느 날, 한 어린 소녀가 그곳을 지나가고 있었습니다. 소녀는 지저분한 진흙더미에 인형이 튀어나와 있는 걸 보고 신이 났습니다. 진흙 속에서 인형을 꺼내기 위해 곧장 기어올랐지요. 인형을 집에 가져와서는 깨끗하게 씻겼습니다. 그리고 아버지의 도움으로 두 다리에 난 금을 접착제로 붙였습니다.

소녀의 어머니는 천 조각들을 이어 조각보 드레스를 만들어 주었습니다.

칼라추치는 금이 가서 추해진 자기 다리가 마음에 들지 않았습니다. 조각보 드레스도 썩 내키지 않았습니다. 무엇보다 팔이 하나밖에 없는 게 너무나 부끄러웠습니다. 세상에 팔이 하나뿐인 인형이 어디 있겠어요?

하지만 소녀는 새 인형의 팔이 하나밖에 없다는 것도, 다리에 금이 간 것도 개의치 않았지요. 조각보 드레스도 별로 신경 쓰지 않았습니다.

소녀는 큰 폭풍이 몰아쳤을 때 가지고 있던 인형을 모두 잃어버렸습니다. 다시 가지고 놀 수 있는 인형이 새로 생겨서 기쁠 따름이었습니다. 꽃 축제가 다가오자, 소녀는 새 인형을 데리고 축제에 갔습니다. 칼라추치 꽃으로 화관을 만들어 인형의 머리에 씌워 준 다음 인형에게 '칼라추치'라는 이름을 붙여 주었습니다. 칼라추치는 새 주인이 자기의 진짜 이름을 불러 주어서 무척 기뻤습니다!

칼라추치는 금이 간 다리와 조각보 드레스에 점점 익숙해졌습니다. 팔이 하나뿐인 것도 조금씩 익숙해졌지요. 칼라추치는 차츰 새로운 주인을 사랑하게 되었고, 소녀와 칼라추치는 오래오래 행복하게 살았습니다.

추억의 담요

첸카 머리[*]

이 이야기는 호주 뉴사우스웨일스주 남부 해안의 한 학교에서 산불로 인한 충격을 치유하기 위해 기획한 <뜨개질 프로젝트>를 위해 쓴 것이다. 첸카는 이렇게 말했다. "저는 공예 프로젝트인 뜨개질이 아이들에게 위안을 주길 바랐습니다."

---

[*] 첸카 머리Tjenka Murray_ 초등학교 교사, 호주 뉴사우스웨일스주 베가

아이들이 뜨개질로 만든 담요에는 행복한 추억은 물론 학교와 지역 사회에 큰 영향을 끼친 산불 같은 슬픈 추억도 담겨 있다. 최근에 산불로 인해 숲과 동물과 집들이 막대한 피해를 입었기 때문이다.

담요는 오랜 시간 교실에서 학생들과 추억을 간직하며 함께했다. 추억은 매년 더해질 것이다.

가족과 공동체의 상황에 맞게 이야기를 약간 고쳐서, 뜨개질을 하는 모든 사람에게 들려줄 수 있다.

멀고 먼 나라에, 사프란과 인디고*라는 두 아이가 있었습니다. 두 아이는 작은 마을, 언덕 위에 있는 집에서 살았습니다.

마을에는 멋진 전통이 있었습니다. 해마다 긴 겨울 동안 사람들이 모여 추억의 담요를 만드는 것이었습니다. 사람들은 난로 옆에 앉아 한 해를 추억하며 털실로 매년 새 담요를 짰습니다. 뜨개질을 하면서 그해의 추억들, 잊지 말아야 할 일들, 특별했던 일들, 슬펐던 일과 기뻤던 일들, 잃어버린 것과 찾게 된 것들… 가족과 친구, 동물, 어떤 장소 등에 관한 다양한 종류의 이야기를 담아냈습니다.

가을이 오자 엄마에게서 아들로, 오빠에게서 여동생으로, 아버지에게서 딸로 '시작할 때가 되었어'라는 말이 돌고 돌았습니다. 그해에 인디고와 사프란은 추억 담요의 한 부분이 될 조각을 만들기 위해 뜨개질을 배우게 되었습니다.

털실과 뜨개바늘이 나왔습니다. 어떤 털실은 새것이고, 또 어떤 털실은 쓰던 것이었습니다. 색깔별로 실을 감고, 서로 바꾸고, 함께 나누었습니다.

모든 사람이 실의 굵기에 알맞은 뜨개바늘을 찾았습니다. 그리고 바늘로 코를 만들고 뜨개질을 시작했습니다.

그렇게 인디고와 사프란은 뜨개질을 배웠습니다. 처음엔 엉키기도 하고 떨어트리기도 하고, 꼬였다가 막혔다가… 마침내 제대로 하게 되었습니다. 한

---

* 옮긴이 사프란Saffron은 샛노랑, 인디고Indigo는 남색을 뜻한다.

코 한 코, 뜨고 또 떠서, 기쁘게도 조각 하나를 금세 완성했습니다.

뜨개질을 하며 이야기를 나누다 보니 추억이 뜨개질에 담겨 그들의 말은 무늬가 되고, 그들의 생각은 다양한 색깔이 되어, 선명하고 튼튼하게 엮였습니다.

인디고는 하늘의 파랑과 언덕의 초록으로 뜨개질을 했고, 사프란은 햇살 속 노랑과 황금색으로 뜨개질을 했습니다. 둘은 지난 여름 화재를 떠오르게 하는 빨강과 다 타버린 숲의 색으로 뜨개질을 해서 조각을 하나 더 만들었습니다.

인디고와 사프란은 뜨개질을 계속했습니다. 어떤 날은 추억이 슬프고 길었습니다. 또 어떤 날은 추억이 조그맣고 웃겼습니다. 그럼에도 둘은 그것들을 한데 엮었습니다.

봄이 시작될 무렵, 마을에서 바느질을 잘하는 사람들이 모두의 담요 조각을 모아 하나로 꿰매기 시작했습니다. 한 땀 한 땀 깁고 꿰매며, 이것을 저것에, 어떤 추억을 다른 추억에, 어떤 색을 바로 옆 다른 색에 잇대어 꿰매었습니다.

조각들이 하나가 되도록 만드는 걸 좋아하는 인디고는 조각들을 펼치는 걸 도왔고, 사프란은 조각을 하나 더 만들었습니다.

그렇게 겨울의 끝을 알리는 첫 번째 봄꽃이 피어나자 눈부시게 아름다운 담요가 완성되었습니다. 사프란과 인디고처럼 뜨개질을 배우는 아이들이 늘 있었기 때문입니다. 그리고 가르쳐 주는 사람도 늘 있었기 때문이죠. 모두가 새 담요가 완성된 것을 축하했고, 처음 뜨개질을 시작한 사람들도 축하해 주었습니다.

그렇게 추억 담요는 여행을 시작했습니다. 여러 곳에 추억을 남기며 말이지요.

처음에는 안락한 의자에서 사람들을 따뜻하고 편안하게 해 주며 지냈습니다. 그다음에는… 글쎄요, 지금 담요는 누구와 추억을 나누고 있을까요?

[만들어 보기]
첸카는 뜨개 조각을 이어 붙여 담요를 만드는 간단한 방법을 알려 주었습니다. 정사각형을 뜨개질하려면 6mm 바늘 2개와 16올 굵기의 털실이 필요합니다. 바늘 하나에 20코를 만들고, 정사각형을 만드는 데 필요한 만큼 뜨개질하세요. 원하는 크기의 담요를 만들 수 있을 만큼 정사각형 조각이 충분해지면 돗바늘과 코바늘을 사용해 조각들을 연결합니다. 가장자리를 코바느질로 마무리하는 것도 좋은 생각입니다.

삶의 노래, 일의 노래

나무와 집들이 파괴된 환경 재난 이후 새들이 둥지를 다시 짓는 내용으로, 삶의 노래와 일의 노래를 회복하는 데 도움이 되는 이야기. 2011년 쓰나미 이후 소나무 한 그루만 남고 모든 것이 파괴된 일본의 한 마을의 실화를 바탕으로 쓴 이 이야기는 호주에서 몇 주 동안 계속되었던 끔찍한 화재 이후 교사와 부모들이 내용을 조금 바꿔 사용하기도 했다. 폭풍과 거대한 파도는 '불과 연기'로 소나무는 '유칼리나무'로 바꾸었다.

옛날 옛날에 작은 태양새 두 마리가 바닷가 소나무 둥지에 살았습니다. 한 마리는 엄마 새이고, 또 한 마리는 아빠 새였습니다. 두 새는 둥지를 만드는 중입니다.

날마다 크고 작은 잔가지들을 모아 따뜻하고 안전한 둥지를 만드느라 바빴습니다. 둘은 일하면서 노래하는 걸 좋아했습니다. 온종일 둥지 짓기 노래를 불렀지요.

때로는 바다에서 세찬 바람이 불어와 둥지의 나뭇가지들을 땅바닥으로 날려 버리기도 합니다. 그러면 두 새는 망가진 곳을 고치기 위해 열심히 일을 했습니다. 둘은 일하는 내내 둥지 짓기 노래를 불렀습니다. 때로는 폭풍우가 산에서 내려와 폭우가 쏟아지기도 합니다. 그러면 둥지의 나뭇가지들이 땅바닥으로 씻겨 내려가곤 했지요. 두 새는 망가진 곳을 고치기 위해 열심히 일을 했습니다. 둘은 일하는 내내 둥지 짓기 노래를 불렀습니다. 계속해서 나뭇가지를 모으고 둥지를 엮고 노래를 불렀지요.

작은 태양새 두 마리는 둥지를 짓는 내내 행복했습니다. 물론 둥지를 짓는 중요한 목적이 있었지요! 해마다 봄이 되면 따뜻하고 안전한 둥지가 작은 알들의 보금자리가 되었습니다. 해마다 봄이 되면 작고 앙증맞은 알들에서 작고 앙증맞은 아기 태양새가 태어났습니다. 해마다 봄이 되면 엄마 새와 아빠 새가 아기 태양새들에게 먹이를 물어다 주고 보살펴 주었습니다.

그리고 아기 태양새들이 충분히 자라면, 아기 새들은 둥지 짓기 노래를 부르며 새로운 둥지를 짓기 위해, 새로운 삶을 시작하기 위해 다른 나무로 날아갔습니다.

삶은 계속되었고, 여러 해가 지난 뒤 많은 태양새가 바닷가의 많은 나무 위, 많은 둥지에서 만족스럽게 살아갔습니다.

그런데 어느 날 모든 것이 뒤바뀌었습니다. 바닷가에서 멀리 떨어진 곳에서 폭풍이 소용돌이치기 시작했고, 성난 짐승처럼 빙빙 돌면서 사나운 바람과 거대한 파도가 몰아쳐 왔습니다. 파도가 땅을 덮쳐서 수많은 나무가 휩쓸려 갔습니다. 바람이 너무 세게 불어서 남아 있던 나무 위 둥지마저 완전히 날아가 버렸습니다.

작은 태양새들은 홍수를 피해 하늘 높이 날아올랐습니다. 너무 지쳐 계속 날 수 없을 때까지 주위를 빙빙 돌았습니다. 한참 뒤에 쉴 곳을 찾아 다시 아래로 내려와, 폭풍을 이겨 내고 굳건히 서 있는 소나무 가지에 앉았습니다. 새들은 추위에 떨며 옹기종기 모여 앉았습니다. 많은 가족이 떠났고, 집도 사라졌으며, 노래도 잃었습니다.

하지만 작은 새들은 오래 쉴 수가 없습니다. 작은 새들은 날아야 합니다. 작은 새들은 둥지를 만들어야 해요. 노래는 잃었어도 일은 계속해야 했지요.

얼마 후 작은 태양새들은 큰 가지와 잔가지들을 모으기 위해 멀리, 널리 날아가기 시작했습니다. 노래는 잃었어도 일은 계속해야 했습니다. 가으내 일하고 겨우내 일하고 봄에도 일했습니다. 계속해서 나뭇가지를 모으고 둥지를 엮고, 또 나뭇가지를 모으고 둥지를 엮었습니다.

천천히 하지만 확실히 굳건히 서 있는 소나무 위에 새로운 둥지를 만들고 있지요. 작은 태양새들은 열심히 일했습니다. 노래는 잃었어도 일은 계속해야 했습니다.

봄이 무르익자 둥지는 작은 알들의 보금자리가 될 준비가 되었습니다. 둥지는 안전하고 따뜻했습니다. 작고 앙증맞은 아기 태양새가 작고 앙증맞은 많은 알에서 태어났습니다. 새로 태어난 아기 태양새들은 따뜻하고 안전한 둥지에서 엄마 새와 아빠 새의 보살핌을 받았습니다.

충분히 자란 아기 태양새들이 새로운 둥지를 짓기 위해, 새로운 삶을 시작하기 위해 다른 소나무 가지로 날아갔습니다. 그리고 기적 같은 일이 벌어졌습니다. 아기 새들이 새로운 노래를 부르기 시작한 것입니다. 새로운 작은 태양새들은 일을 하면서 새로운 둥지 짓기 노래를 불렀습니다. 그렇게 삶은 계속되었습니다. 새로운 작은 새들은 온종일 일했고, 일하면서 노래를 불렀습니다.

그리고 튼튼한 나무들 곁에 천천히, 천천히, 아주 천천히 새로운 작은 소나무들이 자라기 시작했습니다. 더 많은 태양새가 둥지 짓기 노래를 부르며 둥지를 지을 수 있을 만큼 이 새로운 작은 나무들이 충분히 튼튼해지기를, 그렇게 되기까지 너무 오랜 시간이 걸리지 않기를.

꽃이 만발한 기모노

어린아이와 청소년, 성인에게 적합한 이야기. 2011년 쓰나미가 일본 해안을 강타한 이후 희망을 주고 회복하는데 힘을 주기 위해 썼다. 이 이야기는 도쿄 쇼세키 출판사에서 나온 『아이들의 마음을 성장시키는 이야기』라는 동화집에 포함되어 있다.

이 이야기는 각자 인생에서 '쓰나미' 시기에 처한 사람들을 위해 사용할 수도 있다. 힘든 이혼 과정에 있는 한 지인도 이 이야기로부터 큰 위안을 얻었다고 한다. 코로나19 같이 전 세계적으로 시련을 겪을 때도 도움이 될 수 있다. 캄캄한 터널 속에서 작은 빛을 찾을 수 있게 해 주는 회복적 이야기가 절실한 어른들을 위한 것이기도 하다. 재봉사를 여성이나 남성으로 바꾸어 이야기할 수 있다.

옛날 옛날에 세상에서 가장 아름다운 비단 기모노를 만드는 재봉사가 있었습니다. 재봉사의 가게는 바닷가 작은 마을의 정원 한가운데에 있었습니다. 마을 사람들은 재봉사가 정원, 언덕, 바다, 하늘을 옷에 꿰매 넣는다고 입을 모았습니다. 수놓은 무늬가 정말 아름다웠거든요. 재봉사의 비단옷을 사기 위해 전국에서 사람들이 몰려왔습니다.

재봉사는 혼자 살았습니다. 날마다 일을 했고, 장사는 아주 잘 되었습니다. 하지만 재봉사가 결코 팔지 않는 기모노가 한 벌 있습니다. 그것은 바다까지 뻗어 있는 구불구불한 언덕처럼 연둣빛이었습니다. 그리고 땅에서 자라는 온갖 종류의 꽃들이 수놓아져 있었지요. 아무도 재봉사에게 이 보물을 팔도록 설득할 수는 없었습니다. 재봉사는 그 옷을 튼튼한 액자에 넣어 가게 유리창에 걸어 놓았습니다. 누구나 볼 수 있지만 아무도 살 수는 없었지요.

여러 해 동안 평범한 날들이 이어졌습니다. 재봉사는 날마다 새로운 모양으로 새로운 기모노를 만들었습니다. 그런데 어느 날 재봉사의 마을에 상상할 수 없는 비극이 찾아왔습니다. 아무런 예고도 없이, 먼 바다가 거대한 짐승처럼 높이 솟아오르더니 거대한 파도로 해변에 몰아친 것입니다. 거대한 파도는 마을 전체를 덮쳤고, 모든 집과 가게, 그리고 건물 안에 있는 모든 것이 뒤집히고 쏟아졌습니다. 어른들은 물론 아이까지, 동물들과 함께 검은 진흙 속을 허우적거렸습니다. 그들 중 일부는 바다로 빨려 들어가고 말았습니다. 살아남은 사람도 있었고 그러지 못한 사람도 있었습니다.

재봉사는 그날 먼 도시를 다녀오던 참이었습니다. 재봉사가 돌아왔을 때 볼 수 있는 것은 검은 진흙과 혼돈뿐이었습니다. 모든 것이 부서지고 뒤섞여서, 이곳이 과연 자신의 마을인지조차 알 수 없을 정도였습니다. 두리번거리던 재봉사는 정원에서 유일하게 굳건히 서 있는 나무를 알아보았습니다. 그는 자신의 꽃이 만발한 기모노를 찾기 위해 나무 주변의 진흙을 미친 듯이 파기 시작했습니다. 날마다 땅을 팠고, 몇 주씩 땅을 팠습니다. 그는 벽돌과 나무로 잠을 잘 수 있는 작은 방을 만들었습니다. 그리고 날마다 땅을 팠고, 몇 주씩 땅을 팠습니다. 자신의 소중한 기모노를 찾기 위해 필사적으로 땅을 팠습니다.

마침내 재봉사는 나무뿌리를 감싸고 있는 진흙과 깨진 유리 더미 속에서 자신의 아름다운 비단 기모노를 찾았습니다. 기모노는 해어지고 찢어졌으며 뜯어지고 구멍이 났습니다. 재봉사는 탁자로 쓰고 있는 오래된 판자 위에 기모노를 올려놓았습니다. 한때 정말로 생생하고 생동감이 넘치던 꽃무늬는 제대로 보이지 않았습니다. 진흙으로 뒤덮여 시커멓게 되었습니다. 재봉사는 울고 또 울었습니다. 슬픔을 이기지 못하고 진흙투성이의 옷에 머리를 박았습니다.

재봉사의 눈물이 기모노에 떨어졌습니다. 그러자 뜻밖의 일이 벌어졌습니다. 눈물이 떨어진 곳마다 검은 진흙 사이로 초록색 비단이 비쳤습니다. 재봉사는 재빨리 비누와 물을 가져왔습니다. 기모노를 부드럽게 비비고 살살 문질러 씻기 시작했지요. 수차례 작업을 한 뒤에야 기모노는 다시 깨끗해졌습니다. 하지만 파도에 휩쓸렸기 때문에 자수 실이 늘어지고 생기가 사라져 수선해야 할 게 너무 많았습니다.

재봉사는 이번에는 자수 실뭉치를 찾기 위해 계속 땅을 팠습니다. 며칠을 더 파헤친 뒤 찾던 실패 상자를 꺼내기는 했지만, 역시 기모노처럼 진흙이 묻어 시커멓게 변해 있었습니다. 이제 재봉사는 완전히 지쳐서 실을 전부 닦아야 한다는 생각조차 하기가 버거웠습니다. 그는 울고 또 울면서 포기해야겠다고 마음먹었습니다.

슬픔으로 가득 찬 재봉사의 노래가 바람을 타고 계곡을 따라 언덕까지 전해졌습니다. 그래도 재봉사는 울음을 멈추지 못했습니다. 슬픔의 노래는 바람을 타고 언덕을 넘어 산에까지 이르렀습니다. 그래도 재봉사는 울음을 멈추지 못했습니다. 슬픔의 노래는 바람을 타고 산을 넘어 저 위 하늘에까지 이르렀습니다.

하늘 높이, 구름 속에 숨어 있던 하늘나라 선녀들이 이 슬픔의 노래를 들었습니다. 재봉사를 돕기 위해 땅으로 내려온 하늘나라 선녀들은 실패 상자로 날아가 색색의 실 끝을 잡아당겨 구름 위로 올라갔습니다. 땅에서 하늘까지 검은 띠처럼 진흙투성이의 실들이 하늘 높이 뻗어 있었습니다.

그리고 하늘나라 선녀들은 비를 불렀습니다. 모든 걸 깨끗이 씻겨 주는 비였습니다… 후두두 후드득, 후두두 후드득, 후두두 후드득, 재봉사는 빗방울 소리에 슬픔에서 깨어났습니다… 후두두 후드득, 후두두 후드득, 후두두 후드득. 하늘을 올려다보니, 비에 깨끗이 씻긴 색색의 실들이 빛나는 무지개가 되어 하늘에서 땅으로 뻗어 있었습니다.

재봉사는 매우 기뻐하며 손을 뻗어 무지개를 잡았습니다. 그는 상자가 다시 빛나는 실들로 가득 찰 때까지 조심스레 색색의 실들을 실패에 감았습니다. 이제 재봉사는 자신의 소중한 기모노를 수선하고 초록색 비단 천에 새로운 꽃을 수놓을 수 있게 되었습니다.

한 해 내내 재봉사는 이 작업에 매달렸습니다. 날마다 새 꽃에 새 꽃잎을 수놓았습니다. 마침내 꽃이 만발한 기모노가 완벽히 수선되어 바닷가 작은 마을의 정원 한가운데에 있는 그의 새로운 가게 창문에 다시 걸렸습니다.

이제 재봉사는 사람들을 위해 정원, 언덕, 바다, 하늘의 무늬를 수놓은 아름다운 비단 기모노를 다시 만들 준비가 되었습니다.

철새

이 이야기는 아테네의 한 공동체에서 알리스가 진행한 이야기 들려주기 워크숍에서 만든 이야기를 발전시킨 것이다. 이 공동체는 그리스 레스보스 섬에 머물고 있는 시리아 난민 아이들과 함께하는 단체 <디 프로인데Die Freunde>**를 위해 일하고 있다. 알리스는 이 이야기를 레스보스 섬에서 보호자 없이 지내는 11~18살 아이들에게 두 번 들려주었다.

알리스의 서문

나는 이 이야기를 통해 새로운 삶의 터전을 찾기 위해 집을 떠나 먼 길을 여행해야 하는 이들에게 희망을 주고 싶었다. 이들이 앞으로 새로운 집에서 만나게 될 사람들과 서로 보살피며 우정을 쌓는 심상을 품게 하는 것이었다. 여기에 나오는 새는 이 아이들의 여정을 반영하여 오직 한쪽 방향으로만 여행한다. 이것은 또한 다른 기후 지대에서 바다를 건너 친구의 안내를 받아 새로운 나라에 도착한 뒤 음식, 집, 그리고 희망을 찾는 여정(터키에서 레스보스 섬으로 오던 배들이 폭발한 사건은 너무 가슴 아픈 일이다)에 대한 은유이기도 하다. 언어의 차이에서 오는 거리감을 줄이기 위해 이야기를 들려주면서 인형과 소품을 이용했다. 이야기가 끝나고 사람들에게 해바라기 씨앗을 주면서 모두 함께 두 손을 그릇처럼 모아 달라고 부탁했다. 새들이 날아와 우리 주위를 둘러쌀 수 있도록 말이다.

    <디 프로인데> 팀의 몇몇 멤버는, 유럽을 여행하면서 독일과 스칸디

---

*   알리스 멘두스Alys Mendus 박사_ 독립 연구자이자 멜버른 대학교 비정규 교수, 영국 출생 (호주 퀸즐랜드주 모턴 베이)

** 옮긴이 '프로인데Freunde'는 독일어로 '친구들'이라는 뜻이다.

나비아 등지에 자리를 잡은 레스보스 섬 출신의 청소년들과 연락을 취했다. 대부분이 레스보스 섬에서 경험한 이야기 들려주기, 오이리트미 eurythmy*, 미술 치료, 그리고 우정이 절망적인 시기에 얼마나 도움이 되었는지 전해 주었다.

장면 설정: 비가 오는 오후, 아이들이 내 주위에 원을 그리며 자리를 잡고는 의자에 털썩 주저앉는다. 레스보스 섬의 임시 야영지에 수용된 시리아 소년과 청년들이 아테네로 호송되기를 기다리고 있다. 그들은 보호자가 없는 미성년자들이다. 가족을 위해 망명을 하려고 혼자 또는 형제와 함께 온 젊은 이들이다. 그들은 곧 육로를 이용해 유럽으로 여행을 떠날 것이다. 그리고 나는 지금 이 순간 이야기꾼이다. 아랍어로 통역을 하기 때문에 나는 천천히 이야기를 시작했다.

(노란 천이 바닥에 깔려 있고, 펠트로 만든 새를 그 위에 앉힌다)

어떤 새에 관한 이야기를 들려주려고 해요.

날씨가 점점 쌀쌀해져서 새는 조만간 따뜻한 곳으로 떠나야 할 때가 되었다는 걸 알았습니다. 그래서 친구들과 가족들에게 작별 인사를 하고 먹이를 챙겼습니다. 그리고 황금색 평원 위로 높이 날아올랐습니다. 친구들과 가족들을 멀리 남겨두고 넓은 바다 위를 날아 여행을 합니다.

(노란 천을 뒤로 당겨 아래에 있는 파란 천이 드러나도록 한다)

하늘 높이 위로.

빙그르 아래로.

얼마 지나지 않아 폭풍이 몰려오자 새는 옆으로 날아갔습니다.

(바람 소리를 내며 새를 눈에 띄게 옆으로 움직인다)

새는 바람을 피해 날아갔고, 잠시 뒤 비가 내렸습니다.

(이때는 새 인형 위로 파란 비단을 흔들어 준다)

---

* 옮긴이 오이리트미는 루돌프 슈타이너(1861~1925)가 만든 동작 예술로 발도르프학교의 교과목이기도 하다.

새는 폭풍우를 피해 나느라 피곤하고 배가 고팠습니다. 집에서 아주 멀리 날아왔거든요.

기운이 빠진 채 날고 있는데, 작은 새 한 마리가 가까이 오더니 말을 걸었습니다.

"안녕, 어디 가고 있니? 근데 너 왜 그렇게 슬퍼 보여?"

큰 새가 대답합니다. "난 피곤하고 배가 고파. 따뜻하게 지낼 곳을 찾는 중이야…"

"그러면 날 따라와." 작은 새가 말했습니다.

큰 새가 작은 새를 뒤따랐습니다.

하늘 높이 위로.

빙그르 아래로.

(파란 천을 빼내면 아래에 초록 천이 드러난다)

곧이어 푸른 땅이 눈에 들어왔습니다. 덤불과 꽃들, 윙윙거리는 벌들이 있었습니다.

새들은 내려앉았습니다. 주위를 둘러보고 맛있는 음식과 새롭게 둥지를 만들 곳을 찾았습니다.

둘은 오래오래 행복하게 살았습니다.

마지막 줄에 대한 엘리스의 메모

이 이야기는 새들이 안전하고 새로운 집을 갖게 된다는 마지막 줄 바로 위에서 손쉽게 끝날 수 있었다. 하지만 그 당시에 우리는 정말로 소년들에게 희망을 줄 필요가 있다고 생각했다. 우리가 거기에 있던 2주 동안 두 명이 자살을 시도했다. 그들은 유럽에까지 왔는데 갇혀 지내야 한다는 사실에 매우 당황해했다.

[만들어 보기]

펠트로 새를 만들어 보세요. 365쪽 참고

시리아 난민 아이들을 위한 이야기

디디 아난다 데바프리야[*]

디디의 해설

「뿌리가 뽑히다」와 「둥지 짓기」, 이 두 이야기는 모두 내전의 위험이 높아져 가족이 레바논으로 피신한 시리아 난민 아이들을 위해 만들었다. 레바논에 도착한 가족들은 매우 혼잡하고 불편하며 비위생적인 환경에서 살아야 했다. 이들 중 상당수가 시리아에서 사업체와 토지 등을 소유한 중산층이었다. 그래서 특히 가난하고 열악한 환경에 충격을 받았다. 몇몇 아이는 폭격을 비롯한 군사적 공격의 와중에 이루 말할 수 없는 참상을 목격하기도 했다. 살던 집에서 쫓겨나(뿌리가 뽑혀) 자신과 보호자가 너무나 취약하고 불안정한 상황에 놓여 있다는 게 아이들에게는 커다란 공포와 스트레스였다.

    <아무르트AMURT>[**] 레바논은 이 아이들이 공립학교 체제에 편입될 수 있도록 '교육의 길' 프로젝트를 진행했다. 나는 레바논에 초청되어 이 프로젝트에서 일하는 스태프(일부는 난민 청소년과 그들의 어머니)를 훈련하는 일을 돕게 되었다. 전쟁으로 인한 혼란과 난민 생활의 불안정과 빈곤으로 인해 많은 난민 아이가 유치원과 학교를 다니지 못했다. 이 프로젝트를 통해 아이들은 아동기를 되찾고 창의적 교육 환경에서 정상적인 일상과 제도에 접근할 수 있었다. 나는 아이들이 자기 경험을 통합하고 치유를 시작할 수 있도록 돕는 중요한 요소로 치유 이야기 들려주기를 강조했다.

    이야기에서 은유는 ('교육의 길' 프로그램이 하고자 했던 것과 같은) 지원을 통해 아이들이 어느 정도 정상 상태를 회복할 수 있다는 희망을 보여

---

[*]   Didi A. Devapriya_ 신인본주의 교육자, 아무르텔 회장(루마니아 부카레스트)

[**] 옮긴이 아무르트AMURT는 재해 구호, 재활 및 개발 협력을 위한 국제기구이다.

주기 위해 고안되었다. 실제로 이야기의 치유 효과는 이 프로그램을 운영하는 사람들에게도 나타났다. 아이들을 지원한다는 것이 어떤 역할인지 알게 된 것이다.

뿌리가 뽑히다

디디의 서문
토마토 묘목을 옮겨 심는 이 은유적 이야기는 새로운 나라뿐 아니라 새로운 교육 체제로 옮겨지는 것을 상징한다. 훈련 중인 스태프들에게 이 이야기를 들려주자 얼굴에 미소가 번졌고 눈이 반짝였다. 이 이야기는 그들이 새로운 역할과 새로운 삶에 대한 관점을 갖는 데 도움이 되는 것 같았다.

조그마한 토마토 씨앗이 안전하고 따뜻한 온실 속 검은 흙에 심어졌습니다. 얼마 지나지 않아 조그마한 초록빛 새싹이 흙을 뚫고 햇빛을 향해 뻗어나가기 시작했습니다. 새싹은 자라고 또 자랐습니다… 그러던 어느 날 삽이 날아와 모종이 된 새싹 옆의 흙을 거칠게 파헤쳤습니다. 갑자기 토마토 모종은 익숙했던 땅에서 어지럽게 뽑혀 나왔습니다. 작은 흙덩이가 모종의 조그마한 뿌리들에 매달려 있었습니다. 땅에서 뽑혔을 때 뿌리들이 잘려나가면서 따끔했습니다.

모종은 다른 많은 모종과 함께 작은 판자에 비좁게 담겼습니다. 겨우 숨을 쉴 수 있을 정도였습니다. 자동차가 "부웅" 하고 출발하자, 모종들 아래의 땅이 갑자기 우르르 흔들리고 덜컹이며 요동쳤습니다. 모종들은 서로를 향해 넘어졌고, 연약한 잎사귀들이 찢어지기도 했습니다.

오랜 시간이 지나고, 작은 모종들은 한데 모여 웅크리고 있었습니다. 대체로 아침마다 잠깐씩 저 위에서 물이 뿌려졌습니다. 하지만 그 뒤로 오랫동안 물이 뿌려지지 않았습니다. 모종들은 너무나 목이 말랐지요. 작은 모종들은 해를 향해 계속 자랄 수 없었습니다. 시들기 시작했습니다.

잎사귀가 노랗게 변하고 있었습니다. 모종들은 물을 달라고 외쳤습니다. 다시 자라고 싶었으니까요.

마침내 모종들의 외침이 전해졌습니다. 걱정스러운 목소리로 누군가 말했습니다. "아니, 이 모종들은 당장 땅에 심어야 하겠는걸!!! 누가 여기에 두고 간 거야?"

작은 모종은 다시 허공을 가로질러 충분히 젖어 있는 구덩이에 놓여졌습니다. 구덩이는 정성스레 준비되어 있었습니다. 반쯤 덮인 뿌리는 흙으로 꼭꼭 덮여졌습니다. 작은 모종은 행복했지만 너무 지쳐서 땅에 푹 쓰러졌습니다. 똑바로 서 있을 힘조차 없었습니다. 특히 해가 하늘 높이 떠올라 햇살이 내리쬘 때는 더욱 그랬습니다.

가까이에 튼튼하고 키가 큰 토마토 모종들이 있었습니다. 그 모종들은 슬프게 시들어 버린 새 모종을 비웃는 것 같았습니다. 이미 그 모종들은 몇 주만 더 있으면 빨간 토마토로 익어갈 노란 꽃을 피웠습니다. 가지마다 노란 꽃이 환하게 매달려 있었습니다.

뜨거운 태양이 돌산 너머로 지던 그날 밤, 서늘한 달이 하늘에 떠올라 작은 토마토 모종 위로 부드럽게 치유의 빛을 비췄습니다. 달이 모종에게 말했습니다. "넌 이제 안전해. 다시 뿌리를 땅으로 뻗을 수 있단다. 네가 마시고 튼튼하게 자라도록 아침 이슬을 보내 줄게. 그러면 너도 금세 다른 모종들처럼 아름다운 꽃과 사랑스럽고 과즙이 풍부한 토마토를 갖게 될 거란다!"

이튿날 아침, 쉽지만은 않았습니다. 몸부림을 쳐야 했지만 그래도 작은 모종은 좀 더 똑바로 설 수 있었습니다. 농부가 와서는 작은 모종 옆에 튼튼한 막대를 박아 주었습니다. 그리고 막대와 줄기를 부드럽게 끈으로 묶어 주어 멋지게 잘 자랄 수 있도록 했습니다. 작은 모종은 비록 다른 모종들보다 키가 작고 열심히 자라야 했지만, 막대 덕분에 하루가 다르게 쑥쑥 컸습니다. 농부는 작은 모종이 다른 모종들을 따라잡을 수 있도록, 각별한 정성으로 꾸준히 물을 주었고 비옥한 거름을 좀 더 주었습니다. 머지않아 작은 모종의 잎사귀는 해를 향해 뻗어 나갔고, 키가 자라고 또 자랐습니다.

얼마 지나지 않아 작은 모종의 가지마다 노란 꽃봉오리들이 맺혔습니다. 몇 주가 지나고 꽃들이 다 말라버리자, 거기에는 날마다 점점 더 불룩해지기 시작한 작고 둥근 초록빛 열매가 매달렸습니다. 초록빛 토마토 열매는 여름 햇살 덕분에 따뜻해졌고, 빨갛게 물들기 시작했습니다. 작은 모종은 다른 모종들처럼 키가 크고 튼튼한 토마토로 자라서 농부에게 과즙이 풍부하고 달콤한 토마토 열매를 선물했습니다.

둥지 짓기

디디의 서문

아래 이야기에 사용된 은유는 오래된 삼나무 숲이라는 시리아 난민들이 살았던 고국의 자연환경을 반영한 것이다. 나는 이 이야기를 <어린이을 위한 다정한 공간>의 교사가 되기 위해 훈련 중인 시리아 난민 여성들에게 들려주었다. 작은 새의 가족이 어떻게 도시에 도착해 더럽고 좁은 벽 틈으로 몰려들었는지 이야기하고 있을 때, 흥분한 듯 숨을 헐떡이며 아랍어로 떠드는 소리가 났다. "우리 이야기와 똑같네요!" 그들 중한 명이 통역을 해 주었다. 그들은 이제 그다음에 무슨 일이 일어날지에 대한 기대감으로 몸을 앞으로 숙였다. 이 이야기를 만들기 위해 선택한 은유가 그들에게 매우 큰 힘이 되는 것 같았다.

나중에 레바논에 다시 갔을 때, 이 이야기가 교육 과정에 적극적으로 활용되고 있다는 사실을 듣고 매우 기뻤다.

옛날 옛날에 오래된 삼나무가 우거진 아름다운 숲이 있었습니다. 구부러진 가지들이 드넓게 펼쳐져, 바위투성이의 메마른 땅 위로 시원한 그늘 웅덩이가 만들어졌습니다. 나무에는 배가 황금빛인 새들이 아주 많이 살고 있었습니다.

새 두 마리가 울창한 숲에서 바쁘게 잔가지를 모았습니다. 둥지를 짓고 새 가족을 꾸리기 위해서였습니다. 엄마 새는 작고 파란 알 다섯 개를 낳았습니다. 머지않아 아기 새 다섯 마리가 태어났지요. 가족들은 무척 행복했습니다. 날마다 해가 뜨기 직전 새들의 전통 노래를 부르며 새로운 날을 환영하고 떠오르는 해를 맞이했습니다.

> "아침 해가 떴어요, 모든 새가 노래해요,
> 다 같이 노래하며 새롭게 태어난 해를 맞이해요,
> 하나되어 노래하며 새롭게 태어난 해를 맞이해요."

그런 뒤에 엄마 새와 아빠 새는 아기 새들에게 먹일 열매와 둥지를 위한 잔가지를 모으러 숲으로 날아갔습니다.

어느 날 밤, 탁탁거리는 소리에 새들이 잠을 깼습니다. 공기는 연기로 자욱했고 사방이 불길이었습니다. 숲에 사는 다른 새들은 모두 날아갔습니다. 엄마 새와 아빠 새도 아기 새들을 데리고 불길을 피했습니다. 하지만 아기 새들은 엄마와 아빠를 따라가는 게 힘에 부쳤습니다. 연기가 자욱해서 앞을 보기도 힘들었지요. 엄마와 아빠는 자주 멈추어 나뭇가지에 앉아 쉬었지만, 여전히 불길이 사방에 가득하고 안전하지 않았기 때문에 아주 잠시만 머물렀습니다. 마침내 가족들은 숲을 떠나 낯설고 새로운 땅에 들어섰습니다. 거기에는 나무도 없었고, 게다가 밤늦은 시간이었습니다. 가족들은 산불을 피하느라 힘든 여정을 보냈기 때문에 몹시 지쳐 있었습니다.

그때 하늘에서 굵은 빗방울이 떨어지기 시작했습니다. 새들은 벽에 틈이 있는 건물을 발견했습니다. 그 틈은 일곱 식구가 겨우 들어갈 수 있을 정도였습니다. 아주 비좁았기 때문에 안으로 들어가기 위해서는 몸을 잔뜩 움츠려야 했습니다. 불편하고 더러운 곳이었지만 안전했고, 모두 함께할 수 있어서 감사했습니다.

이튿날 아침 해가 뜨기 직전, 새 가족은 잠에서 깨어났습니다. 아침마다 그랬던 것처럼 밖으로 나가 노래를 부르며 떠오르는 해를 맞이했습니다.

> "아침 해가 떴어요, 모든 새가 노래해요,
> 다 같이 노래하며 새롭게 태어난 해를 맞이해요,
> 하나되어 노래하며 새롭게 태어난 해를 맞이해요."

하늘의 천사들이 방긋 미소를 지었습니다. 해님은 새들의 아름다운 노랫소리가 듣기 좋아 황금빛 햇살로 비에 젖은 새들의 깃털을 말려 주었습니다. 추운 밤을 보낸 그들을 따뜻하게 해 주었지요. 숲에 있을 때는 수천 마리의 새들이 합창을 하며 아침 해를 맞이했지만, 여기 도시에서는 함께하는 목소리가 거의 없었습니다. 그래도 가족들은 함께 용기를 내어 노래를 불렀습니다. 그들은 새로운 날의 시작을 노래했습니다. 아름다운 노래는 자고 있던 도시의 아이들을 깨웠습니다. 아이들은 아름다운 새의 노래를 듣기 위해 밖으로 뛰어나왔습니다. 새들이 거기에 머물며 계속 노래하기를 바랐습니다. 새들에게 나누어 줄 빵 조각을 찾기 위해 아이들은 집으로 다시 달려갔습니다.

엄마 새와 아빠 새는 둥지를 짓기 위한 잔가지를 모으러 날아갔습니다. 도시에서 잔가지를 찾는 건 쉬운 일이 아니었습니다. 아름다운 숲과는 달랐습니다. 하지만 그들은 찾을 수 있는 곳이면 어디든지 날아가 잔가지와 나무 조각들을 모으고 또 모았습니다. 곧 둥지를 지을 만큼 충분한 양이 되었습니다. 새 가족은 친구가 된 아이들의 집 지붕 꼭대기에 둥지를 지었습니다. 물론 숲속의 둥지와는 달랐습니다. 그늘을 만들어 주는 나뭇잎과 아름다운 삼나무 향이 그리웠지요. 하지만 새로운 둥지는 깨끗하고 안전했습니다. 그리고 모두 함께할 수 있어서 행복했습니다. 아침마다 새 가족은 해님을 향해 노래를 불렀습니다. 도시는 새들의 기쁜 노래로 가득 찼습니다.

린델웨의 노래[*]

이 이야기는 오래전 노래의 치유적 힘에 대해 썼던 것이다. 나는 아파르
트헤이트의 압제 기간 동안 남아프리카 공화국 사람들이 보여 준 투쟁
과 회복력을 기리고 싶었다. 케이프타운에서 교사 교육 과정에 참석한
여성들에게 선물로 준 이 이야기의 은유, 여정 및 해결은 호사족 친구인
노만게시 음자모Nomangesi Mzamo가 한 말에서 영감을 받았다. 그녀의
남편은 넬슨 만델라와 함께 로벤 섬에 수감되기도 했다.

"우리 민족에게 노래가 없었다면 인종 차별의 가시밭길을 결코 헤쳐
나오지 못했을 거예요."

그 후 이 이야기는 케이프타운 흑인 거주 지역의 많은 보육 센터와
학교에 널리 퍼졌다. 다른 호사족 친구인 놈불렐로 마제시Nombulelo
Majesi는 이 이야기를 새로운 남아프리카 공화국을 위한 치유 이야기로
묘사하기도 했다.

여러 해 동안 아프리카를 방문할 때마다, 내가 만나고 함께 일한 아
이들과 어른들로부터 몇 번이고 이 이야기를 계속해서 다시 들려달라는
요청을 받았다. 어떤 아이들은 나에게 '호박 아주머니'라는 별명을 지어
주었다. 케냐에서는 이 이야기를 몇몇 교사들이 아이들과 함께 춤과 노
래가 담긴 연극으로 만들었다. 호주에서는 전국 대회에서 인형극으로
공연되기도 했다.

이 이야기는 코로나 팬데믹 같은 전 세계적 재난 시대에 회복할 힘과
희망이 필요한 어른들에게도 도움이 될 수 있다.

이 노래는 단순히 '황금 호박이 들판 한가운데에 놓여 있다'를 의미

---

[*] 『마음에 힘을 주는 치유동화』 393쪽

한다. 여러분의 언어로 여러분만의 곡을 만들 수 있다.

아주 먼 옛날, 어느 마을 옆에 들판이 있었습니다. 들판 한가운데에 호박 씨 앗 하나가 떨어져 싹을 틔웠습니다. 호박씨는 싹을 틔우고 줄기를 뻗고 꽃 을 피우며 하루가 다르게 쑤욱쑤욱 자라났습니다. 마침내 초록빛 호박 덩 굴이 들판을 온통 뒤덮을 정도로 무성해졌습니다. 그 호박밭 한가운데에 마을 사람들이 지금까지 본 것 중에 가장 크고 가장 아름다운 황금빛 호박 이 열렸습니다.

아름다운 황금빛 호박은 평범한 호박이 아니고 들판도 평범한 들판이 아니 었습니다. 호박이 커지면서 가시덤불이 호박밭을 에워싸며 자라기 시작했 습니다. 날카로운 가시가 달린 덤불이 어찌나 무성하고 촘촘했는지 호박이 잘 익어 딸 때가 되었지만 아무도 가시덤불을 뚫고 호박밭에 들어갈 수가 없었습니다. 마을 사람들은 모두 모여 어떻게 하면 좋을지 의논했습니다. 할아버지 한 분이 나섰습니다. "우리 집 도끼가 날이 아주 잘 드니 가시덤불 을 찍어보겠네." 할아버지는 도끼를 들고 가시덤불을 찍기 시작했습니다. 하지만 가시 줄기 하나를 잘라내면 다른 줄기 하나가 순식간에 그 자리에서 돋아났습니다. 결국 해질 무렵 할아버지는 고개를 저으며 포기했습니다.

그러자 한 엄마가 나섰습니다. "우리 집 삽이 아주 튼튼하니 가시덤불 밑으 로 파고 들어갈 수 있을 거예요." 그 엄마는 삽을 들고 가시덤불 밑을 파내 기 시작했습니다. 하지만 가시덤불 뿌리가 어찌나 억세고 빽빽하게 얽혀 있 는지 해질 무렵 그 엄마도 고개를 저으며 포기했습니다.

다음엔 남자아이가 나섰습니다. "제가 나무를 아주 잘 타니 가시덤불을 기 어 올라가 볼게요." 아이는 덤불을 기어오르기 시작했습니다. 하지만 가시 는 바늘처럼 길고 뾰족해 아이의 옷을 찢고 몸을 아프게 찔러댔습니다. 결 국 해질 무렵 남자아이도 고개를 저으며 포기했습니다.

다음 날 그 나라에서 목소리가 가장 아름다운 '린델웨'라는 여자아이가 마 을로 왔습니다. 아이는 황금빛 호박과 가시덤불 이야기를 듣더니 마을 사람 들이 모인 곳을 지나 가시덤불 옆 바위 위에 앉아 노래를 부르기 시작했습니 다.

"이탄가 엘리쿨루 이탄가 엘리쿨루,
　　　리쉬렐리 에보베니 리쉬렐리 에보베니."

린델웨의 노래가 어찌나 아름다운지 근처 들판에 사는 온갖 동물들이 모여들어 귀를 기울였습니다.

　　"이탄가 엘리쿨루 이탄가 엘리쿨루,
　　　리쉬렐리 에보베니 리쉬렐리 에보베니."

린델웨의 노래가 어찌나 아름다운지 하늘에 있는 새들이 나무에 내려와 귀를 기울였습니다.

　　"이탄가 엘리쿨루 이탄가 엘리쿨루,
　　　리쉬렐리 에보베니 리쉬렐리 에보베니."

린델웨의 노래가 어찌나 아름다운지 벌레와 애벌레들도 땅속에서 기어 나와 린델웨의 발치에 쪼그려 앉아 노랫소리에 귀를 기울였습니다.

　　"이탄가 엘리쿨루 이탄가 엘리쿨루,
　　　리쉬렐리 에보베니 리쉬렐리 에보베니."

린델웨의 노래가 어찌나 아름다운지 하늘에 떠 있는 구름마저 내려와 귀를 기울였습니다.

　　"이탄가 엘리쿨루 이탄가 엘리쿨루,
　　　리쉬렐리 에보베니 리쉬렐리 에보베니."

그때 꼬마 구름 하나가 아주 낮게 내려오더니 린델웨 바로 앞에 멈췄습니다. 노래를 멈춘 린델웨는 숨죽이고 지켜보는 마을 사람들에게 방긋 미소를 보낸 다음 꼬마 구름에 올라탔습니다. 꼬마 구름은 린델웨를 가볍게 들어 올리더니 가시덤불 위를 스윽 넘어서 호박밭 한가운데로 갔습니다.

그곳에서 린델웨는 황금빛 호박을 따서 품에 안고 다시 꼬마 구름에 올라탔습니다. 꼬마 구름은 린델웨를 들어 올려 가시덤불을 넘어서 마을 사람들 사이로 데려다 주었습니다. 그날 저녁 호박을 요리해 큰 잔치를 벌였습니다. 마을 사람들은 린델웨가 아름다운 노래로 마법에 걸린 가시덤불 위를 넘어 세상에서 가장 잘 생기고 가장 아름다운 황금빛 호박을 따온 날을 축하했습니다.

라벤더 둥지

아냐 야르*

이 이야기는 2018년 봄 슬로베니아 류블랴나에서 주최한 세미나에서 만들어진 것이다. 아냐는 오랫동안 암 투병을 하고 있는 어머니를 위해 이 이야기를 썼다. 아냐의 어머니와 아버지는 오랜 탐색 끝에 알프스 산맥이 뻗어 있고, 저 아래 푸르른 풍경이 내려다보이는 지금 이곳에 전망이 아름다운 집을 지었다. 하지만 그들의 행복은 그다지 오래 가지 못했다. 이곳에 건설될 고속도로 때문에 곧 집이 철거되고 이사를 해야 한다는 사실을 알게 된 것이다. 충격적인 소식이었다. 어머니의 건강은 다시 악화되기 시작했다.

아냐는 여러 이유로 황새를 이 이야기의 주인공으로 선택했다. 황새는 '아기를 데려다주는 존재'로 알려져 왔다. 어머니는 손자(아냐의 아들)가 유일한 위안이라고 자주 말씀하시기도 하고, 어머니와 아버지가 사는 마을에는 실제로 황새 가족이 살고 있기도 하다.

그리고 어머니는 정원과 집 안팎의 모든 것을 깔끔하고 단정하게 가꾸시는 걸 좋아하신다. 모든 식물과 꽃의 위치를 신중하게 선택하시는데 집 주변으로 라벤더가 많이 심어져 있다.

아냐가 보내 준 후기: "부모님은 이야기를 읽고 나서 처음에는 아무 말도 하지 않으셨어요. 이 말씀만 남기셨지요. '우리가 황새는 아니지. 그리고 우리는 집이 지금 이 자리에 남을 수 있도록 온 힘을 다할 거다.' 부모님은 이 이야기를 여러 번 읽지는 않으셨어요. 그래서 저는 두 분에게 점토로 만든 작은 집이 놓여 있는 라벤더 둥지를 선물했습니다. 그 둥지는 지금 부엌의 탁자 위에 놓여 있어요. 손님들이 물어보면 두 분은 황

* 아냐 야르Anja Jarh_ 교육자 (슬로베니아 류블랴나)

새 이야기를 자랑스럽게 들려주십니다. 그러면 이 이야기에 감동 받는 분들이 있습니다. 새로운 고속도로가 건설되면 자기 집을 잃게 될 분들이 종종 찾아오시거든요.

　이 이야기는 무엇보다 저를 치유해 주었어요. 이 이야기와 관련된 사건에 저도 감정적으로 관여되어 있기 때문이에요. 저는 요즘 다시 이사를 가야 할지도 모른다는 사실을 어떻게든 받아들이신 어머니의 변화를 느끼고 있습니다. 저희 부모님은 이제 새로운 곳을 찾고 계세요. 더 이상 그렇게 슬퍼하지는 않으십니다."

세상 어떤 지붕보다 높이 솟은 굴뚝 위에 황새 한 마리가 둥지를 지었습니다. 황새는 둥지에 앉아 햇살 가득한 아름다운 풍경을 즐겼습니다. 그 둥지는 다른 둥지들과는 달리 아주 특별하고 훌륭했습니다. 황새는 나뭇가지 하나하나를 둥지의 이곳저곳에 아주 신중하게 사용했습니다. 황새가 둥지를 꾸밀 때 보여 준 열정과 완성된 둥지를 본 다른 새들은 모두 감탄해 마지 않았습니다. 황새는 가족을 위한 집을 정말 능숙하게 잘 지었답니다!

그런데 폭풍우가 몰아치는 어느 밤, 거센 바람이 마을의 모든 지붕을 덮쳤고 모든 굴뚝을 무너뜨렸습니다. 아침이 되어 드러난 마을의 모습은 정말로 처참했습니다. 둥지도 모두 부서져 떨어졌습니다. 황새들은 속이 상해 울다가 떼를 지어 허공으로 날아올랐습니다. 예전에 여러 차례 지나쳤음에도 한 번도 본 적 없는 풍경을 바라보며 날고 또 날았습니다. 바람이 그들을 저 멀리 낯선 풍경으로 데려갔습니다.

이리저리 날아다니던 황새들은 마침내 어느 날 저녁 오래된 농장의 숲 가장자리에 내려앉았습니다. 그곳에서 밤을 보내려 했지요. 아주 커다란 나무가 보금자리가 되어 주었습니다. 아침에 눈을 떴을 때 황새들은 푸르른 풍경의 근사한 경치를 즐길 수 있었습니다. 꽃이 만발한 풀밭 사이로 기분 좋게 흐르는 강이 있었고, 맑은 강물에는 햇살이 반짝였습니다. 새들은 아름다운 노래를 즐겁게 불렀습니다. 이 광경에 황새들은 서로를 쳐다보았습니다. 이곳에 그전보다 더 아름다운 둥지를 지을 수 있다는 사실을 순간 깨달았습니다.

이번에는 둥지를 더욱 튼튼하게 지었습니다. 서로 애정을 담아 정성을 기울여서 말이죠. 가장 높은 굴뚝 위에 집을 지었던 황새는 라벤더 줄기로 다른 황새들의 둥지를 아주 특별하게 장식해 주었습니다. 라벤더의 아름다운 향기는 다른 새들의 감탄을 자아냈습니다. 황새는 사랑하는 친구들을 위해 지은 둥지가 그 어느 때보다도 자랑스러웠습니다.

[만들어 보기]
아냐의 제안: "나는 종이에 손글씨로 이야기를 쓰고 그 옆에 라벤더 꽃을 그렸습니다. 굵은 삼베 실로 작은 둥지 하나를 코바느질로 만들고, 그 속에 말린 라벤더 줄기를 몇 개 집어넣었습니다. 둥지 속에는 '비 온 뒤에 꽃이 핀다'라는 글귀가 적힌 작은 점토 집을 놓았습니다."

환경 파괴로 인한 슬픔과 상실감

이 장에는 환경 보호를 주제로 하는 이야기 8개가 있다. 가족 간에 또는 학교에서 토론할 때나 공동체에서 환경과 관련한 프로젝트를 진행하고자 할 때 발판으로 사용할 수 있다.

이야기 소개

빛의 나무

운율이 있는 이 이야기는 내 첫 번째 책인 『마음에 힘을 주는 치유동화』에 실린 「빛의 정원」*이라는 원작을 변형한 것이다. 여러 해 동안 이 원작을 토대로 변형된 많은 이야기가 전 세계에 퍼졌다. 마닐라 대학교의 뮤지컬 학과에서는 허리 높이의 인형을 사용해 인형극으로 만들었고, 인도의 한 교육단체(V-Excel Educational Trust)에서는 고등학생들과 이 이야기를 음악극으로 만들어 공연했다.

최근에는 슬로바키아와 오스트리아에서 비정부기구로서 자연보호 활동을 하고 있는 유럽의 환경 운동 단체 브로즈(BROZ, https://broz.sk/)에서 이 이야기를 변형시켜 사용하고 있다. 슬로바키아에서는 시문카Simoonka라는 예술가가 이 단체의 자연보호 브로셔와 자연보호 공원의 안내판에 이 이야기와 관련된 아름다운 그림을 그렸다.

원작인 빛의 정원과 이 이야기의 가장 큰 차이점은 '나몰라' 왕이 죽지 않고 베 짜는 요정과 많은 어린아이의 도움으로 '보살핌' 왕으로 변화한다는 것이다.

이 이야기는 내가 쓴 이야기 중에 가장 영향력 있는 이야기라 할 수 있다.

옛날 옛날에 아름다운 정원이 있었습니다.
계곡에서 초원까지, 언덕에서 해변까지 멀리 넓게 펼쳐진 정원이었습니다.
이 아름다운 정원에는 모든 새와 모든 나비, 모든 벌이 살았고,
이 아름다운 정원에는 모든 꽃과 모든 식물, 모든 나무가 자랐습니다.

---

* 『마음에 힘을 주는 치유동화』 190쪽 참고

모든 아이가 이 아름다운 정원에서 노는 걸 좋아했습니다.
그리고 아이들은 온종일 건강하고 행복하게 놀았습니다.

정원 한가운데에는 엄청나게 크고 신비로운 나무가 있었습니다.
아주 아주 오래된 가지들에는 황금빛으로 빛나는 잎들이 달려 있었지요.
나무의 뿌리 깊은 곳에는 정원과 황금 나무를 보살피는
베 짜는 자연 요정이 살고 있었습니다.

자연 요정은 날마다 자연의 실로 베를 짰습니다.
정원과 놀이하는 아이들을 씨실과 날실로,
빛과 나무와 그 뿌리를 씨실과 날실로,
꽃들과 자유롭게 춤추는 아이들을 씨실과 날실로요.

자연 요정이 사랑으로 베를 짜는 동안
넓은 땅을 아울러, 모두가 행복하게 잘 지냈습니다.
나무는 날마다 황금빛으로 빛났고,
아이들은 아름다운 곳에서 신나게 놀았습니다.

○ ○ ○

어느 날, 어쩌다 보니, 새로운 왕이 그 땅을 이어받았습니다.
새로운 왕은 자기를 아주 아주 위대하다고 생각했습니다!
꽃과 식물과 나무에 대해서는 관심이 없었지요.
새와 나비와 벌에 대해서도 관심이 없었어요.
아이들이 아름다운 곳에서 노는지 마는지,
아이들이 날마다 건강하고 행복한지도 관심이 없었습니다.

왕은 '나몰라' 왕으로 불렸습니다.(자기 자신에게는 관심이 많았지만요!)
왕은 자기를 위해 보물과 재산, 더욱더 많은 재산을 원했습니다.
나몰라 왕은 자기를 기쁘게 하는 단 한 가지밖에 몰랐습니다.
반짝거리고 눈부시게 빛나는 금은보화뿐이었죠.
왕은 신하들에게 광산을 더 깊이 파라고 명령했고,
자기의 모든 재산을 쌓아둘 거대한 성을 지으라고 명령했습니다.

나몰라 왕의 왕관을 위해 더 많은 보물을 찾기 위해
서서히, 서서히, 정원은 잘려 나갔습니다.
많은 재산을 얻기 위해 오랜 시간 땅을 파고 파고 또 팠습니다.
아 이제 아름다운 정원은 그만… 더 이상은 안 돼요!

그곳에는 더 이상 꽃도 식물도 나무도 없었습니다.
그곳에는 더 이상 새도 나비도 벌도 없었습니다.
그곳에는 더 이상 아이들이 행복하고 건강하게
뛰어놀 수 있는 곳이 없었습니다.

정원도 없고 놀이하는 아이들도 없으니
자연 요정은 날마다 춤을 추며 베를 짤 수 없었습니다.
한때 황금빛이던 나무는 아주 칙칙한 잿빛으로 변했습니다.
아이들은 정원이 어쩌다가 이렇게 되었는지 어리둥절했습니다.

o o o

세월이 흐르면서 정원은 잊혀졌습니다.
아이들은 슬픈 하늘 아래 맨땅에서 놀았습니다.
나몰라 왕은 정원이 사라진 것에 대해 관심이 없었습니다.
온종일 자기 성안에서 시간을 보냈지요.
보물이 몇 개인지 세는 게 무엇보다 기쁜 일이었거든요.
기쁨이라곤 반짝거리고 눈부시게 빛나는 금은보화뿐이었습니다!

그러던 어느 날, 저 멀리 죽어가는 잿빛 나무를 보고
나몰라 왕은 충격을 받았습니다.
"정말 끔찍한 모습이군."
깜짝 놀란 왕이 말했습니다.
"저 칙칙한 잿빛 나무를 보니 마음이 너무 불쾌하구나.
내 눈에 보이지 않게 하라."

신하들은 음침한 하늘 아래에 끔찍하게 서 있는 나무를
아주 높은 벽으로 가리기 시작했습니다.
벽에는 창문도 없고 문도 없었습니다.
왕은 만족스러웠지요, 더 이상 나무가 안 보였거든요!

아무도 안으로 들어갈 수도, 나올 수도 없었습니다.
자연 요정도 밖으로 나올 수 없었습니다.
요정은 이제, 나무뿌리 사이에 있는 방에 혼자 앉아
한때 꽃이 피던 정원을 떠올리는 것밖에 할 수 있는 게 아무것도 없었습니다.

벽이 완성되던 날 밤,
나몰라 왕은 뒤척이느라 잠을 자지 못했습니다.
다음 날 아침, 왕은 거울에서 잿빛이 된 자신의 얼굴을 보았습니다.
폭풍우 치는 어두운 날의 구름 같은 잿빛이었습니다.

왕의 모습을 보고 질겁한 신하들은
나라의 수많은 의사를 급히 불렀습니다.
의사들은 온갖 약초와 물약과 알약을 처방했지만,
아무 소용이 없었습니다.
그렇게 심한 병을 본 적이 없었습니다.
나몰라 왕은 점점 사라지는 것 같았습니다.
날이 갈수록 잿빛조차 옅어졌습니다.

° ° °

이때… 어찌된 일인지,
아주 높이 쌓은 돌담에 틈이 생겼습니다.
이 틈은 아주 작아서 거의 눈에 띄지 않았습니다.
그런데 가까이에 한 아이가 놀고 있었습니다… 역시 아주 작은 아이였죠.

아이는 무엇을 해야 할지 정확히 알고 있는 것 같았습니다.
아이는 틈까지 기어올라가 곧장 틈새로 들어갔습니다.
아이는 벽 너머에서 죽어가는 나무를 보았습니다.
그리고 나무뿌리 사이에서 부드러운 한숨 소리를 들었지요.

자연 요정은 아이를 보고 환하게 웃었습니다.
요정의 웃음은 황금빛으로 빛나며 나무뿌리를 비추었습니다.
"가까이 오렴" 요정이 속삭였어요. "사랑스러운 아이야,
용기 내서 더 가까이 오렴. 들려주고 싶은 긴 이야기가 있단다."

자연 요정은 꽃과 나무에 대해 이야기했고,
새와 나비, 벌에 대해 이야기했습니다.
정원과 놀이하는 아이들을 씨실과 날실로
날마다 춤을 추듯 베를 짜던 시절에 대해 이야기했습니다.
요정은 황금빛으로 빛나던 나무에 대해 이야기했고,
그 빛 속에서 정말로 행복해하던 아이들에 대해 이야기했습니다.

어린아이의 눈이 놀라움으로 휘둥그레졌습니다.
"아름다운 정원을 되찾아야 해요." 아이가 소리쳤습니다.
"거대한 잿빛 나무가 정원을 비춰 주고
요정님과 저를 빛나게 할 수 있도록 되살려야 해요."

"틀림없이 방법이 있을 거야." 자연 요정은 한숨을 내쉬며 말했습니다.
"하지만 난 너무 늙고 지쳤단다.
나 혼자 감당하기엔 너무 벅찬 일이야.
열심히 도와줄 수 있는 아이들이 많이 필요해.
돌아가서 친구들을 모두 모아 오렴.
늦지 않게 와야 한다. 너무 늦지 않게 돌아와야 한단다."

아이는 벽의 틈새를 통해 밖으로 나왔습니다.
그리고 아이들을 불러 모았습니다, 한 명 한 명, 모두 다요.
여자아이들과 남자아이들이 모두 함께 따라왔습니다.
높은 벽을 기어올라, 틈새로 들어갔지요.
아이들이 죽어가는 잿빛 나무 주위에 모였을 때
자연 요정은 얼마나 기뻤는지 모른답니다.

자연 요정은 선반에서 상자를 꺼내왔습니다.
"이건 내 보물이야, 내가 직접 모은 거지.
벽 안에 갇히기 전에 정원에서 가져온 거란다."
그것은 하양, 빨강, 검정, 갈색의 씨앗 수천 개였습니다.
아이들은 상자를 들여다보고 무척 신이 났습니다!
자연 요정은 아이들의 반짝이는 눈을 보고 무척 기뻤습니다.
요정은 아이들에게 씨앗 심는 법과
각각의 씨앗을 관리하는 특별한 방법을 가르쳐 주었습니다.

날마다 아이들은 벽의 틈새를 통해 다시 들어왔습니다.
그리고 새롭게 정원 만드는 걸 도왔습니다, 한 명 한 명, 모두 다요.
얼마 지나지 않아 새로운 식물들이 아이들의 보살핌으로 자라났습니다.
벌과 나비도 춤을 추며 날아다녔습니다.

풀이 무성해지고 꽃이 만발하자,
자연 요정은 나무 안에서 춤을 출 수 있게 되었습니다.
이제, 요정은 날마다 사랑을 담아 베를 짤 수 있습니다.
정원과 놀이하는 아이들을 씨실과 날실로,
빛과 나무와 그 뿌리를 씨실과 날실로,
꽃들과 자유롭게 춤추는 아이들을 씨실과 날실로요.

자연 요정이 춤을 추자 나무는 반짝반짝 빛났습니다.
따뜻한 황금빛이 새로운 정원을 가득 채웠습니다.
나무의 뿌리는 깊고 튼튼하게 자랐습니다.
벽 아래까지 뻗어 나가 돌을 부수고 벽을… 무너뜨렸지요!

◦ ◦ ◦

빛의 나무는 온 나라에 황금빛을 비추었습니다.
그 광채가 성의 창문까지 닿았습니다, 아주 숭고하게 말이죠.
광채는 나몰라 왕을 둘러쌌습니다.
빛의 나무의 황금빛이 왕에게 생기를 주었습니다.

왕은 성 밖으로 나가 나무를 향해 춤을 추었지요.
왕은 행복하고 자유로운 아이들과 손을 잡았습니다.
새로운 정원은 왕을 건강하게 치료해 주었습니다.
마침내 왕은 재산의 진정한 의미를 깨달았습니다.

오늘도 자연 요정은 마법으로 베를 짜고,
전처럼 모두가 행복하게 잘 지내고 있습니다.
신비로운 나무는 날마다 황금빛을 비춰 줍니다.
그리고 아이들은 언제든 놀 수 있는 아름다운 곳이 생겼습니다.

왕은 '보살핌 왕'이라는 새로운 이름으로 불렸습니다.
보살핌 왕의 선행에 대해 아이들은 즐겨 노래한답니다.

아이들은 계곡에서 평지까지, 언덕에서 해변까지
멀리 넓게 펼쳐진 정원에 대해 노래합니다.
아이들은 새와 나비, 벌에 대해 노래합니다.
아이들은 꽃과 식물, 나무에 대해 노래합니다.
아이들은 베를 짜는 자연 요정의 춤에 대해 노래합니다.
그리고 아이들은 황금색으로 빛나는
빛의 나무의 신비로움에 대해 노래하지요.

모래 위의 메시지

오염된 바다를 살리기 위한 환경 이야기

오랫동안 바다에는 이상한 괴물이 자라고 있었습니다. 하지만 물 아래 숨어 있었기 때문에 땅에서 살아가는 사람들은 괴물이 얼마나 큰지, 얼마나 무시무시한 힘이 있는지 몰랐습니다.

괴물은 아주 커져서 이제 천 개가 넘는 팔과 거기에 달린 많은 손과 손가락… 오싹하고, 으스스하고, 미끄럽고, 끈적끈적한 손가락들이 셀 수 없이 많이 달려 있었습니다.

괴물은 얼굴이 없었습니다. 코도 눈도 귀도 없었지요. 하지만 손가락마다 그 끝에 입이 달려 있었습니다… 얼마나 많은 입이 있는지 상상하기도 어렵습니다! 그리고 그 입들은 모두 플라스틱 쓰레기 조각부터 금속 조각들, 더러운 기름 찌꺼기와 화학물질에 이르기까지 모든 것을 먹어치웠습니다. 괴물은 온갖 종류의 화학 물질을 얼마나 좋아했는지 모릅니다!

점점 더 커진 괴물의 천 개가 넘는 팔은 항구와 항만에 닿았고, 강과 개울 위로 기지개를 켰습니다. 사실 물이 있는 곳 중에서 괴물의 손길이 닿지 않는 곳은 거의 없었습니다.

그리고 해마다 이 무시무시한 '녀석'은 계속해서 자랐습니다. 하지만 사람들은 이 괴물이 자신들이 아끼는 물을 차지하고 있다는 사실을 모른 채 일상생활을 계속했습니다.

마침내 괴물은 너무나 커져서 끔찍한 모습을 물 아래에 더 이상 숨길 수 없게 되었습니다. 서서히, 아주 서서히, 혐오스러운 모습이 조금씩 튀어나왔습니다. 오싹하고, 으스스하고, 미끄럽고, 끈적끈적한 손가락들이 온갖 곳으로 뻗어 나가기 시작했습니다.

괴물을 본 사람들은 충격에 빠졌습니다. "이거 진짜야?" 왜 사람들은 진작 알아차리지 못했을까요?

사람들은 해안을 따라 옹기종기 모여들었습니다. 항구 주변으로 모여들었고, 강 위아래로 모여들었습니다. "뭔가 해야 합니다." 사람들은 지도자에게 도움을 청했습니다. "괴물을 없애야 해요!" 사람들은 지도자에게 뭔가 해 줄 것을 간청했습니다.

지도자는 전문가들을 불렀습니다. 많은 고민과 자문을 들은 끝에 괴물은 반드시 잡아야 하고, 잡을 수 없다면 없애야 한다는 결론에 이르렀습니다. 땅에서 살아가는 사람들은 이 결정에 만족했습니다… 바다와 하천이 안전하고 평화로운 상태로 돌아가는 데 도움이 되는 건 무엇이든 해야 했습니다.

지도자는 해군을 불렀습니다. 사람들은 해군이 그물과 밧줄을 실은 함대를 몰고 가는 걸 자랑스럽게 지켜봤습니다. 하지만 이건 불가능한 작전이었습니다. 천 개가 넘는 팔을 가진 괴물을 어떻게 그물로 잡겠어요? 백만 개가 넘는 손가락을 가진 괴물을 어떻게 밧줄로 묶을 수 있죠?

괴물은 그물과 밧줄을 말끔하게 먹어 치웠습니다.

그러자 해군은 엄청나게 많은 대포를 실은 함대를 보냈습니다. 온갖 종류의 대포가 발사될 때마다 간식처럼 날름날름 삼키는 괴물을 보고 사람들은 충격을 받았습니다. 함대는 칼, 창, 작살 등 다양한 무기를 실어와 발사했지만 괴물에게 이것은 잔치와 같았습니다. 괴물은 채울 수 없는 식욕을 가진 것처럼 보였지요.

땅에서 살아가는 사람들은 충격에 빠졌습니다… 지도자는 이렇게 끔찍한 상황을 해결할 수 없었습니다. 온갖 무기를 다 먹어 치우는 이 '녀석'은 대체 무엇일까요?

이때, 바다 깊은 동굴 속에서 나이가 아주 많은 할머니 거북이 눈을 떴습니다. 악몽 같은 일이 일어나고 있었습니다. 물 위는 끈적끈적한 어둠으로 가득 찼고, 황금빛으로 내리쬐어 할머니 거북을 어루만져 주던 햇살은 완전히 가려졌습니다.

할머니 거북은 뭔가 해야 한다는 걸 깨달았습니다. 할머니 거북은 괴물이 나타나기 훨씬 전부터 살았고, 여러 해 동안 괴물의 끔찍한 성장도 목격했지요. 이제 햇살마저 사라졌으니, 더 이상 시간을 지체할 수 없었습니다.

할머니 거북은 자기 아이들과 손주, 증손주들에게 메시지를 보냈습니다. 할머니 거북의 메시지는 바다를 가로질러 항구 안으로, 출렁이며 하천을 따라 흘러갔습니다. 흔들리는 해초에게 속삭이고, 작은 물고기에서 큰 물고기로 전해지면서, 해류에 의해 옮겨졌습니다.

할머니 거북의 메시지는 세상의 크고 작은 거북이 수천 마리에게 모두 전달되었습니다. 할머니 거북의 지혜로운 말씀을 들은 거북이들은 임무를 시작했습니다. 각자 땅 기슭, 항구 주변, 강을 따라 서로 다른 해변을 향해 헤엄쳤습니다.

할머니 거북의 메시지에는 인간의 낱말 몇 개와 그것을 땅에 사는 사람들에게 전달하는 특별한 방법이 들어 있었습니다.

고요한 밤, 썰물이 가장 많이 빠진 시간에, 세상의 모든 거북이들이 해변으로 헤엄쳤습니다. 모든 해변과 강변 모래밭에서 거북이들은 해야 할 일을 시작했습니다. 부드러운 은빛 달이 환하게 비춰 주는 가운데 힘센 지느러미 발을 앞뒤로 밀면서 천천히, 하지만 확실하게 모래에 다음과 같은 글자를 썼습니다.

"바다를 사랑하세요."

이튿날 아침, 해가 하늘 높이 떠오를 때, 황금빛 햇살이 기대와 희망이 담긴 글자를 비추었습니다. 해변과 강변에 사는 가족들이 모래 위를 산책하며 놀기 위해 내려왔다가 그 글자를 보고 깜짝 놀랐습니다. 아이들은 이리저리 깡총깡총 뛰며 곧은 선과 굽은 선을 오르내렸습니다. 아이들은 글자 위에 누워 살갗으로 따뜻한 형태를 느꼈습니다. 아이들은 각각의 글자를 조개와 조약돌로 장식했습니다. 아이들은 모래에 귀를 대고 지혜의 말씀을 들었습니다.

조금 뒤에 밀물이 밀려와 그 메시지를 씻어 냈습니다.

그날 밤 거북이들은 다시 돌아와 해변과 강변 모래밭에 또 해야 할 일을 시작했습니다. 부드러운 은빛 달이 환하게 비춰 주는 가운데 힘센 지느러미발을 앞뒤로 밀면서 천천히, 하지만 확실하게 모래에 새로운 말을 썼습니다.

"괴물에게 먹이를 주지 마세요."

이튿날 아침이 되자 산책하며 놀기 위해 내려온 사람들은 메시지를 보았습니다. 사람들은 그 글자를 보고 깜짝 놀랐습니다. 아이들은 이리저리 깡총깡총 뛰며 곧은 선과 굽은 선을 오르내렸습니다. 아이들은 글자 위에 누워 살갗으로 따뜻한 형태를 느꼈습니다. 아이들은 각각의 글자를 조개와 조약돌로 장식했습니다. 아이들은 모래에 귀를 대고 지혜의 말씀을 들었습니다.

조금 뒤에 밀물이 밀려와 그 메시지를 씻어 냈습니다.

공작의 깃털

환경 보호와 관련한 이 이야기는 최근 인도의 라자스탄을 방문했을 때 영감을 받아 쓴 것이다. 나는 햇볕이 잘 드는 숲을 산책하는 동안 공작 한 마리가 내 앞길을 지나가는 특별한 경험을 했다. 공작의 아름다움이 내 숨을 멎게 했다!

이 이야기는 성장과 재생을 위한 시간이 충분하지 않으면 삶이 지속되기 어렵다는 '지나친 착취로 인한 손실'이라는 주제를 다루고 있다. 이야기에 나오는 정원사 루사Rusa는 여의사가 거의 존재하지 않던 8세기의 인도에 실존했던 현명한 여성 바이디아(Vaidya, 힌디어로 '의사')를 기리기 위한 인물이다. 힌디어로 '마하라자Maharaja'는 '대왕'을, '라즈쿠마르 프리트비Rajkumar Prithvi'는 '대지의 왕자'를 뜻한다.

힌디어 자장가를 비롯해 이 이야기를 최종적으로 완성할 수 있었던 것은 교사, 부모, 상담가로 구성된 인도의 이야기꾼 집단 <스토리왈라스Storywallahs>의 창립자인 아민 하케와의 특별한 협력 덕분이었다. '왈라'는 민속 또는 민족을 뜻하며, <스토리왈라스>는 특히 아이들에게 이야기 들려주는 일을 하고 있다.

탐욕의 결과에 관한 비슷한 이야기를 기존의 민속 문학에서 찾는다면, '달에 닿다(나이지리아 민담)', '황금 거위(그림형제 이야기가 아니라 불교의 본생경 이야기)', 테리 존스가 쓴 '유리 찬장' 등을 권한다.

옛날 옛날에 어느 나라에서 가장 귀하고 몹시 아름답기로 소문난 공작이 한 마리 살았습니다. 보석이 박힌 듯한 아름다운 꼬리 깃털에는 무지개의 신비가 담겨 있었습니다.

공작은 마하라자의 궁전 정원에 살았습니다. 공작은 온갖 종류의 맛있는 음식을 먹으며 각별한 보살핌을 받았지요. 밤이 되면 공작은 마하라자의 방 한쪽 구석에 비단 벨벳 쿠션이 놓여 있는 커다란 고리버들 새장 안에서 잠을 잤습니다.

마하라자는 자신의 아름다운 공작이 무척 자랑스러웠기 때문에 공작의 아름다운 깃털을 뽐내고 싶었습니다. 특별한 일이 있을 때마다 옷에 공작의 꼬리 깃털을 꽂았고, 축제 때 입는 옷에는 더 많은 깃털을 장식으로 썼습니다. 중요한 방문객이 궁전에 찾아오면 보석이 박힌 듯한 깃털을 선물로 주곤 했습니다. 어느 해에는 새로운 황금 왕좌의 뒷부분을 장식하기 위해 공작의 꼬리 깃털을 더 많이 쓰기도 했습니다.

마하라자의 신하들은 공작의 깃털을 너무 많이 쓰지 말 것을 간언했습니다. 하지만 마하라자는 웃으며 이렇게 말했습니다. "공작의 깃털은 항상 다시 자라는 걸 모르는가?"

마하라자의 아들이자 후계자인 라즈쿠마르 프리트비도 어릴 적부터 공작을 친구처럼 사랑했기 때문에 아버지에게 깃털을 너무 많이 쓰지 말아 달라고 간청했습니다. 하지만 마하라자는 비웃으며 이렇게 말했습니다. "공작의 깃털은 더 많이 자랄 수 있다는 걸 모르느냐?"

공작은 주인을 계속 기쁘게 해 주었습니다. 마하라자는 무지개 색깔의 깃털을 점점 더 많이 썼고, 공작의 깃털은 오랫동안 새로 자랐습니다.

그런데 어느 날 공작의 꼬리에 더 이상 깃털이 하나도 남지 않게 되었습니다. 공작이 너무 지쳐서 더 이상의 깃털이 자라지 않은 것입니다. 이 사실을 알게 된 마하라자는 불같이 화를 냈습니다. 이 일로 공작은 부드러운 쿠션이 있는 새장에서 밖으로 나가기를 거부했습니다.

몇 주가 지나도록 공작은 새장에서 나오지 않았고, 새로운 깃털도 자라지 않았습니다. 마하라자는 점점 더 자주 화를 냈고 조급해졌습니다. 어느 날 마하라자는 고리버들 새장을 들고 침실 밖으로 나갔습니다. 궁전의 성벽 꼭대기에 새장을 올려놓고는, "아름다운 깃털을 줄 수 없다면 더 이상 넌 쓸모가 없어!" 이렇게 소리치며 새장을 아래로 던졌습니다. 그러고는 다시 방으로 돌아와 버렸습니다.

이 잔인한 행위를 궁전 정원사 루사가 목격했습니다. 루사는 성벽 끝 쪽에 놓여 있는 화분들에 물을 주고 있었습니다. 루사는 평소에 공작을 무척 좋아했기 때문에 공작이 이런 식으로 버려지는 걸 보고 깜짝 놀랐습니다.

그날 밤 어둠을 틈타 루사는 살금살금 성문을 빠져나왔습니다. 그리고 성벽을 따라 구불구불한 길을 걸어갔습니다. 손으로 길을 헤치며 천천히 앞으로 나아갔고, 마침내 고리버들 새장을 찾았습니다. 그때 희미하게 끙끙거리는 소리를 들었습니다. 루사는 공작이 아직 살아 있다는 걸 깨닫고 안도했습니다. 떨어질 때 비단 벨벳 쿠션들이 공작을 보호해 준 것이 틀림없었습니다.

위로의 말을 속삭이며 루사는 조심스레 새장 안으로 손을 뻗었습니다. 떨고 있는 공작을 들어 올려 길게 주름진 사리*로 감싸 주었습니다. 루사는 공작을 가슴에 품고 성벽을 따라 천천히 걸어서 다시 성문으로 들어왔습니다.

루사의 작은 오두막은 궁전 정원의 외진 구석에 있었습니다. 궁전 경비병들의 눈을 피해 그곳까지 가느라 꽤 오랜 시간이 걸렸습니다. 안전하게 집에 들어와서는 문을 잠그고 공작을 침대에 눕혔습니다. 부드러운 누비이불로 따뜻하게 공작을 덮어 주고, 벽난로에 불을 피운 다음 냄비를 올리고 물을 끓였습니다.

이제 루사가 자신의 치유 능력을 발휘할 때가 되었습니다. 루사는 여러 가지 허브와 잎사귀, 뿌리를 잘라 냄비에 넣고 끓이기 시작했습니다. 수프가 끓는 동안 루사는 병에 든 치유 오일을 침대로 가져갔습니다. 이불을 걷어서 공작의 몸에 난 상처와 멍에 오일을 발라 부드럽게 마사지해 주었습니다.

---

* 옮긴이 sari_ 인도 여성들이 몸에 두르는 길고 가벼운 옷

"탐 자 레 탐 자, 토디 데르 소자, 바후트 두르 자아나 해, 토다 사 탐 자,
(Tham ja re Tham ja, thodi der so ja, Bahut door jaana hai, thoda sa tham ja,)

예 라아트 달레기, 사베레 히 호가, 사베레 탈라크 메레 라아자 투 소 자.
(Ye raat dhalegi, savera hi hoga, Savere talak mere raja tu so ja.)

잠시 멈춰, 친구여,

멈춰 쉬어 잠깐, 아주 아주 먼 길을 떠나야 하잖아,

잠깐 쉬어 친구여,

이 밤이 지나면, 새 아침이 올 거야, 그러니 친구여, 다시 해가 뜰 때
까지 편히 쉬게나."

금세 수프가 준비되었습니다. 루사는 공작에게 치유의 수프를 몇 숟갈 떠먹
였습니다. 그리고 공작을 품에 안고, 침대에서 함께 깊이 잠들었습니다.

다음 날 아침, 공작에게 수프를 더 먹이고 상처를 치료한 루사는 공작을 침
대에 눕혔습니다. 그리고 하루 일과를 시작했습니다. 루사는 빗장을 걸어
잠그고, 다른 정원사들이 있는 곳에 갔습니다. 그들은 숨죽인 채 이야기를
나누고 있었습니다…"마하라자가 공작을 성벽 위에서 집어 던졌다는 이야
기를 들었나요! 오늘 아침에 새장이 발견됐다는데, 그 새장이 비어 있었다
네요! 아마도 공작은 짐승에게 잡아먹혔겠죠? 라즈쿠마르 프리트비가 정
원을 침울하게 서성거리던데, 자기 친구가 얼마나 그립겠어요. 그래서 그런
지 화가 잔뜩 났더라고요."

속으로 미소를 지으며 루사는 정원을 계속 가꾸었습니다. 루사는 공작을 살
리기 위해서는 누구에게도 비밀을 말하지 않아야 한다는 걸 알았습니다. 루
사는 라즈쿠마르 프리트비가 공작을 많이 아낀다는 것과, 그가 진실을 알고
나면 얼마나 안도할지 잘 알았지만 섣불리 모험을 할 수는 없었습니다. 공
작의 안전과 안녕이 최우선이었습니다.

저녁마다 루사는 안전하게 오두막으로 돌아와 공작에게 치유의 수프를 더
먹였습니다. 며칠이 지나서는 잘게 다진 과일과 채소 조각도 조금씩 먹였습니
다. 루사는 치료를 계속했고 서서히, 서서히 상처와 멍이 치유되었습니다.

한 달만에 공작은 완전히 기력을 되찾았습니다. 루사는 새로운 꼬리 깃털이
자라려는 조짐을 보았습니다. 정말로 기뻤지요. 하지만 걱정도 되었습니다.
이제 공작을 자신의 오두막에서 옮겨야 할 때가 되었다는 걸 알았거든요.
꼬리 깃털이 더 자라면 그전처럼 사리에 감춰 옮길 수가 없기 때문입니다.

다음 날 밤, 달이 하늘을 반쯤 지났을 때, 루사는 공작을 자신의 주름진 사

리로 감싸서 가슴에 꼭 안았습니다. 문을 열고 천천히 궁전의 정원을 가로질러 성문 밖으로 빠져나갔습니다. 보초를 서고 있는 경비병을 안전하게 피해서요. 은빛 달이 비추는 길을 따라 궁전에서 나와 강을 건너 숲으로 갔습니다.

숲에 도착한 루사는 길 앞이 거의 보이지 않을 때까지 오솔길을 따라 걸었습니다. 마침내 가지가 풍성하고 아름다운 나무 근처에 멈춰 섰습니다. 부드러운 입맞춤으로 작별 인사를 하며 공작을 들어 올려 나뭇가지 위에 놓아주었습니다. 그리고 눈물을 머금고는 서둘러 집으로 돌아왔습니다.

시간이 흘렀습니다. 루사가 공작에 대해 궁금해하지 않은 날은 하루도 없었습니다. 그러나 공작을 숲으로 돌려보낸 것은 잘한 일이라고, 공작은 자연에서 잘 살 거라고 믿어야 했습니다.

이제 마하라자는 나라를 다스리기에는 너무 늙어서 아들인 라즈쿠마르 프리트비가 왕위를 물려받도록 했습니다. 대관식을 위한 성대한 축제가 계획되었습니다.

라즈쿠마르 프리트비는 대관식 날 아버지에게 특별한 선물을 드리고 싶었습니다. 심사숙고 끝에 아버지가 노년을 즐기실 수 있도록 시원하고 그늘진 정원을 만들기로 마음먹었습니다. 이를 위해 새로운 화초가 더 많이 필요했기 때문에 루사와 다른 정원사 몇 명을 불러 함께 숲으로 향했습니다. 그들은 작은 수레에 정원을 가꾸는 도구와 빈 화분들을 싣고 당나귀가 끌게 했습니다. 성문을 지나 강을 건너 숲에 들어갔습니다. 라즈쿠마르 프리트비는 앞서서 천천히 말을 몰다가 멈추어 정원사들이 파내서 화분에 담도록 화초와 작은 나무를 가리키곤 했습니다.

수레들이 가득 차자, 개울가에 들러 당나귀들을 쉬게 하고 물을 마시게 했습니다. 라즈쿠마르 프리트비는 아주 친절한 청년이어서 정원사들과 함께 자신의 음식을 즐겁게 나누었습니다. 그들은 개울가 근처의 공터에 있는 가지가 풍성하고 아름다운 나무 아래에 함께 앉았습니다.

루사는 서둘러 식사를 마치고 자리에서 일어나 주위를 둘러보았습니다. 공작이 가까이 있을지도 모르기 때문에 숨어 있으라고 주의를 주고 싶었습니다.

그때, 모두가 지켜보는 가운데 아주 특이한 광경이 벌어졌습니다. 너무나도 아름다운 공작이 숲에서 나와 루사에게 다가온 것입니다. 공작은 천천히 루사의 주위를 돌며 루사의 사리 치마에 머리를 살짝 대었습니다. 루사도 공작을 보고는 너무 기뻐서 두려움도 잊은 채 허리를 굽혀 따뜻하고 기쁜 인사말을 건네며 공작의 몸을 부드럽게 쓰다듬었습니다.

잠시 후 공작은 나뭇가지가 촘촘한 숲을 빠져나가 햇빛이 황금처럼 빛나는 풀밭으로 갔습니다. 공작은 원을 그리듯 꼬리 깃털을 부채처럼 활짝 폈습니다. 보석이 달린 듯한 무지개빛 깃털들이 최고의 아름다움을 보여 주었습니다. 그런 뒤 순식간에 울창한 숲속으로 사라졌습니다.

라즈쿠마르 프리트비는 이 모든 걸 지켜보고 있었습니다. 루사와 공작 사이의 사랑스러운 관계, 그리고 햇빛에 반짝이는 색색의 깃털들을 부채처럼 펼친 공작까지 말이지요. 지금껏 본 광경 중 가장 아름다운 모습이었습니다. 궁전에 살던 그 공작이 확실했습니다. 어릴 적 친구가 아직 살아 있을 뿐 아니라 그 어느 때보다 더 강인하고 아름다워져서 얼마나 기뻤는지 모릅니다.

라즈쿠마르 프리트비는, 공작이 원래 자기의 집인 자연으로 돌아간 것이 얼마나 특별한 일인지 깨달았습니다. 그는 루사에게 다가가 사랑과 감사의 포옹을 했습니다.

"나는 당신과 내 왕국에 사는 모든 사람에게 약속하겠어요. 대관식 이후 이 숲을 보호 구역으로 선포할 것입니다. 공작이 아무 두려움 없이 이곳에 살 수 있기를 진정으로 바라니까요."

루사는 진심으로 환하게 웃었습니다. 아래를 내려다보니 풀밭에 아름다운 공작의 꼬리 깃털이 하나 떨어져 있는 게 아니겠어요.

루사는 그 깃털을 집어 라즈쿠마르 프리트비에게 건네며 말했습니다.

"공작이 왕자님께 대관식 선물을 남겼네요. 이 깃털이 앞으로 현명하고 공정하게 나라를 다스리도록 왕자님을 인도하길 기도하겠습니다."

그림자 거인

탐욕과 이기적인 힘이 야기하는 문제에 대한 경각심을 일깨우기 위해 쓴 환경 이야기

"탐욕은 나의 놀이, 힘은 나의 이름"

옛날, 그리 멀지 않은 옛날에 거인이 살았습니다. 이 거인은 세상이 생겨난 이래로 가장 강하고 가장 크며 가장 파괴적인 괴물이었습니다.

신기한 일은 아무도 이 거인을 본 적이 없다는 사실입니다. 하지만 세상 여기저기를 다니며 가는 곳마다 파괴를 일삼는 거인의 그림자는 많은 사람이 경험했지요. 사람들은 그 괴물을 그림자 거인이라고 불렀습니다.

그림자 거인은 밤낮으로 계속 바빴습니다. 구석구석을 다니며 땅과 바다와 공기에 자기의 어둠을 새겨넣어야 했으니까요… 땅속 깊이 검게 갈라진 틈, 검은 파도와 진흙으로 휩싸인 해안선, 계곡과 산에서 불타고 검게 변한 숲, 그리고 사방에서 소용돌이치는 오염된 안개 덩어리….

그림자 거인이 어디에서 왔고 어디에 사는지 아무도 몰랐습니다. 그 어둠의 힘을 다음에는 언제 어디에 쓸지 아는 사람도 없었습니다.

거인으로부터 안전한 건 아무것도 없었습니다. 사람들도, 땅의 동물들도, 바다의 생물들도 안전하지 않았습니다. 모두 거인의 힘에 속수무책이었습니다. 파괴적인 힘으로부터 벗어나 빠르게 날던 새들도 공기 중에 퍼지는 검은 안개의 소용돌이에 점차 영향을 받게 되었습니다.

구름 위 저 높이, 은빛 성에 사는 하늘의 여왕은 날개 달린 전령인 새들에게서 이 끔찍한 일에 대해 들었습니다. 여왕은 그림자 거인이 저 아래 땅에서 벌이고 있는 사악한 일이 무척 걱정스러웠습니다. 여왕은 회의를 열기로 결정한 뒤 전 세계 모든 새에게 초대장을 보냈습니다.

드디어 회의 하는 날, 하늘의 여왕은 무지개 드레스를 입고 은빛 왕좌에 앉았습니다. 여왕의 주위에는 많은 새가 모였습니다. 전 세계 곳곳에서 온 새

들이었습니다. 온갖 색과 모양, 크기의 새들, 그리고 땅의 새들과 바다의 새들, 낮의 새들과 밤의 새들이 모였지요.

하늘의 여왕은 참을성 있게 모든 새의 말을 열심히 들었습니다. 새들은 그림자 거인이 벌인 온갖 종류의 파괴를 전했습니다. 모든 이야기를 들은 여왕은 새들에게 말했습니다.

"땅을 장악한 어둠의 힘을 이겨낼 방법이 있어야 합니다. 모든 적에게는 약점이 있습니다! 여러분이 왔던 곳으로 돌아가 그림자 거인이 사는 곳을 찾으세요. 그러면 그 괴물의 약점이 무엇인지 살펴볼 수 있을 것입니다. 가능한 한 빨리 나에게 알려 주세요… 시간이 별로 없습니다!"

새들은 전 세계의 자기 집으로 날아가 거인이 파괴한 곳들을 주의 깊게 살펴보며, 거인이 사는 곳을 뒤쫓기 위해 최선을 다했습니다. 며칠이 지나고, 몇 주가 지나고, 몇 달이 지났습니다.

새들이 떠난 지 거의 일 년이 되었을 때, 나이 많은 올빼미 한 마리가 마침내 여왕이 찾던 답을 가져왔습니다. 올빼미는 먹이를 찾기 위해 깊은 산속 동굴로 날아갔다가, 드넓은 동굴로 이어지는 암석 굴을 따라갔다고 합니다.

그 동굴 속에 거대하고 어둡고 '웅얼웅얼 웅웅' 소리를 내는 형상이 있었던 것입니다. 그건 일정한 모양이 아니었는데, 사실 소리를 낼 때마다 크기와 형태가 바뀌는 것 같았습니다. 때로는 꿈틀거리는 촉수가 잔뜩 달린 거대한 오징어가 동굴을 채웠고, 때로는 무시무시하게 큰 곰 같은 모습으로 변해 화를 내며 주위를 쾅쾅거리며 걷기도 했습니다.

올빼미는 동굴의 한쪽 구석에 숨어서 귀를 기울이며 지켜보았습니다. 그건 올빼미가 아주 잘하는 일이지요. 잠시 뒤 올빼미는 계속 반복해서 들리는 '웅얼웅얼 웅웅' 소리가 무슨 말인지 알게 되었습니다.

"모든 건 나를 위해, 나는 모든 걸 위해, 크건 작건 모든 걸 집어삼켜, 탐욕은 나의 놀이, 힘은 나의 이름"

마침내, 그 흉측한 어둠의 괴물은 커다란 공 모양으로 몸을 웅크리고 잠들었습니다. 올빼미는 재빨리 그리고 조용히 동굴 밖으로 날아갔습니다. 하늘을 가로질러 여왕의 성까지 가는 긴 여행을 시작했습니다. 더욱더 높이 날아오를 때마다 올빼미는 끔찍했던 '웅얼웅얼 웅웅' 소리를 잊지 않으려고 계속해서 외쳤습니다.

"모든 건 나를 위해, 나는 모든 걸 위해, 크건 작건 모든 걸 집어삼켜, 탐욕은 나의 놀이, 힘은 나의 이름"

하늘의 여왕이 올빼미가 경험한 이야기를 듣고, 올빼미가 그림자 거인의 집을 찾았다는 걸 확신했습니다. 여왕은 '웅얼웅얼 웅웅' 소리를 듣고 즉시 거인의 약점을 알아차렸습니다.

"그림자 거인은 자기밖에 몰라요. 오직 자기를 위한 힘만을 원합니다!"

하늘의 여왕은 날개 달린 전령들을 불렀습니다. "전 세계로 날아가 사람들에게 이 메시지를 전하세요. 사람들이 함께 노력하고 서로를 아낀다면 땅을 장악한 이 어두운 그림자를 천천히, 하지만 확실히 극복할 수 있을 거예요."

"서로를 아끼고 함께하는 힘만이 거인의 이기심을 극복할 수 있습니다."

온갖 색과 모양, 크기의 새들, 그리고 땅의 새들과 바다의 새들, 낮의 새들과 밤의 새들이 전 세계 곳곳으로 날아갔습니다. 새들은 날면서 노래했습니다. 땅 위의 모든 사람이 들을 수 있도록 여왕의 메시지를 노래했습니다.

그리고 지금까지 새들은 여전히 노래를 부르고 있습니다. 이따금 새들은 메시지가 담긴 깃털을 팔랑팔랑 땅에 부드럽게 떨어뜨리기도 합니다. 정원에서, 거리에서, 숲에서, 해변에서… 땅에 떨어져 있는 이 아름다운 깃털을 발견하고, 그 모양과 아름다움에 감탄할 때면 하늘의 여왕이 직접 보낸 메시지를 떠올려 보세요.

"서로를 아끼고 함께하는 힘!"

천천히 하지만 확실히, 새들이 부르는 지혜의 노래는 세상 사람들을 돕고 있습니다. 그림자 거인의 어두운 힘을 극복할 수 있도록 말이죠.

생명의 빛

이 이야기는 『아이들의 마음을 성장시키는 이야기』라는 일본 동화집에 실려 있다. 2011년 일본 쓰나미로 인한 환경 재해 이후에 출간된 이 책에는 회복적 이야기들이 담겨 있다. 이 이야기에서는 불행한 사건에 피해를 입지 않은 사람들 일부에게 생길 수 있는 수치심과 이기심에 대해 다루었다.

옛날 옛날에 바다가 움푹 들어와 있는 어느 바닷가에 마을이 있었습니다. 이 마을에는 많은 집이 있었고, 집집마다 빛나는 등불이 있었습니다. 집집마다 빛나는 등불은 집에 사는 가족을 비춰 주었습니다. 그 불빛은 사람들이 현명하고 강인해질 수 있도록 도왔습니다. 낮에 등불은 해처럼 황금빛으로 빛났습니다. 밤에는 반짝이는 별들처럼 빛났고요. 오랜 세월, 집집마다 등불이 빛났고 마을에는 별 탈이 없었습니다.

그런데 어느 날 바다에서 거대한 괴물이 나타났습니다. 괴물은 아주 시커먼 주머니를 끌고 다녔습니다. 이 괴물은 빛나고 환한 건 뭐든지 싫어했습니다. 반짝이는 건 뭐가 됐든 싫어했지요. 괴물은 마을의 등불을 전부 다 자신의 시커먼 주머니 안에 집어넣으려고 했습니다. 빠르고 무자비하게 마을을 휩쓸고 다녔습니다. 집 안으로 손을 뻗쳐 반짝이는 등불을 낚아채 자기 주머니에 집어넣었습니다. 그러고는 꽉 차서 아주 무거워진 주머니를 끌고 바다로 돌아갔습니다.

마을은 어둠과 슬픔에 잠겼습니다. 등불이 전부 사라진 것처럼 보였습니다. 등불 없이 마을 사람들은 어떻게 살아갈 수 있을까요?

그런데 차츰차츰, 어두운 바닷가 주변에 흩어져 있는 몇몇 집에서 조그마한 불빛이 새어 나오기 시작했습니다. 괴물이 너무 서두른 나머지 다행히도 이 집들은 지나쳤던 것입니다.

마을 광장에서 회의가 열렸습니다. 아직 등불이 있는 집에 사는 사람들이 한자리에 모였습니다. 운이 좋았던 이 사람들은 마을 전체에 그들의 빛을 퍼뜨리고 모든 사람과 나눌 수 있는 방법을 찾아야 한다고 입을 모았습니다. 어둠과 슬픔 속에서 살아가는 다른 사람들을 돕고 싶었습니다. 자신들의 불빛이 앞날을 헤쳐나가는 데 도움이 될 수 있다는 걸 그들은 알고 있었습니다.

운이 좋은 사람들은 다른 사람들에게 길을 밝혀 주기 위해 등불을 들고 어두운 거리를 오갔습니다. 집으로 돌아가서는 창문과 방문을 활짝 열어 등불이 온 마을을 비추도록 했습니다.

하지만 운 좋은 사람들 중에는 이 회의에 오지 않은 사람들도 있었습니다. 커튼을 치고 문을 꼭 닫아 버렸습니다. 등불을 몰래 숨겨 놓기까지 했지요. 이들은 다른 사람들을 볼 면목이 없었습니다. 왜 자기 집은 마을의 다른 집들이 그랬던 것처럼 끔찍한 괴물에게 피해를 입지 않았는지, 왜 자신들 집은 어둠 속에 있는 다른 집들과 달리 운 좋게도 여전히 등불이 켜져 있는 것인지. 이들은 창문과 방문을 닫아걸고, 가족과 함께 집 안에 머물며 밖으로 나가지 못했습니다.

며칠이 지나고, 몇 주가 지나고, 몇 달이 지났습니다. 사람들은 자기들의 불빛을 나눌 방법을 찾느라 몹시 분주했습니다. 그런데 어떤 사람들은 여전히 불빛을 숨긴 채 집 안에 숨어 있기만 했습니다.

가을바람이 불기 시작했습니다. 그리고 긴 겨울이 얼어붙은 손가락으로 땅을 움켜쥐었습니다. 마침내 봄의 희망이 찾아왔습니다!

새들이 노래하고 벌들이 윙윙거렸습니다. 나비는 팔랑팔랑 날았고, 꽃들이 새롭게 피어났습니다. 창문과 방문이 닫힌 집들에도 따스한 햇살이 내리쬐었습니다.

닫힌 집의 아이들이 자기들을 부르는 봄볕의 따스함을 느꼈습니다. 하루라도 더 안에 갇혀 있는 걸 견딜 수 없었지요. 아이들은 커튼을 힘껏 열고 문을 쾅 열어젖혔습니다. 그리고 거리로 뛰어나가 신나게 놀았습니다.

아이들 덕분에 이날부터 닫힌 집의 등불도 창문과 문 밖으로 환한 빛이 새어나갔습니다. 그 빛은 마을을 지나 저 위에서 저 아래까지 어두운 거리를 밝혔습니다. 예전처럼 마을이 다시 빛으로 가득할 때까지 다른 등불과 하나가되었습니다.

그 후 오랫동안 등불은 계속해서 사람들이 모두 현명하고 강인해질 수 있도록 도와주었습니다.

낮에 등불은 해처럼 황금빛으로 빛났습니다.

밤에는 반짝이는 별들처럼 빛났고요.

백조의 노래

린 테일러가 '잃어버린 서식지'라는 주제로 연 미술 전시회 <인디고 브루우INDIGO BREW, 멜버른, 2019>와 그 뜻을 같이하기 위해 행사와 함께 쓴 환경 이야기

백조의 정령은 자신의 드넓은 갈색 땅을 걱정스레 바라보았습니다. 정말로 걱정스러웠습니다….

수천 년 동안 백조의 정령은 저 아래 세계에서 자신의 가족을 지켜왔습니다. 정령은 해안에서 해안으로 날아갈 수 있는 아름답고 검은 날개, 그리고 주위의 다른 모든 새보다 고개를 높이 들 수 있는 튼튼한 목을 자랑스러워했습니다. 몹시 고결하고 사랑스러운… 세상 모두에게 가르쳐줄 게 몹시 많은 새가 여기에 있었지요.

대대로 백조의 가족은 화재와 홍수, 전쟁과 평화, 추위와 더위… 등 수많은 우여곡절을 겪으며 살아남았습니다.

하지만 지금까지 이런 위기는 없었습니다. 도대체 해법이 보이지 않는 것이었습니다.

백조가 알을 낳으려면 둥지가 필요합니다. 둥지를 짓기 위해서는 신선한 풀과 갈대가 필요하고요. 신선한 풀과 갈대가 무성하게 자라려면 호수, 항구, 강, 늪, 습지… 등이 깨끗해야 합니다.

한때는 자연의 당연한 선물이었던 신선한 풀과 갈대가 점점 더 구하기 어려워졌습니다. 강은 말라 가고, 늪은 고여서 썩었습니다. 호수는 오염되었고요. 항구와 강어귀에는 기름 찌꺼기와 플라스틱 조각이 높이 쌓였습니다.

백조의 정령은 환경을 되돌리는 방법을 기필코 찾아야 했습니다. 정령은 나팔 소리처럼 크고 긴 소리를 낸 다음, 이어서 더 부드럽게 낮은 소리를 냈습니다. 저 아래 땅에 사는 모든 존재가 자신의 경고를 들을 수 있도록 간절하게 노래했습니다.

하지만 아무도 관심을 갖지 않는 것 같았습니다.

그래서 백조의 정령은 자신의 노래를 땅에 널리 퍼뜨리도록… 북풍, 남풍, 동풍, 서풍… 네 바람에게 부탁했습니다.

네 바람은 밤낮으로 산을 넘고, 평원을 가로질러 노래를 옮겼습니다. 계곡을 따라 숲속으로, 그리고 바위투성이 해안선을 따라 노래를 옮겼습니다.

땅에 사는 아이들이 바람이 실어 온 선율을 들었습니다. 농장에 사는 아이, 바닷가 단층집에 사는 아이, 산골짜기 오두막에 사는 아이, 도시의 주택과 고층 아파트에 사는 아이… 온 세상 모든 아이에게 선율이 들렸습니다.

선율을 들은 아이들이 하늘을 올려다보았습니다. 아이들의 마음에 백조의 노래가 들어왔습니다.

할머니와 당나귀*

'깨끗한' 환경이 점점 줄어들고 있다는 사실을 다루는 동시에 아이들이 쓰레기에 대해 인식할 수 있도록 돕는 이야기. 이 이야기는 인형극으로 만들어 남아프리카 공화국 케이프타운에 있는 유치원을 돌며 공연했다. 효과는 바로 나타났다. 인형극 단원들이 공연을 마치고 짐을 꾸리는 동안 아이들이 쓰레기를 한 움큼씩 들고 달려온 것이다. 나는 이 이야기가 보편한 메시지를 담고 있으며 모든 연령의 아이에게 적합하다고 생각한다. 이 이야기에 나오는 노래는 호사족의 노래로 인형극 단원인 마리아 음세벤지가 썼다.**

* 『마음에 힘을 주는 치유동화』 185쪽 참고

** 노래는 모든 언어로 다시 쓸 수 있다.

옛날 옛날 아프리카 남쪽에 있는 나라에 할머니 한 분이 살고 있었습니다. 자녀와 손주들은 도시로 이사를 갔지만 할머니는 시골에 있는 농장에 남아 혼자 살고 있습니다. 하지만 할머니는 하나도 외롭지 않았습니다. 할머니에게는 보살펴야 할 아이 '자연이'가 있고, 자연이를 돌봐 주기 위해 해야 할 일이 많았습니다.

할머니는 자연이에게 예쁜 옷을 만들어 입혀 줄 때 가장 행복했습니다. 자연이가 특히 꽃드레스를 좋아했기 때문에 할머니는 하루 종일 아름다운 꽃을 기르고 정원을 가꾸었습니다. 이런 할머니의 가장 친한 친구는 작은 갈색 당나귀입니다. 당나귀는 꽃밭에 줄 물을 가득 실은 수레를 하루 종일 끌고 다니며 할머니의 일을 도와주었습니다.

토요일이면 당나귀는 튼튼한 등에 할머니를 태우고, 뒤에는 꽃을 실은 수레를 끌고서 도시 입구에 있는 시장에 갔습니다. 할머니는 시장에 가는 날이면 작은 갈색 당나귀에게 꽃으로 가장자리를 장식한 특별한 모자를 씌워 주고 예쁜 색깔의 천을 등에 덮어 주었습니다.

저녁 무렵, 가져간 꽃이 다 팔리고 나면 할머니는 먹을 음식과 당나귀 먹이로 귀리를 샀습니다. 할머니와 당나귀는 늘 먹을 것이 넉넉했고, 둘은 오랜 세월 함께 일하면서 행복하게 살았습니다. 당나귀는 할머니를 사랑했고 할머니도 당나귀를 사랑했습니다. 할머니는 꽃밭에서 함께 일할 때마다 노래를 불렀습니다.

  "우리 당나귀는 멋져, 세상에서 가장 멋진 건 우리 당나귀.
  임봉골로 인토 엔틀레 카흘레, 인토 카흘레 임봉골로."

세월이 흐르고 할머니는 점점 더 나이가 들어갔습니다. 더 이상 꽃밭에서 일할 수도 혼자 시골에서 살 수도 없게 되자 할머니는 짐을 꾸려서 수레에 실었습니다. 당나귀에게 예쁜 꽃모자를 씌워 주고 등에는 예쁜 색깔의 천을 덮어주고는 앞으로 둘이 살 새집을 찾으러 도시로 떠났습니다.

할머니는 정말 오래간만에 도시에 왔습니다. 새집을 찾아가는 길에 도시의 골목골목을 오르락내리락하던 할머니는 놀라서 펄쩍 뛸 지경이었습니다. 오랜만에 본 도시가 말할 수 없이 지저분했기 때문입니다. 온갖 쓰레기들이 여기저기에 무더기로 쌓여 뒹굴었습니다. 꽃들의 정원이 아니라 쓰레기의 정원이었습니다.

"맙소사, 도대체 사람들이 자연이에게 무슨 짓을 한 거지?" 할머니는 슬펐습니다. "어떻게 자연이에게 이렇게 지저분한 옷을 입힐 수 있는 거지?" 할머니는 새집 밖에 있는 빈 통과 빈 병, 비닐봉지 사이에 주저앉아 훌쩍훌쩍 울기 시작했습니다. 할머니가 슬퍼서 울고 있는 동안 작은 갈색 당나귀가 바싹 다가와 몸을 구부리고는 할머니 귀에 대고 뭔가를 속삭였습니다. 할머니는 천천히 눈물을 그쳤고 "물론이지, 작은 갈색 당나귀야, 정말 멋진 생각이구나!" 희미한 미소가 할머니의 늙고 주름진 얼굴 위로 퍼져 갔습니다. 할머니는 노래를 부르며 새집에 짐을 풀었습니다.

> "우리 당나귀는 멋져, 세상에서 가장 멋진 건 우리 당나귀.
> 임봉골로 인토 엔틀레 카흘레, 인토 카흘레 임봉골로."

할머니는 차를 한 잔 마시고 당나귀에겐 물과 귀리를 먹인 다음, 당나귀와 함께 빈 수레를 끌고 길가로 나갔습니다. 할머니는 거리를 걸으며 쓰레기를 주워 수레에 싣기 시작했습니다. 할머니는 일하면서 노래를 불렀습니다.

> "지저분해진 우리 자연이
> 이제는 예쁜 새 옷으로 갈아입자꾸나.
> 쓰레기를 줍고 망가진 걸 치우자.
> 꽃씨를 뿌려서 꽃 드레스를 입히자."

거리에 있는 아이들이 할머니의 즐거운 노랫소리를 들었습니다. 곧 집 밖으로 나와 할머니를 돕기 시작했습니다. 아이들과 열심히 일을 했더니 저녁 무렵에는 첫 번째 거리가 깨끗해졌습니다. 작은 갈색 당나귀는 한데 모은 쓰레기를 수레에 싣고 쓰레기장에 가져갔습니다. 할머니는 시골 정원에서 가져온 꽃씨를 꽃씨 가방에서 꺼내, 집에 가서 마당에 심으라고 아이들에게 나누어 주었습니다.

다음 날, 더 많은 아이들이 도와주러 나왔습니다. 곧 두 번째 거리도 깨끗해졌습니다. 그 다음 날에는 세 번째 거리가 깨끗해졌습니다. 이렇게 할머니와 작은 갈색 당나귀와 아이들 덕분에 도시에 있는 모든 거리가 말끔하고 깨끗해졌습니다. 더욱이 집집마다 마당에 꽃씨를 심은 덕에 드디어 '자연이'는 예쁜 새 꽃 드레스를 입게 되었습니다.

이제 도시에서도 아름다운 꽃을 볼 수 있습니다. 할머니가 꽃을 돌보는 동안 작은 갈색 당나귀는 여전히 길 여기저기를 돌아다니느라 바쁩니다. 작은 갈색 당나귀는 부지런히 물을 싣고 다니며 길가의 정원마다 물을 주고, 매일매일 새로운 쓰레기를 주웠습니다.

그날부터 도시 사람들은 쓰레기가 생기면 한곳에 잘 모아 두었다가 작은 갈색 당나귀가 오면 수레에 실어서 쓰레기장으로 보내게 되었습니다. 아이들은 매일매일 정원에서 꺾은 꽃으로 싱싱한 화환을 만들어 당나귀 모자에 달아 준답니다.

이 도시에 가면 사람들이 작은 갈색 당나귀를 위해서 부르는 노랫소리를 들을 수 있습니다. 지금도 당나귀는 할머니를 도와 도시가 항상 예쁜 새 꽃드레스를 입게 해 주기 때문이지요.

> "우리 당나귀는 멋져, 세상에서 가장 멋진 건 우리 당나귀.
> 임봉골로 인토 엔틀레 카흘레, 인토 카흘레 임봉골로."

오디나무

제니 카길-스트롱[*]

형제처럼 아끼던 나무를 잃은 아이가 슬픔을 이겨내는 이야기. 이 이야기는 작가의 실제 경험에 바탕을 두고 있다. 오디오 버전은 제니의 앨범 '이야기 나무와 그 밖의 자연 이야기들'에 있으며, www.storytree.com.au에서 내려받을 수 있다.

---

[*] 제니 카길-스트롱Jenni Cargill-Strong_ '변화를 만드는 이들을 위한 이야기 들려주기' 교육에 특별한 관심을 가진 전문 이야기꾼, 교사이자 코치 (호주 뉴사우스웨일스주 북부)

루시가 태어나기 전, 루시의 아버지는 루시를 기다리며 오디나무를 심었습니다. 루시도 오디나무도 무럭무럭 잘 자랐습니다. 루시가 나무를 탈 수 있을 만큼 컸을 때, 오디나무도 루시의 몸무게를 견딜 만큼 충분히 튼튼해졌습니다.

오디나무는 정원에서 자유롭게 자랐습니다. 온갖 방향으로, 심지어는 울타리 너머로도 자랐습니다. 뿌리는 땅속 깊이 뻗었고, 가지들은 하늘을 향해 우아하게 아치를 만들었습니다.

그 나무에는 루시가 특별하게 여기는 가지가 하나 있었습니다. 튼튼하고 반듯한 그 가지는 루시의 손과 발, 엉덩이에 닳아서 비단결처럼 매끄러웠습니다. 루시는 오디나무가 거대한 나무 정글에 있다고 상상하며 놀았습니다. 그곳은 찌는 듯한 정글이고, 야생 동물이 가득한데, 루시도 그중에 하나였습니다. 루시는 자신의 특별한 가지에 올라가 초록색의 하트 모양 잎들 뒤에 숨었습니다. 아주 조용히, 꼼짝 않고 앉아 있으면 누구도 루시가 거기에 있는지 몰랐습니다.

겨울이 되어 잎을 모두 떨구어 앙상한 가지만 남아도 오디나무의 모습은 우아했습니다. 조그마한 초록색 잎눈과 솜털이 보송보송한 꽃눈이 나뭇가지에 달렸습니다. 나뭇잎은 겨울눈에서 천천히 자라 펼쳐졌습니다.

겨울이 끝나고 봄이 오면 오디 열매가 열렸습니다. 열매의 색은 초록에서 흰색으로, 분홍으로, 빨강으로, 그리고 마침내 달콤하고 과즙이 풍부한, 짙은 보라색으로 변했습니다.

여름에 루시의 가족은 오디나무 그늘에서 소풍을 즐겼습니다.

가을이 되면 루시의 아빠는 오디나무에 가벼운 가지치기를 해 주었습니다. 아빠가 가지치기 톱을 들고 나타나면 루시는 걱정스럽게 물었습니다. "아빠, 내 특별한 가지는 자르지 않을 거죠?"

아빠는 웃으며 루시의 머리를 쓰다듬었습니다.

"그럼, 그럼. 우리 꼬마 쥐의 특별한 가지는 절대 자를 수 없지."

루시의 집 울타리 너머에는 공터가 있었습니다. 그곳에는 풀과 잡초가 우거졌습니다. 루시가 네 살이었을 때, 앤드류스 가족이 그 공터를 샀습니다. 루시는 풀과 잡초가 깨끗하게 깎이고, 목재 골조에 황금색 벽돌이 쌓이는 걸 지켜보았습니다.

집이 완성되자 앤드류스 가족이 이사를 왔습니다. 앤드류스 가족은 친절하지만 루시의 가족과 달리 깔끔하고 단정했습니다. 그리고 아주 까다로웠지요. 에드 앤드류스 아저씨는 보라색 오디 열매가 자기 집 화단에 지저분하게 떨어지는 걸 좋아하지 않았습니다.

"알렉스, 그 나무는 베어 버려야 해요. 화단이 엉망진창이라고요." 에드 아저씨가 말했습니다.

아빠는 머리를 긁적이며, 울타리를 넘어간 가지를 전부 잘라주겠다고 제안했습니다. 루시는 불안하게 지켜보았지요. 가지치기를 한 뒤에 오디나무는 전처럼 우아하진 않았지만, 여전히 루시가 특별한 가지에 숨어 있기에 충분한 나뭇잎이 있었습니다.

해마다 여름휴가 때 루시의 가족은 5주 동안 바닷가로 캠핑을 하러 갑니다. 어느 해인가 루시의 가족이 캠핑을 마치고 집에 돌아왔을 때, 루시는 자기가 아끼는 아름다운 오디나무가 더 이상 아름답지 않다는 걸 알게 되었습니다. 나뭇가지와 잎이 모두 사라지고 남은 건 그루터기뿐이었습니다.

루시는 곧바로 자기 방으로 달려가 울음을 터뜨렸습니다. 눈물이 강과 호수를 이룰 만큼 펑펑 울었습니다. 루시는 에드 아저씨에게 달려가 따지고 싶었습니다. '아저씨! 어떻게 내 특별한 나무를 죽일 수 있는 거죠? 아저씨네 바보 같은 꽃들을 망친 건 내 나무가 아니라고요!'

하지만 루시는 아무 말도 하지 않았지요.

아빠는 그 일로 에드 아저씨와 심하게 말다툼을 했습니다. 루시는 뒷마당에 나가지 않았습니다. 울타리 너머로 그 가족과 대화하는 일은 더 이상 없었습니다.

어느 날 문을 두드리는 소리가 났고, 엄마가 말했습니다. "루시, 누가 널 보러 왔어." 에드 아저씨가 작은 오디나무를 어색하게 들고 서 있었습니다.

"저기, 루시야."

루시의 얼굴이 뜨거워지고 눈물이 났습니다. 아무 말도 할 수 없었습니다.

"고마워요, 에드." 엄마가 말했습니다.

에드 아저씨는 황급히 돌아갔습니다.

루시와 아빠는 새 오디나무를 심을 만한 곳에 대해 이야기했습니다. 정원의 앞쪽과 뒤쪽을 샅샅이 살폈지만 마땅한 곳이 없었습니다.

다음 날 루시와 아빠가 산책을 하고 있을 때 작은 딱새 한 마리가 날아왔습니다. 루시는 아빠를 멈춰 세웠습니다.

루시와 아빠는 새가 꼬리를 흔들고 짹짹 지저귀며, 깡충깡충 뛰는 걸 지켜보았습니다. 루시가 조용히 키득거렸습니다. 루시와 아빠는 조심스럽게 새를 따라갔고, 딱새는 깡충깡충 뛰면서 이들을 새로운 마을 공원으로 이끌었습니다.

"와", 아빠가 말했습니다. "여기에 마을 공원이 있다는 걸 깜빡했네. 이야, 멋진데."

"와, 아빠. 여기에 오디나무를 심을 수 있을까요?"

"글쎄, 한번 물어보자."

아빠는 물어볼 사람들을 찾았습니다. 그리고 그 사람들은 아빠의 제안을 무척 반겼습니다. 그 주 토요일에 아빠와 루시는 마을 공원에 나무를 심기로 했습니다.

아빠와 루시는 큰 삽과 모종삽, 질 좋은 퇴비를 나무와 함께 손수레에 실어 왔습니다. 깊은 구덩이를 멋지게 판 뒤, 구덩이에 퇴비를 조심스레 넣고 나무를 심은 다음 물을 주었습니다.

느릿느릿, 오디나무가 자랐습니다. 뿌리는 깊이 땅속으로 뻗어 나갔고, 가지들은 하늘을 향해 우아하게 아치를 만들었습니다.

새로 심은 나무 덕분에 정말로 행복해진 루시는 짧은 노래를 만들어 불러 주었지요.

> "오디나무야, 오디나무야
> 우리는 둘도 없는 친구
> 오디나무야, 오디나무야
> 달콤한 오디가 주렁주렁
> 손이 온통 보라색
> 발도 온통 보라색."

어느 해 가을, 몇 주 동안 비가 내렸습니다. 루시 집의 차고가 잠길 정도였죠. 아이들은 수영복을 입고 물에 잠긴 공원에서 부기보드*를 타고 놀았습니다.

---

* 옮긴이 누워서 타는 서핑보드

공원 한가운데에 있는 오디나무는 갑자기 활기가 넘쳤습니다. 이듬해 봄에는 첫 오디 열매를 수확할 수 있었습니다. 오랜 시간이 지나고 오디나무는 루시뿐 아니라 온 동네 아이들이 올라탈 수 있을 만큼 튼튼해졌습니다. 오디 열매의 계절이 되면 학교에 다녀온 아이들이 나뭇가지에 앉아 수다쟁이 원숭이처럼 잔치를 벌였습니다.

여러분은 아이들의 입술과 손발이 어떤 색이 되었을지 알 수 있을 거예요!

다른 상실들_
신뢰, 협력, 조절, 균형, 존중에 대한 이야기

앞서 나눈 범주에 포함되지 않은 여러 가지 다른 종류의 상실에 대한 이야기, 예를 들어 신뢰, 조절, 협력, 균형, 존중 등을 상실한 개인이나 단체를 위한 이야기들을 이 장에 모았다.

이야기 소개

「호수와 하늘」 3~12살 어린아이를 위해 쓴, 삶과 세상에 대한 신뢰를 다시 쌓기 위한 이야기

「작은 물고기」 6살 남자아이를 위해 쓴 것으로, 현재를 받아들이고 미래를 신뢰하며 일상의 변화에 대처할 수 있도록 돕기 위한 이야기

「무지개 요정들과 비밀의 동굴」 4~6살 아이들 사이의 불신 문제를 다룬 이야기

「무지개 조약돌」 8살 아이들이 세상의 경이로움과 아름다움에 대한 신뢰를 회복하는 걸 돕는 이야기

「양봉가와 꿀컵」 5살 남자아이가 사회적으로 수용 가능하고 유쾌한 방식으로 화를 다스리는 방식을 찾는 데 도움을 주기 위한 이야기

「빗자루와 쓰레받기」 친구나 가족, 또는 공동체 집단 사이의 협력 관계에 문제가 생겼을 때 도움이 되는 운율 있는 이야기

「동그라미 친구들」 친구들을 통제하고 있는 8살 여자아이를 위한 이야기

「달과 별들 사이의 공간」 간접적이고 누적된 트라우마에 시달리는 전문직 여성의 삶에 조화와 균형을 되찾아 주는 이야기

「해 임금님과 달 여왕님」 소년과 소녀, 남성과 여성(모든 연령대) 간의 존중과 배려를 북돋우기 위한 이야기

호수와 하늘

마유미 머피[*]

삶과 세상에 대한 신뢰를 다시 쌓기 위한 이야기. 마유미는 최근 끔찍한 산불로 피해를 입은 마을에서 3~12살 사이의 아이들과 함께 지내고 있다. 일본어 교사인 그녀는 수업에 사용하기 위해 이 치유 이야기를 영어와 일본어로 썼다.

이야기를 들은 사람들은 이런 반응을 보였다.

11살 아이: "저는 이 이야기가 아주 마음에 들었어요. 제 주변이 이제는 조금 더 밝아진 것 같아요."

9세 아이: "이 이야기를 사랑해요. 저는 분홍 울새나 바람이 되고 싶어요."(힘든 시기를 겪고 있는 사람들을 도울 수 있다는 뜻)

어린 두 아들(7, 10살)을 둔 어떤 부모: "이야기가 참 아름답습니다. 우리가 아이들과 겪었던 경험이 어떤 느낌인지 완벽하게 묘사하고 있어요. 산불이 번지던 날에는 하늘이 종종 아주 어두웠는데, 지금은 해가 더 자주 비칩니다. 물론 구름이 있긴 하지만요!"

옛날 옛날에 어느 숲 한가운데에 호수가 있었습니다.

호수는 늘 하늘을 바라보고 있었습니다. 호수는 구름을 즐겨 보았는데, 구름을 보며 푸른 하늘에서 움직이는 다양한 동물들을 상상하는 게 좋았습니다. 그리고 해돋이와 해넘이의 숨막히게 아름다운 색깔들의 향연도 즐겼습니다. 밤에 달과 별들을 바라보는 호수의 마음은 무척 평화로웠습니다.

그런데 어느 날 하늘이 무거운 구름에 덮여 어두워졌습니다. 온 세상이 잿

---

*   마유미 머피Mayumi Murphy_ 일본어 교사 (호주 뉴사우스웨일스주 사우스코스트)

빛으로 음침하게 변했습니다. 날마다 비가 내렸지요. 호수는 생각했습니다. '다시는 푸른 하늘을 볼 수 없을 것 같아. 모든 게 어둡고 잿빛이야. 세상에는 더 이상 색도 빛도, 별의 반짝임도 없어.'

비가 내리는 어두운 날이 계속될수록 호수는 점점 더 슬퍼졌습니다. 호수는 무채색의 세상에 갇히는 게 무서웠습니다. 빛이 없는 절망감에 몸서리쳤지요.

숲에 살던 분홍 울새가 하늘에서 어두워진 호수를 보았습니다. 호수의 슬픔도 보았지요. 울새는 하늘 높이 날아올라 바람을 불렀습니다. 바람에게 호수를 위해 무거운 먹구름을 밀어내 달라고 부탁했습니다. 그래서 바람은 온 힘을 다해 무거운 구름을 조금씩 조금씩 밀어냈습니다.

구름 사이로 햇살이 내리쬐기 시작했습니다. 하늘이 푸르게 변하면서 호수의 색도 원래대로 돌아왔습니다. 다시 푸른 하늘을 보았을 때, 호수는 하늘을 향해 말했습니다. "다시는 널 못 보는 줄 알았어. 네가 너무 보고 싶었어."

하늘이 말했습니다. "나도 네가 보고 싶었어. 하지만 난 네가 보이지 않아도 네가 거기 있다는 걸 의심한 적이 없단다. 구름이 언젠가 사라질 줄 알았거든. 이 세상에 변하지 않는 건 없으니까."

밤이 되자 호수는 달과 별들에게 말을 건넸습니다. "다시 만나게 되어 정말 반가워. 다시는 못 볼 줄 알았다니까."

별 하나가 호수에게 말했습니다. "우리는 늘 반짝이고 있어. 언제나 여기에 있지. 밤에도 낮에도 빛을 내면서 말이야. 호수 바닥의 조약돌처럼 우리는 늘 여기에 있단다."

그날 이후 호수는 푸른 하늘과 별들이 보이지 않을 때도, 항상 거기에 푸른 하늘과 별들이 있다는 걸 알고 있었기 때문에 훨씬 기분이 좋았습니다.

작은 물고기

이 이야기는 6살 남자아이를 위해 쓴 것이다. 질은 그 아이의 상태를 이렇게 설명해 주었다. "그 아이는 날마다 벌어지는 이해할 수 없는 일과 그로 인한 다툼 때문에 힘들어했습니다. 자기 몸을 잘 통제하지 못하는 것 같았어요. 달리는 방식도 어색하고, 쉽게 말해 모든 동작이 서투르다고 표현할 수 있는 아이였어요. 그 아이는 다른 사람들한테는 평범한 접촉을 밀쳐내면서 아주 강하게 반응할 정도로 접촉에 매우 민감했어요." 이야기의 의도는 아이가 현실을 받아들이고 미래에 대해 신뢰를 쌓는 걸 돕고, 일상생활에서 일어나는 변화에 편안하게 대처할 수 있도록 지원하는 것이었다.

질은 며칠 동안 유치원의 모든 아이에게 먼저 이 이야기를 들려준 뒤, 아이의 부모에게 집에서 활용할 수 있도록 전해주었다. 얼마 후, 아이는 친구들과 함께 있는 분위기에 더 편안하게 지내는 것처럼 보였다. "그 아이는 분위기에 맞추어 더 잘 헤엄치는 것 같았어요." 질은 자신의 이야기가 이 눈에 띄는 변화의 바탕이 되었기를 바랐다.

옛날 옛날에 세상에서 가장 높이 솟은 두 산 사이에 비바람이 들이치지 않는 계곡이 있었습니다. 계곡 안에는 깊고 깊은 호수가 있었습니다. 그곳은 아주 평화롭고 조용했지요. 거대한 산들이 거센 바람을 막아 주어 잔잔한 바람만 호수에 물결을 일으켰습니다. 호수에는 작은 물고기 한 마리가 살았

---

* 질 티나 태플린Jill Tina Taplin_ 작가이자 (국제적인) 교사 양성가 (영국 스태퍼드셔)

습니다. 조용한 물살을 헤치고 물풀을 조금씩 뜯어 먹으며 행복하게 지내는 작은 물고기의 삶은 아주 평화로웠습니다.

어느 날 큰 새가 호수를 가로질러 날고 있었습니다. 새는 날카로운 눈으로 물속에서 헤엄치는 작은 물고기를 발견했습니다. 즉시 커다란 날개를 접고 물속으로 뛰어들어서는 곧장 물고기를 낚아챘습니다. 작은 물고기는 무슨 일이 벌어졌는지 알아차리기도 전에 새에게 잡혔습니다. 새는 작은 물고기를 물고 산 너머로 날아갔습니다.

큰 새는 다른 호수 위를 날아가다가 그만 작은 물고기를 떨어뜨리고 말았습니다. 새로운 호수는 작은 물고기의 옛집과 완전히 달랐습니다. 물은 신선하지도, 맑지도, 깨끗하지도 않았습니다. 더러운 흙탕물이었지요. 이 낯선 호수는 큰 도시 옆에 있었습니다. 도시 사람들은 쓰레기를 전부 호수에 버렸습니다. 작은 물고기는 너무나 괴로웠습니다. 깨끗한 물을 찾기 위해 이리저리 헤엄치다가 호숫가 근처까지 왔습니다. 그때 갑자기 흙탕물 사이로 이상한 그림자가 다가오는 걸 보았습니다. 그 순간 작은 물고기는 그물에 걸려 물 밖으로 나오게 되었습니다. 그물 속에서 몸을 뒤틀고 숨을 헐떡이던 불쌍한 물고기는 작은 수조로 옮겨졌습니다.

수조의 물은 호숫물처럼 더럽지는 않았지만, 작은 물고기에게는 퀴퀴하고 오래된 맛이 났습니다. 심지어 수조는 너무 작아서 헤엄치기 어려웠습니다. 갉아 먹을 물풀은 없고, 물 위에 떠 있는 부스러기는 맛이 없었습니다. 작은 물고기는 너무 괴로워서 자기가 살던 호수로 돌아가고 싶었습니다. 수조 밖에는 사람들이 많이 있었습니다. 사람들이 와서 작은 물고기를 들여다보고는 서로 큰 소리로 이야기했습니다. 작은 물고기는 자기를 쳐다보는 얼굴과 큰 목소리가 무서웠습니다.

그러던 어느 날 작은 물고기는 수조에서 꺼내져 시끄러운 소리를 내며 거칠게 흐르는 강물에 버려졌습니다. 이제 작은 물고기는 강물에 휩쓸리게 되었습니다. 호수에서는 원하는 곳이면 어디든 헤엄쳐 갈 수 있었지만 이제는 커다란 물살이 휩쓸고 가는 곳으로만 가야 했습니다. 물풀을 먹기 위해 멈출 수도 없었습니다. 휘몰아치는 물살에 부딪히고 시끄러운 소리에 머리가 아팠지만 계속 휩쓸려 내려갔습니다.

마침내 작은 물고기는 바다에 이르렀습니다. 이곳에서는 강물에서처럼 바둥거리지 않아도 되었습니다. 파도의 리듬이 편안해서 곧 잠이 들었지요.

잠에서 깨어난 작은 물고기는 이 새로운 집을 살펴보기 시작했습니다. 바다는 엄청나게 컸기 때문에 어디가 어디인지 알기 어려웠습니다. 원하는 곳이면 어디든 헤엄쳐 갈 수 있었지만 작은 물고기에게 바닷물의 짠맛은 낯설었습니다. 그래도 깨끗한 물이어서 지내기에는 훨씬 더 좋았습니다. 먹이로 해초도 찾을 수 있었고, 다른 강에서 온 물고기들이 있다는 것도 알게 되었지요. 작은 물고기는 그 물고기들과 함께 헤엄치는 게 즐거웠습니다. 그 물고기들은 강에서 바다로 오는 길을 어떻게 찾았는지 말해주었고, 작은 물고기도 자기의 이상한 경험을 들려주었습니다.

시간이 흘러 작은 물고기는 바다를 힘차게 헤엄칠 수 있는 큰 물고기가 되었습니다. 높은 산의 호수에서 새에게 잡혔을 때는 너무나 무서웠습니다. 부스러기를 먹어야 하고 사람들이 쳐다보던 작은 수조는 도시의 더러운 호수만큼이나 싫었습니다. 커다란 강에 휩쓸려 갈 때도 무서웠지요. 하지만 이제는 더 이상 무섭거나 괴롭지 않았습니다. 드넓은 바다에서 자신의 진정한 집을 찾았으니까요.

무지개 요정들과 비밀의 동굴

엘로디 귀도[*]

유치원의 4~6살 통합반 아이들 사이의 신뢰를 회복하기 위해 쓴 이야기.

엘로디는 이렇게 말했다. "작년부터 큰 아이들 몇몇이 서로 귓속말로 비밀을 말하기 시작했어요. 언제부턴가 이 일로 우리 작은 유치원 가족에게 아주 불편한 분위기가 생겨났습니다. 어떤 아이들은 거부감을 느끼기 시작했고, 서로 의심하기도 했죠. 많은 아이가 무척 속상해했어요. 저는 아이들 사이에서 불신이 점점 커지는 걸 느꼈습니다. 귓속말을 하는 아이들은 (유치원에서 열심히 노력하는) '품어주기'라는 감각을 잃어갔습니다. 배제된 아이들은 소속감을 잃어버렸고요. 저는 모두를 다시 하나로 모을 수 있는 이야기가 필요하다고 느꼈습니다. 그렇게 하면 마음속에 갖고 있는 것을 나누는 데 도움이 될 테니까요.

한 친구가 자기는 그럴 때 어린이집에서 '비밀은 없어, 깜짝 놀랄 일

* 엘로디 귀도Élodie Guidou_ 유아 교사 (호주 뉴사우스웨일스주 보우럴)

만 있을 뿐이야'라고 말한다고 하더라고요. 그리고 그때가 겨울이었는데, 우리 문화에서 요정들은 전통적으로 겨울에 수정을 캐내느라 바쁘기 때문에 많은 겨울 이야기에 요정들이 나온답니다. 그래서 이 이야기가 탄생했습니다.

저는 무지개색 옷을 입고 모자에 수정을 단 요정 인형들을 만들어 이야기를 들려주었습니다. 각 요정들은 (이야기에 나오는 것처럼) 자기와 똑같은 색깔의 수정을 가지고 있습니다. 이것은 이야기 시간을 마법처럼 만드는 데 정말 큰 도움이 되었습니다.

일주일 동안 이야기를 들려준 뒤, 대부분의 아이는 귓속말하는 걸 멈췄습니다. 만약 어떤 아이가 귓속말을 하면 한 아이가 이렇게 말한답니다.

"비밀은 없어, 깜짝 놀랄 일만 있을 뿐이야!"

바람직하지 못한 경향이 점점 사라지고, 나눔의 분위기가 돌아왔습니다.

옛날 옛날에 일곱 명의 요정 형제가 살았습니다. 요정들은 땅속 깊은 곳, 빛으로 가득 찬 동굴 속에 살았습니다. 온종일 그들은 망치와 곡괭이로 땅속에 묻힌 수정을 찾았습니다.

요정들은 서로를 정말로 사랑했고 늘 신나는 노래를 불렀습니다. 동굴은 노래와 기쁨으로 가득 찼습니다.

이 특별한 동굴 속에서 수정은 언제나 반짝반짝 투명하게 빛났습니다. 언제나 똑같이 말이죠. 그래서 온종일 일곱 요정 형제는 열심히 수정을 찾았습니다. 그러면 그 수정들이 동굴 밖에 잠들어 있는 씨앗과 나무들에게 빛을 퍼뜨렸습니다.

어느 날, 늘 아주 열심히 일하는 투덜이 빨강 요정이 빨간 수정을 찾았습니다. 정말로 특별한 일이었기 때문에 빨강 요정은 이 수정을 형제들에게 알려주지 않기로 마음먹었습니다. 그리고 아무도 모르게 숨겨 놓았지요.

같은 날, 늘 아주 열심히 일하지만 빨강 요정보다 참을성이 있는 주황 요정이 주황색 수정을 찾았습니다. 정말로 특별한 일이었기 때문에, 주황 요정

역시 자기 수정을 숨겨 놓았습니다.

다음 날, 노랑 요정에게 같은 일이 생겼습니다. 노란 수정을 찾아서 무척 기뻤던 노랑 요정은 그걸 몰래 숨겨 놓았습니다. 예쁜 물건을 좋아하는 느림보 초록 요정은 초록색 수정을 찾았습니다. 초록 요정도 초록색 수정을 숨겨 놓았습니다.

눈물이 많은 파랑 요정과 남색 요정도 자기 색깔의 수정을 찾았습니다. 이번에는 울지 않고 수정을 몰래 숨겨 놓았습니다.

형제 중 막내인 보라 요정만이 아직 아무것도 찾지 못했습니다. 그럼에도 참을성 있게, 용기를 가지고 계속해서 길고 튼튼한 곡괭이로 땅을 팠습니다.

얼마 후, 빨강 요정은 자기 비밀이 너무 무겁게 느껴져 주황 요정에게 귓속말을 했습니다. 주황 요정도 같은 비밀을 털어놓게 되어 마음이 편해졌습니다.

이상하게도 그날 노랑 요정과 초록 요정 사이에도, 파랑 요정과 남색 요정 사이에도 똑같은 일이 생겼습니다. 요정들은 자기 비밀을 형제들 중 한 명에게만 귓속말로 들려주고 모두에게는 말하지 않았습니다.

그날 이후 요정들은 서로를 의심하게 되었습니다. 자기의 소중한 비밀이 드러나지 않기를 바라며 다른 형제들이 어떻게 하나 지켜보기 시작했습니다.

점점 더 많은 비밀이 동굴을 채우기 시작했습니다. 점점 더 많은 귓속말이 이쪽 벽에서 저쪽 벽으로, 저쪽 벽에서 이쪽 벽으로 오갔습니다. 동굴은 비밀로 가득 찼고, 요정들은 행복한 노래와 다정한 마음을 잃어버렸습니다.

오로지 보라 요정만이 여전히 행복했습니다. 하지만 보라 요정은 형들이 행복하지 않다는 걸 깨닫고 무척 슬퍼졌습니다. 지금 무슨 일이 벌어지고 있는지 몰라서 더욱 슬펐지요. 정말이지 보라 요정은 형들을 돕고 싶었습니다.

어느 날 보라 요정은 아주 특별한 수정을 찾았습니다. 그 수정은 자기처럼 보랏빛이 감돌았거든요. 그리고 정말로 작았어요. 보라 요정은 그 수정으로 형들의 기분을 좋게 해 주고 싶다는 생각이 떠올랐습니다. 보라 요정은 (수정을 숨긴 채) 형들 앞에서 활짝 웃으며 말했습니다. "사랑하는 형아들, 내가 깜짝 놀라게 해 줄게."

그리고 행복한 얼굴로 형들에게 빛나는 보랏빛 수정을 보여 주었습니다.

요정들의 눈과 입이 크게 벌어졌습니다. 속으로는 무척 당황했지요….

빨강 요정이 투덜거렸습니다. "쳇, 나도 놀래켜 줄 게 있다고."

그리고 자기의 빨강 수정을 보여 주었습니다. 주황 요정도 그렇게 했고, 다른 형제들도 다 따라서 했습니다. 형제들은 모두 더 이상 비밀이 없고 놀랄 일만 있다는 사실에 마음이 놓였습니다.

그런데 그때 정말 놀라운 일이 벌어졌습니다. 요정들의 수정이 가까이 모이자 빛이 점점 강해지더니, 바위를 지나 동굴 밖의 나무와 식물에까지 빛이 전해졌습니다.

요정들은 그걸 보기 위해 달려 나갔습니다. 그리고 지금까지 본 적 없는 가장 아름다운 무지개를 보았습니다. 정말 놀라웠지요!

그날 이후 요정들에게는 비밀 같은 건 없었습니다. 나누고 싶은 깜짝 놀랄 일만 있을 뿐이었습니다.

[이야기 놀이]

엘로디는 모래밭에 수정을 몇 개 숨겼고, 아이들은 그걸 찾느라 무척 신이 났습니다. 보물을 찾으려면 함께 노력해야 했기에 소속감을 갖게 하는 데 도움이 되었습니다. 엘로디는 또 아이들이 둥글게 앉아서 하는 일종의 수건돌리기 놀이도 했습니다. 한 아이가 다른 친구들 뒤로 발꿈치를 들고 살금살금 걷다가, 친구 한 명의 등 뒤에 수정이 가득 든 자루를 남기는 것입니다. 그러면 자루가 놓인 친구가 술래가 된다. 다음은 놀이와 함께하면 좋은 노래입니다.

"헤이 호, 걷다가 멈춰,
 헤이 디 호, 보물 자루를 옮겨.
 조용히 걷고, 소리 내지 마,
 보물을 들키지 말아야지."

무지개 조약돌

베키 위트컴[*]

베키의 서문

이 이야기는 한 무리의 8살 아이들이 세상의 경이로움과 아름다움에 대

---

[*] 베키 위트컴Becky Whitcombe_ 산후 관리사이자 놀이학교 대표 (호주 시드니)

한 신뢰를 회복하도록 돕기 위해 썼다. 그 아이들은 인터넷에서 본 충격적이고 무서운 이미지로부터 벗어나는 데 어려움을 겪고 있었다. 이미지의 영향력과 엄청난 고착력sticking power으로 인해 아이들은 밤에 잠을 잘 수 없었다. 비명을 지르고 울며 혼자 있는 걸 두려워했다.

이 이야기에서 어린 소녀의 여정은 무서운 이미지가 점점 사라지고 아이들 스스로 그 이미지로부터 풀려날 수 있다는 희망과 확신을 준다. 반영의 이미지는 영국의 민담 '브라우니'에서 영감을 받았다. 이야기를 들려 줄 때 파란색 비단보와 그 아래에서 작은 파도를 기다리는 무지개 조약돌을 소품으로 사용했다.

아이들은 이야기의 문장들과 마법 같은 결말에 매료된 것처럼 동시에 큰 숨을 내쉬었다. 이야기가 끝나고 저마다의 꿈을 꾸길 바라며 아이들에게 무지개가 그려진 조약돌을 선물했다. 아이들은 경의와 경외의 마음으로 선물을 받았다.

그런 다음 무지개 색깔로 된 카드에 자기가 꾸고 싶은 꿈을 적게 했다. 아이들은 강아지, 요정, 사탕, 축구, 초콜릿, 그리고 물론 나비와 무지개에 대한 꿈을 적었다! 많은 아이가 도화지에 '꿈 카드'를 붙이고 그 옆에 그림을 그려 '꿈 포스터'를 만들기도 했다.

일주일 정도 지나서 아이가 침대 근처에 꿈 포스터를 붙여 놓고는 잠들기 전에 머릿속에 떠오르는 꿈을 골랐다는 이야기를 몇몇 부모에게 들을 수 있었다. 많은 아이가 무지개 조약돌과 함께 잠들었으며, 힘을 주기 위해 돌을 따뜻하게 하려고 노력했다. 아이들의 부정적인 이미지는 시간이 지나면서 사라졌다. 아이들은 밤마다 자기 전에 이 이야기를 들으며 힘을 얻었다. 한 달 만에 가장 힘들어하던 아이들이 잠을 잘 수 있게 되었고, 자기가 고른 꿈나라에 안전하게 갈 수 있었다.

옛날 옛날에 사랑스러운 어린 소녀가 살았습니다. 나이는 (이야기 듣는 아이들을 가리키며) 여러분과 같았어요. 모험을 좋아하는 유쾌하고 행복한 소녀였답니다.

소녀는 날마다 집 뒤에 있는 숲에서 여행을 합니다. 풀밭 주위를 뛰어다니고, 나무들 주위도 뛰어다니고, 꽃들에게, 새와 벌들에게 노래를 불러 주었습니다.

자애로운 자연은 소녀의 세상 전부였습니다. 소녀는 그곳에서 언제나 행복하고 안전했습니다.

소녀는 솔방울을 모아 커다란 화산을 만들고, 잔가지와 잎들이 달린 튼튼한 나무껍질로 작은 돛단배를 만들었습니다. 웅장하게 서 있는 큰 나무들의 기둥에 생긴 무늬에서 여러 동물과 다양한 소용돌이 모양, 또 자기가 아는 사람들의 얼굴을 찾는 걸 즐겼습니다. 주로 할머니의 얼굴을 보았지요!

소녀는 숲에서 탐험하고 장난치고 노는 게 정말로 행복했습니다.

어느 날 학교가 끝나고 집에 가는 길에 친구를 만났습니다. "너 그 새에 대해 들었어? 우리 학교 입구 근처라고 하던데." 친구가 물었습니다.

"아니, 못 들었는데." 어린 소녀가 말했습니다.

그러자 친구는 깃털이 모두 빠진 채 죽어 있는 새가 발견되었다고 했습니다. "그 새는 얼굴이 없었대. 그리고 몸속이 전부 으스러져 있었다는 거야! 와, 멋지지 않니!"

'작은 새가 불쌍하기도 하지.' 소녀는 생각했습니다.

소녀는 친구에게 그만 말하라고 했습니다. 그리고 빨리 집에 가야 한다고 했지요.

소녀는 집까지 내달렸습니다. 집에 도착했을 때, 소녀는 그 친구와 새 이야기로부터 떨어져 있으니 한결 기분이 좋아졌다고 느꼈습니다. 엄마는 소녀의 슬픈 표정을 보고 따뜻하게 안아 주고는 핫초코를 만들어 주었습니다.

오후에는 여느 때처럼 인형을 가지고 놀았고, 책을 읽었습니다. 차를 마셨고, 목욕을 했습니다. 하품을 하면서 잠자리에 들었지요.

엄마와 아빠가 소녀에게 입맞춤을 해 주고 불을 끄자, 편안하게 잠들 준비가 되었습니다. 하지만 잠이 오지 않았습니다!

눈을 감자 새가 보이는 게 아니겠어요? 깃털도 없고 얼굴도 없고 온통 으스러져 있는 새… 소녀는 비명을 지르며 울음을 터뜨렸습니다! 머리를 세차게 흔들면서… "나가, 나한테서 나가라고!" 어린 소녀가 애원했지만… 머릿속의 그 모습은 소녀를 떠나지 않았습니다.

엄마는 노래로 소녀를 달래려 하고, 아빠는 안아 주며 진정시키려 했지만 아무 소용이 없었습니다.

소녀는 그날 밤 울다가 지쳐 잠이 들었습니다.

안타깝게도 며칠 동안 계속됐습니다. 어린 소녀는 완전히 지치고 말았습니다….

어느 날 오후, 소녀는 기분을 달래기 위해 숲에 갔습니다. 하지만 보이는 건 죽은 새뿐이었습니다.

흐르는 개울에서도, 솔방울에서도, 나무 기둥에서도 그 새만 보였습니다… 너무 슬퍼서 다른 게 보이지 않았습니다.

소녀는 나무 옆에 주저앉아 엉엉 울었습니다.

"왜 더 이상 무지개랑 나비를 볼 수 없는 거야?"

"부엉 부엉" 지혜로운 부엉이가 저 위에서 말했습니다.

"네 울음소리에 잠에서 깼는데 그냥 지나칠 수가 없구나… 왜 그렇게 울고 있는 거니?"

어린 소녀는 부엉이에게 그 친구와 새, 그리고 새가 어떻게 발견되었는지 모든 이야기를 들려주었습니다. 그리고 어딜 가든 그 새밖에 볼 수 없다고, 며칠 동안 제대로 잠을 자지 못해서 너무나 피곤하다고 했습니다.

"아…" 지혜로운 부엉이가 말했습니다. "그건 어렵지 않게 해결할 수 있단다. 너의 이름으로 소원을 말하면 돼. 가슴이 머리보다 더 큰 힘을 가지고 있거든."

"무슨 뜻이에요?" 소녀가 물었습니다.

"이걸 풀어줄 수 있는 사람은 단 한 명뿐이야. 그 사람만이 널 자유롭게 해줄 수 있단다. 마법의 호수로 가 보렴. 그 호수에서만 네 어려움이 사라질 수 있어. 달이 높이 떠 있을 때, 잔잔한 호수를 보면서 '잘 가'라고 말하렴."

어린 소녀는 어리둥절한 표정을 지었습니다. "누구한테 '잘 가'라고 하는 건가요?"

지혜로운 부엉이가 계속해서 말했습니다. "너는 그저 이렇게 말하면 된단다. ‘주움마 주움마 지이, 주움마 주움마 지이, 보여 주세요, 보여 주세요, 이 모든 걸 자유롭게 해 줄 사람이 누구인가요, 이 사람인가요, 이걸 해 줄 수 있는 사람이…?’”

어린 소녀가 물었습니다. “그러면 되나요? 그게 전부인가요?”

“아무렴, 정말이지. 얼른 그곳으로 가 보렴.” 부엉이가 말했습니다.

어린 소녀는 숲을 지나 호수를 향해 길을 떠났습니다.

호수에 다다른 소녀는 달이 높이 떠오를 때까지 기다렸다가 잔잔한 호수면을 보기 위해 일어섰습니다.

그리고 말했습니다. “주움마 주움마 지이, 주움마 주움마 지이, 보여 주세요, 보여 주세요, 이 모든 걸 자유롭게 해 줄 사람이 누구인가요, 이 사람인가요, 이걸 해 줄 수 있는 사람이…?”

소녀는 그 사람이 나타나기를 바라며 주위를 둘러보았습니다… 아무도 없었습니다. 소녀 혼자였습니다. 자기와 달, 그리고 호수뿐이었습니다. 멀리에서 “부엉 부엉” 하는 소리가 들렸습니다.

소녀는 숨을 깊이 들이쉬고 눈을 비빈 다음, 호수면을 바라보며 한 번 더 시도했습니다.

“주움마 주움마 지이, 주움마 주움마 지이, 보여 주세요, 보여 주세요, 이 모든 걸 자유롭게 해 줄 사람이 누구인가요, 이 사람인가요, 이걸 해 줄 수 있는 사람이…? 나인가요!!!!! 나? 정말 나? 자유롭게 할 수 있는 힘을 가진 사람이 정말 나인가요?”

그 순간 호수가 작은 파도를 일으켜 소녀의 발에 작은 돌을 보내왔습니다.

그 조약돌은 아주 아름다운 무지개색이었습니다. 바로 그때 나비 한 마리가 팔랑팔랑 날아갔습니다.

소녀는 활짝 웃었습니다. 조약돌을 들고 집으로 가는 내내 웃음을 멈출 수 없었습니다.

소녀는 엄마 아빠를 꼭 껴안고 말했습니다. “오늘 밤 빨리 자고 싶어요!” 소녀는 노래를 부르며 춤을 추기 시작했습니다. “이 모든 걸 자유롭게 해 줄 사람은 나, 내가 바로 그 사람이야, 그게 바로 나였어!” 그날 밤 소녀는 침대에 누워 조약돌을 꼭 쥐고… 온 힘을 다해 소원을 빌었습니다.

조약돌이 따뜻해지기 시작하자 나비들이 몰려왔습니다. 나비들은 소녀의 머리 주위를 팔랑이며 날았고, 살갗을 간지럽히다가 날아갔습니다. 소녀는 너무 행복하고 편안하게 깊은 잠 꿈속으로 빠져들었습니다.

무지개 조약돌은 낮 동안엔 소녀의 베개 밑에서 지냈습니다. 밤에는 소녀의 손에 쥐어져 있었지요. 조약돌이 소녀의 손에서 따뜻해지면, 소녀가 꿈꿀 수 있게 도왔습니다. 잠이 들면 소녀는 꿈속에서 해바라기가 가득한 들판을 달렸습니다. 다른 밤에는 무지개가 떴습니다. 또 다른 밤에는 나비들이 팔랑이며 날았습니다.

이제 소녀는 솔방울을 가지고 놀기 위해, 개울에서 배를 띄우기 위해, 그리고 나무 기둥에서 재미있는 무늬를 찾기 위해 아주 즐겁게 숲으로 돌아왔습니다. 다시 예전처럼, 소녀는 모든 꽃에게, 새들과 벌들에게 노래를 불러 주었습니다.

소녀는 주변에 있는 모든 것의 아름다움을 다시 볼 수 있을 만큼 무척 행복해졌습니다.

[만들어 보기]
매끄러운 자갈이나 돌멩이에 무지개를 그립니다.
베키가 아이들과 한 작업처럼 '꿈 카드'도 만들어 보세요.

양봉가와 꿀컵

어린아이가 사회적으로 수용 가능하고 재미있는 방식으로 화를 다스릴 수 있는 방법을 찾도록 돕는 이야기. 5살 남자아이의 생일에 꿀벌 단추 재킷을 입은 인형을 만들어 이 이야기와 함께 선물했다. 인형은 아이가 이야기를 계속해서 떠올리는 데 도움이 되었다.

옛날 옛날에 큰 꽃밭 한가운데에 한 양봉가가 살았습니다. 꽃밭 주변에는 많은 벌통이 있었습니다. 벌통에는 셀 수 없이 많은 벌이 살았습니다.

양봉가가 벌을 키우는 이유는 딱 한 가지였습니다. 바로 꿀을 엄청나게 많이 먹고 싶었기 때문입니다. 꿀을 찻숟가락도 아니고, 후식 숟가락도 아니고, 아주 아주 큰 밥숟가락으로 언제든지 잔뜩이요!

양봉가가 얼마나 벌과 꿀을 좋아했냐면 자기가 가장 좋아하는 외투에 꿀벌 단추를 달 정도였답니다.

양봉가는 날마다 나무로 만든 작은 꿀컵으로 벌통에서 꿀을 모았습니다. 하지만 꿀이 컵을 채울 만큼 충분하지 않을 때가 있었습니다. 이따금 벌들이 꿀을 만들 만큼 충분한 꽃가루를 모으지 못했기 때문인데요, 꽃을 충분히 찾지 못해서였습니다. 비가 오는 날이면 꽃밭이 축축하게 젖었는데, 그러면 벌들은 일을 하는 게 무척 어려웠습니다.

컵을 채울 만큼 꿀이 충분하지 않으면 양봉가는 화를 냈습니다. 조금 화를 내는 게 아니라, 아주 크게 말이죠! 양봉가는 아주 크게 화가 나면 비명을 지르고 고함을 치고 물건들을 던졌습니다. 허공에 주먹질을 하고 세상은 불공평하다며 한탄했습니다.

하지만 화가 나서 하는 모든 행동은 벌들이 꿀을 만드는 데 아무런 도움이 되지 않았습니다. 오히려 화내는 소리를 듣고 벌들은 비명과 고함이 들리지 않는 곳으로 멀리 날아가, 다시 조용해질 때까지 꽃밭에 돌아오지 않았습니다.

오랫동안 이런 식이었습니다. 꿀이 충분할 때는 모든 것이 순조롭다가 가끔씩 꿀이 부족한 날이면 양봉가가 비명을 지르고 고함을 치고 물건을 던졌습니다. 허공에 주먹질을 하고 세상이 불공평하다며 한탄했지요.

어느 날 양봉가는 너무 화가 나서 아주 크게 소리를 질렀습니다. 꽃밭이 온통 날아갈 것처럼 말이죠. 그 소리 때문에 하늘의 바람이 거세게 휘몰아쳤습니다. 바람이 휘몰아치며 부니까 먹구름이 커졌습니다. 먹구름이 커지자 천둥이 깊은 잠에서 깨어났습니다.

"이렇게 비명을 지르고 고함을 치고 물건들을 던지는 게 대체 누구야?" 천둥이 양봉가를 향해 으르렁거렸습니다.

"네가 천둥을 깨웠다는 걸 모르는 거야? 그렇게 시끄러운 소리를 내야만 했어?"

양봉가는 천둥의 으르렁거리는 소리에 매우 당황했습니다. 아주 작은 목소리로 천둥에게 문제가 무엇인지 설명했지요.

"허허허." 천둥이 말했습니다. "그렇게 작은 일에도 야단법석이란 말이군.

속이 상할 때는 그냥 화풀이 춤을 추지 그래? 그러면 벌들도 꽃밭에 붙어 있을 거고, 또 나는 잠을 잘 수 있을 테니."

양봉가는 화풀이 춤 같은 건 들어본 적이 없기 때문에 천둥에게 더 말해달라고 부탁했습니다. 그래서 천둥은 양봉가에게 화풀이 춤을 추는 방법을 알려주었습니다.

"호통, 분통, 이렇게 말하면서 땅을 쿵쿵 밟아,
그리고 양쪽 무릎을 두드리고 한 바퀴 도는 거야.
뭔가 네 뜻대로 되지 않을 때는 세 번씩 이렇게 해봐,
그러면 네 생활이 날마다 더 나아질 거야."

양봉가는 천둥에게 감사 인사를 했고, 천둥은 다시 잠을 청하기 위해 구름 집으로 돌아갔습니다.

이때부터 양봉가는 나무 컵에 꿀이 충분히 채워지지 않을 때마다 화풀이 춤을 세 번 추었습니다.

"호통, 분통(땅을 쿵쿵 밟고)
(양쪽 무릎) 탁 탁, 빙글 돌아라.
호통, 분통
탁 탁, 빙글 돌아라.
호통, 분통
탁 탁, 빙글 돌아라."

이제 양봉가가 비명을 지르거나 고함을 치거나 물건을 던지지 않으니 벌들은 훨씬 더 행복해졌습니다.

꽃밭은 안정을 찾았습니다. 그리고 그거 알아요? 양봉가가 화를 덜 내니까 벌들이 더 행복해졌잖아요. 그래서 그전보다 양봉가의 컵은 더 자주 꿀로 가득 찼답니다.

빗자루와 쓰레받기

친구나 가족, 공동체 간에 협력이 잘 되지 않을 때 토론을 돕기 위해 쓴 이야기 시. 이 운율과 유머는 모든 연령대에 해당한다.

빗자루와 쓰레받기는 최고의 친구
둘의 우정은 영원할 거라 믿었어요
매일매일 함께 일했답니다
눈에 보이는 먼지를 모두 치우고
아주 가벼운 보풀도 모두 쓸어 담고
집을 아주 깔끔하고 환하게 청소했지요

그러던 어느 날, 예고도 없이
끔찍하고, 지독하게 일이 꼬여 버렸어요
(뜬금없이) 빗자루가 선언했답니다
"내가 하는 일이 훨씬 더 중요해"
쓰레받기가 되받아쳤어요
"아냐, 아냐, 그건 사실이 아냐
너보다 내가 더 중요한 일을 한다고"

둘은 이런 식으로 앞에서 밀치고 뒤에서 밀쳤어요
그리고 온종일 아무 일도 안 했지요
밀치다가 말싸움하고, 말싸움하다가 몸싸움하고
말싸움과 몸싸움은 밤새도록 이어졌죠

말싸움은 둘을 갈라놓았고
몸싸움은 마음을 무너뜨렸어요
쓰레받기는 구석에 숨어 버렸고

빗자루는 문 뒤에 몸을 숨겼지요
아무 소리도 안 들리는 적막한 집이 되었어요
바람 소리랑 외로운 밤새 소리는 빼고요

먼지와 보풀이 계속 높이 쌓이는 동안
며칠이 지나고 몇 주가 지나고 몇 달이 지났어요
집 주위로는 스산한 바람이 불기 시작했고
밤새는 계속해서 노래를 불렀지요

아주 아주 오랜 시간이 흐르고 흘러
먼지와 보풀이 너무 높이 쌓였어요
빗자루와 쓰레받기는 보이지도 않게 묻혔지요
어떻게 풀어가야 할지 실마리도 보이지 않았어요!

그날 저녁, 밤새가 새로운 노래를 불렀어요
바람아 어서 와, 거칠고 세차게 불어다오
바람은 있는 힘껏 불고 또 불었어요
숲의 틈새를 통해, 집 안으로 비집고 들어갔지요

바람은 바닥을 헤집고
창문을 열고 방문을 열었어요
먼지와 보풀을 휘몰아쳐 집 밖으로 내보냈지요
그런 다음 빙글빙글 돌아 제 갈 길을 갔어요

이제 새의 노래가 밤을 채우며
친구들을 돕기 위해 손을 내밀었어요
더 이상 숨지 않고 쓰레받기가 나오고,
빗자루도 문 뒤에서 슬그머니 나왔어요
친구들은 함께 노래를 불렀고
서로 왜 그랬는지 의아해하며…
서로를 안아 주고 일을 시작했지요
보풀과 흙먼지를 깨끗이 치웠어요

다시 빗자루와 쓰레받기는 최고의 친구

둘의 우정은 영원하다는 걸 알았죠
둘은 매일매일 함께 일하고 함께 노래했어요
눈에 보이는 먼지를 모두 치우고
아주 가벼운 보풀도 모두 쓸어 담고
집을 아주 깔끔하고 환하게 청소했지요.

동그라미 친구들

이 이야기는 친구들을 통제하려는 8살 여자아이를 위해 썼다. 아이의 어머니는 딸이 경계를 분명히 하고, 스스로 선택을 하며, 많은 친구와 균형 잡힌 놀이를 할 수 있도록 격려하는 이야기를 부탁했다. 이야기를 보내고 몇 주 후 어머니로부터 다음과 같은 답변을 들었다. "이야기를 써주셔서 감사해요. 이야기는 제 딸의 치유 여정에 강력한 도구가 되었습니다. 첫 번째로 무슨 일이 벌어지고 있는지를 깨닫게 되었고 두 번째로는 외부의 도움이 필요하다는 것도 알게 되었답니다."

도형의 나라에는 (조금만 소개를 하자면) 여러 종류의 사각형과 삼각형, 오각형 사이에 동그라미 친구 셋이 살았습니다. 빨강, 파랑, 노랑 동그라미였지요.
동그라미 친구들은 무엇이든 함께하는 걸 좋아했습니다.
동그라미 친구들은 어디든 함께 가는 걸 좋아했습니다.
날마다 동그라미 친구들이 밖에 나와 즐겁게 땅을 구르고, 재빨리 돌고, 위아래로 튀어 오르며 노는 모습을 볼 수 있었습니다. 동그라미 친구들은 할 수 있는 동작이 아주 많았습니다.

동그라미 친구들의 화사한 색깔은 그곳에 사는 모든 이에게 기쁨을 가져다 주었습니다.

그런데 오랫동안 알아차리지 못한 일이 벌어지고 있었습니다. 주로 파랑 동그라미와 빨강 동그라미가 번갈아 가며 놀이를 이끌었고, 노랑 동그라미는 점점 친구들이 하라는 대로 해야 했던 것입니다. 노랑이는 놀이를 이끌려고 한 적이 거의 없습니다. 되도록 두 친구 사이에 숨었지요. 이따금 모두 땅을 구르거나, 재빨리 돌거나, 위아래로 튀어 오를 때, 노랑이는 거의 보이지 않았습니다.

그러던 어느 날, 이 사실이 알려지게 되었습니다! (도형의 나라에서 가장 근사한) 왕궁에 사는 도형의 여왕 눈에 띈 것입니다.

도형의 여왕은 날마다 자신의 왕국에 사는 모든 도형을 확인하기 위해 거대한 거울의 방을 찾곤 했습니다. 이 거울의 방에는 사각형 거울, 삼각형 거울, 오각형 거울, 동그라미 거울 등 모든 형태의 거울이 있었습니다.

이미 예상했겠지만 이것들은 평범한 거울이 아니었습니다. 하나하나가 마법의 거울이었지요. 도형의 여왕이 거울을 들여다보면 여왕의 모습이 아니라 도형의 나라에 사는 도형들이 무얼 하고 있는지 볼 수 있었습니다.

동그라미 거울을 들여다보면서 도형의 여왕은 무언가 잘못되어 가고 있다는 걸 알아차렸습니다. 노랑 동그라미가 점점 더 친구들 사이에 숨어서 아름답게 빛나는 자기의 노란빛을 보여 주지 않는 것이었습니다.

마침내 도형의 여왕은 도움을 주기로 결심했습니다. 우아하게 손을 들어 거울을 향해 동그라미 친구들 사이로 굴러가는 노랑 동그라미에게 입맞춤을 보냈습니다. 입맞춤은 휙 하고 날아가 거울 주위를 빙빙 도는 산들바람이 되었습니다.

실제 도형의 세계, 도형의 시간에서 노랑 동그라미는 갑자기 무언가 휙 하고 날아와 빙글빙글 도는 걸 경험했습니다. 갑자기 이전에는 몰랐던 구불구불한 새 길이 보였고, 친절한 바람이 그곳으로 인도했습니다. 산들바람에 밀려가는 게 좋아서 노랑이는 새 길을 따라가기로 했습니다.

산들바람은 노랑이를 그동안 몰랐던 도형의 나라 다른 곳으로 이끌었습니다. 무척 신나는 일이었습니다. 음, 좀 무섭기도 하지만 대체로 신났습니다! 탐험해야 할 새로운 게 무척 많았고 만나야 할 새로운 도형이 엄청 많았습니다. 육각형과 팔각형, 구각형과 십이각형, 직사각형과 타원형, 그리고 별 모양, 사다리꼴과 평행사변형 등 많고 많았지요.

노랑 동그라미는 친구들에게 자기가 경험한 걸 빨리 알려 주고 싶었습니다. 다음 날 파랑이와 빨강이를 만나자 노랑이는 새로운 길을 안내해 주었고, 셋은 다 같이 즐겁게 탐험을 하며 놀았습니다.

한편, 도형의 왕궁에서 도형의 여왕은 커다란 거울의 방을 날마다 찾았습니다. 동그라미 거울을 들여다보며 노랑 동그라미가 즐겁게 구르고, 재빨리 돌고, 위아래로 튀어 오르고, 온 나라를 가로지르며 노란빛을 비추는 걸 보고 기분이 좋았습니다. 도형의 여왕은 혼자 미소를 지으며 계속 자기 일을 했습니다. 하루가 끝나면 여왕은 벨벳 가운과 황금빛 동그라미 왕관을 벗고, 왕궁의 정원에서 차를 마시며 편하게 쉬었습니다.

달과 별들 사이의 공간

비아테 스텔러[*]

나 자신을 위한 이야기를 쓰도록 격려해 준 수잔에게 감사드린다. 치유 이야기는 균형을 잃은 내 삶에 심오한 변화를 가능케 했다.

내가 이 이야기를 썼을 때는 간접적이고 누적된 트라우마로 인해 외상 후 스트레스성 장애PTSD 진단을 받은 지 7개월이 조금 지나서였다. 전문가로서, 그리고 단순히 한 인간으로서 나는 수년 동안 트라우마, 상실, 그리고 비통에 빠진 사람들을 지원해 왔다. 나는 한동안 현기증과 피로감을 느끼고 있었지만 이러한 징후들을 나 스스로도 예후라고 인식하지 못했다. 그러던 어느 날 어떤 이야기가 나의 무언가를 촉발시켰다. 나는 갑자기 멈춰 섰다. 다리가 마비된 것이다. 다행히 상당히 통찰력 있는 젊은 의사에게 진료를 받았고 그는 도움을 받으면 두뇌와 다리의 신

---

[*] 비아테 스텔러Beate Steller_ 미술 교육 석사, 사회복지사, 상담사, 성인 교육자, 영적 간병인이자 공인 간호사 (호주 뉴사우스웨일스주 그레이스 포인트)

경이 다시 연결될 수 있고, 인격적 경계를 강화하면서 삶과 일의 균형을 되찾을 수 있다며 나를 안심시켰다.

PTSD는 외상 후 성장PTG으로 전환될 가능성을 갖고 있다. 그것은 세상을 바라보는 나의 사고와 세상과의 관계에서 긍정적으로 인생을 바꾸는 심리적 변화를 의미했다. 이는 깊은 의미를 지닌 인격적 변화 과정에 기여할 것이었다. 나는 이 내적 작업에 전념했고, 그 과정에서 도움을 받았다. 하지만 세상을 바라보는 나의 사고와 세상과의 관계에서 전혀 예상치 못한 커다란 변화를 가져다 준 것은 나 자신을 위한 치유 이야기를 쓰는 과정이었다. 이것은 심오한 돌파구였다. 치유 이야기를 통한 해결은 말 그대로 내 삶의 조화와 균형을 회복시켜 주었다.

옛날 옛날에 주변의 모든 생명과 사람들에게 기꺼이 도움을 주는 '헬피'라는 젊은 여인이 살았습니다. 헬피는 어디를 가든 다른 사람들의 부담스러운 짐과 문제를 대신 짊어지곤 했습니다. 헬피가 떠날 때마다 사람들은 그녀 덕분에 자기가 얼마나 가벼워졌는지 말하곤 했습니다.

하지만 헬피의 다리는 점점 지치고 무거워졌습니다. 헬피의 두 다리가 다른 사람들의 삶에 관한 많은 이야기와 무거운 짐을 대신 짊어졌기 때문입니다. 이따금 헬피는 다리의 감각이 사라져 똑바로 서지 못하고 비틀거릴 때가 있었습니다. 그리고 자주 어지러웠습니다.

헬피는 인기가 많았습니다. 주변에 늘 많은 사람이 있었지요. 어느 날 한 친구를 만났습니다. "최근에 달과 별들의 놀라운 모습을 본 적이 있니? 달과 별들 사이에 엄청나게 넓은 공간이 있대. 그것들을 보고 싶으면 어두워질 때까지 기다려야 해. 난 한 발로 서서 손을 내밀어 그 넓은 공간 안에서 균형을 잡을 수 있어."

친구가 달과 별들 사이의 공간에 대해 이야기할 때 헬피의 가슴은 잠깐 동안 기쁨의 노래를 불렀습니다. 헬피는 또한 친구가 이야기를 하면서 한 발로 균형 있게 서 있다는 걸 알아차렸습니다.

그날 밤 헬피는 모두 잠들 때까지 기다렸습니다. 아주 깜깜해져서야 집을 나왔지요. 숲의 끄트머리에 있는 공터로 가만가만 걸어갔습니다. 그리고 눈을 크게 뜨고 밤하늘을 올려다보았습니다. 우주 공간 어디에서도 달과 별들이 반짝이는 것을 볼 수 없었습니다. 헬피의 가슴도 노래하지 않았지요. 헬피는 고개를 떨구었습니다. 무거운 것이 어깨를 짓누르는 듯했습니다. 달과 별들이 헬피의 어깨에 내려온 걸까요?

헬피가 그렇게 공터에 서 있을 때, 가까운 나무에서 부엉이가 우는 소리가 들렸습니다. 부엉이는 헬피를 가까이 불러 자기가 알고 있는 지혜를 전해 주었습니다. "우주 안에 있는 달과 별들을 보려면 공터의 가장 어두운 곳에서 눈을 감고 네 안으로 깊이 들어가 보렴. 그것은 밤의 고요 속으로 깊이 들어가는 거지. 그러면 우주 공간을 찾는 데 도움이 될 거야." 그리고 부엉이가 덧붙였습니다. "달과 별들, 그리고 그 사이의 공간을 보기 위해서는 이 과정을 아주 많이 반복해야 할 수도 있단다."

다음 날, 헬피는 아주 어두워질 때까지 기다렸다가 다시 조용히 공터로 걸어갔습니다. 헬피는 고개를 숙인 채 눈을 감고 자기 안의 고요, 자기 안의 우주 속으로 깊이 들어갔습니다. 헬피는 오랫동안 눈을 감고 있었습니다. 그리고 자기 안에 완전한 고요가 찾아왔다고 느꼈을 때 천천히 눈을 떴습니다.

하지만 헬피의 가슴은 노래하지 않았습니다. 상실감과 두려움이 몰려왔습니다. 여전히 어깨에 달과 별들의 무거움이 느껴졌습니다. 그때 지혜로운 부엉이가 했던 말이 떠올랐습니다. "이 과정을 아주 많이 반복해야 할 수도 있단다." 헬피는 조용히 집으로 돌아왔습니다. 그리고 다음 날 밤, 또 다음 날 밤에도 반복했습니다.

그러던 어느 날 저녁 드디어 헬피가 눈을 떴을 때 달과 별들이 우주의 훨씬 더 높은 곳에서 반짝이는 것을 보았습니다. 달과 별들 사이에는 많은 공간이 있었습니다. 지금까지 이런 광경을 본 적이 없었습니다. 헬피는 자신 안에 있던 상실감이 사라진 것을 알 수 있었습니다.

헬피의 가슴이 부드러운 소리로 노래하기 시작했습니다. 헬피는 그 부드러운 선율 안에서 균형을 느꼈습니다. 어깨를 짓누르던 무거움이 사라졌습니다. 다리가 전보다 가벼워진 걸 느낄 수 있었습니다. 아래를 내려다보니 친구가 그랬던 것처럼, 자신도 한쪽 발로 균형 있게 서 있는 게 아니겠어요!

우주에 속한 모든 것, 달과 별들이 우주 공간으로 돌아갔습니다. 헬피는 달과 별이 속해 있던 곳이 우주였음을 깨달았습니다.

이제 모든 것을 기억해 낸 헬피의 가슴은 계속해서 노래했습니다.

해 임금님과 달 여왕님

이 이야기는 소년과 소녀, 그리고 남성과 여성이 서로를 더욱 존중하고 배려하는 데 도움을 주기 위해 썼다. 인도 첸나이의 워크숍에서 나온 아이디어를 토대로 한 것으로, 워크숍에 참가한 다른 모둠이 사용할 수 있도록 공동체 동화집에 수록되었다.

해 임금님과 달 여왕님은 하늘 왕국을 오랫동안 다스려왔습니다. 행복하게 다스리면 좋았겠지만 해 임금님은 항상 자기가 달 여왕님보다 훨씬 더 중요하다고 주장했습니다. 어찌 되었든 해 임금님은 온종일 둥글고 충만하게 환히 빛났고, 하늘 아래 땅의 사람들은 해 임금님이 높이 떠오를 때 일어나 생활했습니다.

달 여왕님은 이따금 둥글고 충만하기는 했지만 자주 그러지는 못했고, 얇은 은빛 조각으로 하늘에 떠 있을 때도 있지요… 하늘 아래 땅의 사람들은 달 여왕님이 다스릴 때 대부분 잠들어 있으니까요.

말다툼이 너무 오래 지속되자 달 여왕님은 해 임금님의 중요한 지위를 받아들였고, 대체로 자신을 여왕이 아닌 임금님의 신하로 여겼습니다.

밤에도 낮에도 하늘을 누비는 작은 베짜기새[*]가 아니었다면 세상은 영원히 이렇게 지속될 운명이었습니다. 베짜기새는 '해 임금님이 달 여왕님보다 더 중요한 것이 맞나?' 궁금해졌습니다.

작은 베짜기새는 진실을 알고 싶어 하늘에서 가장 지혜롭기로 소문난 부엉이 할아버지 별을 찾아갔습니다. "해 임금님이 달 여왕님보다 더 중요한 것이 맞나요?"

부엉이 별은 눈을 크게 뜨고 하늘을 바라보았습니다. 잠시 생각에 잠긴 뒤

---

[*] weaver bird_ 열대 지방에 사는 새로, '집짓기 새'로 불리기도 하며, 복잡하고 정교한 둥지를 짓는다.

작은 베짜기새에게 말했습니다.

"부엉 부엉, 부엉 부엉,
진실을 찾기 위해 네가 해야 할 일을 알려 주마.
해 임금님의 빛에서 금실을 모으고
달 여왕님의 빛에서 은실을 모아서 왕관을 짜렴.
그 왕관을 하늘 높이 올려놓으면 진실이 밝혀질 거란다."

다음 날 아침 베짜기새는 하늘 높이 날아올라 해 임금님의 빛살에서 금실을 모았습니다.

다음 날 밤 베짜기새는 하늘 높이 날아올라 달 여왕님의 빛살에서 은실을 모았습니다.

그리고 이 작은 새는 일을 하기 시작했습니다. 날실과 씨실을 안으로, 밖으로 짜고 또 짜서 은과 금으로 반짝이는 왕관을 만들었습니다. 베짜기새는 그 왕관을 하늘의 아치 위에 올려놓았습니다.

다음 날 아침, 해 임금님이 낮의 하늘로 떠오르기 시작할 때 반짝이는 왕관이 눈에 들어왔습니다. 해 임금님은 손을 뻗어 왕관을 가져와 머리에 얹었습니다. 꼭 맞아서 무척 기분이 좋았습니다.

그날 밤, 달 여왕님이 떠오르면서 하늘의 아치 위에서 왕관을 발견했습니다. 반짝이는 왕관을 들어 머리에 얹었습니다. 왕관이 꼭 맞아서 기쁘게 썼습니다.

그날부터 지금까지 해 임금님과 달 여왕님은 하늘에 떠오를 때마다 늘 그 왕관을 썼습니다. 마법으로 만들어진 이 왕관은 달 여왕님이 둥글고 충만할 때는 물론 얇은 은빛 조각일 때도 꼭 맞고 여전히 아름답게 어울렸습니다.

그리고 그날 이후로 해 임금님은 자기가 달 여왕님보다 더 중요하다고 주장하지 않았습니다. 둘은 밤낮으로 반짝이는 왕관을 계속해서 나누어 썼고, 하늘 왕국을 평화롭게 다스렸습니다.

삶의 순환과 변화를 다룬 이야기

이 장에는 삶의 순환에 관한 '더 큰 그림', 즉 애벌레가 나비로 탈바꿈하는 것, 계절의 순환, 물의 순환과 눈송이의 여정 등을 나누는 이야기들이 담겨 있다. 몇몇 이야기는 세계 각지에서 전해 내려오는 전래 동화에서 그 지혜를 빌리기도 했다.

이야기 소개

「애플껌 잎사귀」 유치원 아이들을 위한 이야기로, 자연에서의 삶과 죽음의 순환을 다루는 퇴비 이야기

「나비」 모든 연령을 대상으로 하는 죽음과 삶, 그리고 변형에 대한 이야기

「별 아이의 여행」 멕시코 문화의 이미지와 아이디어를 사용해 삶의 순환을 다루는 어린아이를 위한 이야기

「반짝이는 강」 5살 이상 어린아이를 위한 이야기로, 홍수로 인한 파괴와 회복의 순환을 겪는 강과 사람들에 대한 이야기

「추압의 전설」 팔라우 섬의 창조 신화 중 일부로 아동, 가족, 학교 및 공동체를 위한 삶의 순환에 관한 이야기

「날아라, 독수리야」 '부활'을 주제로 하는 가나의 설화로 아동, 가족, 학교 및 공동체를 위한 이야기

「개울, 사막, 바람」 변화와 변형에 관한 수피교의 우화로 아동, 가족, 학교 및 공동체를 위한 이야기

「창조의 여신과 검은 개」 아동, 가족, 학교 및 공동체를 위한 이야기로, '골칫거리는 어떻게 변형되는가'를 주제로 한 아메리카 원주민 이야기

「눈송이가 내려요…」 변형과 탈바꿈, 그리고 고유한 '패턴' 또는 인생의 운명에 대해 아동과 가족의 논의를 장려하기 위한 이야기 시

애플검 잎사귀

토니 라이트-터너*

자연과 삶 속에서 우리 곁에 늘 존재하는 삶과 죽음의 순환에 대해 유치원 아이들에게 들려주기 위한 이야기.

애플검**은 호주가 원산지이며 낙엽수가 아니기 때문에, 특정 계절에 잎이 모조리 떨어지지 않는다. 이 이야기는 나무에 달린 많은 잎사귀 중 한 잎사귀에 관한 것이다. 이 이야기는 유칼리나무의 아주 전형적인 모습인데 매우 자주 잎들을 떨어뜨린다.

옛날 옛날에 어느 정원의 가장자리에 애플검 나무가 있었습니다. 정원에는 꽃과 허브, 채소와 키 작은 나무가 가득했습니다. 정원의 식물들은 바람이 불 때, 빗방울이 떨어질 때, 위대한 아빠 해님이 빛날 때 행복하게 재잘거렸습니다. 식물들은 날마다 자기들을 돌봐 주는 비의 요정과 해의 요정들을 매일 볼 수 있었습니다. 정원에 일하러 온 요정들은 모든 식물에게 다정하고 친절했지요. 정말로 행복한 정원이었습니다.

정원을 당당히 내려다보는 애플검 나무에는 작고 윤기 나는 잎사귀가 하나 있었습니다. 애플검 잎사귀는 모두와 친구였습니다. 세상은 완벽했고 잎사귀는 세상이 늘 이대로이기를 원했습니다.

그러던 어느 날 무언가 달라졌습니다. 화창한 어느 여름 아침, 잠에서 깨어난 애플검 잎사귀는 평소처럼 윤기 나는 초록색이 아니었습니다. 아빠 해님이 빛나고 해의 요정들이 찾아왔지만 오늘은 이 애플검 잎사귀의 상태가 평소와는 다르다는 걸 알아채지 못했습니다. 요정들은 정원 저 아래에서 새

* 토니 라이트-터너Toni Wright-Turner_ 교육자이자 녹색당 의원 (호주 뉴사우스웨일스주 벨링겐Belingen)

** 옮긴이 원제는 'Apple leaf'. 애플검apple gum은 사과나무가 아니라 유칼리나무의 일종이다.

잎과 새 꽃들을 돌보느라 바빴습니다. 애플검 잎사귀는 점점 시들어 갔습니다. 아름답고 부드러운 초록빛이 사라지고 날이 갈수록 점점 바스러질 것 같이 말라 갔습니다. 애플검 잎사귀는 울음을 터뜨렸습니다. 영원히 가장 아름다운 잎일 줄 알았거든요.

가을바람이 휘몰아치자 애플검 잎사귀는 더 이상 나무를 붙잡고 있을 수 없었습니다. 저 아래 땅으로 팔랑이며 떨어지고 말았죠. 처음에는 겁에 질렸습니다. 그전엔 땅에 내려온 적이 한 번도 없었기 때문입니다. 하지만 곧 가까이 있는 풀들과 자기 밑으로 굴을 파는 딱정벌레들, 그리고 자기 위로 종종거리며 지나가는 개미들과 친구가 되었습니다. 날마다 잎사귀는 아빠 해님을 볼 수 있었고, 바람이 자기를 가로질러 부는 것과 부드러운 빗방울이 이제는 갈색으로 변한 몸 위로 떨어지는 걸 느꼈습니다.

그때 정원에서 잎사귀의 오랜 친구인 데이지 꽃잎이 아름다운 꽃에서 떨어져 나와 팔랑이며 잎사귀의 옆으로 내려왔습니다. 두 친구는 다시 만나게 되어 반가웠습니다. 그 뒤로 그들은 날마다 나뭇잎과 풀들, 꽃잎과 잔가지들… 모두 그들처럼 시들고 갈색이 되어 정원의 식물들로부터 떨어져 나온 친구들과 함께했습니다. 때로는 가을바람이 이들을 빙빙 돌려 춤을 추게 할 때도 있지만, 보통은 누워서 지켜보고 기다리며 자기들이 어떻게 될지 궁금해했습니다. 이제 해의 요정들이 정원에 찾아오는 일도 줄어들고 날은 더욱 쌀쌀해졌습니다.

어느 날 애플검 잎사귀가 아이들이 오는 소리를 들었습니다. 아이들은 갈퀴와 쇠스랑을 들고 이야기를 나누며 웃고 있었습니다. 한 명은 수레를 밀었지요. 아이들은 애플검 잎사귀와 친구들 가까이에 섰습니다. 한 아이가 애플검 잎사귀를 보고 기뻐하며 집어 들었습니다.

"봐봐, 이거 맞지! 여기를 보라고!"

곧 데이지 꽃잎과 다른 친구들 모두 한꺼번에 갈퀴로 긁어모아져 애플검 잎사귀와 함께 수레에 실렸습니다.

덜컹, 덜컹, 아이들이 번갈아 가며 수레를 밀었습니다. 아이들은 자기들이 실어 가는 것과 만들려고 하는 퇴비에 대해 이야기하며 신이 났습니다.

'아이들이 말하는 퇴비라는 게 뭘까?' 애플검 잎사귀는 궁금했습니다. '그리고 우리는 어디로 가는 걸까?' 잎사귀는 보금자리인 정원을 떠나고 싶지 않았습니다. 그 순간 수레가 들어 올려져 애플검 잎사귀는 아래로 미끄러졌습니다. 잎사귀와 친구들은 모두 부드럽고 안전한 흙 침대 안으로 들어갔습니다. 더욱더 많은 나뭇잎과 잔가지들, 풀과 떨어진 꽃들이 애플검 잎사귀와 함께 흙 침대에 가득 쌓였습니다. 그러고 나서 아이들은 흙 침대 위로 흙 담요를 덮어 주었습니다.

새로운 흙 침대 안에서 애플검 잎사귀와 데이지 꽃잎은 바람이 불고 빗방울이 후두둑 떨어지는 소리를 들었습니다. 이따금 해의 요정들이 잠시 찾아와 흙 담요를 따뜻하게 해 주었습니다. 친구들은 겨울바람을 피하고 서리의 얼어붙은 손아귀에서 벗어나, 겨울 추위로부터 안전하게 지낼 수 있다는 것에 기뻐하며 서로를 얼싸안았습니다. 점점 졸음이 오더니 하품을 하며 하나둘씩 곤히 잠들었습니다. 그들은 겨우내 잠을 잤습니다.

어느 날 아침 애플검 잎사귀는 자기 옆으로 굴을 만들어 지나가는 지렁이 때문에 잠에서 깼습니다.

"이제 일어나, 잠꾸러기들!" 지렁이가 말했습니다. "봄이 왔다고! 일할 시간이야."

'일?' 애플검 잎사귀는 생각했습니다. '시든 잎이 할 수 있는 일이 뭐지?' 잎사귀는 뒤척이다가 다시 잠이 들었습니다. 하지만 얼마 지나지 않아 아이들이 도착했고, 잎사귀는 다시 깨어났습니다.

"퇴비가 만들어졌는지 보자." 아이들은 잎사귀의 친구들이 들어 있는 흙 침대의 담요를 들어 올렸습니다. 해가 밝게 빛나고 있었습니다. 애플검 잎사귀는 데이지 꽃잎을 찾아보았지만 보이지 않았습니다. 온통 기름지고 촉촉한 흙뿐이었습니다.

"데이지 꽃잎아, 어디 있니?"

"여기 있어. 근데 넌 어디 있어?"

친구들이 깨어났을 때, 그들은 변해 버린 자기들 모습을 발견했습니다. 바스러질 것 같던 갈색 외투가 사라지고, 이제 모두 부드럽고 촉촉한 흙이 되었습니다. 아이들은 안을 들여다보고 기뻐하며 수레와 삽을 가지고 돌아왔습니다. 부드러운 퇴비를 파내어 정원으로 가져가기 위해서였지요.

추운 겨울이 지나고 봄이 되었습니다. 모두 다시 일을 시작했습니다. 애플검 잎사귀가 정원 흙으로 변한 곳에 아이들은 조그마한 금잔화 씨앗을 심었습니다. 그전에는 엄마 금잔화를 떠나 본 적이 없었기 때문에 씨앗은 너무나 무서웠습니다. 그래서 애플검 잎사귀가 자신의 새로운 모습으로 씨앗을 안아 주었습니다. 씨앗을 보호하고 양분을 주어 잘 자랄 수 있도록 도왔습니다.

날이 갈수록 어린 금잔화는 애플검 잎사귀의 도움으로 튼튼하게 자랐습니다. 먼저 땅속으로 뿌리를 내리고 해를 향해 잎사귀를 뻗었습니다. 드디어 금잔화가 첫 꽃을 피울 날이 다가왔습니다. 피어나는 꽃봉오리 깊숙한 곳에서 애플검 잎사귀는 바깥을 바라보았습니다. 예전에 살던 정원, 엄마 애플검 나무 아래로 돌아왔거든요. 애플검 잎사귀는 정말로 행복했습니다!

나비

누가 지었는지 알 수 없는 한 이야기를 토대로 이 이야기를 다시 썼다. 인형극으로 공연할 때 특히 아름다웠던 이 이야기는 4살 이상의 어린아이에게 들려주면 좋은 '죽음과 삶', 그리고 '변형'에 대한 간단한 이야기이다.(이야기의 끝에 있는 [만들어 보기] 참고)

또한 이 이야기에서 사용한 변형에 대한 은유는 모든 연령에 적용할 수 있다. 엘리자베스 퀴블러 로스*는 여러 해 동안 모든 연령, 모든 환경의 사람들에 의해 쌓여 온 '임사 체험'에 관한 수천 건의 해석을 바탕으로 죽음이 새로운 시작임을 강조하면서, 상징으로 나비가 고치에서 나오는 이미지를 발전시켰다.

나이가 많은 나비 한 마리가 지친 날개로 들판 위를 팔랑이며 날았습니다.

---

*   옮긴이 엘리자베스 퀴블러-로스Elisabeth Kübler-Ross(1926~2004)는 스위스 출신의 미국 정신과 의사로 임종 연구(near-death studies) 분야의 개척자이다. 저서로 『죽음과 죽어감』, 『인생 수업』 등이 있다.

초록 덤불을 향해 날아가, 나뭇잎 아래에 조그마한 알을 하나 낳고 나비는 멀리 떠났습니다.

알은 풍요로운 자연의 보살핌을 받았습니다. 낮에는 해가 하늘에서, 밤에는 땅이 알을 따뜻하게 해 주었습니다. 나뭇잎은 비를 막아 주었지요. 알은 모두의 보살핌 속에서 잘 자랐습니다. 엄마 나비의 생명의 빛은 사라졌지만 알 속에 그 불씨가 남아 있었던 것입니다.

며칠이 지나지 않아 연약한 알의 껍질 속에 부드러운 움직임이 있었습니다. 햇살이 푸른 나뭇잎 주위를 맴돌며 "나오렴, 이제 나오렴." 하고 외쳤습니다. 알 속에서 무언가 당기고 늘어나더니 껍질이 찢어졌습니다. 그러자 작은 점들로 덮여 있고 비단결처럼 매끄러운 살갗을 가진 조그마한 노란 애벌레가 나왔습니다.

작은 애벌레는 초록 잎 위를 기어갔습니다. 잎사귀는 애벌레의 정원이자, 집이며, 음식이 되었습니다. 잎 가장자리는 특히 먹기에 좋았습니다. 조그마한 애벌레는 작은 모퉁이를 갉아먹기 시작했습니다. 며칠이 지나자 이 잎사귀는 거의 다 사라졌습니다. 햇살이 "이제 넓은 초록 세계로 나아갈 때야."라고 말해 주었습니다.

애벌레는 덤불에서 덤불로, 잎에서 잎으로 기어 다니며 여행을 시작했습니다. 기어가며 갉아먹고, 갉아먹으며 쑥쑥 자랐습니다. 얼마 지나지 않아 조그맣던 애벌레는 아주 큰 애벌레가 되었습니다.

그즈음 여름이 끝나가고 있었습니다. 가을바람이 들판을 가로질러 덤불 사이로 불어왔습니다. 햇살이 "조용히 쉴 곳을 찾으렴." 하고 말해 주는 것 같았습니다.

애벌레는 바위 사이로 기어 내려와 어둡고 조용한 곳으로 들어갔습니다. 풍요로운 땅은 따뜻한 팔로 애벌레를 품어 주었습니다. 애벌레는 깊은 잠에 빠졌습니다. 긴긴 겨울, 애벌레가 잠을 자는 동안 자상한 요정들이 애벌레에게 특별한 옷을 지어 주었습니다. 요정의 신비한 손가락들이 별들의 반짝임과 무지개의 빛깔을 옷 속에 엮어 넣었습니다.

봄이 왔습니다. 화창한 날들이 이어졌지요. 해의 따스함이 땅속 깊숙이 내려왔습니다. 꽃들이 땅 위에서 햇빛을 향해 피어나는 동안 땅 밑에서 깨어난 것은 나비였습니다. 애벌레는 사라지고 그 자리에 나비 한 마리가 바위 틈을 지나 햇빛을 향해 기어오르고 있었습니다. 나비는 꽃의 노래를 들으며 봄 햇살의 따스함을 느낄 수 있었습니다.

나비는 아름다운 날개를 펴고 높이 날아올랐습니다.

'삶의 순환'에 관한 멕시코의 문화

자베트 몬로이*

나에게 죽음이라는 주제는 아주 심오한 것이다. 죽음은 필연적으로 삶에 대해 이야기하기 때문이다. 아마도 이것이 멕시코에서 죽음을 기념하는 이유일 것이다. 조상으로부터 물려받은 문화와 융합되고 변형된 죽음에 대한 나의 인식은 죽음을 변형의 상징으로, 신성한 것으로 보는 것이다. 죽음 이후 구체적으로 어떤 일이 일어나는지 모른다 해도, 살아 있었을 때의 기억은 늘 존재한다. 예를 들어, 사랑하는 사람이 죽었을 때 그가 어디로 가는지 모르지만, 내 안에서 그는 기억을 통해 다시 태어난다. 그의 삶이 어떠했는지 기억하는 것으로 그에게 생명을 불어넣는다. 다시 태어나는 것이다. 그 사람은 내가 기억하는 방식으로 다시 태어나는 것이다.

반면에, 나의 죽음을 인식하는 방식은 삶을 먼저 고려하는 것이다. 삶은 조그만 불빛을 볼 수 있는 열려 있는 작은 문과 같다. 가까이 다가

---

* 토니 라이트-터너Toni Wright-Turner_ 교육자이자 녹색당 의원 (호주 뉴사우스웨일스주 벨링겐Belingen)

가면, 삶에서 경험할 수 있는 감각에 매료된다. 나는 감각 기관을 얻기 위해 살갗으로 된 옷을 입고 삶을 살아간다. 죽음을 자각하는 것이야말로 삶을 즐기는 방법이다. 죽음이 다가오면 살갗 옷을 벗고 내가 속해야 할 곳으로 돌아갈 것이기 때문이다. 이러한 것들이 네 살짜리 아들과 이야기의 형태로 나누고 싶은 이미지들이다.

이 모든 것을 위해, 죽음을 기념하는 것은 중요하다. 우리에게 살아가고 즐기고 다시 태어나도록 가르치는 것이 죽음이기 때문이다. 사랑하는 사람이 죽었을 때 슬픔을 느끼지 말라는 뜻이 아니다. 그것은 아주 어두운 순간이지만 그 사람과 가까운 모든 존재가 함께 경험하는 변형의 일부이다.

내가 알고 있는 이 모든 것은 일상의 모든 경험에서 나타난다. 예를 들어, 내가 이 글을 쓰고 있는 지금, 우리가 겪고 있는 팬데믹은 죽음의 과정이며 동시에 다음 삶을 예고한다. 낮과 밤, 잠과 깨어남도 마찬가지이다. 아즈텍 문화에서 믹틀란Mictlan 전설은 죽음 이후에 벌어지는 일들에 대해 더 많은 이야기를 하고 있다. 믹틀란으로 가는 길은 정화의 과정과 같다. 그 과정은 지하 세계의 왕과 왕비에게 다가가기 위해 극복해야 할 아홉 단계로 구성되어 있으며, 그 이후에야 정신은 풀려날 수 있다. 믹틀란으로 가는 이 긴 여행이 끝났을 때 죽음의 신 앞에 빈손으로 오는 것은 공평하지 않기 때문에 죽은 자는 '강둑에서 깨어나기' 전, 자기가 받은 공물을 믹틀란테쿠틀리Mictlantecuhtli에게 건네주어야 한다. 이것은 죽음을 맞이하고, 살갗과 감각 기관들을 포기하며, '물질'이 필요하지 않은 곳에서 다시 자유로워지는 것에 관한 것이다.

별 아이의 여행

멕시코 아이들을 위해 만든 이 이야기는 아이들에게 구체적으로 들려주기 위해 자베트 몬로이의 안내를 받았다. 자베트 몬로이는 멕시코 문화(이야기의 끝에 포함됨)에 대해 친절하게 안내해 주었고 나는 자베트가 보여 준 이미지와 아이디어를 사용해, 삶의 순환에 관한 아주 간단한 이야기를 만들었다. 자베트의 제안에 따라 아이들과 함께 나누는 동안(또는 이야기를 나누기 전) 개인적으로 추가하고 싶은 감각적 모험(시각, 후각, 촉각, 미각, 청각, 활동 등)을 위한 여지를 남겨 두었다. 예를 들어, 아이가 최근에 자전거에서 떨어졌다거나, 해변에 갔다가 모래 언덕에서 구른 경험 등을 추가하는 식으로 아이를 이야기 만들기에 적극적으로 참여시킬 수 있다. 실제 경험이거나 꾸며낸 것이어도 좋다. 그렇기 때문에 이 이야기는 꼬마 별이 경험할 수 있는 다른 풍경과 소리, 냄새와 맛 등을 추가하거나 바꾸어 다른 나라에서 사용할 수 있다.

별 아이는 저 아래 세상에서 많은 시간을 보내기 위해 하늘 집에서 긴 여행을 준비하고 있었습니다.

별 아이는 아름다운 것을 많이 즐길 수 있기를 기대하고 있었습니다. 꽃의 향기, 과일의 맛, 새의 노랫소리, 나비 날개의 감촉, 푸른 산과 백사장의 풍경 등 땅에서 만나게 될 것들에 대한 놀라운 이야기를 들었거든요.

이 특별한 모험을 준비하기 위해 별 아이는 먼저 자기만의 살갗 옷을 입어야 했습니다. 엄마 달은 별 아이를 은빛 포옹으로 따뜻하게 안아 주어 새 옷 속으로 비집고 들어갈 수 있게 도왔습니다. 부드럽고 따뜻해서 멋진 기분이 들었습니다. 아빠 해는 황금빛으로 별 아이를 에워싸 주었습니다.

별 아이는 여행을 떠나는 많은 어린 별 중 하나입니다. 여행 중에 어린 별들은 이따금 집으로 돌아오는 다른 별들에게 "안녕" 하고 반짝이기도 하고, 가끔씩 짧은 소식이나 이야기를 듣기 위해 잠시 멈췄다가 가던 길을 계속 가기도 했습니다.

어린 별들은 저마다 세상에서 잠시 머물지, 오래 머물지, 아니면 아주 오랫동안 머물 수는 없는지 궁금해했습니다. 하지만 어린 별들은 머무는 시간에 상관없이 축제들의 색깔, 오렌지 꽃과 계피의 향기, 토르티야와 엘로떼*의 맛, 발밑에서 느껴지는 부드러운 풀의 감촉, 개똥지빠귀와 작은 벌새, 그리고 다른 멋진 새들의 노래를 즐기고 싶었습니다. 어린 별들은 또한 자기가 경험할지도 모를 많은 모험을 기대하기도 했지요.(실제 일어났거나 만들어 낸 일을 추가해 주세요)

모험을 마치고 집으로 돌아갈 시간이 되자, 별 아이와 다른 어린 별들은 모두 무얼 해야 할지 알고 있었습니다. 자기만의 살갗 옷을 벗고 공기처럼 가볍게 하늘로 돌아가는 여행을 시작하는 것이지요. 어린 별들은 강을 건너고 산을 넘어야 했습니다. 더운 땅과 추운 땅, 바람 부는 땅을 따라 길을 찾아야 했습니다. 아주 먼 길이었습니다!

마침내 하늘 집에 도착한 어린 별들은 또 다른 밝은 빛으로 세상을 비추기 시작했습니다.

반짝이는 강

호주의 브리즈번에 대홍수가 났을 때 쓴 이 이야기는 5살 이상의 아이들과 초등학생을 위해 썼다.

　파괴된 '반짝이는 강'이 순환을 통해 회복의 과정을 겪는 동안 강가

---

* 　옮긴이 멕시코 전통 음식이다. 토르티야tortilla는 납작하게 구운 빵으로, 여러 재료를 넣어 싸 먹는다. 엘로떼elotes는 치즈와 향신료를 넣은 달콤한 옥수수 구이이다.

에 사는 사람들은 다른 종류의 반짝임으로 많은 도움을 받는다.

이후 이 이야기는 필리핀의 두 언어인 타갈로그어와 비사야어로 번역, 수정되어 매년 우기마다 홍수로 고통받는 필리핀 남부 지역에서 교사들이 사용하고 있다.

옛날 옛날에 길고 구불구불한 강둑 위에 세워진 한 마을이 있었습니다. 마을 사람들은 강을 무척 사랑했습니다. 강물은 햇살에 반짝였고, 많은 배가 유유히 오르내렸습니다. 자전거와 자동차들은 강둑 위의 길을 따라 달렸습니다. 아이들은 강을 따라 만들어진 공원에서 놀았습니다. 밤이 되면 달과 별들, 마을의 불빛들이 비단결처럼 잔잔한 강물에 비쳤습니다.

마을 사람들은 낮에도 밤에도 아름답게 반짝이는 자신들의 강을 자랑스러워했습니다.

우기에 비가 많이 내리면 반짝이는 강은 갈색으로 변하고 불어나 빠르게 흘렀습니다. 하지만 비가 그치면 강물은 원래대로 줄어 모든 게 예전처럼 맑아지고 반짝였습니다.

그런데 이번에는 일주일 내내 비가 너무 많이 내려, 강물이 강둑을 넘어 마을로 넘쳐흘렀습니다. 갈색의 흙탕물이 집과 상점, 학교 안으로 흘러들었습니다. 많은 사람이 집에서 나와 마을 회관의 넓은 홀에서 함께 잠을 자야 했습니다.

비가 그치자, 다시 해가 빛났습니다. 흙탕물은 집과 상점, 학교 밖으로 흘러나가기 시작했습니다. 서서히 거리를 따라 다시 강으로, 바다로 빠져나갔습니다. 흙탕물이 강으로 빠져나간 뒤에도 모든 것이 진흙투성이였습니다.

진흙을 청소하는 데에만 여러 달이 걸릴 정도로 엄청난 노력이 들었습니다. 강이 진흙투성이의 갈색에서 벗어나 다시 반짝이기까지도 수개월이 걸렸습니다.

하지만 이 진흙투성이의 시간 동안 마을 사람들은 새로운 반짝임을 발견했습니다. 그 반짝임은 서로를 돕는 이웃들의 눈빛이었습니다. 낯선 사람을 돕는 사람들의 눈에서 나오는 반짝임이었습니다. 그것은 멀리 다른 곳에서 도우러 온 손길의 반짝임이었습니다.

이 새로운 반짝임은 강둑의 마을 사람들에게 많은 희망을 주었습니다. 진흙투성이의 시간 내내,

다시 강이 햇빛에 반짝일 때까지,

다시 달과 별들, 마을의 불빛이 비단결처럼 잔잔한 강물에 비칠 때까지 희망을 전해 주었답니다.

추압의 전설

삶의 순환에 대한 이 이야기는 서태평양 팔라우 섬의 창조 신화 중 일부이다. 우리가 먹고 마시는 바다와 땅의 모든 음식이 소비되고 있는 '지나친 섭취'의 결과에 대한 주제로, 오늘날과도 아주 밀접한 관련이 있다.

아이들과 가족, 학교, 공동체와 함께 토론할 때 발판이 될 수 있는 이야기다.

옛날 옛날, 아직 사람들이 살기 전, 바다에는 아무것도 살지 않았습니다. 바다 밑 요정들과 바다 위 요정들은 외로웠습니다. 서로 어울려 지낼 수 있기를 간절히 원했지요. 그래서 요정들은 가장 어두운 곳에서 화산을 폭발시켰습니다. 용암이 쌓여 만들어진 높은 산은 섬이 되었습니다. 그곳에 바다의 힘과 하늘의 힘이 합쳐져 거대한 조개, 라트미카이크Latmikaik가 탄생했습니다.

라트미카이크는 움직이지도, 말을 하지도 못했습니다. 그저 계속 자라기만 했지요. 자라고 자라고 또 자랐습니다. 마침내 요동치는 바닷물에 라트미카이크의 거대한 입술이 열리더니 온갖 모습을 한 생명이 쏟아져 나왔습니다… 게, 뱀장어, 물고기, 악어, 듀공, 상어… 그리고 많은 새와 나비는 하늘

로 날아갔습니다.

그런데 다시 입술이 열리고 라트미카이크는 뭔가 하나를 더 낳았습니다. 거대한 괴물이 기어 나왔습니다.

괴물의 식욕은 어마어마했습니다. 먹는 것 외에는 아무것도 신경 쓰지 않았고, "더, 더, 더, 더 줘!" 하고 날마다 외쳤습니다.

시간이 흐르면서 괴물은 힘센 거인으로 자랐습니다. '추압'이라고 불렸지요. 추압은 자라면서 식욕도 더욱 커졌습니다. 곧 마을 사람들은 거인의 입에 닿기 위해서는 사다리를 이용해야 했습니다. 머지않아 먹을 게 아무것도 남지 않았습니다… 거인도, 마을 사람들도 아무것도 할 수 없었습니다. 바다에는 물고기가 사라졌고, 땅에는 과일과 코코넛이 사라졌습니다.

먹을 것이 사라지자 거인은 마을 사람들에게 아이들을 데려오라고 했습니다. 물론 사람들은 아이들을 추압에게 주고 싶지 않았기 때문에 계획을 세웠습니다. 거인이 자고 있는 동안 사람들은 거인의 몸 주위에 코코넛 줄기와 껍질을 쌓아놓고 불을 붙였습니다.

추압이 깨어났을 때 타오르는 불길이 벽이 되어 빠져나갈 곳이 없었습니다. 추압은 사람들에게서 처음으로 두려움을 보았습니다. 괴물은 자기가 얼마나 이기적이고 잔인하며 탐욕스러웠는지 깨달았습니다.

추압은 사람들에게 빼앗은 것을 돌려주려면 자기가 죽어야 한다는 것을 알게 되었습니다. 천천히 거인의 몸이 넘어졌고 수많은 조각으로 부서졌습니다. 떨어진 조각 하나하나가 섬이 되어 모두 340개의 새로운 섬이 생겼습니다. 새로운 섬들 주변으로 바다는 금세 물고기로 가득 찼고, 땅에는 과일과 코코넛이 풍성하게 자라났습니다.

팔라우 섬은 이렇게 해서 만들어진 거랍니다.

날아라, 독수리야[*]

몇 년 전 남아프리카 공화국에서 일할 때, 케이프타운의 테이블 베이 Table Bay 주교의 라디오 인터뷰를 들었다. 그는 소아암으로 죽어가는 8살 딸에게 이 이야기를 들려주었다고 한다.

　이 이야기는 '부활'을 주제로 하는 가나의 설화에서 가져온 것이다. 주교는 이 이야기 덕분에 다가오는 죽음이라는 현실을 딸과 온 가족이 더욱 잘 대처할 수 있었다고 말했다. 이야기는 아래와 같다.

　옛날에 닭의 둥지에서 태어난 아기 독수리가 있었습니다. 농부가 산속을 걷다가 땅에 떨어진 알을 주워 집에 가져왔고, 암탉 둥지에 넣어 품게 했던 것입니다.

　아기 독수리는 다른 병아리들과 함께 자랐지만 늘 왠지 모르게 하늘 높이 날아오를 수 있을 것 같아 날개가 근질거렸습니다. 하지만 아무도 아기 독수리에게 나는 법을 가르쳐 줄 수 없었습니다.

　농부의 아들이 아기 독수리를 도와주려고 했습니다. 처음엔 사다리 꼭대기에서, 다음엔 지붕에서 시도해 볼 수 있게 도왔습니다. 하지만 독수리가 날개를 힘껏 펼치기엔 둘 다 너무 낮았습니다.

　그래서 농부와 아들은 독수리를 처음 발견했던 산으로 데리고 가 높은 절벽 끝에서 놓아 주었습니다. 아기 독수리는 날개를 힘껏 펼치고 날아올랐습니다. 날개 밑으로 지나가는 시원한 바람과 깃털 위에 내리쬐는 햇빛을 느끼면서 아기 독수리는 높이 더 높이 솟구쳐 올라갔습니다.

　원래 태어난 곳인 높은 하늘로 돌아온 아기 독수리는 태양을 향해 힘차게 날아갔습니다.

[*] 『마음에 힘을 주는 치유동화』 333쪽 참고

개울, 사막, 바람

이 짧은 이야기는 변화와 변형에 관한 수피즘Sufism의 우화이다. 아동을 비롯한 청소년, 성인과 함께 '개울'의 여행 장면들을 그림으로 그리거나 여행의 색깔들을 직조하는 작업과 함께 들려줄 수 있다. ([만들어 보기] 참고)

「날아라, 독수리야」처럼 죽음과 변형에 대한 또 다른 이야기이다. 무엇이든 죽음 이후에는 다른 방식으로 다시 태어난다.

개울은 높은 산에서 태어났습니다. 개울은 돌들 주위를 돌아, 폭포를 넘고, 들판을 가로질러, 숲과 계곡을 지나 흘러갔습니다. 마침내 드넓은 사막에 이르러 개울은 모래에 물을 밀어 넣었습니다. 물은 금세 사라졌지요. 이때까지 자신감에 차 여행해 온 개울은 무슨 일이 벌어진 건지 믿을 수 없었습니다.

"내 물이 사라지고 있는데, 이 사막을 어떻게 건너야 하지?"

그때 개울은 속삭이는 소리를 들었습니다. 그것은 모래 속에서 들려오는 것 같았습니다. "바람에게 물어보렴. 바람은 사막을 건너는 법을 알고 있을 거야."

'바람은 날 수 있잖아.' 개울은 생각했습니다. '내가 할 수 있는 일은 모래 속으로 사라지는 것뿐이야. 나는 이 사막을 건널 수 없어.'

"바람이 널 데려가게 하렴." 목소리가 속삭였습니다.

"그런데 그러면 내가 변해야 하잖아. 난 변하기 싫어. 지금 이대로이고 싶다고."

"사막으로 계속 흘러간다면, 넌 변하고 말 거야. 완전히 사라지거나, 아니면 늪이 되겠지."

"하지만 난 지금 이대로이고 싶어." 개울이 말했습니다. "어떻게 해야 사막

건너편으로 가서도 여전히 지금 이대로일 수 있을까?"

"너 자신의 진정한 모습을 기억한다면, 그것은 결코 변하지 않는다는 걸 알게 될 거야." 목소리가 속삭였습니다.

그제서야 개울은 바람의 품에 안겨 여행하던 꿈을 기억해 냈습니다. 개울은 땅으로부터 벗어나 스스로 수증기가 되어 바람의 품에 안겼습니다. 바람은 사막을 가로질러 건너편 산까지 날아갔습니다. 마침내 개울은 높은 산꼭대기에 보슬비로 내렸습니다.

개울은 새롭게 태어났습니다. 개울은 돌들 주위를 돌아, 폭포를 넘고, 들판을 가로질러, 숲과 계곡을 지나 흘러갔습니다. 개울은 계속해서 흐르며 진실하고 본질적인 물로서의 자신을 기억했습니다.

[만들어 보기]
골판지로 직조틀을 만들어 물, 바람, 모래, 돌, 숲, 산 등을 색색의 털실로 직조해 보세요. 366쪽 참고

창조의 여신과 검은 개

아파치Apache족과 수Sioux족에서 유래한 이 아메리카 원주민 이야기는 수천 년 동안 모닥불 주변과 가정, 그리고 여러 문화 집단에서 전해져 왔다. '문젯거리는 어떻게 변형되는가'라는 주제로, 오늘날 그 어느 때보다 적절할 수 있다.

이 이야기는 창조와 해체, 그리고 새로운 창조로 이어지는 순환의 여정이 담긴 놀라운 설화이다. 이야기의 의미에 대한 문화적 이해에 따르면, 만약 검은 개가 양탄자에서 실 한 가닥을 잡아 당겨 풀지 못한 채 양

탄자가 완성된다면 우리가 알고 있는 세상은 종말을 맞이할 것이다. 혼돈은 이전에도 세상에 일어났다. 그리고 그것은 항상 다 풀어진 직조에서 회복되었다. 창조의 여신은 솥을 살피기 위해 일을 멈추고 떠나면 무슨 일이 벌어질지 알고 있다. 돌아와서 일을 다시 시작해야 한다는 것 역시 알고 있다.

이러한 철학적 이해는 "세상이 그대로 유지되기를 바라는 자는 세상이 유지되기를 전혀 바라지 않는 것이다"라는 에리히 프리트*의 베를린 벽면 예술에 반영되어 있다.

이 이야기는 아동과 가족이 함께 토론할 수 있는 발판을 제공할 수 있을 것이다.

깊고 깊은 산 중턱에 매우 특별한 동굴이 있습니다. 어떤 산인지, 어떤 동굴인지는 아무도 모릅니다. 그 동굴은 세상의 경이와 섭리에 대한 지식의 고향입니다. 동굴 속에는 지혜로운 창조의 여신이 살고 있습니다.

창조의 여신이 거기에 있다는 걸 모르는 사람은 없지만 아무도 여신을 본 적이 없습니다. 나이든 검은 개가 유일한 친구인 여신은 투박하게 만들어진 베틀 앞에 앉아 온종일 일을 했습니다. 창조의 여신은 솔잎과 고슴도치 가시, 그리고 숲에서 가져온 아름다운 것들로 멋진 양탄자를 만들고 있습니다.

창조의 여신이 하루종일 양탄자를 짜다가 간혹 그 일을 멈출 때가 있습니다. 동굴 뒤쪽 장작불 위에 걸어 둔 커다란 오지솥을 젓기 위해서 일어날 때입니다. 장작불은 지핀 지 너무 오래되어서 세월 그 자체보다 더 오래되었을 수도 있습니다.

솥에 담긴 스튜도 아주 오래되었는데… 그 스튜는 정말 중요합니다. 세상의 모든 허브와 식물, 곡식의 뿌리와 씨앗이 담겨 있거든요.

---

* 에리히 프리트Erich Fried(1921~1988)는 오스트리아 태생의 시인이자 작가이며 번역가이다.

솥을 살피지 않으면 스튜가 타 버릴 수 있습니다. 창조의 여신은 그런 일이 일어나서는 안 된다는 걸 잘 알고 있습니다.

그래서 가끔씩 지혜로운 여신은 자리에서 일어나 검은 개를 쳐다본 뒤, 천천히 동굴 뒤쪽 오지솥으로 갑니다.

검은 개는 이때를 놓치지 않고 일어나 베틀 옆에 놓인 양탄자에 다가갑니다. 검은 개는 느슨한 실 한 가닥을 입에 물고 잡아당기기 시작합니다.

지혜로운 여신이 계속해서 천천히 스튜를 젓는 동안 검은 개는 천천히 양탄자를 시작점까지 풀어 버립니다.

자리로 돌아온 창조의 여신은 검은 친구가 저지른 혼돈을 보고 크게 한숨을 쉬고는 다시 일을 시작하기 위해 자리에 앉습니다.

창조의 여신은 양탄자를 짜면서 새로운 시각으로 새로운 무늬를 떠올립니다. 여신의 지혜로운 손은 새로운 구성으로 형태를 만들기 시작합니다. 이전에 짜던 양탄자는 이제 잊어버렸습니다.

이렇게 오랜 세월 창조의 여신과 검은 개는 양탄자를 짜고 풀고, 다시 짜는 일을 계속하지만 양탄자는 완성되지 않습니다. 이건 좋은 일이죠. 양탄자가 완성되면 우리가 알고 있는 세상은 끝날 것이기 때문입니다.

눈송이가 내려요…

이 이야기-시는 괴테의 시에서 영감을 받았다. 괴테는 스위스 알프스의 장엄한 슈타우바흐 폭포 근처에 머물면서 이런 생각을 시로 썼다.

"인간의 영혼은 물과 같아서 하늘에서 왔다가 하늘로 돌아간다. 그리고 다시 땅으로 내려가야 하며, 영원히 변화한다."

이 시는 변화와 변형 그리고 개인의 고유한 '무늬'와 운명에 관한 이야기이다.

눈송이가 내려요, 새로운 삶이 부르네요,
당신이 누구인지… 별의 무늬가 그 비밀을 말해 주어요.
오로지 당신만이 알 수 있는! 당신이 무엇이 될지에 대한…
비밀 말이에요.

부드럽게 산으로 내려와,
당신은 어디로 갈 건가요?
푸른 가지 위에서 쉴 건가요,
아니면 신나게 팔랑대며 땅으로 떨어질 건가요?
구덩이 속에 빠질 건가요,
아니면 바위 위에 내려앉아 햇볕에 녹을 건가요?

졸졸 흐르는 시냇물에 녹아들어,
세상을 깨끗하게 씻어 주는 물이 될 건가요?
아주 높은 폭포 위로 떨어져,
안개가 되어 다시 하늘로 돌아갈 건가요?

아니면 강으로 내려와…
대지를 가로질러… 드넓고 세차게…
빠르고 급하게, 구불구불 천천히,
흐르고 흘러…
마침내 바다에 닿을 건가요?
보석처럼 영원한 바다에…

눈송이가 내려요, 새로운 삶이 부르네요,
당신이 누구인지… 별의 무늬가 그 비밀을 말해 주어요.
오로지 당신만이 알 수 있는! 당신이 무엇이 될지에 대한…
비밀 말이에요.

[만들어 보기]
가족들이 함께 모여 종이를 접어 오려서 눈송이를 만들어 보세요. 368쪽 참고

#아픔과 상실을 돕는 클리닉과 서비스 센터

(국가별로 추가하고 싶은 단체나 센터가 있다면 저자에게 또는 호손출판사Hawthorn Press
로 연락 바랍니다)

호주

- 국립 아동 비통 센터The National Centre for Childhood Grief: https://
  childhoodgrief.org.au/
- 호주 사별 돌봄 센터Australian Bereavement Care Centre: http://www.
  bereavementcare.com.au/
- 호주 비통 및 사별 센터Australian Centre for Grief and Bereavement: https://
  www.grief.org.au/
- 비통 라인Griefline: http://griefline.org.au/
- 생명 라인Lifeline: https://www.lifeline.org.au/
- 분홍코끼리지원네트워크Pink Elephants Support Network: 유산, 임신
  중단 등을 겪은 여성 지원 a charity created to support women through
  miscarriage, pregnancy loss and beyond – https://pinkelephantssupport.
  com/
- SANDS(사산 및 신생아 사망 지원Stillbirth and Neonatal Death Support): www.
  sands.org.au

캐나다

- 온타리오주 유가족Bereaved Families of Ontario: https://www.bfotoronto.ca/
- 캐나다 아동 호스피스Canuck Place Children's Hospice, BC: https://www.
  canuckplace.org/
- 대처 센터The Coping Centre: http://www.copingcentre.com/
- 무지개 캐나다Rainbows Canada: http://www.rainbows.ca/

유럽
- 사별 지원 네트워크(영어)Bereavement Support Network (English language): http://www.bsnvar.org/

홍콩
- 제시와 토마스 탄 센터The Jessie and Thomas Tan Centre: www.hospicecare.org.hk/bereavement

인도
- 상담 및 훈련을 위한 동서센터East-West Centre for Counselling and Training: https://centerforcounselling.org/
- 여성 지원Support for Women: https://www.womensweb.in/
- Indian Storytellers Healing Network: https://www.facebook.com/indian-Storytellers-Healing-Network-111967630552639/
- 인도의 정신건강에 관한 대화를 위한 안전한 공간A safe space for conversations on mental health in india: http://www.healthcollective.in/
- 자살 예방 단체Suicide prevention organization: https://snehaindia.org/

뉴질랜드
- 생명 라인 아오테아로아Lifeline Aotearoa: http://www.lifeline.org.nz
- 하늘빛Skylight: 변화, 상실, 비통을 겪고 있는 어린이, 청소년을 지원하는 뉴질랜드 조합A New Zealand organization supporting children and young people with change, loss and grief – http://skylight.org.nz/

남아프리카 공화국

- 자비로운 친구 남아프리카The Compassionate Friends South Africa: http://www.compassionatefriends.co.za/
- 쿨룰레카 비통 지원Khululeka Grief Support: http://www.khululeka.org/

영국

- 윈스턴의 소망Winston's Wish: https://www.winstonswish.org/
- 사별 상담 센터Bereavement Advice Centre: https://www.bereavementadvice.org/
- 가족을 위한 돌봄Care for the Family: http://www.careforthefamily.org.uk/
- 영국 아동 사별 단체Child Bereavement UK: http://childbereavementuk.org/
- 자비로운 친구들The Compassionate Friends: https://www.tcf.org.uk/
- 영국 크루즈 사별 단체Cruse Bereavement UK: http://www.cruse.org.uk/
- 다시 희망Hope Again: http://hopeagain.org.uk/
- S.P.R.I.N.G.(Supporting Parents & Relatives in Neonatal Grief): https://www.springsupport.org.uk/
- SANDS(사산 및 신생아 사망 지원Stillbirth and Neonatal Death Support): www.sands.org.uk

미국

- 비통에 잠긴 아동을 위한 더기 센터The Dougy Centre for Grieving Children: https://www.dougy.org/
- 죽음 교육 및 상담 협회Association for Death Education and Counselling: https://www.adec.org/
- 미국 유가족 단체Bereaved Parents of the USA: http://bereavedparentsusa.org/
- 비통 공유Grief Share: https://www.griefshare.org/
- 유산 재단MISS Foundation: https://missfoundation.org/

굿 그리프 프로젝트The Good Grief Project

비통의 풍경과 언어를 변화시켜라

<굿 그리프 프로젝트>의 사명은 죽음과 임종, 사별에 대해 터놓고 이야기하기 어려운 문화에서 유가족이 목소리를 낼 수 있게 하는 것이다.

영국에서는 해마다 24세 미만의 인구 중 약 6천 명이 사망한다. 그렇게 되면 부모, 형제, 조부모 등 5만 명에 이르는 유가족이 생긴다고 볼 수 있다. 2011년 베트남에서 교통사고로 아들 조쉬를 잃은 제인 해리스와 지미 에드먼즈가 설립한 <굿 그리프 프로젝트>는 사랑하는 이의 갑작스러운 죽음, 특히 어린아이의 죽음으로 깊은 슬픔에 빠져 있는 가족들을 지원하고 있다. 현대 사회에서 비통이 의미하는 것이 무엇인지, 특별히 상실에 적응하는 적극적이고 창조적인 과정으로서 비통의 개념을 이해하는 데 기여하고 있다.

제인은 심리치료사이고, 지미는 BAFTA(영국 영화 및 TV 예술상)를 수상한 영화감독이자 사진작가이며 윈스턴 처칠 재단의 회원이다. 두 사람은 영화 '비욘드 굿바이(좋은 장례식이 주는 힘에 대해 성찰하는 내용)', '게리의 유산(정신병원에서 치매로 고생하던 제인의 아버지의 마지막 해를 다루는 내용)', 그리고 수상 경력이 있는 장편 다큐멘터리 '사랑은 결코 죽지 않는다(아들을 기리기 위해 미국을 횡단하는 자동차 여행에서 다른 유가족들을 만나 비통에 접근하는 다양한 방식을 찾는 내용)' 등을 제작하고 감독했다.

<굿 그리프 프로젝트>는 영화 및 대담과 함께 유가족이 자신들의 비통에 대해 더욱 적극적으로 작업하고, 그것을 표현할 수 있는 좀 더 편안한 언어를 찾을 수 있도록 워크숍과 교육 과정, 피정 프로그램을 개발해 운영하고 있다.

이들의 영화에 대해 좀 더 알고 싶거나 '적극적 비통 주간'에 참여하려면 https://thegoodgriefproject.co.uk/를 방문하면 된다.

#참고 도서 및 웹사이트

도서

『이야기꾼의 그림 사전: 당신의 이야기 들려주기를 한 단계 발전시킬 1000개 이상의 단어Storyteller's Illustrated Dictionary: 1000+ Words to Take Your Storytelling to the Next Level』 Anon (Mrs Wordsmith), London: Mrs Wordsmith, 2019

『이야기꾼을 위한 융 이론: 툴킷Jungian Theory for Storytellers: A Toolkit』 Bassil-Morozow, Helena Abingdon, Oxon: Routledge, 2020

『소설이 필요할 때The Novel Cure: An A–Z of Literary Remedies』 Ella Berthoud & Susan Elderkin, Edinburgh: Canongate Books, 2014(알에이치코리아, 2014)

『이야기 들려주기의 힘 활용하기: 마음을 얻고, 생각을 변화시키며, 결실을 맺기Unleash the Power of Storytelling: Win Hearts, Change Minds, Get Results』 Rob Biesenbach, Evaston, Ill.: Eastlawn Media, 2018

『이야기의 기원에 관하여: 진화, 인지, 허구On the Origin of Stories: Evolution, Cognition, and Fiction』 Brian Boyd, Cambridge, Mass.: Harvard University Press, 2010

『유아 교육 실습의 핵심에 이야기 들려주기를 두기: 유아 교육 실습자를 위한 성찰적 지침Putting Storytelling at the Heart of Early Childhood Practice: A Reflective Guide for Early Years Practitioners』 Tina Bruce, Lynn McNair, & Jane Whinnett (eds), Abingdon, Oxon: Routledge, 2020

『이야기 만들기: 법칙, 문학, 삶Making Stories: Law, Literature, Life』 Jerome Bruner, Cambridge, Mass.: Harvard University Press, 2002

『아동 및 청소년을 위한 101가지 이야기: 치료에 은유 활용하기|101 Stories for Kids and Teens – Using Metaphors in Therapy』 G.W. Burns, Hoboken, NJ: John Wiley & Sons, 2005

『진흙탕, 흙탕물, 햇빛: 누군가 세상을 떠났을 때 도움이 되는 활동 지침서 Muddles, Puddles and Sunshine: Your Activity Book to Help when Someone Has Died』 Diana Crossley(illust.) and Kate Sheppard, Stroud: Hawthorn Press, 2001

누군가 세상을 떠났을 때 필연적으로 따르는 많은 힘든 감정의 구조와 배출구를 제공한다. 아이들이 비통의 다양한 측면을 성찰하고, 기억과 즐거움 사이에서 균형을 찾음으로써 자기 경험을 이해하도록 돕는 것을 목표로 한다. 아름다운 삽화가 있는 이 책은 꿀벌과 곰 같이 친근한 캐릭터와 함께 유용한 일련의 활동과 연습을 제안한다.

『초등 교육 과정 전반에 걸친 이야기 들려주기|Storytelling across the Primary Curriculum』 Alastair K. Daniel, Abingdon, Oxon: Routledge, 2011

『우리 삶의 이야기 다시 들려주기: 영감을 끌어내고 경험을 변화시키기 위한 일상적 내러티브 치료Retelling the Stories of Our Lives: Everyday Narrative Therapy to Draw inspiration and Transform Experience』 David Denborough, New York: W.W. Norton, 2014

『지구 이야기: 변화하는 시대에 이야기 들려주기|Earthtales: Storytelling in Times of Change』 Alida Gersie, Green Print, 1991

『사별 중에 이야기 만들기: 용들은 초원에서 싸운다Storymaking in Bereavement: Dragons Fight in the Meadow』 Alida Gersie, London: Jessica Kingsley Publishers, 1991

『치유 이야기 만들기에 관한 고찰: 집단에서의 이야기 활용Reflections on Therapeutic Storymaking: The Use of Stories in Groups』 Alida Gersie, London: Jessica Kingsley Publishers, 1997

『이야기 들려주기, 이야기와 장소Storytelling, Stories and Place』 Alida Gersie, Norwich, UK: Society for Storytelling Press, 2010

『교육과 치료에서의 이야기 만들기Storymaking in Education and Therapy』 Alida Gersie & Nancy King, London: Jessica Kingsley Publishers, 1989

『더 푸르른 세상을 위한 이야기 들려주기: 환경, 공동체, 이야기에 기반한 학습Storytelling for a Greener World: Environment, Community and Story-Based Learning』 Alida Gersie & Edward Schiefflin, Stroud : Hawthorn Press, 2014

『트라우마를 겪은 아동에게 다리를 놓기 위한 이야기 활용: 치료, 삶의 이야기 작업, 직접적인 작업, 육아를 위한 창조적 아이디어Using Stories to Build Bridges with Traumatized Children: Creative Ideas for Therapy, Life Story Work, Direct Work and Parenting』 Kim S. Golding, London: Jessica Kingsley Publishers, 2014

『이야기 들려주는 동물: 이야기가 우리를 인간으로 만드는 방법The Storytelling Animal: How Stories Make Us Human』 Jonathan Gottschall, Boston, Mass.: Houghton Mifflin Harcourt, 2013

『주크박스 및 이야기 들려주기에 관한 기타 에세이The Jukebox and Other Essays on Storytelling』 Peter Handke, New York: Picador USA, 2020

『치료적 동화: 어려운 시기를 겪고 있는 어린이와 가족을 위하여Therapeutic Fairy Tales: For Children and Families Going through Troubling Times』 Pia Jones & Sarah Pimenta, Abingdon, Oxon: Routledge, 2020

『이야기에 관하여(사고의 실천)On Stories(Thinking in Action)』 Richard Kearney, Abingdon, Oxon: Routledge, 2001

『당신의 이야기 들려주기를 개선하라: 작업이나 놀이에서 이야기를 들려주는 모든 사람을 위한 기초를 넘어Improving Your Storytelling: Beyond the Basics for All Who Tell Stories in Work or Play』 Doug Lipman, Little Rock, Ark: August House, 2005

『비통에 대처하기Coping with Grief』 Dianne McKissock & Mal, 5Th edition. Australia: ABC Books, 2018

『기초 이야기 심리 치료를 위한 임상의의 지침: 내러티브를 함께 변화시키기, 삶을 함께 변화시키기A Clinician's Guide to Foundational Story Psychotherapy: Co-Changing Narratives, Co-Changing Lives』 Hugh K. Marr, Abingdon, Oxon: Routledge, 2019

『이야기 들려주기의 기술The Art of Storytelling』 Nancy Mellon, Shaftsbury, Dorset: Element Books. 1998

『신체 웅변: 신체 에너지를 깨우는 신화와 이야기의 힘Body Eloquence: The Power of Myth and Story to Awaken the Body's Energies』 Nancy Mellon, Santa Rosa, Calif.: Energy Psychology Press, 2008

『아이들에게 이야기 들려주기Storytelling with Children』 Nancy Mellon, 2nd edn. Stroud: Hawthorn Press, 2013

『치유적 이야기 들려주기: 개인의 성장을 위한 상상력과 이야기 만들기의 기술 Healing Storytelling: The Art of Imagination and Storymaking for Personal Growth』 Nancy Mellon, Stroud: Hawthorn Press, 2019

『너의 길을 찾아라: 청소년의 정신 건강을 증진하기 위한 이야기 및 드라마
자료Find Your Way: A Story and Drama Resource to Promote Mental Well-being
in Young People』 Nicky Morris, Shoreham by Sea, West Sussex: Pavilion
Publishing and Media, 2020

『마음에 힘을 주는 치유동화Healing Stories for Challenging Behaviour』 Susan
Perrow, Stroud: Hawthorn Press, 2008 (푸른씨앗, 2016)

『아이들 마음을 치유하는 101가지 이야기Therapeutic Storytelling – 101 Healing
Stories for Children』 Susan Perrow, Stroud: Hawthorn Press, 2012 (고인돌,
2014)

『행동 개선 이야기 A–Z 모음A–Z Collection of Behaviour Tales』 Susan Perrow,
Stroud: Hawthorn Press, 2017

『위트 비틀: 어린이와 부모를 위한 동화 치료The Wheat Beetle: Fairy Tale
Therapy for Children and Parents』 Diana Petrova, JustFiction Edition, 2018

『악의 목소리: 이야기 들려주기에 관한 에세이Daemon Voices: Essays on
Storytelling』 Philip Pullman, Oxford: David Fickling Books, 2017

『이야기꾼의 길: 자신감 있는 이야기 들려주기를 위한 자료집The Storyteller's
Way: A Sourcebook for Confident Storytelling』 Ashley Ramsden & Sue
Hollingsworth, Stroud: Hawthorn Press, 2013

『비통의 기술: 비통 지원 단체에서의 표현기술 활용The Art of Grief: The Use
of Expressive Arts in a Grief Support Group』 J. Earl Rogers, New York and
London: Routledge (죽음, 임종, 사별에 관한 시리즈from the series on Death,
Dying and Bereavement, Consulting Editor Robert A. Neimeyer), 2007

『아이의 고유한 이야기: 트라우마를 겪은 아이들과 함께 하는 삶의 이야기 작업The Child's Own Story: Life Story Work with Traumatized Children』 Richard Rose, & Terry Philpot, London: Jessica Kingsley Publshers, 2004

『이야기꾼Storyteller』 Leslie Marmon Silko, Harmondsworth: Penguin, 2012

『이야기의 요소: 이야기 들려주기의 기술을 통한 영감, 영향, 설득The Story Factor: inspiration, influence, and Persuasion through the Art of Storytelling』 Annette Simmons, New York: Basic Books, 2019

『초등학생에게 다시 들려주고 싶은 147가지 전래동화147Traditional Stories for Primary School Children to Retell』 Chris Smith, Stroud: Hawthorn Press, 2014

『이토록 불확실한 시대를 위한 이야기: 아이들의 적응을 돕기 위한 교사와 부모를 위한 이야기 및 창조적 활동Stories for this Uncertain Time: Tales and Creative Activities for Teachers and Parents to Help Children Adapt』 Chris Smith, Woodmancote, Glos UK: Twinberrow Press, 2020

『치료적 이야기 들려주기를 수업의 도구로 활용하기Using Therapeutic Storytelling as a Teaching Tool』 Margot Sunderland, London: Speechmark Publishing, 2000

『이야기 들려주기의 기술: 기억하고 싶은 이야기를 소개하는 입문 단계The Art of Storytelling: Easy Steps to Presenting an Unforgettable Story』 John D. Walsh, Chicago, Ill: Moody Press, 2014

『숲속으로: 이야기의 작업 방식과 이야기를 들려주는 이유Into The Woods: How Stories Work and Why We Tell Them』 John Yorke, Harmondsworth: Penguin, 2014

웹사이트

알리스 멘두스 박사 Dr. Alys Mendus
'레스보스 섬에서 온 편지: 응급 교육학Emergency Pedagogy의 실천에 대한 고찰
Letters from Lesbos: A Recounting of Emergency Pedagogy in Action'
https://othereducation.org/index.php/OE/article/view/161.
알리스가 대안 교육 잡지 <또 다른 교육>에 기고한 기사

조지 번스 George W. Burns
http://www.georgeburns.com.au/

치유동화 연합 Healing Story Alliance (HSA)
http://Healingstory.org

낸시 멜론 Nancy Mellon
http://www.Healingstory.com/

수잔 랭 심리학(학사), 상담/미술치료(석사)
Susan Laing BA (Psych), Adv.Dip. T (Art)
http://www.creativelivingwithchildren.com/

수잔 페로우 Susan Perrow
www.susanperrow.com

마고 선덜랜드 박사 Dr Margot Sunderland
https://www.margotsunderland.org/

윈스턴의 소망 Winston's Wish
https://www.winstonswish.org/

부록

1. 무작위 이야기 쓰기 연습

이야기를 만들 때 연습으로 해 볼 수 있는 '무작
위 이야기 쓰기'는 논리적 사고를 우회하는 데 도움이 될 수
있다. 그래서 상상력이 훨훨 날아오르게끔 할 수 있다. 무작위로 카드 두
장을 선택하고(아래 카드 만들기 지침 참조), 그 카드에 적힌 낱말을 사용하여
이야기를 만들어 보라. 이야기 만드는 연습이 재미있어질 것이다.(파티할
때 놀이처럼 할 수도 있다!) 이따금 글이 막히거나 주관성에 빠졌을 때 이 연
습이 돌파구가 되기도 한다.

이야기를 만들 때 거의 모든 이야기에는 처음(문제 소개), 중간(문제와 다툼),
끝(문제 해결)이 있다는 것을 기억하라. 간단해 보이지만 초보 작가에게는
도움이 될 수 있다.

그리고 이 연습이 이야기를 만드는 유일한 방법은 아니다. 하지만 이것이
여러분의 상상적 사고에 얼마나 큰 도움을 주는지 알게 되면 깜짝 놀랄 것이
다.

앞의 이야기 「아기 조개와 춤추는 진주」는 이렇게 만들어졌다. 글쓴이가
자신의 상황에 주관적으로 '고착'되어 있을 때, 무작위 접근 방식은 그 상황
에서 풀려나는 데 도움이 되었다. 작가는 '조개'와 '진주'라는 카드 두 장을
골랐다.

낱말 카드 만들기

너무 크지 않은 카드를 만들어 카드마다 낱말을 하나씩 적는다.(나는 황금색으로 카드를 만들어 사용했다) 모든 카드를 쟁반이나 탁자에 (단어가 보이지 않도록 뒤집어서) 펼쳐 놓는다. 카드 두 장을 선택하고 그 카드에 적힌 낱말을 사용해 짧은 이야기를 만든다. 필요한 경우 이야기에 캐릭터를 추가하되 이야기의 여정을 복잡하게 만들지 않도록 주의한다. 아래 카드에 있는 예시 말고도 자기만의 아이디어를 추가할 수 있게 빈 카드를 더 만들 수 있다. 수천 장의 카드가 있을 수 있지만, '관리하기 쉬운' 분량을 유지하는 게 좋다.

문	왕자	모자	조개	왕	벽
고양이	달	은	북	여왕	나무
열쇠	지팡이	토끼	코끼리	해	삽
오두막	강	개구리	춤꾼	꽃	곰
구두	배	사자	캥거루	의자	돌
나비	개미	보금자리	밧줄	돌고래	수정
새	가위	사과	동굴	거울	소녀
여우	말	주전자	목걸이	성	외투
반딧불이	화분	별	진주	산	물고기
뱀	막대기	반지	별	시계	공작새
할아버지	할머니	시계			
탁자					

2. [만들어 보기] 도안과 자세한 설명

「머물 수 없는 작은 별」 127쪽 참고

펠트 별은 달 주머니에 쏙 들어갈 수 있는 크기여야 한다. 달 주머니는 반달 모양 펠트를 원형 펠트 앞면에 놓고 꿰매어 만든다.

> 준비물
> · 작은 펠트 조각들 (노란색, 파란색 또는 보라색)
> · 충전재(펠트나 양모) · 실과 바늘

1. 노란색 펠트에 별 도안을 2개 그려서 오린다.

2. 파란색 또는 보라색 펠트에 원과 반원을 그려서 오린다.

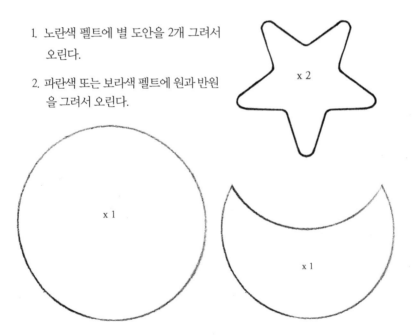

x 2

x 1

x 1

3. 가장자리에 오버 스티치나 블랭킷 스티 치로 별 두 개를 함께 꿰맨다. 반 바퀴쯤 꿰맸을 때 속을 조금씩 채워 주는데, 이 때 속이 너무 꽉 차지 않도록 주의한다. 계속해서 속을 채워가며 끝까지 바느질 해 마무리한다.

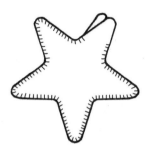

4. 그림과 같이 원형 펠트 위에 반원을 놓고, 오버 또는 블랭킷 스티치로 꿰매어 별이 주머니 안에 편안하게 들어가도록 한다.

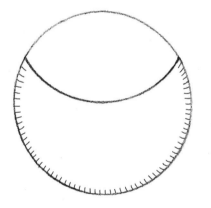
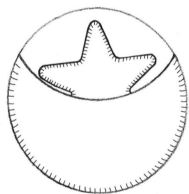

「반짝이의 두 집」 145쪽 참고

준비물
- 10 x 8cm 작은 펠트 조각
- 알루미늄 호일
- 접착제
- 스팽글 또는 반짝이는 포장지

1. 도안을 사용하여 펠트에서 물고기 모양을 오린다.
2. 스팽글과 반짝이는 종이로 물고기를 장식한다.
3. 물고기가 한 웅덩이에서 다른 웅덩이로 이동할 수 있도록 연결 통로
   가 있는 바위 웅덩이 두 개는 알루미늄 호일을 구겨서 만든다.

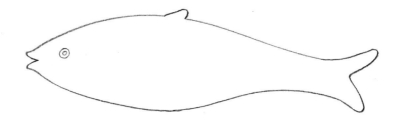

「컵으로 쌓은 탑」 164쪽 참고

준비물
- 골판지 또는 튼튼한 종이
- 물감, 붓, 가위
- (또는 세라믹 컵과 세라믹 도료)

1. 가족 구성원마다 하나씩 자신이 디자인한 무늬를 넣어 두꺼운 골판지에 컵을 그리고(아래 도안 활용) 오린다. 아니면 세라믹 도료를 사용해 실제 컵에 디자인한 걸 그릴 수도 있다. 아래 디자인 중 별, 나뭇잎, 파도, 꽃을 고르거나 자기만의 무늬를 만들면 된다.

「손수건 친구들이 담긴 상자」 192쪽 참고

준비물
- 면 손수건 또는 사각형 천
- 충전재(예: 작은 실뭉치)

1. 작은 실뭉치를 가운데에 넣고 머리를 만들어 묶는다.
2. 두 모서리는 묶어서 손으로, 다른 두 모서리는 묶어서 다리를 만들거나 긴 치마로 남겨 둔다.

3. 그대로 사용하거나, 아니면 머리 꼭대기와 양손에 실을 묶어 마리오네트를 만든다. 천이 여러 개 있다면 가족 전체를 만들어 인형극을 할 수도 있다.

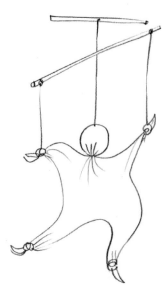

「철새」 248쪽 참고

준비물
· 두껍고 튼튼한 종이
· 티슈 10 x 13cm

1. 아래 도안을 이용해 새 모양을 종이에 그린 다음 오린다. 표시된 곳에
   날개용 구멍을 낸다.

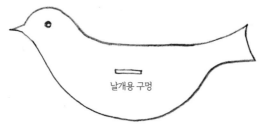

날개용 구멍

2. 티슈를 일정하게 접어 부채처럼 주름
   을 만든다.

날개를 대신할 주름 접기

3. 주름진 티슈를 반으로 접어 가
   운데를 표시한다. 날개용 구멍
   으로 주름 잡은 티슈를 넣어 중
   간 지점까지 오게 한다. 날개를
   위로 당겨 두 날개가 서로 만나
   게 한다.
4. 새를 매달 때 균형을 잡을 수
   있는 곳에 구멍을 내고 실을 끼
   운다.

「개울, 사막, 바람」 340쪽 참고

직조 과정에서 구부러지지 않을 정도로 튼튼한 종이(두꺼운 골판지)를 사용해 소형 직조 틀을 만든다. 물, 바람, 모래, 돌, 숲, 산 등에 맞는 색깔의 털실을 사용해 태피스트리를 완성한다.

준비물
- 가위
- 크고 뭉툭한 돗바늘(또는 작은 코바늘)
- 여섯 가지 색깔의 털실(중간 두께 8올)
- 두꺼운 골판지 12 x 19cm

---

1. 두꺼운 골판지를 12 x 19cm 크기의 직사각형으로 자르고, 위아래에 대략 1cm 길이로 틈 12개를 만든다.

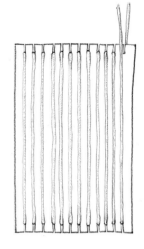

2. 한쪽 끝에서 시작해 직조 틀 위에 각각의 틈을 통해 실을 단단히 감아 날실(기초)을 만든다. 직조 틀 뒤에서 가로질러 실의 양쪽 끝을 대각선으로 묶는다.

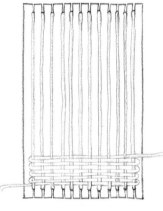

3. 바닥 한쪽에서 시작하여 날실을 위아래로 지나면서 실로 엮어 준다. 다른 쪽에 도착하면 반대 방향으로 아래 또는 위로 다시 엮어 준다. 이야기에 나오는 대로 실의 색깔을 바꾼다. 끝부분은 남겨 두었다가 나중에 한꺼번에 마무리한다.

4. 작업을 마치면 날실을 잘라 직조 틀에서 태피스트리를 제거한다. 가장자리를 일정한 길이로 잘라 다듬는다.

「눈송이가 내려요…」 343쪽 참고

눈의 결정체는 모두 다르기 때문에 눈송이를 꾸미는 데 옳거나 그른 방법
이 따로 있는 것은 아니다.

준비물
· 종이
· 가위

1. 정사각형 종이를 준비하거나 종이를 정사각형으로 자른다. 정사각형
   종이를 대각선으로 접어 삼각형을 만든다.

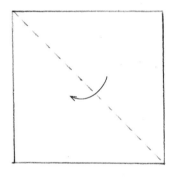

2. 삼각형을 다시 반으로 접는다.

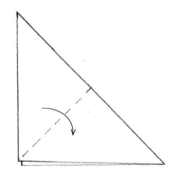

3. 두 번 접어 만든 삼각형의 높이를 중심으로 한쪽은 앞으로, 다른 한쪽
   은 뒤로 접어 작은 삼각형을 만든다. 작은 삼각형의 꼭지점 반대쪽을
   곡선으로 자른다.

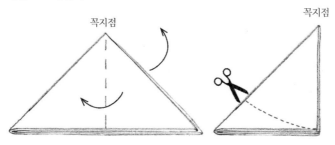

4. 삼각형의 바깥쪽 가장자리를 동그라미, 사각형, 삼각형 등 다양한 모
   양으로 자른다.

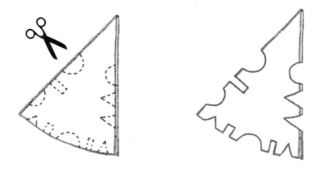

5. 종이를 펼치면 독특한 눈 결정체를 볼 수 있다. 창문이나 벽에 걸어 둔다.

이야기 찾아보기

함께 읽으면 좋은 —
푸른씨앗 책

동화의 지혜
루돌프 마이어 지음 | 심희섭 옮김

그림 형제 동화부터 다른 민족의 지역과 시대를 넘어서는 전래 동화의 의미를 인지학적 개념을 바탕으로 살피고 있다. 어린 시절에 동화를 들려주는 것의 중요성을 깨닫고, 가슴 깊은 곳에 순수한 아이 영혼이 되살아남을 느낄 수 있을 것이다.

140×210 | 412쪽 | 30,000원 | 양장본

푸른꽃
노발리스 지음 | 이용준 옮김

유럽 문학사에 큰 영향을 준 이 작품은 음유 시인 하인리히 폰 오프터딩겐이 시인이 되기까지의 여정을, 동화라는 형식을 통해 표현한 작품으로 시와 전래 동화의 조감각적 의미를 밝히고 있다. 세월을 뛰어넘는 상상력의 소유자, 노발리스 탄생 250주년에 『푸른꽃』 원전에 충실한 번역으로 펴냈다.

140×210 | 280쪽 | 16,000원
e북

초록뱀과 아름다운 백합
요한 볼프강 폰 괴테 지음 | 최혜경 옮김

루돌프 슈타이너에게 깊은 영향을 준 괴테의 동화. 인간 정신과 영혼의 힘을 그림처럼 풍성하게 보여 준다. "커다란 강을 사이에 둔 두 세계 여기저기 사는 사람들과 환상 존재들이 하나의 목적지를 향해 가는 과정이 굉장히 압축된 시간 안에 시詩에 가까운 문학적 표현을 통해 전개되기 때문이다."_옮긴이의 글에서

105×148 | 112쪽 | 6,000원
e북 오디오북

첫 1년 움직임의 비밀

마리안 헤름센-판-완로이 지음 | 하주현 옮김

35년간 3,000명 이상의 아이들을 대상으로 연구한 아동 발달 전문가인 저자가 부모들에게 '아기의 움직임이 자연스럽고 가장 올바른 방식으로 일어나도록 돕는 양육법'을 사진과 함께 제시한다. 영유아기의 올바른 육아는 학습 장애와 신체 협응 장애를 미연에 방지할 수 있다.

188×223 | 120쪽 | 18,000원

첫 7년 그림

잉거 브로흐만 지음 | 심희섭 옮김

태어나서 첫 7년 동안 아이들이 그리는 그림 속에는 생명력의 영향 아래 형성된 자신의 신체 기관과 그 발달이 숨겨져 있다. 아울러 이갈이, 병, 통증의 징후도 발견할 수 있다. 덴마크 출신의 발도르프 교육자인 저자는 양육자와 교사에게 아이들의 그림 속 비밀을 알아볼 수 있도록 풍부한 자료를 함께 구성하였다.

118×175 | 246쪽 | 18,000원

e북

발도르프 킨더가르텐의 봄여름가을겨울

이미애 지음

17년간 발도르프 유아 교육 기관을 운영해 온 저자가 '발도르프 킨더가르텐'의 사계절을 생생한 사진과 함께 엮어 냈다. 한국의 자연과 리듬에 맞는 동화와 라이겐(리듬적인 놀이) 시, 모둠 놀이, 습식 수채화, 손동작, 아이들과 함께 하는 성탄 동극 등 발도르프 킨더가르텐의 생활을 자세히 소개하며 관련 자료도 풍부하게 실었다. (악보 47개 수록)

150×220 | 248쪽 | 18,000원

오드리 맥앨런의 도움수업 이해

욥 에켄붐 지음 | 하주현 옮김

 학습에 어려움을 겪는 아이들을 돕는 일에 평생을 바친 영국의 발도르프 교사 오드리 맥앨런이 펴낸『도움수업The Extra Lesson』의 개념 이해를 돕는 책이다. 저자는 오드리 맥앨런과 함께 오랫동안 도움수업을 연구한 자료에서 중요한 내용만 추려, 도움수업의 토대가 되는 인지학의 개념과 출처를 소개하고 있다. 또한 발도르프학교에서 일하면서 도움수업 연습을 수업에 활용하고 연구한 경험도 함께 녹여 넣었다.

150×193 | 330쪽 | 25,000원
e북

인생의 씨실과 날실

베티 스텔리 지음 | 하주현 옮김

 너의 참모습이 아닌 다른 존재가 되려고 애쓰지 마라. 한 인간의 개성을 구성하는 요소인 4가지 기질, 영혼 특성, 영혼 원형을 이해하고 인생 주기에서 나만의 문명으로 직조하는 방법을 모색해 본다. 미국 발도르프 교육 기관에서 30년 넘게 아이들을 만나 온 저자의 베스트셀러

150×193 | 336쪽 | 25,000원

우주의 언어 기하_ 기본 작도 연습

존 알렌 지음 | 푸른씨앗 옮김

 시간이 흘러도 변치 않는 아름다운 공예, 디자인, 건축물을 들여다보면 그 속에는 기하가 숨어 있다. 계절마다 변하는 자연 속에는 대칭이 있고, 프랑스 샤르트르 노트르담 대성당의 미로 한가운데 정십삼각별이 있다. 컴퓨터가 아닌 손으로 하는 2차원 기하 작도 연습으로, 형태 개념의 근원을 경험하고 느낀다.

210×250 | 104쪽 | 18,000원
e북